云谁之思 · 著

不爱你

如果可以

LIFE IS
BRIEF,
BUT LOVE IS
LONG.

青岛出版社
QINGDAO PUBLISHING HOUSE

图书在版编目（CIP）数据

如果可以不爱你 / 云谁之思著. -- 青岛 ：青岛出
版社，2018.6
ISBN 978-7-5552-6635-8

Ⅰ. ①如… Ⅱ. ①云… Ⅲ. ①言情小说－中国－当代
Ⅳ. ①I247.5

中国版本图书馆CIP数据核字(2018)第012583号

书　　名	如果可以不爱你
著　　者	云谁之思
出版发行	青岛出版社
社　　址	青岛市海尔路182号（266061）
本社网址	http://www.qdpub.com
邮购电话	010-85787680-8015　13335059110
	0532-85814750（传真）　0532-68068026
责任编辑	郭林祥
责任校对	耿道川
特约编辑	王　瑜
装帧设计	苏　涛
印　　刷	三河市南阳印刷有限公司
出版日期	2018年6月第1版　　2018年6月第1次印刷
开　　本	16开（700mm×980mm）
印　　张	19
字　　数	270千字
书　　号	ISBN 978-7-5552-6635-8
定　　价	59.80元

编校印装质量、盗版监督服务电话　4006532017　　0532-68068638
建议陈列类别：畅销·青春文学

如果可以不爱你

目录

CONTENTS

如果可以不爱你

目录

Chapter 01

好久不见

　　下课的时候，导师告诉大家再过一个星期就是"五一"长假，他想带一队学生去丽江调研，费用均摊，他负责联系项目，想去的人来他这里报名。

　　学生都是年轻人，正是神采飞扬的年纪，不约而同讨论开来。

　　圆缺低着头，默默收拾着自己的东西，同宿舍的小姐妹宋青青用胳膊碰碰她，"丽江啊，我早就想去了。听说是艳遇之城哟，没准儿就能撞见我的另一半幸福呢。圆缺，一起去吧。"宋青青手捧心脏做晕倒状。

　　圆缺一怔，是啊，艳遇之城，她和那个人也曾约定过要去的，只是没等到幸福。

　　她摇头，一边收拾书本笔记，一边说："不好意思啊，青青，你找别人陪你吧，我假期有安排了。"

　　"你能有什么安排啊？不是去打零工，就是一个人闷在宿舍……"话说到这儿，宋青青状若恍然大悟，大大咧咧地拍了一下圆缺的肩膀，凑近她的脸，笑得贼兮兮的，"难道……你有男人了？"

　　圆缺仿佛被什么东西蜇了一下，吃惊地抬起头，一双大眼睛慌慌地望着她。不过几秒，她就镇定下来，淡淡一笑，"哪有？你可别乱说。"

　　宋青青却是不依不饶，只觉得她这段日子有些不大对劲儿。这个学期的圆缺沉默安静，仿佛刻意与人保持着某种距离。

　　"没有？骗鬼呢！一个星期连着好几个自习后，都不见你回宿舍。你去哪儿了，招还是不招？"说着，她就伸手挠圆缺的痒痒，两个女孩在教室里闹成一团。

　　圆缺笑得上气不接下气，扭着身子逃窜，"别闹了，青青！再这样，我就不客气了啊！"

　　看着她恢复青春芳华的神色，宋青青也笑了，"你来啊，姐会让你哭得很有节奏。"

课桌上的手机突然响起，打断了两人的嬉闹。屏幕上显示出一串熟到不能再熟的号码，圆缺身子一僵，食指贴在唇边示意宋青青别说话，紧握手机贴到耳边。

"晚上跟我参加一个拍卖会，早做准备！"

"好！"

"我不能去接你，打电话给小陈，让他送你去会场。"

"好！"

嘟嘟……圆缺还捏着手机，电话那端已经挂了。她心里五味杂陈，说假期有事，这人还真冒出来给她安排了，自己真是乌鸦嘴。

宋青青贴上来挤眉弄眼地盘问道："男朋友查岗？"

听她这么一问，圆缺才惊诧地回神，然后拿起背包边走边说："胡扯！我身边一有个风吹草动，你还能不清楚吗？青青，没其他的事，我先走了，长假之后见。"

圆缺出了校门，回到那人给她买的房子，换了一套晚礼服，对着镜子化好了淡妆。化妆品真是神奇的东西，脸蛋经妙手精雕细琢一番，自是清水芙蓉所无可比拟的。

经过一阵忙碌，她抬起手腕看了看手表。顾于肆时间观念太强，幸好她在夜色降临之前收拾妥当。可让她意外的是，她准时到达，顾于肆却还没现身。

有迎宾侍者过来询问，她只好点头笑笑先行步入会场。拍卖会还没开始，俨然一副晚宴的气派，觥筹交错，衣香鬓影，语声喋喋。

圆缺还是不习惯这样应酬意味颇浓的场合，收敛起嘴角的笑，准备寻一个角落坐下来。蓦地，衣着光鲜亮丽的人群中，一个身影闯入她的眼帘，她如遭电击般定住……

是他！

他回来了！

那个发誓一辈子不会让她好过的苏杨回来了！

温文尔雅地与人寒暄的苏杨，如同一株风华正茂的青槐，而她，礼服袒露出光洁的后背，肌肤在品红色礼服的映衬下更显晶莹白皙，贴身的设计勾勒出完美的曲线，颈上的钻石项链发出璀璨光芒，灼刺眼眸，俨然一个被金钱宝石腐蚀的俗透了的女人。

她稍稍一怔，目光紧紧跟随那个身影，苏杨端酒转身，目光与她对个正着。

她突然间恨死了今晚的装扮，随后，脑中写出一个大大的字——逃。

惊惶地移开视线，她提起长长的裙摆，逃到哪里？最安全的地方只有一个。

狭小的格子间，此时却给她十足的安全感，马桶发出哗啦一声，清水扭着旋涡下沉，圆缺无力地背靠在门板上，掌心一阵刺痛传来，这才发觉修剪得尖利的指甲已经掐进肉里。

身子簌簌发抖——她竟然在发抖，在另一个男人身边历练了这么久，重逢初恋的她竟然还会发抖。

"尹小姐，你在里面吗？"

门外响起高跟鞋来回走动的声音，隔间的门一扇一扇地被打开，圆缺敛住心神，忙回应道："我在！"

"顾先生在找你，让你给他回个电话！"

"知道了，谢谢。"

高跟鞋噔噔噔几声，待那有节奏的脆响消失在门外，她慌忙从包里摸出手机，拨通电话，"你到了吗？在哪儿？我去找你。"

还没等那边的人开口，她就噼里啪啦说了一堆，口气娇弱得不得了。

虽然她和他之间纯粹是做生意来的，毫无温柔情感可言，但她不在乎了。至少，他的大掌牵着她的时候，是温暖的。她需要，需要在与苏杨重逢时，有个温暖有力的手掌牵着她，让她不至于待会儿在拍卖会上孤零零的，因为她真的不能保证，在苏杨面前，她能做到不失态。

那边顿了顿，许久才答话，"我今晚有事，到不了。"

"来不了？那我……"她想躲回学校去。

"拍卖会上有盏陶瓷台灯，拍下来，我有用处。"这一次电话那边没有再迟疑，口气是一如既往的果断、决然，不留给她一点拒绝的余地。

圆缺感觉自己捏不住手机，明明那么轻。他的话语还是那么平稳，不见丝毫情绪起伏，他知不知道为他的一个决定，今晚她就要拼得头破血流？

挂了电话，心中最后一抹倚靠也离她远去，圆缺终于虚脱无力，瘫软地一屁股坐在马桶盖上。

没过一会儿，外面安静了下来，她知道是拍卖开始了，抹抹泪，出了洗手间，在角落里寻了个座位。

她对台上那些奇珍异宝没什么兴趣，只好百无聊赖地打量众人。那些挥金如土的名流富贾，他们趾高气扬，或搂着美人的香肩，或吐着雪茄烟圈儿。圆缺看着看着，突然就歪着嘴角嘲讽地笑了——绅士名媛也不过是披着金钱的外衣，骨子里一样是男盗女娼。

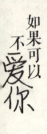

有钱人的游戏，还真是无聊。

目光不自觉游移到前排的座位，苏杨举止得宜地同身旁的人交谈着，好像压根儿没有遇见过她一般，或许，他早已经不记得她了。

她的心微微放宽，却也不无酸涩。

在战战兢兢中撑了一晚上，等主持人宣布进入最后一件拍卖品环节的时候，她的手心黏腻腻的全是汗。

圆缺坏心思地想，反正那个人不缺钱，所以在报价的时候特别畅快，可有一个人却总是在她报价之后加上一万元，显然是跟她杠上了。

恍惚间，她瞥见坐在最前排的苏杨，回过头来冲她龇牙一笑，牙齿白晃晃的，刺痛了她的眼。

他明明搂着旁边的女人，目光却正对着她，那眼神仿佛有了生命般，寒冷阴戾。电光石火之间她明白过来，苏杨认出她来了。她还记得，多年前，当苏杨那双明澈的眼眸变得血红狰狞时，他对她，便只剩下恨了。

原以为他出了国，他们就不会再见面，所以当年她在了断的时候，表现得很决绝，可如今苏杨竟然回来了。有生之年，他们不再形同陌路，而是势同水火。

她的心剧烈地跳动，如果他回国的目的就是为了不让她好过，那么，他不必费心了，她从来没有好过一天，从来就没有……

等她缓过神来，看到的还是他的背影，仿佛刚才那一笑，只是她的错觉。他的眼神，怎么说呢？圆缺觉得自己就好像一只随时会被猎人凌迟的小动物，睁着一双无辜的眼睛，惨兮兮地等待被抽筋扒皮的命运。

圆缺忽然一阵恶寒，自己怎么会想到这么残忍的事情？

她没有勇气跟苏杨争下去，他回望的那一眼，足够让她心神俱损。等她反应过来的时候，台上的主持人已经笑嘻嘻地三槌定音，双手将陶瓷台灯向苏杨奉上。

拍卖会最后的最后，那件某人交代她必须拍到手的陶瓷台灯，落入了苏杨手里。

圆缺没有勇气去跟苏杨争，更没有勇气告诉那个人真实的原因。他若是问为什么没拍到，她该怎么说？说遇到前男友走神了？

她没来由地一阵心慌，败将一样逃出拍卖会场。到了外面，她大大地呼出一口气，却还是觉得压抑。她朝着小陈停车的地方走去，一个人突然挡在她身前，蛮横地拦住她的去路。

"丫头——"

圆缺愕然抬头，是那双明澈的眼睛，清俊的脸上没有丝毫情绪，宴会厅明亮的灯光，似乎照不到这个角落——他竟然跟着她出来了。

原来不论她变成什么样，他总归还是认出她来了。

眼见躲不掉，圆缺只得开口回应道："苏杨，好久不见。"

相较于她的慌张，苏杨倒是一脸闲适，"这几年过得好吗？"

圆缺听着他说话，每一句都带着回响，他们的距离仿佛很近，又似乎很远。不过三年没见，曾经耳鬓厮磨的两个人，就如同隔了一个世界。

他以为，她会哭诉自己过得很糟糕吗？圆缺竭力让自己的口气听起来是平静的，"一般般。"

苏杨点了点头，没再追问，"太晚了，我送你回家！"

圆缺的身子几不可见地颤了一下。她看着他，那眼神清楚地表示，他不是随便说说而已。

他知道她住哪儿，跟谁住一块吗？随随便便就说要送她，可她已经不是当年形单影只的尹圆缺了。

她垂眸，收在背后的手握了握，正要拒绝，身后突然传来一个让她惊恐的声音——

"我的女人还轮不到别人送！"

苏杨看了眼大步走过来的男人，视线很快又转回来，状似无意地盯着圆缺，问："你还跟着他？"

圆缺侧首，见顾于肆不知何时已站到她身旁，心下更是慌乱。他什么时候来的？来多久了？

这两个人，天啊！这两个人怎么能凑到一块儿？

心止不住地一阵狂跳，不是因为心动，而是因为尴尬，或者还有惊惧，她颤声道："不是说有事来不了吗？"

她的回答避重就轻，苏杨也是明白人，随即大方地笑笑，"我以为顾董已撇下佳人独自离开，身为合作伙伴，理当尽义务护送您的女伴安全到家才对啊，不是吗？"

撇开她独自离开？这么说，拍卖会上，顾于肆其实早到了，也知道她是怎么错失陶瓷台灯的？她错愕地抬头看向顾于肆，这个男人，从一开始就打定主意，要她在拍卖会上失态。

"你的好意，心领了。"顾于肆淡淡地应一声，那语气可完全听不出来客气的意思。说完，他伸手揽过她的腰身搂在怀里，皱着眉看她，"不是告诉过你不要一个人乱跑，怎么就老不听呢，遇到图谋不轨的人怎么办？"

圆缺这才想起来，前几天顾于肆的确是跟她说过最近T市治安不太好，让她出门记得结伴。可她在学校能出什么事，就没把他这话当回事。方才出了拍卖会场，心神恍惚之余就性急了些，没给小陈电话就独自一人往停车场摸去，若真遇到什么事——

想到这儿，圆缺惊愕地抬头看向站在不远处的苏杨——顾于肆说的有不轨意图的人。

她和苏杨怎么成为过去的，他难道不是一清二楚吗？苏杨对她怎么可能还存有什么心思？若说有，那也只有恨，那他更没必要做出一副吃醋的样子了。想到这儿，她索性闭口不接他的话茬。

"顾董说得没错，天黑容易出事，还是早点儿回家的好。"这话苏杨是笑着说的，口气却是不依不饶，"有时间我们下次约个地方再见面。圆缺，你电话号码多少？"

圆缺被顾于肆搂在怀里，他又高出她许多，是以苏杨拿出手机要记号码时，她并未看见顾于肆的眉头隐忍地抽动了两下。他极快地松开她，口中不耐烦地催促道："回家睡觉了。"

圆缺心里纠结，不知道该怎样处理眼前这个场面。苏杨看她又急又窘的样子，忍不住叹了一口气，退一步说道："你原先的号码我一直存着，你没换吧？"

顾于肆视线扫向圆缺，"还不走？"说罢，他抬步离去。

圆缺再顾不得苏杨，草草告别，跟着顾于肆上了车。

她心里被许多个为什么堵得发慌，甚至有跳车的冲动。但她规规矩矩、老老实实地坐在后座，瞟了一眼闭目养神的顾于肆，还是不要让他睁开眼睛好了。至少，在没有摸清楚来龙去脉前，不要问他！

"小陈，去半岛别墅。"他闭目休息，还不忘交代司机。

半岛别墅？圆缺有些慌了，看了看手表才九点，她想回学校，"我……"

她的话还没说完，就被顾于肆打断了，"你也去。"一只修长的手搭在她的肩上，她转过头，顾于肆冰冷的唇已经落了下来。

汽车在苍凉而美丽的夜里滑行，霓虹灯尽责地挥去城市的黑暗，那昏黄的光却是无力而苍白的，圆缺望着一路的流光溢彩，只觉得心隐隐地疼。

进了别墅，顾于肆就从衣柜里挑了件自己的上衣塞到她手里，然后转身打开电脑，审阅邮件，"你先洗澡，我处理下公司的事务。"

圆缺看着手里他塞过来的上衣，抖开来看看，又看看已经坐在电脑前的顾于肆。

俊逸的五官，刀削一般的下颌，此时他只穿着一件纯色衬衫，袖口的纽扣解开，卷上去一指宽的边，胸前也是解开两粒纽扣，魅惑力十足。

　　他爱过她吗？答案是否定的，他没有。

　　顾于肆忙完工作、冲完澡出来的时候，圆缺还在擦着头发上的水珠。外面淅淅沥沥地下着雨，她就坐在阳台边听着雨声，样子说不出的认真，连他靠近都没发觉。

　　他的衣服套在她身上，只遮盖到大腿一点，瘦瘦的肩膀，大半个领口外露着，肌肤泛着嫩嫩的光泽，若有似无的体香氤氲而出，双腿修长莹润，柔若无骨。

　　顾于肆是正常的男人，面对眼前的一片春色，他有了正常男人该有的反应，喉咙一紧，刚阳的男性躯体紧紧贴向她，伸手顺着莹透的肌肤，摸上圆缺不盈一握的腰肢，再探手向上。

　　她睁着一双水汪汪的眼睛，直直地看着他，这一刻，在她心里翻涌而出的不是羞答答的情潮，而是悲伤。顾于肆的眼里，只看得到她的身体，想的永远是和她做那种事。

　　"你先放开，今晚不行！"圆缺一边推拒着，一边仰着脸，不断躲避他的吻，"明晚再说吧。"

　　顾于肆果真放开她，"怎么，旧情人回来了，今晚就不行？怕什么，你在我身下叫得再大声，他也听不到——"

　　啪的一声，很响亮的一记耳刮子！

　　圆缺双肩不自觉颤抖，平时清澈见底的眼眸，染上压抑不住的愤怒，"顾于肆，你不要太过分！"

　　顾于肆的脾气向来不好，圆缺甩来一个耳光，他也生气了，一把扯过她，动作不见丝毫温柔。

　　"我过分？你和他一晚上眉来眼去的，我过分？"

　　"谁眉来眼去了，你哪门子的醋坛子又倒了？是你自己非要我去拍那件陶瓷台灯的，明知道他回来了，你还让我一个人去，都没问问你安的什么心思呢。"

　　"尹圆缺，不要任性，你们两个早就不可能了！"说完，他扣住了她的侧脸，低头就吻了上去。

　　纵然他的脸色冷得好似结霜，圆缺也不是个逆来顺受的主儿。尤其是面对他的时候，更是浑身上下竖起刺儿来，每次他来挑衅，她都会血淋淋地回击。这次也不例外，圆缺猛然回头，狠狠咬在他的唇上。

　　这一下咬得极狠，可是他不但没放手，反而卡住她的脖子，将她撞在冰冷的墙

壁上。

她的后脑磕在墙上，昏迷似乎只是一瞬，再次睁开眼睛时，眼前还是朦朦胧胧的。她以为今晚闹得这么僵，顾于肆就会没了兴致，继而大发慈悲地放过她，可侧过脸才发现他就站在床头，漫不经心地解着纽扣，脱掉衬衫，露出结实的肌肉。

他将腰带抽出来扔在一边，脱衣服的姿态是那么的冷酷无情、高高在上。他利落地解开裤扣，覆了上来，一点一点挤进去，长吁一口气。

他缓缓地动作，她知道他要做什么，知道他会怎么做——慢慢地折磨她，让她屈服。

他说过，喜欢她主动。

忽略了身体的疼痛，圆缺用尽全身的力气挣扎着、抗拒着，可怎么也敌不过他的气力，她逐渐安静下来，身体也慢慢变得柔软。

呼吸渐渐粗重起来，她只能紧抓着薄被不放。

顾于肆极力克制自己，放慢冲撞的力度，濡湿的唇吻在她敏感的耳垂上，满足地喟叹着，粗重的喘息喷洒在她的耳际。

圆缺却是紧咬着贝齿，趁顾于肆沉醉其中，一把推开压在身上的他，然后一个翻身从床上滚了下去：门就在半米远的地方，只要能爬出去。

顾于肆一伸手就将她拎了回来，圆缺疯了似的挣扎起来，手捶着他的肩膀，腿也胡乱地踢着。

顾于肆卸下温柔，又恢复面无表情，将圆缺压在床上。他被她扰得不胜其烦，扯过扔在一旁的皮带，一把握住她的下巴，贴在她耳边冷笑道："如果你再不老实，我不介意再绑你一次！"

圆缺骇得浑身发抖，记起了那个可怕的夜晚。

她怕这间房间，尤其是身下的这张床，一见着，仿佛就能听见自己无力的哀号声。在这上面，他用腰带绑着她，强占了她的童贞。

看到她眼里的迟疑和退缩，男人舔着她的耳垂微笑着，"小乖，你不知道，你这温顺的模样，有多讨人喜欢。"

"别——别在这儿——"这身子早就是他的了，可心还是她自己的，她哀求，只要不在这张床上。

他低眉看她，"偏不。"

"你……你……"

"我怎样？"

"你……无耻。"

顾于肆的脾气从来不好，圆缺的话气得他理智全失。他的脸冷下来，"无耻？你不过是尹怀明送到我床上的廉价礼物，你想和我谈纯洁？"

顾于肆终于不再忍耐，利落地将她身上的衣服剥了个干净，狠狠覆了上去。

圆缺有些受不住，紧皱着眉，咬着唇，手揪着他的衣角，"我疼，你……轻点。"

见她脸上沁出一层薄汗，他停了下来，依旧冷着脸，"圆缺，你跟了我这么久，是不是从来没意识到，你是我的女人？"

她扭过头，不说话。

哪怕她痛苦哀求，他也只是一味强取豪夺，半点怜惜都没有，她还能说什么？

"小乖，你是我的，希望你好好记着。以后，我不会再提醒你。"他抓住她的头发，手上用力，圆缺被迫含着泪水仰望着他。

他就是要她看着，占有她的每一分每一秒，他都要她眼睁睁地看着。不准忽视！不准逃避！

圆缺一只手探到枕下，那里放着宋青青送她的防身匕首，她将它握在手里，抽出来，朝着他的心脏猛地扎过去——

轰隆！窗外炸了一个响雷，顾于肆利落地闪身，尖锐的刀刃还是擦破了臂膀，划出一道血痕。

那一刹那，无数个被袭击的画面从记忆里蹦出来，惊得顾于肆心头一跳。他疼得一弓身，条件反射般地反手一甩，圆缺手里的匕首应声而落。

意识到自己动了手，顾于肆慌忙向前，双腿跪在床上想要扶起圆缺，却被圆缺挡住，一把挥开。

定格在半空的手臂缓缓收回，他没再上前扶她，只是抿着唇。他心中五味杂陈，一时也说不出是怜还是恨，抑或是歉疚与隐忧。

他对她是怎么样的，她难道不知道？他不信她没有心！他所需要做的，就是等，等到有一天她总会明白他的心意！他无数次这样告诉自己，却不明白自己为什么就是对她无法自拔，哪怕使出这么肮脏的手段，也要强行占有她；不明白自己明明早到了拍卖会场，可一旦得知苏杨回国的消息就躲起来，想暗中看看她的反应。

可拍卖会上她撞见苏杨后急忙躲到洗手间，那慌乱和心痛不已的模样，深深刻到了他的脑子里，任他灌下多少酒精，都挥之不去。

她对着前男友盈盈一笑的模样，又一次蹿入他的脑海，与身边羸弱凄楚的她，简直判若两人。

跟着他的这几年，她都是柔柔顺顺的，那苏杨一回来，对她就这么大刺激？宁

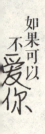

可玉石俱焚，也不要待在他身边？

他听到自己心底的声音：不，尹圆缺，我要定你了！

他像一头受伤的野兽，壮硕的身子压了下来，"想和我玩？那今天晚上，就让我们好好过。明天可别跑到你妈妈那儿哭鼻子。对了，忘了告诉你，她病情加重了，你若被我玩死了，剩下她一个就要孤零零的了。"

说完，他不再留情，强悍的腰身埋在她腿间，身下的欲望如同猛兽般凶狠。他也不再隐忍自己，在她的深处尽情释放，低喘着，呼吸炽热，鼻翼翕动，粗重的喘息说明他有多享受、多快意。

而在他身下，圆缺纤细的十指紧紧揪着柔软滑顺的蚕丝枕套，她再也承受不住，认输似的闭上眼睛。

他的手指如同弹奏乐曲般在她全身游走。即便心里再排斥他的亲密举动，身体却早早沦陷，在他织就的这片炙热的欲海之中，圆缺觉得自己就像是一叶扁舟，浮浮沉沉，只能紧紧攀附着他。

手机铃声响起的时候，清新的曲调让她一下子从他营造的迷乱中醒来。她伸手向床头柜摸去，拿起手机一看，却是陌生号码。她正寻思着谁会半夜骚扰，手机就被身上的人一把劫走了。

顾于肆俯下身来，温热的胸膛压在她的一片美好之上，薄唇寻上她的锁骨，手机横在两人耳边，按下接听键的同时，还不忘狠狠顶了她一下。

"嗯——"圆缺敏感地哼出声来。

顾于肆便对着电话低低笑开了，"现在办私事，不方便，有什么事天亮了再给她打电话。"

电话那端的人，愤怒得说不出一个字来。

圆缺第二天醒来的时候，天已经大亮，偌大的双人床上，只有她卷着被子，活脱脱像个大粽子。

听到屋内的声响，门外有人敲门，"尹小姐，你醒了吗？"

将薄被卷紧，圆缺清清嗓子，"进来吧。"

来人推门进来，将手里的东西放下，"尹小姐，这是顾董临行前吩咐送来的，您试穿下，看是否合身。"

衣服是香奈儿的新款，荷叶边，小清新中带点女人的妩媚。

看着她迷糊的样子，来人维持着得体的微笑，"顾董真是有眼光，亲自挑的衣服，果然很适合尹小姐。"

"他亲自挑的？"他总是打一巴掌再给颗糖果，圆缺回过神来，笑意冷冷地问来人，"他人呢？"

"顾董因公去了海南。"来人抿嘴笑了，以为她是舍不得，"听说学校'五一'组织去丽江调研，顾董有交代，让尹小姐假期出去好好放松心情，他忙完了会联系您的。"说着，将一张银行卡和一只新手机放在梳妆台上，然后退出了房间。

圆缺看着那张银行卡，手里把玩着新手机，联系人那栏只有一个号码。

昨晚打断他好事的那通电话，圆缺是记得的。她不无讽刺地笑了，顾于肆，你这是何必呢？

圆缺一个人走出别墅，没有人拦她，她也不用跟任何人交代。半岛别墅外是一段宁静的小路段连接公路，两旁种着葳蕤大树，人并不多，她走得也慢，似乎这样能缓解一下身体的不适。

走到公交站牌的时候，有不少早起候车的人，看到她，都用异样的眼光扫视。圆缺不明所以，低头一看，脖颈、锁骨处都是红红的印痕，她这才想起来，刚才从别墅离开得太匆忙，根本没来得及对着镜子整理妆容。而顾于肆送她的这件衣服是敞口低领的，圆缺心里愤恨地想，他根本就是故意的。只是她也无计可施，只好用手遮住，就这样在路人异样的目光下尴尬地回到了学校。

五月的天气，慢慢地开始热了。

圆缺坐在食堂角落的窗户边向外看去。她没带宿舍钥匙，宋青青又上课去了，自己这模样也不能去教室寻她，给她发了一条信息后只好在食堂等她。

外面那棵梧桐树，经过方才劲风急雨的摧残，树干上只孤零零挂着几片枯黄的叶子，其他的都零散飘在空中，最后打着旋落在地上。

雷阵雨很快便过去了，放晴后的天空很好看，瓦蓝的天空洁净到一尘不染，西边的天上还燃烧出了云霞，绚烂到极致。

这样绚烂的景致，不禁让她沉醉其中，直到头顶上方传来一声"圆缺"，她才诧异地抬起头来。

这个声音，是她永永远远都无法忘掉的。

曾经是那样清越，脆生生地同她讲："圆缺，我要我们在一起。"像个孩子般固执，可是很可爱，她不知怎么就鬼迷心窍了，竟然点头答应了。

后来才明白，有些事无论怎么努力，都由不得他们自己做主。还记得分离之时，他依旧是用那肆意清越的声音同她讲："圆缺，你记着，有一天我定要他顾于肆跪着送你回来！"

决绝如他，宁为玉碎，不为瓦全。

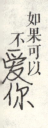

如今他的声音还是脆生生的，虽然面无表情，却依旧肆意飞扬，还带着一股不易察觉的嘲笑气息。

他大概是刚运动过，手里还玩转着篮球，就那么抱着篮球轻轻坐在她对面，然后很平静地说："圆缺，我回来了。"

昨晚拍卖会上不是才见过，她也知道他回来了，何必巴巴地专程跑过来通知她呢。

圆缺抬起头来，这才看清楚他的脸。苏杨紧紧盯着她，圆缺的目光就不经意与他撞了个正着。

猝不及防。快三年没见，往昔的种种瞬间在她记忆里鲜活起来，呼吸为之一窒，一时之间就怔住了。

这一刹那，她只觉得坐不住，眼睛里轻易就浮起一层薄雾，使她一下子看不清楚面前的事物，只来得及看到他眼中闪过一丝嘲讽还有某些其他的东西，然后便一片朦胧了。

因为想竭力稳住心神的关系，她的双手死死扣在杯沿上。她太冷，连杯子里开水的热量都想汲取来维持自己的体温，她唯一能听到的，就是站在不远处他的球友们吹着口哨助威的调笑声。

她并不想见苏杨，只好惊慌地扭过头不看他。

苏杨不依不饶地坐着不走，圆缺无可奈何，"回母校看看吗？去看过导师没有，他挺看重你的……"

苏杨笑着打断她道："我是来找你的。"

"你找我什么事？"

苏杨笑了笑，"就是想见你。"

想起往事，圆缺不由自主地慌乱起来，"请直接说重点。"

苏杨勾唇而笑，圆缺的心也跟着那冰冷的笑容，蜷缩成小小的一团。

"那好，我也不喜欢拐弯抹角。我只是想告诉你，不要试图利用一个男人来对付另一个男人，尤其是你，不谙世事，根本掌控不了顾于肆。"

圆缺看着他，不明白他何以说出这番话来，皱眉反问："你以为我跟他在一起，是为了向你报复？"

"报复？"苏杨嘴角含笑，"虽然不曾跟他正面过招，不过依着顾心言的个性，大概也能猜出她哥哥的脾气。我只是担心你，怕你看他现在对你不错，就一时忘乎所以。好奇心和新鲜感是这些名门贵公子的天性，你见过永远得宠的宠物吗？"

Chapter 02

极力挣扎

圆缺睁着一双水汪汪的眼睛，直直地看着他，就像看一个陌生人。

苏杨故意放慢了语速，意味深长地说："毕竟你也跟我好过一场，我不想看你最后落得个身败名裂的下场。如果你需要钱，可以来找我。我的意思，你明白的。"

他如今以这样的方式、这样的姿态、这样的表情，出现在她面前。这一刻，她心疼。她替他们逝去的，曾经让她爱惜如命的回忆……感到心疼。

丢下她出国，他有后悔过吗？她不知道，也不想去知道。

苏杨看了看手表，又打量了一眼食堂，淡淡道："老同学，要不要一起出去吃个饭？"

三年后，他再次回到当年两人牵手的校园，这一次却是以老同学的身份请她吃饭。圆缺凝视着男人的眼睛，双唇翕动，"抱歉我有约了。苏公子请自便。"

"五一"长假归来，同宿舍的按惯例是要聚会一次的，今年也不例外。那天夜里，尹圆缺喝得烂醉，但是依旧笑得很明媚。

直到不明真相的舍友们分享着今年拍摄的相片，嬉笑着将偷拍到的她和苏杨的相片扔给她的时候，圆缺的眼泪才悄无声息地落了下来——

枇杷树下，那个眉眼如画的男子，用手轻抚着她，他的眼神里夹杂着心疼与温柔。

可是，没有人知晓，当时他说的话是——陪我吃个饭都不愿意了？顾于肆给你开了什么价码？你说！

看着舍友们叽叽喳喳地吵闹，为了不破坏难得的聚餐气氛，圆缺随便捏造了个理由单独溜了出来，出门前隐约听见身后的室友还在打趣说："啧啧，才这么一小会儿，苏杨就耐不住了，都说小别胜新婚，果然不假。圆缺，今晚不查寝，晚上可

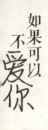

以不回来的……"

她强忍着将眼眶里的泪水逼了回去，回头冲她们笑笑，推门离去。

D大坐落于这座城市的西南角，离市区较远，偏是偏了点儿，却是个山清水秀的好地方，出了校门右拐，再走几步就是一片公园。

夏日的夜晚，学生情侣最是钟爱牵手散步这项活动了，看着他们两两成双、黏糊缠绵的样子，触景生情是再自然不过的事了，此时圆缺脑中浮现的全是她和苏杨或牵手或拥抱的画面。

她正沉浸在回忆和现实之间的极度矛盾中无可自救的时候，手机响了一声。

这手机是顾于肆新送的，号码自然也是新申请的，除他之外就没别人知道。圆缺想当然地以为是消失了十几天的顾于肆终于想起她来了，看都没看来电显示就接听了，"顾于肆……"

她才说一句，对方就掐断了电话。圆缺对着黑掉的手机屏幕怔愣。没一会儿电话又响起，这次她看清了，来电显示是一串陌生号码，想起他是去海南公干了，电话接起后她又问："顾于肆，你什么时候回来？"

通话再次被掐断，圆缺果断怒了。这人还拽上瘾了，一走就是十几天不闻不问的，打个电话还要玩欲擒故纵的把戏。

本来想起苏杨，心情就不怎么美好，他还来添堵，"三人行必有奸情"这话说得一点都没错，这两个男人到底要折腾她到什么地步呀！

真是应了那句话，剪不断理还乱。圆缺索性越过二环路到对面的商店买了几瓶雪花啤酒回来，坐在草地上痛饮。

几个混混路过，见圆缺要醉不醉的模样，垂涎着上前搭讪。她本是没什么酒量的，大概是酒入愁肠一时间不觉得醉人，就多喝了几口，推搡之间才惊觉身子虚软，好在脑子混沌之中还有一丝清明，一骨碌爬起来就走。

她摇摇晃晃地向学校方向奔去，身后传来混混们不疾不徐的调笑声，快到校门口时，混混们的耐心终于耗尽了，几个人上前围住了她。

推搡之间，圆缺跌倒了，酒瓶也碎裂在地上。她只觉得手心一阵刺痛，抬起醉意迷离的双眼一看，只模糊看到满手的血迹，还有就是飘荡在混混额头上的一撮黄毛。

圆缺本能地抓起一大块酒瓶碎片用力乱舞，挥开混混逼近的脸，那几个人调笑着，"哎哟，这妞还挺辣的。"说着几个人就捂住她的嘴，七手八脚地想把她往阴暗的地方拖。

就在这时，突然一束强烈的车灯灯光映在了她脸上，然后迅速熄灭。恍惚之间，车上有人下来，然后是一阵打斗的声音。

圆缺无力地靠在路边的梧桐树干上喘息，混乱结束后，她觉得有人慢慢地、慢慢地向她走近。那种脚步声，熟悉而又陌生。

抬起醉意蒙眬的双眼一看，眼前再不见那撮黄毛，来人顶着一头干净利落的板寸，圆缺伸手轻轻抚过眼前男子俊美而模糊的脸，笑着说："苏杨，你把黄毛混混都打跑了，好厉害啊。"

来人身形一顿，深呼吸几次，平复情绪之后弯腰将她抱起来。

被抱起的一瞬间，圆缺觉得自己到达了天堂，嘴里还喃喃说着傻兮兮的话："明明说好要一起去丽江祈愿白首到老的……这才几天啊，你若是变了心，怎么会这么不明显呢？"

"你喝酒了？"简短的几个字，男人的声音突然冷得让圆缺很别扭，她努力想看清他的模样，看着看着，就歪倒在他怀里，吧唧着小嘴睡了过去。

她这样子安心交付自己的模样，倒让抱着她的人都没法对她生气了，只好转移发泄的目标，阔步离去前交代随行的林尽染和秦守，"那个黄毛给我留着。"

总是忍不住因为各种小事骂她、闹她、欺负她，但他绝对不能容忍有第二个人侮辱她。

望着风驰电掣驱车离去的背影，其中一个公子哥模样的男子慢慢逼近几个混混，双拳摩擦生响，"今天小爷想疏松疏松筋骨，这几个人正好送上门来。"

另一个男人笑道："老四，你悠着点，接风宴改明儿再赔给你。黄毛可别动，二哥那话的意思大概是要亲自料理的。"

"怎么赔我？二哥的魂都让那女人勾走了，明儿个见不见得到他人还很难说呢。我看那黄毛撑死也就一颗豆芽菜，都不够二哥塞牙缝的，搁平时他能瞧上半眼就不错了，不就摸了一下那女人，二哥至于这么较真吗？"

说罢，他将西装一脱，袖子一卷，风卷残云般收拾掉几个混混之后，才不满地咕哝："看不出来，二哥竟然是个见色忘友的。这样宠着那女人，早晚二哥也会尝到色字头上一把刀的滋味儿。"他自个儿就是一个鲜血淋漓的例子，不然也不会跑回T市来避难。

"别说一把刀，就是要天上的星星月亮，二哥也会想办法去摘，简直是被迷了心窍。不过她好像不怎么待见咱哥，这几年倒没闹过什么幺蛾子出来。"斜靠在黑色车身上的林尽染瞥了秦守一眼，见他皱眉，知道老四心里不痛快，不紧不慢地转移话题，"算了，你刚调回来，说了你也不明白。总之你记得一条，以后遇到事关尹圆缺的，你都留个心眼就对了。"

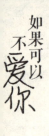

　　林尽染的一席话让秦守对这个叫尹圆缺的女人更加好奇了几分，只是当事人此时早已经烂醉如泥，只觉得有个熟悉的怀抱将自己从冰冷的学校大门口抱回来，然后丢在舒服的大床上，这一丢，让她积攒的酒劲一下子涌上来。颤抖中，她的双手，像溺水之人抱住浮木一般，缠上他精壮的腰。

　　第二天醒来的时候，偌大的卧室里，阳光满屋，身下果然是一张很大很软的床。

　　她绞尽脑汁回想昨晚发生了什么，而在不远处的落地窗前，一个身穿衬衫的男人正抬头远望。似乎是她的起床声惊动了他，他回过神，从窗帘的轻纱处缓缓走来，极尽轻薄地笑着，"昨晚折腾得那么厉害，怎么不多睡一会儿？"

　　圆缺抬手挡住了略微刺眼的光线，定睛一看眼前的男人，刹那之间，昨夜点点滴滴的暧昧，像电影回放一样在她脑海里闪现。

　　羞愤得要死，她抓起枕头扔了过去。

　　男人似乎心情好得一塌糊涂，扯着唇角冷笑着看她将他的房间给搞得乱七八糟。他只是闪躲，极其无辜地说："昨晚主动扑过来的人，好像是你吧？我可是极力挣扎的。"

　　圆缺只觉得怒火攻心，"顾于肆，你无耻，乘人之危——"

　　顾于肆愣了愣，饶是他再好的修养，此时脸上的笑也挂不住了，"嗯，我无耻，就你纯洁，全天下就你最纯洁！大半夜拖着酒瓶子哭喊着别的男人的名字，而且还在你男人面前喊得那么肝肠寸断、深情款款？"

　　说着，他将一张照片甩在她面前，然后站在床边居高临下地盯着她，目光冰冷。

　　圆缺拥着被子不方便用手拾起来，但照片上的男子眉目如画，她一眼就能认出来，是室友偷拍的那张她与苏杨的合照，昨晚她溜出来的时候鬼使神差地将这张照片揣在了身上。

　　那他口中别的男人的名字，准是苏杨错不了。其实昨晚她回忆起苏杨并不愉快，可这些她不能同顾于肆言明，因为这张照片的出现，已经结结实实重伤了顾于肆，无关乎其他，这是男人的脸面问题。

　　她对上他的眼睛，顾于肆知道这是她的小动作，每当她做了决定的时候，就会这样认真地看着他的眼睛。

　　"两个人相互惦记才是感情，一个人自个儿瞎琢磨那叫犯贱。我和他现在充其量也就只剩下恨，这还不足以让你放心吗？"

　　圆缺的话如同一记拳头，狠狠砸在顾于肆的心窝上。他昨晚接到消息拼了命地赶过去，生怕她吃了亏，现在听到她伶牙俐齿的反击，他可不就是犯贱嘛。

圆缺靠在床头，他则远远站在床尾看着她，像是想将她剥皮拆骨吃下肚一般，"昨晚我真该掐死你。"

圆缺睁着一双无辜的眸子，"你要是真不解气，现在掐也还来得及。"

她摆出一副任君宰割的架势来，一时间顾于肆只剩下无奈，是他把自己热乎乎的心捧了出来，她才有机会一刀一刀狠狠刺下去，"你不过是仗着我宠你。"

圆缺一怔，隐隐地从他这声似叹似怨的音调中，听出几丝黯然的嘲弄来。还没等她细想，他已经转身准备离开，"睡饱了就起来吃饭，吃完赶紧回学校去。"

圆缺对着他离去的背影做了个鬼脸，僵着身子穿好衣服，下楼正看见他冷着脸端坐在餐桌旁，想起方才他撵人那句话隐含的不耐烦，她也不是软脾性的主儿，径直向玄关处走去。

"做什么？"他的脸更冷了，简直是要结霜。

这么明显的意图他难道看不出来吗？既然他喜欢进行这样浅薄的问话，她只好陪着应付，"换鞋。滚回学校去，免得碍着您的眼。"

"刚煎好的蛋，你喜欢的七分熟。"男人看着手里的报纸，状似漫不经心地诱惑着。

圆缺看过，白瓷碗碟中央，金黄色的煎蛋，看着就馋嘴，刚想挪动脚步走过去，正好看见顾于肆报纸翻页时瞥了她一眼，那眼神分明在说，你还能逃出我的五指山？

她真是恨极了他这副胸有成竹的样子，堪堪止住步子。

"不了，我得赶紧回学校去，没准儿有人找我。煎蛋嘛，哪里都能吃到，况且能替代它的东西多了去了。"几句话的工夫她已经换好鞋子，说完扭头就走。

顾于肆被她一席话噎得喉咙都疼，真想冲过去把这个牙尖嘴利的丫头给揪回来，好好教训一番——不是所有的东西都能找到替代品的。

可揪回来又能怎样，人回来了，心呢？

他觉得这会儿不能让她在自己面前晃荡，否则他真担心自己会失控。于是他索性在她拉开防盗门的那一瞬推开椅子，然后阔步上楼，先她一步离开了"战场"。

和顾于肆又一次不欢而散。从半岛别墅出来，圆缺脑袋昏昏沉沉的，宿醉之后的身子提不起一点劲儿来。她再也走不动了，来到路边树下的长椅旁，缓缓滑坐下来。

可没一会儿就变天了，头顶上方乌压压的一片乌云，圆缺不由得联想到顾于肆寒着的那张脸，心里冷哼一句：前一刻还艳阳高照，转瞬间就是暴雨雷霆。这座城

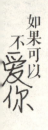

市，真跟它的居民一样喜怒无常。

眼看就要下雨，她一骨碌站起来，没头没脑地冲出去想寻个避雨的地方。

富丽堂皇的大厅里冷气开得太足，圆缺环顾一周，不由得打了个冷战，大约是昨晚被顾于肆折磨得没有睡好，又或者只是冷的关系，她的嘴唇微微有些泛青。

大厦的落地窗外，忽然下起了潇潇冷雨，豆大的雨点急促地敲打着透明的落地窗。

她转过脸，有些茫然地看着窗外灰暗的天空，心里哀叹，今天出门前应该看黄历的，刚刚怎么就慌不择路地冲进这里避雨了呢？

熟悉的摆设让她紧紧绷着神经，不敢再四处张望，一双黑白分明的眼睛定定地看着眼前的水晶茶几，茶几上倒映的眼睛也在定定地看着她，她觉得自己就像是掉进猎人陷阱的麋鹿，因为无路可逃，困顿中唯有绝望。

这样的绝望，三年前在这里，她就曾真真切切经历过一次。她抬头，灰沉沉的天空仿佛一块巨大的铅块，瞬间碎裂成无数记忆的碎片，对着她直直地砸过来。

她或许永远都会记住那一天，以及那一天之后便阴魂不散缠着她的顾于肆。

三年前，也是一个下雨天，天昏地暗。

可T市希尔顿国际酒店，六号贵宾会场，人声鼎沸，会场门口摆着一排排巨大的气球和礼花。各路媒体，扛相机的，拿话筒的，胸前挂工作牌的记者们翘首以待。

会场前排摆着一大排桌椅，奢华的欧式风格，彰显着嘉宾的身份极其尊贵。聚光灯以及拥挤的媒体记者，挤满了宴会场大大小小的角落。

当顾氏集团的总裁出现时，人群更是沸腾了起来。

青年才俊，天之骄子。

被誉为神的黄金单身汉。

一身银灰色西服将他顾长挺拔的身形衬托得完美无缺，俨然是一个拥有高贵血统的尊贵伯爵。

而会场一角，一身简单装束的尹圆缺斜倚在恢宏大气的长形餐桌旁，视线无处着落，随意看着四周的人来人往，西装革履，礼服裙摆，极尽奢华，觥筹交错。

若不是T市苏氏独子苏杨，从高中一直追着她到大学的缘故，想必她那不负责任的老爸也不会将她这私生女迎回尹家的，她又怎么有机会出席这样高档的社交聚会？

她冷笑着，瞥过那些人拼命挤出假意的笑，呵，这就是上层社会，却不知自己的一颦一笑早已落入有心人眼中。

顾于肆眨了眨卷长的睫毛，意外地瞟见她，侧头，眼神中划过一丝惊艳。

待主办今夜宴会的尹氏董事长尹怀明迎了出来，顾于肆才收回视线。

进了贵宾室，早有侍者上前将顾于肆脱下的西服接过，他伸手解开衬衫的两粒纽扣，随意落座在欧式沙发上。

享受着上等的红酒，顾于肆满足于此刻的安静，端起酒杯，目光逡巡着高脚杯的玻璃边缘，不紧不慢地开口道："那么尹总，今日请我来的目的是？"

外面那么多记者，今天又是尹氏入驻T市的新闻发布会，他可不觉得尹怀明请他来仅仅是为了品酒这么简单。

随意地靠着靠身后的软垫，不经意的小动作，他做出来，却是魅惑众生。之前他无论参加什么聚会，身边都带着女伴，今天却是独自前来，尹怀明的眼底泛上一抹意味深长的笑容。

"顾董，小女尹飒对您慕名已久，说今晚要给顾董一个惊喜！还请您等等再走。"眼看顾于肆放下高脚杯，随手挽着衬衫袖口，面露不耐，对面的尹怀明出言卑微地讨好。

男人晒笑一声，把他当作用美色就可以搞定的角儿，未免也太小看他了，薄唇溢出浅笑，"哦，是吗？"

"爸爸。"忽然一个甜腻的声音响起，只见一位年约二十的女孩向他们缓缓走来，一袭红色短裙惹火暧昧，将火辣的身材勾勒得迷人艳丽。

"艳少，这是小女尹飒。"招呼女儿站到自己身旁，尹怀明锐利的目光直视顾于肆，观察着他的反应。

"哦——"男人风度翩翩地点了点头，冷峻的面庞挂上了一抹浅笑，"尹小姐好。"

尹飒混迹娱乐圈多年，见过形形色色的男人，唯独没有见过像顾于肆这般出众的，上下打量了他一眼，秀美的小脸瞬间染上了一抹红晕。

顾于肆侧了下身子，重新拈起高脚杯，继续优哉游哉地品了起来，"不错。"

"那……顾董，我们尹氏在T市装修方面的发展，今后就麻烦您多多帮忙了。"以为顾于肆对尹飒表示满意，尹怀明很是兴奋地说。

却不料，顾于肆啧声连连地又评论了句："罗马康帝酒庄1990年份勃艮第红酒，果真不错，真是多谢尹总割爱。"

父女二人对视一眼，尹怀明赶忙问道："顾董的意思是？"对尹飒不满意？

闻言，男人终于停止了手上的动作，慢悠悠地抬眼，却是目光冷冽地望向尹怀明，美人计是吗？他倒要看看这老狐狸能不能玩得起。

他嘴角勾起一抹戏谑的笑容，"听说尹家还有一个女儿？"

"这……"心头一紧，尹怀明脸色瞬间沉了下来。

"怎么？尹总舍不得了？"冰冷的嗓音，透着急速冰冻的寒意。

这几天老头子那边又频频动作，想要他政治联姻，他正在考虑怎么解决这个问题，他也承认现在很需要一个女伴，所以对于尹怀明的"投怀送抱"政策，他接受了。

更何况，如果尹怀明送上的是刚刚那个女孩子，就更合他心意了。

顾于肆隐隐施加的压力，令尹怀明脸色变了变，却不敢违背他的意思，因为顾于肆正在考虑为他这个项目注入启动资金。

尹氏现在表面风光，内里虚耗，但只要有顾氏的支持，这个难关就好过了。可一旦错过这个机会，尹氏就没有翻身的可能了，本以为惹火的尹飒便足以搞定一切，哪里想到他不满意呢？可是，圆缺又是苏杨那小子看中的人，尹怀明左右为难。

顾于肆薄唇勾起冷硬的线条，如墨色一般浓黑的视线冷冷瞥向一边，"让我猜猜，有人预定了？"

口里这样问着，却没再看他父女一眼。

钱，他有，而且数不清，但是，他为人却算得太精细。想要算计他的人很多，真正能算计到他的人，估计还没出生。

瞥了一眼父亲为难的神色，尹飒娇笑一声，甜甜地开口道："顾董这话说得严重了，小妹还在上学，太小了。"

"你这是在替我做决定？"墨蓝色的深眸愈加沉郁深黑，阴森冷魅。

尹飒脸色有些尴尬，不过转念一想，圆缺那丫头也没什么料，要知道顾于肆对女人是出了名地挑剔，尹飒细长的媚眼微转，"顾董稍等下，小妹就在宴会外场，我喊她进来。"

尹飒出去一小会儿后，贵宾室的楠木门再次被推开，她领着一个女孩进来。

顾于肆双眼一眯，是她！

修长的手指交叉，动作优雅而绅士，他淡淡收回视线，但眼睛里不经意流露出的精光，只有他自己知道，那是发现猎物的欣喜。

圆缺瞥了眼坐在软座上的顾于肆，一阵熟悉感袭向她的脑海，一时却记不起来。

"爸……姐……"

她干涩而冷漠地打过招呼，便站定在那里，并没有看向顾于肆。

"呵呵，顾董，这位就是……"等不及尹怀明介绍，顾于肆利落地站起身，站定在圆缺面前。

待她也抬头，一双眼睛滴溜打转、防备地看着自己时，顾于肆一怔。他不曾想过她竟是如此精致的女人，淡淡的眉，淡淡的唇，一切都是淡淡的颜色，组合起来竟是如此精致的一张脸蛋。

可脑海瞬间却闪过另外一张委屈啜泣的面容，惊得他回了神，然后便是极快地伸出两根手指，捏住她的下颌，逼迫她面对着自己，惊得她一张小脸在他的手掌里微微发抖。

男人的气息混合着红酒的醇香扑面而来，一双眸子却深似冰海，他俯身看着自己面前的纤细女人，狭长的眸子透出精锐如猎豹般的锋芒。

白色T恤，贴身七分牛仔裤，勾勒出美好的身形，腰间若隐若现的白皙肌肤，让他眼神更加深邃。他露出轻佻放肆的笑意，大手一伸，便结结实实在她腰间摸了一把。

真细腻，这才是真正的肤若凝脂——

偷香的某人啧啧称叹，正暗自笑着，忽然一阵掌风袭来，他反手便握住她扬起的手。

尹圆缺被他突如其来的非礼吓得脸色大变，并且还是当着那对父女的面，这让她惊怒不已，可惜这一巴掌没拍上去！

她想抽回被他握住的手腕，他却不依。她抬头，咬牙切齿地看着这个可恨的男人。

他很高，高到她只能仰望着才能看清，她只到他的胸口，气势上顿时弱了很多很多。

见她直直打量自己好半天，顾于肆薄唇微动，"我摸了你，所以你要打回来？"

圆缺终于趁着他说话的机会，奋力挣脱了他的禁锢。

看着她戒备地捂着被他攥红一圈的白皙手腕，顾于肆向后退了两步，从裤袋里掏出烟盒磕了磕，取出一支烟放在嘴边叼着，也不点，就那样盯着她看。

那一瞬间，尹圆缺觉得他望过来的眼神里，藏着千万种坏心思。于是她得出一个结论，面前是一个好看却极致危险的男人。

不知道为何，她觉得害怕，那份初见时的熟悉感也掩盖不了的害怕。见她失神，他取下烟，眼睛眯起来笑了，可却一点都不让人觉得他在高兴，那眼睛里，分明藏着刺人的冷芒。

果然，他轻蔑地勾起唇角，"你是尹家的千金？我怎么没见过你？"

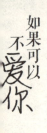

好毒的舌头！她就知道没好话！

她是尹家见不得光的私生女，这世上几个人知道尹家还有一个小女儿尹圆缺？

先是被尹飒莫名其妙地喊进贵宾室，现在又被这个男人莫名其妙地非礼了一把。对，就是一通莫名其妙，圆缺正窝了一肚子火呢，这人还偏偏揭她的伤疤。

看情况不是很明朗，在尹家她还不想惹事，不然回去母亲肯定要掉泪，她便转头对着尹怀明淡淡开口道："没什么事的话，我先回学校了。"

说完，她转身就要走，可脚步刚迈出去，一阵混合着烟酒和男性独有的味道便迅速靠近。她心头一惊，反应过来时已经被人从身后圈住。

她大怒，继而又想到这个男人定是尹怀明的贵宾，自己得罪不起，只能放低了声音说："这位先生，请自重！耍流氓的男人，是要被逮到公安局去的。"

他扬眉，附在她耳边，暖暖的气息带着他的强势，冲进她的耳膜。

"其实，我想去酒店，现在。"

圆缺被惊到了，眼角的余光瞟到尹飒一脸敌意，她的声音有些走调，"流氓——"

听着她的低低咒骂，顾于肆也不恼火，只低低笑出声，在圆缺反抗之前松开了她，身子退后几步，接着往后一仰，慵懒地靠在沙发上，"很好！"

腰间被他摸过的地方，那冰凉的触觉依旧存在，好似透过肌肤，直透骨髓，让圆缺有种不祥的预感。

她只能将不解和紧张的目光移至尹怀明身上，只见他的表情逐渐阴沉，"顾董，您的意思该不会是——"

顾于肆不答话，眼神却紧紧黏在圆缺的身上。

圆缺看向他，只觉得他扫视自己身上的视线火热而炽烈！她隐约明白了什么，她的心顿时就像坠入深谷一般，一分一分地冷下来。

顾于肆慵懒地用手指叩着楠木桌，发出有规律的敲击声音，慢慢对尹怀明说："既然是礼物，我自然是要挑合心意的。"

他这样对尹怀明说着，视线依旧不离圆缺半分。话中含义不言而喻，其他的货色，他也看不上，非尹圆缺不要！

"顾董满意就好！"尹怀明勉强笑着，虽然结果没有预先想的那般美好，好歹他挑了一个，奉承的语气让人感觉到他甚至有丝丝雀跃。

而后，顾于肆便起身，显然是要撤场。

见状，尹怀明惶恐道："今晚宴会还未结束——"

顾于肆挑眉，似乎知道他要说什么，迅速地截断了他的话，"尹总——"他顿了顿，才扬起唇角，继续开口，"尹家在T市，自是不必担心了。尹总可高枕无忧。"说着，他还有意无意地瞥了眼圆缺。

圆缺已经愣住了，或者说是变了脸色，充满敌意地看着那个笑得一脸高深莫测的男人。

尹怀明在得到他的允诺之后，一张老脸迅速开出一朵花来，"懂的，我懂的。"

"那就好，别让我等太久。"

圆缺气结，却只能看着顾于肆微笑着妖娆退场。

她始终蹙着眉头，目视着尹怀明卑躬屈膝讨好地送走那个男人后，贵宾室的气氛瞬间变得紧绷起来。

手腕突然被人攥住，圆缺一愣神。啪的一声，尹飒扬起手，狠狠掴了她一记耳光。

脸上火辣辣地疼，圆缺转过头，愤恨地看着已经回到贵宾室的尹怀明，却沉默不语。

"真是天生的狐媚蹄子，勾引了苏家小开，现在又想钓顾于肆？"背后传来尹飒的辱骂声。

啪！再一记耳光，声音响彻在贵宾室。却是盛气凌人的尹飒捂着半边脸，她哪里想到一向乖巧温顺的圆缺竟会出手扇她，一时呆住。

尹飒反应过来，又急又气，伸手就去扯圆缺的头发，"你这贱人，敢打我！"

"小飒！"站在一旁看着这一幕发生的尹怀明终于呵斥一声，"你先出去招待客人，我有话和圆缺说。"

尹飒眉头一皱，目露凶光，"哼，也好，反正是狐媚蹄子，陪睡也是应该的！"说完，她凶狠地瞪了圆缺几眼，踩着七寸高的高跟鞋，噔噔噔地转身出了贵宾室。

尹飒出去后，尹怀明走到圆缺面前，嘴角抽了两下，露出个比哭还难看的笑来，"圆缺，你不会拒绝吧？"

这是一个父亲应该对女儿说的话吗？

这一来一回，圆缺也明白了她这个无良的父亲想干什么了：不就是卖了女儿给别人暖床，给尹氏争取一个苟延残喘的机会嘛。

心中的刺痛翻搅着她的心，圆缺缓缓抬起头，冷漠地开口道："那个男人开给尹氏什么价？"

"你既然明白就好，这事就好办多了。"

"那你准备怎么跟苏杨交代，说把我卖了？你就不怕得罪苏家？"圆缺冷漠地打断尹怀明的虚伪圆滑，心里暗自掂量。

听到她那冷漠的口气，尹怀明也收起虚伪的笑，口气阴冷起来，"身子给谁不是给？你要是能收服顾于肆，苏杨又算得了什么？"

圆缺不服气地掏出手机给苏杨拨去电话。

"傻丫头，这么快就想我了？"电话那头传来苏杨温柔无比的声音。

"苏，你能不能帮我一个忙？"圆缺问完这句，心里有些犹疑，咬咬嘴唇。虽然一直以来苏杨有能力给予，她却从来不曾开口问他要过什么，这是唯一的一次。

"苏，你能帮帮尹氏吗？"

苏杨从高中一直追她到了大学，从她是没有爸爸的野种，追到她是尹家小姐。四年了，苏杨从未放弃过她，凭这点，圆缺也想要赌一赌。

"……"电话那端却沉默了。

通话还在继续，犹豫，弥漫在两人之间就变成了抉择和放弃。沉默，电话两端，持久的沉默，过了好几分钟，圆缺艰难地开口："我……我知道了。"

啪的一声，电话挂断了，也割断了她所有的希望。

看着她伤心的表情，尹怀明却开了口，同时递过来一张纸，上面写着希尔顿贵宾房的房间号。

"你也不想你妈低声下气地活在尹家吧。这次你要是帮了爸爸，爸爸就给她一个名分。"

她不想去做那样卑下的事，可是身在尹家，还有母亲，她没得选择。她缓缓闭起双眸，近十年未流泪的圆缺，眼角滑下了一颗晶莹剔透的泪，"知道了。"

圆缺站在酒店的走廊里，壁灯发出柔和的光线照在她的身上，徒添一抹暧昧的色泽。

她在房门外站了好久，走廊尽头的服务生走了过来，问道："小姐，有什么需要帮忙的吗？"

要说在这酒店出现美女不是什么稀奇事，毕竟特殊服务，每家酒店都有。只是，服务生看着眼前的女孩，她身上透着淡淡的书卷气，应该还是学生吧。

"没事。"忽略服务生眼中的探询，圆缺深深吸了一口气，素白的手指按响了门铃。

门铃一直在响，却没有人来开门。圆缺觉得自己的心扑通扑通的都快跳出来了，手心也沁出薄汗来，一边是惶恐，一边心里又微微抱有希望，希望那个人不在。

门铃按了四五次，还是没人。圆缺松了口气，踮起脚尖，转过身预备快速离开。

房门却是无声地开启了，男人的一声低咳传来，圆缺吓了一跳，下意识地扭过脸去，却正好看到他站在门边，嘴里依旧叼着一支烟，身上只松松垮垮地系了一条浴巾，明显是刚刚洗完澡的样子。

其实他长得很好看，正经时候能看出他清朗的面相，湿漉漉的头发下，一双眸子漂亮极了。

微薄的唇，叼着的烟，那不羁和轻佻，显然非常讨女人的欢心。

圆缺觉得一颗心怦怦乱跳，她脸红得发烫，双腿发软，不知是该大步跑开还是朝他走去，只愣愣地站着不动。

她正犹豫，顾于肆却是唇角向上微扬一下，一伸手握住了她裸露在空气里的单薄肩膀。

冰凉的触感，让圆缺抑制不住地颤抖了一下。她霍然抬眸望着他，却见他眼底噙着几分阴郁，她觉得心口像是被人一下子掐紧了一般，呼吸困难。

"尹小姐，我等你很久了。"顾于肆修长的手指夹住香烟，偏过头吐了一个小小的烟圈，沉声说道。

圆缺被他的力道微微一扎，整个人就这样被他连拖带抱地拽进了房间。

顾于肆已经掐灭了烟蒂，双臂圈在她身体的两侧，将她抵在门背后。

他很高，圆缺还未到他的肩膀，他的气息逼迫得她不敢抬头，心跳却是越来越快。她只是看着自己的脚尖，冷气充足的房间里，她却出了一身薄薄的汗。

"知道自己是来做什么的吗？"顾于肆掐住她的下颌，逼迫圆缺抬起头来。

她的一张小脸在他的手掌里微微发抖，清透的眸子闪过一丝不情愿。顾于肆视线向下，就看到薄薄一层T恤包裹下勾勒出的美好身形，以及一片白皙处精致的锁骨。

哪有那个人口中说的那般坚贞不渝，也不过是一个俗透了的女人，想到这儿他不由得轻佻一笑，"这会儿我若是摸了你，你可没权利再打回去了，明白吗？"

真是个爱记仇的男人！圆缺不知如何接话，怔怔地看着他。

看着她簌簌发抖半句话也说不出来的样子，顾于肆深邃的眸底漾开一抹浅浅的闪烁，她根本什么都不知道，他这样子刁难是不是有些过分了？

可下一秒钟他脑中极快地闪过一张隐忍啜泣的脸庞，冷静下来之后，他为自己这样的想法恼怒不已，不由得意兴阑珊地松开那细瓷一般细腻的肌肤，摆摆手，转过身在一侧的沙发上坐下来。

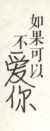

"算了，你去洗澡吧。"

房间里的空气似乎凝固了一般，憋得她几乎无法呼吸。她腿脚僵硬地走进浴室，反锁了浴室的门后，整个人才一瞬间松弛下来。

泡了热水澡，磨蹭着擦干净了身子，却并未在浴室里发现浴袍。看着那短短的浴巾，圆缺又是一阵止不住的慌乱，她该怎么办，裹着那个东西出去吗？

她想起顾于肆的问话来，她当然知道自己是来做什么的——用自己的初夜来换取尹氏的短暂太平。

这只是交易而已，用她的身体做交易。

若是她这一次做好这件事，是不是妈妈在尹家可以稍稍抬起一点头？尹怀明也可以对妈妈好一些？尹飒母女是不是就不敢欺负得那样明目张胆？

闭上眼睛，一行清泪潜然落下。她见不得妈妈低声下气活在尹家的样子，所以委屈自己答应尹怀明的要求。

可她现在却不敢想象接下来要发生的事情，心底拼命压抑着的那个身影，却是不受控制地浮现了出来。她鼻子一酸，又要哭出来。过了今晚，她与心中的那个他就彻底划分出了界限。

咚咚的叩门声，顾于肆的声音不急不缓地响了起来，"尹小姐？"

她知道顾于肆是等到不耐烦了，只好忍住眼泪，把浴巾沿着胸部裹好，扭开门锁赤脚走出来。

顾于肆微微眯眼，目光自下而上，腿长、腰细、胸……

小腹那里似乎微微地紧绷了一下，他不由得扬了扬唇角，"过来。"

顾于肆斜靠在窗边，两腿交叠着，犹如一个优雅的绅士般看着她，魅惑的声音在空荡荡的房间里十分动听。

圆缺捂住胸口的浴巾，不想自己在陌生男人的面前太过暴露，不敢迈开步子走，只是小心翼翼地向他挪过去。透过浴巾的缝隙，她两条修长的腿若隐若现，不由得让顾于肆眸子的颜色又深了几分。

他伸手一捞，圆缺便被他箍在怀里。不知是浴巾太短，还是他身上太热，圆缺僵着身子，甚至不敢动一下。

"这么值得纪念的夜晚，我们是不该虚度的。"他的身子覆在她的身上，薄唇含了她的耳垂轻轻舔舐而过。

他的前戏直接而热烈，圆缺全身恍若过了电一般颤抖起来，这样触电般的感觉，让她想起苏杨。

独处时，苏杨总是喜欢逗弄她，可苏杨的吻，犹如沐浴春风，让她醺醉，不似顾于肆的强势。

在顾于肆老辣的攻势下，圆缺只能软绵绵地将手臂搭在他的肩上，却又撑不住，只无力地滑了下来。他似是很满意她的生涩反应，舌尖在她的唇上游移许久，才撬开她紧咬的牙关滑入她的口中……

从未经历过这样的吻，也从未被人这样轻薄，圆缺的呼吸越来越急促，她拧紧了眉，"别……"

剩下的话，圆缺吞了下去，想到母亲每天过的是什么样的日子，她只是挣扎了一下，就闭上了空洞的双眼。她根本没有抗拒的权利，挣扎也只是徒劳。

在她决定走进这间酒店的时候，她就告诉自己，苏杨那样温暖的人，以后她再也不配拥有了！

可心里仍旧不甘心，苏杨……她的苏杨啊……

听到她的拒绝，顾于肆抬起她的下巴，强迫她不得不抬眼看着他，"看你未经情事的分儿上，我不介意帮你，但你要好好学着，求人的时候，就应该主动点儿。"

这样威胁意味十足的话，让她不敢再做他想。

他的话音刚落，圆缺猝不及防，只觉得头脑一阵晕眩，已被他抱起来，走了几步，便被压在了柔软的沙发上。

在尹圆缺惊呼出声的时候，顾于肆滑溜溜的舌头趁机钻入她的口中，不甚温柔地翻搅着。他的吻来得猛烈如狂风，这样的强势，孱弱的圆缺根本挣脱不开那双紧紧箍着她的铁臂。

他本来只是想惩罚一下尹圆缺的不专心和分神，可一沾上她的唇，她嘴里的味道像是罂粟的花粉，让人欲罢不能。

惩罚慢慢变了性质，本来是狂肆掠夺，渐渐变成了缠绵的吸吮，温柔嬉戏的逗弄。

室内的温度越来越高，当顾于肆扯下自己的浴袍时，两人便是完全地赤裸相对，圆缺迷失的神志终于稍稍恢复了几分。

初夜就这样交出去吗？按照好姐妹姚翩翩的话来说，和男人结合不应该是一件美好的事情吗？明明自己的身子已经被这个男人挑逗得禁不住起了生理反应，可为何心里却生起了一股空虚？

难道这就是和不爱的人结合的感觉吗？空茫茫的，没有一点着落，没有一丝圆满的感觉。

圆缺单方面地冷却下来，顾于肆自然是感觉得出，他压着她，紧紧盯着她茫然

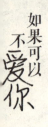

无措的眼睛，忽然双手攥住她的纤腰，狠狠一用力，便将圆缺从身下翻转到他身上趴着。

他望着夜空中那轮皎洁的明月，心里想或许是月色太过皎洁沁凉的缘故，不然他此时为何有种止不住的冲动，只想和她安静地说会儿话。

他的指尖落在她湿润的小脸上，再从她的脸颊慢慢滑落下来，落在她粉色的唇瓣上，有一下没一下地来回拂过，低低地在她耳边说了一句，却是答非所问的闲扯。

"你叫什么名字？"其实他早知道了。

这样轻轻的触碰，圆缺感觉自己像是被烫了一下，不敢看他的脸，吐出几个字："圆缺，尹圆缺。"

"圆缺……"他像是复读机一般重复着她的名字，"怎么叫这个名字？"

圆缺心神恍惚地看他，心下十分苦涩，长长的睫毛垂下来，脸微微侧到一边，低低开口："妈妈起的名字，大概是引自'月有阴晴圆缺'这句吧。"

"月有阴晴圆缺。"顾于肆又低低重复了一遍。他好像记得，这句词的前一句便是"人有悲欢离合"，又隐约记得尹怀明的正妻并不是她的母亲。

他的目光重又回到她的脸上，此刻才看清楚那一张脸，一双乌黑的眸子像是剔透的琉璃，如此清澈的一双眸子——那样的无辜！

他笑了一下，想起初见她时她的清新模样。

或许她真的什么都不知道，一时间脑中闪过无数打算。

至今为止，圆缺仍旧想不明白，他那时候到底在想什么，以至于后来变着花样地虐着她、宠着她，她甚至分不清，他到底是爱她，还是恨她？

她还沉浸在往昔的回忆里，肩膀却被人拍了一下，耳边传来熟悉的声音，"圆缺，你怎么在这儿？"

她抬起头，正撞上苏杨的目光。

看见他，圆缺一阵慌乱，赶紧用手将头发散开，遮住脖颈红红的吻痕。

这里跟去学校并不是同一个方向，苏杨想问这个时间她怎么会在这儿，到底还是强忍住，问她："中午能一起吃个饭吗？"

又吃饭？圆缺坚决摇摇头，低低地说："不了，我学校还有事，得赶紧走了。"

见她急着要走的样子，苏杨慌忙攥住她的手，"那晚上，可以吗？"

圆缺转过头，神情麻木地望着他，一声不吭。

她这样的神情，扯痛了他。

拍卖会那天晚上他不死心地给她打电话，没想到竟然是顾于肆接的。隔天他跑到学校去找她说了很多刺激她的糊涂话，可都过了长假，她压根儿就没找过他一次。见她不搭理自己，苏杨心里很不是滋味，难道是被自己刺激得太厉害了？

　　"不想见我吗？可是，圆缺我告诉你，回国后我过得并不开心，每天都想着你，想得快发疯了，你本来……本来该是我的，是他硬抢了你。我现在终于回来了，你却不想见到我。圆缺，你说，你要我怎么办？"

　　圆缺低着头，吐字艰难，"苏杨，你也看到了，我现在不是一个人。你——当初你也是跟顾心言一起走的，他们又是兄妹，我们以后还是顾忌一下吧。"

　　"圆缺？"苏杨担心地看着她，她今天的反应太不寻常，不像是故意说狠心的话，倒像是受了极大的惊吓，整个人都痴痴傻傻的，昔日的灵气消失得一干二净。

　　"你怎么了？是不是顾于肆对你做了什么？"说着，他就要探手上去察看一番。

　　圆缺极快地闪开站在一边，"我好好的，没事的。"

　　苏杨看着她，她在撒谎，他一眼就能看出来。可是他没法揭穿她，她有心事却不告诉他，这说明她已经不再像以前那样全心信任他，这个认知让他多少有些难过。

　　看着苏杨紧张的神情，圆缺心里泛起千般委屈，可面前的男人她又发泄不得。恰在此时，一个打扮入时的女人向苏杨迎面走来，红唇溢出的软糯之语很是好听，"苏，怎么还不进来？"

　　苏？

　　这个曾经专属于她的亲密称呼，如今已经有了新的主人了吗？她抬头看着面前那个能将顾心言比下去的女人，恍惚一笑。

　　苏杨有一瞬间的不自然，还没等他说什么，圆缺便丢下一句："你忙吧，不打扰你了，我先走了。"

　　他看着她离开，一句挽留的话都说不出。

　　"人都走远了，还做出这副依依不舍的样子给我看，你成心要我伤心吗？"一袭白衣裙衫将女人的身形勾勒得清新出尘。

　　苏杨收回目光，揽过身旁的女人，温柔地吻着她的发，"说什么胡话呢！"

　　女人并没有动，只是用一双澄澈的眸子怔怔地看了他很久，才犹豫地问他："你是因为她在这个城市，才会接受名流公子的聘请吧？"

　　名流公子是本市最大的娱乐场所，私下里活动居多，难免受到各部门的注意，如今难得签到苏杨这样的律师团队。

他的下巴搁在她的发顶，半晌不言语，胸前被小手推了推，他才说道："你说可能吗？如果为了她，我还把你带在身边做什么？凌宸……"

他勾起她的下巴，"几年前她就在我心里死去了，现在活在我心里的人是你！知道吗？"

"那么，那晚呢，那晚你临时改了主意去参加拍卖会，不就是因为想见她，难道我猜错了吗？"

叫作凌宸的女人用清澈的眼神看他，那模样倒映在苏杨眼里无辜极了，像极了某个人。

苏杨没说话，凌宸却好像明白了什么，她重重叹了口气，挣脱苏杨的怀抱，坐在一旁的软座上。

"她今天哭过了，就坐在这个软座上哭的！"凌宸靠在椅背上，神情有些懊恼地说道，"没见到她以前，我就想，这个女人好可恨，拜金又无情，我恨她以前那样伤害你，也瞧不起她出卖自己。可今天见到她以后，我竟然发觉……"她重重地叹口气，看了眼苏杨，"现在却嫉妒起她来，明明知道你和她已经没有可能，我却偏偏还要把她当成情敌，苏，你说这是为什么，难道我感觉出错了吗？"

苏杨好笑地抚过她紧蹙的眉心，真是小孩子脾气，可气又可爱，与三年前的圆缺一模一样，"好了，别想她了，为一个与我们不相干的人伤神干什么？进去吧，别让他们等久了。"

爱一个不爱自己的人，真的太累太累了，她对他好，他明明知道，却只能装作没看见。爱一个人那么辛苦那么卑微，可依旧心甘情愿，也只是因为他是她中意的爱人啊。

见他已经不想再谈，凌宸撇了撇嘴，低垂眼眸，掩下自己所有的不喜欢，说道："好！"

美妙的音乐声在雨声里划过，整个饭局上苏杨都神思恍惚，中间实在压抑不住心中的烦闷，他借故走出包厢，在露天的花园餐厅点了根烟，透过玻璃窗看着那张软座。

她哭过了吗？是因为他说的那些糊涂话哭，抑或是因为别的什么？和他有关系吗？他放任自己大胆地猜测。

雨后的凉风在他耳畔吹着，捏着烟的手，还残留着拂过凌宸发丝的触感，清香的，柔滑的，像细腻的沙子从指缝间缓缓溜走。

率直像极了某人的性格，是他一开始注意凌宸的原因，而凌宸喜欢他，这点苏杨是知道的，更没有一口回绝，可他现在找不到更进一步的理由了，因为，即使凌宸与她再相像，也不是某人。

更何况，如今那个女人，就在他咫尺的地方，只要他努力，就能再次拥她在怀里。

他不想对自己否认，那晚推辞了一个重要的饭局，临时答应白老去参加拍卖会，的确是因为尹圆缺的关系。他很好奇背叛过他的女人过得怎么样，以顾于肆狠辣的性格，她应该过得不好才是，他自私地想，看见她过得不好，是不是就可以解恨了？

事实上，他错了，她过得很好。相较于几年前的清纯靓丽，她更添了些成熟的风韵，唯一可惜的是，搂她在怀的人，如今是顾于肆。

那样亲密的姿势，是他怎么也忘不了的。

圆缺，那个总是偷偷脸红的女孩，那个早已被他锁在心底不愿再回想的女人，多年后重逢，竟恍若隔世。

他说不出心里的感受，有些酸楚，背叛了他居然没有受到惩罚；又松了口气，好像也不是很想见到她弃妇的样子；似乎还有些激动，他回来了，总归不是一点办法都没有。

曾经，他们是多么难分难舍啊，有一次他踢球被撞倒，骨折住进医院，半夜醒来，银白色月光下的她挂着晶莹的泪珠，他慌张地一坐而起，拥着她小心地问她为什么不睡，她说：怕你醒来找不到我，会急。

怕他找不到她，就不睡，一直守着他！

那时，她属于他！

在分离这三年间，他无数次问自己，她难道真的是因为自己没有顾于肆有权有势，保不住她父亲的公司，才会离开自己的？

他抬了抬头，阴沉沉的乌云和雾霾渐渐散开，淡墨的天空，干干净净，早没了三年前的暴风雨，也没了三年前跟他挤在一把小伞里的圆缺。

他还兀自沉浸在自己的思绪里，却不知他惦记的人儿，早已淋得跟落汤鸡一般。

"总算停了。"圆缺看着天空乌云分开，终于透出一抹光亮。

脸颊一阵冰凉，她抹了把脸，掌心湿乎乎的，也不知是雨水还是泪水。

她的泪水还真多啊！这句话是顾于肆说的。

刚跟他的那一个月，她知道苏杨在找他，而她只能躲起来，每晚以泪洗面，直到一纸验孕单被递到校长手里。从那天起，她不哭了，不敢哭了，也是从那天起，她只对顾于肆笑，诏媚地笑。

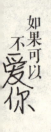

路过水果店的时候，圆缺看着别人手中都掂着几斤水果才去探望病人，自己这是去看望至亲，哪有空手的道理。

可是摸摸口袋，空空的，才想起来他送的银行卡和手机，早上离开半岛别墅的时候她一样都没带走，现在身上一分钱都没有。

越想越觉得自己窝囊，不该事事靠着那个人。以前多好，一个人虽有些辛苦，但是吃穿用度都是自己打工挣来的，用得踏实，也没人动不动就甩脸色给自己看，想想这三年多，自己究竟过的什么生活，一只寄生虫罢了。

她不能再这样下去了。

不管怎么说，得先解决眼下的问题，现在她心里慌得很，真的很想见见妈妈，想她能用大手抚摸自己的头，然后才觉得自己不是一个人，才有继续撑下去的勇气。

她从来没借过钱，这种事还真不好开口，举目四望都是陌生人，别人又怎么会借钱给她呢。她正愁想不到办法，急得抓耳挠腮，却一眼瞟见戴在中指上的指环。

其实是一枚戒指，可她不想那么叫，因为那是去年生日的时候顾于肆送的，又不准她摘下来，只好勉为其难地戴上，又因她手指太细只能戴在中指上，为此顾于肆足足生了半个月的气。

他若是知道她将指环压在老板那里，只为换两斤她妈妈爱吃的苹果和猕猴桃，不知又会气成什么样。可圆缺管不了那么多，压了指环拎着水果便直奔住院部去了。

叮咚一声，电梯门开了，她刚踏出电梯，便被眼尖的专护小姐看见，"小尹，你来啦。"

"梅姐，我妈这几天还好吧？"

"状态挺好的，就是老念叨你，还跟我说了很多关于你小时候的事……"梅姐的话说到一半，突然顿住，拉住圆缺，问，"你的手怎么了？"

昨晚上喝酒打碎了酒瓶，跌倒的时候碎玻璃碴儿划破了手掌。

"我……"她不知道要怎么解释。

见圆缺嗫嚅了半天，也没能说出个所以然来，梅姐心里有数了，"是不是他动手打你了？这还有天理没了，怎么他就不肯放过你一个小姑娘呢？"

说着心疼地拉着圆缺进了药物室，给她用医用酒精消毒，又上了药。

之后圆缺又向梅姐借了粉扑，化了淡妆，总算将苍白的脸色装扮得红润些，圆缺这才有心思跟梅姐交代。

"梅姐，让你担心了。我没事，你放心。不过最近我可能没法经常来看我妈

32

妈，还请你多多费心。还有，千万别让她知道我跟顾董的事儿，她身体不好，我怕影响她情绪。"

梅姐照顾范素心三年多了，刚转到这个医院的时候，圆缺就把自己的情况跟她说了。梅姐一开始心里多少有些瞧不起圆缺，后来见她特别孝顺，也受了感动，反倒同情起她来，对范素心的照顾也尽心尽力。

"圆缺，你放心，她是我的病人，我自会好好照顾她，所有会影响到她病情的，我都会控制住。只是，圆缺，再过一年你也要毕业了，总不能跟着那个人一辈子，早作打算啊。不然……"以后还有谁敢娶你啊，梅姐叹了口气，没再说下去。

圆缺感激地笑道："我无所谓了，那些事情都随缘吧！"然后拿起旁边的水果袋，钻进了病房。

病房内的范素心本是目光空洞地看着玻璃窗外的天空，听到开门声，以为是梅姐，"我现在不想聊天，你先忙去吧。"

半天没听见答话，却听见病床旁有窸窸窣窣的声音，她转头一看，圆缺正低头削着苹果皮。

"你这丫头，来了也不吱一声。"

"吱。"

"呵呵……"范素心扑哧一声笑了出来，混浊的目光投到女儿脸上，透着一股温柔，"你平时上学又要打零工，难得来妈这儿，就别忙活这些了。"

范素心虽瘫痪在床，可这三年有圆缺撑着，倒没让她受多少罪。

圆缺抬头，见范素心脸色不错，笑笑，"不累。他们现在对我都挺好的。"

圆缺流利地说着谎话，她跟着顾于肆的事儿是瞒着母亲的。当初范素心瘫痪，庞大的医疗费用，圆缺也只说是尹怀明支付的，没敢说是靠别的男人养着，不然让范素心知道原委，哪还有清净日子过。

"唉，我又不是不知道，从小尹飒就看你不顺眼，到处找碴儿欺负你，你这孩子也只忍着，从来不吭声。因为我这事儿，尹飒肯定更没少折磨你。"范素心絮絮叨叨地念着，好像是被封了几天的嘴，封条一撕开，就没完没了地要把一肚子的话倒尽。

圆缺眼眶一红，低下头去，假装继续削苹果，等范素心念完了，她才抬起头来，转开话题，"今天下雨了，身上疼吗？"

三年前出了车祸，范素心半身不遂偏瘫，下半身没知觉，上半身遇到天阴下雨的，还风湿疼。

"不痛了！"范素心的手在圆缺头顶来回抚摸。

"妈，过些天我可能没法经常过来看你，快暑假了，多跑跑兴许能找个好的暑期兼职历练历练，长点实习经验，对明年毕业找工作有帮助，也多存点钱。到时候就能把你接到家里来，我亲自照顾，咱们母女团圆，不让你一个人待在医院了。"

"时间过得真快啊，圆圆都快毕业了……"范素心拍着圆缺的手背，说着说着，眼圈就红了，"妈知道你孝顺，别尽顾着找工作，你年纪不小了，也该找个对象了！"

说到这个话题，圆缺很是无奈，刚刚梅姐才提过，"我现在哪有心情想这些事儿？"

"圆圆，你是不是还想着苏杨？"范素心突如其来地问道。

圆缺心里一颤，忙垂下眼睑掩饰自己的慌乱，将削好的苹果递给范素心，方才平静地说道："妈，他都出国那么多年了，现在就算见了面，估摸着也都认不出来了，我惦记他干什么？"

想起三年前圆缺与苏杨分手后，圆缺憔悴失神了好多天，现在却能这么平静地把苏杨当成陌生人，到底是她耽误了自己的女儿，范素心哽咽了。

"都怪我拖累了你，不是我出这事，你跟苏杨毕业后也能结婚的，再不济，也不至于你到现在还孤孤单单一个人，撑得这么辛苦，妈……对不住你啊……"

"妈——"圆缺眼圈立即红了起来，跟着落泪，"跟你说了多少次了，我跟苏杨分手不是因为你。你怎么尽说这些我不爱听的话？咱们母女相依为命，那么多的辛苦都撑过来，不就是为了好好地生活在一起吗？你非要想那么多做什么，就不能好好养病吗？"

圆缺越说越伤心，索性趴在床沿呜呜地哭起来，一直以来的辛苦，拍卖会重遇苏杨的心烦意乱，跟顾于肆闹别扭忍到现在的委屈，终于得以发泄出来。

Chapter 03
回忆的噩梦

从医院出来的时候，又下起了蒙蒙细雨，圆缺浑浑噩噩地走在清凉的雨里，才觉得舒服了许多。

只是这样的任性，换来的只能是生病，回到学校的当天夜里，圆缺便发起了低烧。

睡得昏昏沉沉，就连做梦也是恍恍惚惚的，恍惚让她再一次回到三年前的那一天。

那一天，她记得清楚，苏杨找到她的那一天，也是她没去学校的第三十六天。

苏杨找到半岛别墅，抓着她的肩膀，狠狠地质问："这就是你消失的原因，当别人的情妇？"

圆缺痛得皱眉，却咬紧下唇一声不吭，她没想到苏杨会找到她，更没想到苏杨因为找她找得面容憔悴。

那天吵架时，他说分手说得那么绝情，甚至在他们冷战的时候，竟然跟顾心言鬼混到一块去。

"为什么要这么做？我呢？我怎么办？你说话啊，你说啊……"

"我们分手了！"良久，她开口，却垂下视线，不敢面对他。

"不，这不是你的真心话，尹圆缺，你敢不敢看着我再说一遍？"抓住她肩的手又用力了几分。

那种情况下，她没有选择，抬眸看着苏杨说道："我不想分手的，可是，你提出来了。"

"你明明知道我不是真的想分手，我只是被你气极了。"苏杨没头没脑地解释着，希望她能听进去。

"没有只是！既然已经分了，以后我们的关系，便是毫无瓜葛！"她的声音不

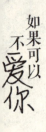

大，却掷地有声，苏杨听的是字字沉重。

"毫无瓜葛？！"她的决绝终于让苏杨竭力保持的冷静崩溃，他甚至不顾有外人在场，放下身段哀求，"说得容易，几年的感情就换来一句毫无瓜葛，圆缺，你不能对我这么狠心。离开这里跟我回去好不好？不管别人说什么，我会对你好的，不要再这样作践自己。"

作践？他终于说狠话了。那一纸验孕单看来威力真大，连他都信了，不是吗？

她推开他，站直了身子，抹抹脸，手指沾着一滴晶莹的泪珠，"可是苏杨，我即便过着作践自己的日子，也不会再跟你在一起了。"

他不信她，就算跟他回去又能怎么样？他们已经回不到以前了。

"那你当初为什么要答应跟我在一起？你为什么要给我希望？你为什么不留着清白卖个更好的价钱？"苏杨被她狠绝的话刺激得理智全无，他更尖锐地回应，"圆缺，你怎么变得这样下贱！"

啪！一个响亮的耳光，圆缺收回发痛的手。

"这个耳光是还你的！记住，是你跟我提出分手，又打了我一个耳光！而我看到你跟顾心言那些视频和照片，我没有骂你下贱！"

圆缺怀疑自己是不是穿越了。三年前的种种不愉快经历，她明明已经命令自己藏得很深很深，以至于现在的她，都很少去回忆。到底是回忆不起来，还是不敢回忆的意味居多，她不敢探究。可今天是怎么了，难道是烧糊涂了吗？她想喊出来，醒过来，可过往那些视频和照片，却如幻灯片一样，一一掠过她的眼前，逼迫着她重新温习一遍被男友背叛和被好姐妹挖墙脚的滋味。

低哑沉重的喘息从小小的数码相机里传出来，顾心言似痛苦又似快乐地尖叫，坐在男人身上不断耸动，两具赤裸的身体紧紧缠在一起……不……不……那个不穿衣服的男人……难道真的是苏杨？

他们……他们……怎么会这样……明明是苏杨带她回家见父母的大好日子，怎么会收到这样的匿名快递呢？环顾四周，苏伯父的脸都气绿了，还有苏妈妈在旁边，嘴巴张张合合，不知道在说些什么。

"不是这样的，圆缺，你相信我，不是这样的……"她回头，苏杨痛苦地看着她。

她的手指颤抖起来，丢掉数码相机，跑去找顾心言想问清楚真相，却反被顾心言质问："真相？真相就是你男朋友移情别恋，跟我好了。别用那种眼神看我，你自己也是个下贱坏子，明明都到我哥床上了，为什么还缠着苏杨？"

"你哥？"

"哼，那晚，在希尔顿的贵宾房，你难道忘了吗？不要以为苏杨现在仍旧不肯放弃你就沾沾自喜。尹圆缺，我告诉你，我怀孕了，苏杨会娶我，而你，争不过我的……"

眼前的一切突然消失了，苏杨呢，顾心言呢……为什么只留下她被按在大床上，头顶上那个邪魅的男人，居高临下地望着她，"我要保心言永无后顾之忧，所以，尹圆缺，这一次，我要定你了！"

啊……身体被贯穿了，他高高在上地俯视她，不顾她的哀求和哭喊，粗蛮地往她身体里推……

好痛，好痛啊……

圆缺尖叫一声坐起来，看看周围，原来是做梦了。她抹着额上渗出的冷汗，身体仍在发抖，宋青青冲进来，嘴里还衔着牙刷，口齿不清地问："你怎么了啊？"

圆缺虚弱地笑笑，"没事，可能是发烧的缘故，做了噩梦。"宋青青应了一声，刚要出去，就听见寝室公用电话响了。

"真是奇怪了，这电话几年都没人用了，今天竟然响了。"圆缺抬眸见宋青青口中念念叨叨地接起了电话，又重新躺下了。

"哦哦，她在，请等一下。圆缺，圆缺——"

圆缺抬起身子，狐疑抬眸，见宋青青正一边捂着话筒，一边朝她招着手，她指了指自己，轻声问道："找我的？"

宋青青点了点头，顺势指了指话筒。

随意套了件睡衣，圆缺下了床，走到电话前，在宋青青极其暧昧的眼神中接过话筒，一双水眸迷蒙半睁，如蝶翼般的睫毛轻轻眨动着，半睡半醒间添抹了一丝灵动的气质，"你好，我是尹圆缺。"

"是我，苏杨。"

温暖轻柔的嗓音从话筒那边传来，圆缺下意识地要将电话挂掉，却听那边传来沙哑的哀求，"不要挂！"

她的心咯噔一下，疼了好一会儿。

然后，她的心开始狂乱地跳着，梦里是他，醒来还是他，他怎么就是不肯放过她？

"一起吃午饭吧。"

通过话筒，苏杨温柔的嗓音直直撞进尹圆缺的耳膜里，她皱起眉头，暗暗咬下唇，拒绝道："我还没起来，而且今天满课，所以我一整天都没时间。"

他的紧追不舍，压得她喘不过气来。

"是吗？"话筒那边的轻蔑反问，让她的心提到了嗓子眼里，心中忐忑不安。

但她仍竭力握住话筒，纤细的指因为用力而泛白，一字一句道："对，我今天真的没有时间，还有一大堆的作业没完成。"

话音未落，就听见寝室响起了两声突兀的敲门声，她错愕地抬眸，却惊诧地对上了那双意味深长的眼睛。

他——就这样阴魂不散吗？

一身休闲装的苏杨，手里正举着手机，修长的手指半握成拳，轻叩在门板上，斜倚在门框边，若有所思地注视着她。

话筒哐当一声掉落在地上，圆缺尴尬地回过神，捡起话筒重新放回电话底座上，却不敢再回头。

"我好像记得今天是星期六。"苏杨抬起手腕看了看表，"现在是北京时间十一点四十七分，你可真能睡啊。不过看样子，今天应该没课吧。一起吃个午饭，应该有时间的，对吧，圆缺？"

看到他肆无忌惮地倚靠在门口，圆缺不禁有些心虚。走廊上来来回回的女孩子都好奇地看着他们。她心里有些着急，生怕出去洗漱的宋青青这时候回来，只得和苏杨一起出去了。

那年，她跟着母亲从乡下来投奔从未见过面的父亲，转学进入了T市的高中。在这里，她没有可以说心事的朋友，因为长了一张清水出芙蓉的脸蛋，甚至被女生们排挤，变得很孤单，学习成绩也直线下降。在这个六十多人的班级里，班主任按照综合成绩排名安排座位，她坐到了倒数第二排。

新同桌叫什么她忘了，是个很外向的男生。虽然成绩很差，但却自命风流，仗着自己长得不错，四处招惹女生，对圆缺也不例外。

无论上课下课，他都爱缠着圆缺，常常作弄她。有一次，他将一本阴森的恐怖小说封面突然在她面前展开，上面有个硕大的血淋淋的骷髅头，圆缺吓得从位子上蹦起来，嘴里哇哇大叫，然后和新同桌吵了起来。

就在此时，她的耳边突然传来一阵温热的气息，她扭头一看，正好对上一双清澈的眼睛。

咦？是他！颀长的身影，一件简单的白色衬衫，浅蓝色的牛仔裤，偏偏穿出了干净爽朗的气质。当时，苏杨瞥了眼那幅封面画，再瞥了眼圆缺的新同桌，目光阴冷，最后转过头，抿着唇，替她理了理因为打闹而凌乱敞开的T恤领口。

圆缺一张脸顿时涨红，戒备地往后挪了挪身子，哪料到他眼里发着光，就那样附在她耳边，嘴里放着狠话，"尹圆缺，再动的话，我就吻你。"

从那天起，她就清楚地知道这个男人的脾气，看似温和，实则霸道！尤其是过了这么多年，两个人之间掺杂了那么多的不愉快，她不敢判断这个男人究竟哪一句话是真，哪一句是假。

"你究竟想带我去哪儿？"她侧头问道，红润的菱唇因为太阳的暴晒而有些干裂，沾染了些许的苍白痕迹。

终于走到寝室楼外面，苏杨将怀里的圆缺放了下来，看着她，目光灼灼，指着不远处的车子，"昨晚我赶完一个案子之后，上了车在街上乱晃。等我反应过来时，已经到你们学校了，这真是难忘的一夜啊。我就坐在车里，实在熬不住的时候，就趴在方向盘上面打会儿盹儿。"

圆缺看着他有些蓬乱的头发、掩饰不住的倦容和熬红的眼睛，心中颇不是滋味。

苏杨，我不值得你这样做！圆缺红了眼圈，转身朝学校外面走。

身后有脚步声追上来，尹圆缺的手被他抓住了，她连甩开的力气都没有，"苏杨，你放开我！"

"我不放！来的时候，我就对自己说，只要抓住了你，我就再也不会放手！"

那一瞬间，尹圆缺想要使劲甩开他的手，可就在他大声表白的时候，有什么在她心里轰然倒塌。

她突然顿住，站在寝室楼下面的树荫下，动也不动。她咬住嘴唇，忍了很久的泪水终于落了下来。

"我知道你喜欢我，我知道你对我，还是有感觉的！"他使劲拽着她的手，不肯放。

"你这个自以为是的大笨蛋，已经过去的感情，是不能勉强的！"分辨不清此刻的心情是委屈，是生气，还是高兴，她只觉得心生悲凉。

苏杨把她的身子转过来，一边用手给她擦眼泪，一边说："你说我是个笨蛋，你才是笨蛋，笨得不知道自己喜欢的是谁！跟着他，你就真的开心？"

圆缺红了脸，用力挣开他的手，"自大狂，谁喜欢你啊？"

"不喜欢我，你为什么要给我打那个电话，却又一句话不说？"苏杨一双眼灼灼地盯着她，表情笃定。

"电话？什么电话？"拍卖会那天晚上，顾于肆就将她的手机没收了去，第二天一早才又送了个新的给她，可两人闹僵，她出半岛别墅时并未把新手机带出来。

难道是——顾于肆用她的手机，拨给了苏杨？！

她为这样的猜测，惊出了一身细汗，"你怎么知道那个电话是我打的？"

"凭直觉，我的第六感是很准的。我一直都觉得，你是属于我的，一定会爱上我！以前是，现在是，以后也不会变的。"他不是没注意到她一瞬间的僵硬和不自然，但还是伸出手，再次抓住她的手。

她没有挣脱，感觉到他宽大手掌间真实的温暖。她想告诉他，那通电话不是她打的，也许是顾于肆，抑或是别的骚扰电话，但那都不重要了，重要的是，苏杨现在到底想怎么样？

"你到底要带我去哪儿？"看苏杨这样子，今天是铁了心，她只好又问了一遍，既然躲不过，她又何必挣扎呢。

苏杨饶有兴致地侧头，好笑地看了眼硬生生将话题转移的小女人，重新收回视线，唇角罕见地勾起，"你喜欢的地方。"

圆缺错愕地瞪大了眼睛，见苏杨咧嘴笑得灿烂，那眼神仿佛是在告诉她——你跑不掉的。

"我们这样是不对的！"圆缺恶狠狠地掐了他的手背一把，收回了手，思绪却飘回大一的那个寒假。

高考过后两人报了不同的大学。对于他锲而不舍的追求，圆缺仍旧不予回应，这让他再也等不下去了。他突然产生了一个强烈的念头，他要见到她！他连假都来不及请，就赶到火车站，当晚十一点正好有一趟开往圆缺大学所在城市的火车，但只有站票。

他就在车厢的过道将就了一夜，几乎没有合眼。

找到她的时候，苏杨是这样说的："我忘不了火车窗外的月光。在那清寒的漫漫长夜，就像你的眼睛，能带给我光明和温暖。那时候我就在想，我为了你朝思暮想，睡不好吃不好，生怕你被那些荷尔蒙分泌过剩的小男生给追走了。为了看你一眼，在火车上熬十几个小时也是值得的。"

那晚熄灯后，尹圆缺才回到寝室，人虽然躺在床上，却辗转反侧，久久不能入眠。

可那次尹圆缺到底还是拒绝了苏杨。

她不喜欢离别的场景，第二天送他到火车站之后，圆缺就上了返程的公交车，他们挥手互相道别。

公交车缓缓开动，圆缺趴在车窗边上，望着苏杨，周身散发着淡淡的疏离感。

突然，她看到苏杨开始追着公交车奔跑，眼里含着温柔的微笑。

圆缺怦然心动，她从座位上站起，不顾一切地跑到车门边要下车，司机生气地说教了几句，到底让她下了车。

苏杨一下子就拥住了她，过了好久才松开。两人默默对望，灼热的目光在空气中碰撞。

他捧起她的脸，低低地问："丫头，我可以吻你吗？"

尹圆缺知道，她完了！

她没再回答，只是站在那里，用湿润的目光无限温柔地看着他。

苏杨心下一动，忍不住伸手把她揽进怀里，轻轻亲吻，虽然有点青涩，有点笨拙，但那种甜蜜的味道，一直从唇尖蔓延到全身，再回馈到心脏，拉近两颗急速跳动的心。

由此，苏杨长达三年的马拉松式追求宣告结束，他们终于走到一起，接下来的寒假，尹圆缺几乎天天和苏杨腻在一起。

她在金钱方面特别敏感，不愿意苏杨为自己花钱，也许是为了维持那点可怜的自尊吧。在苏杨面前，尹圆缺不好意思提AA制，便尽量减少让他花钱的机会。

所以，她最喜欢的是和他手拉着手去空气清新的郊外，或者看下午场的电影，买两张电影票，可以在电影院里待一个下午。

情侣座的沙发很软，她坐上去，身子会深深地陷进去，软座有很高的椅背，可以挡住旁边和后面的视线。看电影时，他们买一大杯可乐，你喝一口，我喝一口，不分彼此，情深意浓，不知不觉，两人就吻在了一起。

他的舌尖湿滑，带着可乐的清凉甜味，在她口腔内四处游走。

圆缺喘息不止，虽然害羞，但还是伸出手臂，环绕着他的脖子，迎合他的深吻。对于她的反应，苏杨既惊又喜，他以为像尹圆缺这般矜持的女孩，一定会很害羞，但她却出乎意料地热情，在他的怀里，像只温存可爱的小猫。

每次从电影院出来，圆缺都问："这个片子到底在讲什么？"

苏杨会坏坏地笑看着她，"不知道，我一心去看你了，你比电影好看！"

"讨厌！"圆缺羞涩地笑，把脸更深地埋在苏杨宽阔的胸口，听着他的心跳，"我听同学说，这电影很不错，我们明天再来看！"

"好啊。"苏杨求之不得，"明天我们一定要认真看，不可以开小差。"但第二天照旧。电影院成了他们最佳的约会地点。

那时候，她的世界里只有他，他的世界里也只有她，再也容不下别人。可三年

后的今天，他们既不是恋人，也不是情人，他们的关系不再单纯，难道苏杨还会带
她去电影院吗？

她不知道苏杨拿捏的是什么样的心思，只是那一瞬间，她的脑海闪过一张冷毅
的脸——顾于肆不说话死盯着她，光眼神就让她不寒而栗。

她不动，苏杨也不动，就那样跟她耗上了。周围太静，没有一点声音，整个世
界只剩下她和苏杨两个人。

寝室楼离教学楼并不是太远，他们站在寝室楼下的林荫道上，来来往往的同学
都好奇地瞥几眼。不习惯于这样的注目礼，圆缺屈服了，到底是跟他上了车，因为
她不想在学校里和这个男人吵吵闹闹。

阳光灿烂地照耀在银色的车前盖上，透过剔透的玻璃窗折射进来，洒落在圆缺
细腻姣好的白皙肌肤上，泛起性感的光泽。

她垂着头，偶尔转头，看见窗外大片大片的油菜花田，原来不是去电影院啊！
心中的大石头终于放了下来，却闪过一丝莫名的酸楚。

车子停在了一条长而细的小溪旁，清澈见底的溪水轻快地跳跃着，偶有几只小
蝌蚪游过，平添了一丝灵动和自然。

田埂上嫩绿的新草衬着粉黄的油菜花，一片清新。她喜欢这样清新乡野的纯粹
和干净，推开车门，脱下细带凉鞋，赤足走向小溪，一扫之前的抑郁心情，开始嬉
戏。

"喜欢这里吗？"

"喜欢。"她下意识地脱口而出。当意识到是谁在发问时，她停了下来，抬眸
看向正斜倚在车身上的清秀男人，对方那双炙热的黑眸正紧锁在她身上。

很苦涩！

她尴尬地站起来，想要上岸，却踩到一块尖尖的石头，脚底突然一阵刺痛，她
哎哟一声，弯下了腰去看伤口。

清澈的小溪顿时飘出淡淡的红丝，应该是划破了。她伸出手想要扶着田埂慢慢
挪上岸，身子已经被人打横抱起。方才玩得尽兴，她的吊带裙被水打湿，变得近乎
透明，胸口处几乎露出了里面胸衣的蕾丝边。

其实她早过了扭扭捏捏羞涩的年龄，也不是未经情事的小女孩，可面前的人是
苏杨，她就是做不到大大方方的。

她的脸一下子涨得通红，慌乱地伸出手捂住他的眼睛，嘴里急急叫道："不准
看，不准看——"

她没有意识到，这样欲遮还羞的动作，实在是太勾人。

"好，我不看。"苏杨坏笑。

日肖山庄。

郁郁翠翠的青竹掩映下，一排青砖白瓦的房子错落有致，溪水潺潺，这样宁静的养生山庄在日益喧嚣的都市那是千金难求一处，而这儿，更是连很多有钱人都不敢想的地方。

在T市，有点道行的谁不知道日肖山庄是顾氏旗下的产业，不仅如此，日肖山庄之所以在T市休闲娱乐排在榜首，还因为它从不对外开放，那里只有顾氏总裁和他邀请的人才能进得去。

咚咚咚——

一阵敲门声将陷入沉思的顾于肆拉回现实之中，整理好自己的情绪，他才用低沉的嗓音开口道："进来。"

来人虽然一身西装，却是利索简便得很，进来后转身关上门，顾不得擦汗，便心急火燎地赶到顾于肆面前。

见进来的人沉默许久，伏在案前仔细翻看文件的顾于肆终于抬眸，瞥了一眼，又收回视线，问道："有什么事？"

"顾少，我……我有一个消息……不知……"来人假借擦汗，沉默了半天，最后还是一脸犹豫不决的表情，他不确定这件事要不要汇报。

"司徒，你想回家抱孩子了？"冷魅的话语，没有丝毫的温度，冰冷三尺，一瞬间无形之中给人很大的威胁和压迫感。

被叫司徒的人，全名司徒空，他一直都在暗地里为顾于肆做事，一些必要的黑道场合和交易买卖都是由他替顾于肆出面并负责，是顾于肆的得力助手。

因为是暗处的人，因此很少会这样直接进到日肖山庄。

司徒空暗自责备自己的优柔寡断，心一狠，将手中的信息资料递给他，"顾少，这是刚刚收到的消息，老九发回来的。"

"那边有什么动静？"顾于肆正低首仔细看一份企划案。

司徒空索性深吸一口气，说了出来。

"名流公子那边大动作倒没有，只是老九跟着他的这几天，发现昨天上午他和小姐在希尔顿'偶遇'了一次，最近一段时间还经常徘徊在D大附近，昨晚他的车还停在小姐宿舍楼下一整夜，今天一大早就把小姐接走了。"

司徒空一番话说得没半点停顿，一口气说完，还刻意在"偶遇"和"接走"两个词上加重了语气。

不用他提示，顾于肆也明白他的意思。

"苏杨？！"顾于肆一把甩开手中的文件，墨色的深眸骤然抬起，发射出冷硬的光芒。

又是这个男人！有心言护着，听闻暗地里还有个叫凌宸的女人，却一次次来纠缠他的女人！

在顾于肆的思维里，若不是苏杨的出现，他的圆缺还是乖乖的，不会说那样的话忤逆他，更不会逼得他轰她走人。

他心里有愧，想着过几天等圆缺消气了再哄哄她。如今倒好，让苏杨这小子钻了空子，得了便宜。

修长的手撑在办公桌上，漂亮如一件艺术品，指尖泛白，足以看出他勃发的怒气。

本想着打个电话给圆缺，一想到买给她的新手机如今还在他的办公桌上躺着，心里又是一顿窝火，真是反了她了！

"给我拨通苏杨的电话！"冷冷命令一声，他双手背在身后，走至一旁的落地窗前，墨色的深眸却射出一道冷光。

到了他这个年纪，对于自己的东西那便如饿狼护食一般，狠绝而直接。饶是顾于肆看在苏杨跟自己妹妹那不清不楚的关系上，他也会毫不含糊地直接问他要人。

圆缺是他的。三年前是苏杨自己放手的，现在，他不会再给苏杨机会了。

但，他没想到的是，苏杨听闻他开口要人，一点也不意外，口气很轻松，似乎在打趣儿，"她在洗澡——"

洗澡？他俩单独在一块儿？在哪儿？酒店吗？

当真是以为山高皇帝远，他管不着吗？

他冷冷地按掉电话，一把甩给司徒空，挺拔的背影修长伟岸，却透着冰冷味。

即便是司徒空，顾于肆最亲密的心腹，也鲜少见他这个模样。那分明是压抑着满腔的怒火，就等一个发泄口。他不想往枪口上撞，可今晚有一场party，美其名曰聚会，其实是黑道人人敬畏的白老做东。

更何况这场聚会是精心为那个人准备的，那是老板惦记在心尖的人，他不可能不去。正因为如此，司徒空方才来报告消息的时候，才会挣扎那么久。

"顾少。"司徒空试探性地问，一边打量着顾于肆脸上表情的变化，一边伸手准备将挂在一边的西服外套取下来。

顾于肆还是沉默，借着玻璃反光，司徒空见他抿着唇，不知道在想什么，灰暗的办公室仿佛炼狱一般，让人窒息。

见他沉默，司徒空咽了咽口水，压低自己的声音，才又恭敬地开口道："需要为您备车吗？"

站在办公桌前的高大身影终于有了反应，冷魅的眸色暗沉，顾于肆转身，大步绕过方方正正的桌子，一把接过司徒空递过来的黑色西服外套，推开黑色烤漆玻璃门，朝门外走去。

"顾少——"司徒空大步跟上，急急地追上前面的挺拔身影，轻轻地问了句，"我们现在是要去——"若是去白老做东的party，他自然是要跟着的；若是去找尹小姐，司徒空知道自己是不方便现身的。

他可不知道如今在总裁心里，到底哪头重一点，是尹小姐，还是那个人？保险起见，还是问清楚的好。

"去白家会所。"

冷硬的几个字，一如既往的简短。

司徒空顿了一下，看着走在前面的身影，依旧高大、冷峻，是他所熟悉的顾于肆，只是那一脸不爽的表情，还是微微泄露了他的情绪。

何必违背自己的心意呢？司徒空不禁惋惜地摇了摇头，但老板的私事岂是他一个下属能过问的？他只得什么也不说，赶紧跟了上去。

走出日肖山庄，专属的那辆辉腾早已候在那里，顾于肆垂在身侧的手大力地握成了拳头，薄唇紧抿，眉头凝重。

而在郊外，却是另一番情景。

圆缺换了衣服走出房间，她绕过长长的走廊，正要走下楼，却看见苏杨已经脱掉被她沾湿的外套，也换了一件白色的衬衫，站在转角处。她狐疑地走近，见他似乎在打电话。

仔细一听，她却惊愕地瞪大了眼睛。

Chapter 04
所谓信任

"她在洗澡。"她听苏杨说道。

洗澡？圆缺低头看看刚换上的干净衣服，傻子也知道苏杨口中的她，就是自己！

那么，又是谁的电话呢，能打到苏杨这儿来？

顾于肆！

不知道为什么，她心里头第一个冒出来的名字，就是那个人——这几年总是掌控她一切的那个人。

楼梯上还有水渍，明显是打扫卫生的阿姨刚拖过地。她脚上刚被石子儿刺破，她顾不得地滑，也顾不得脚疼，端着身子靠近苏杨，只听他冷冷的嗓音响起，"对，她和我在一起，你不用担心，我一定会照顾好她。"

她的脑子一片混沌，只想着不论电话那端是谁，先把苏杨的手机抢到手再说。她奋不顾身地扑过去，却一不留神，差点摔个四脚朝天。

没有意料中的痛楚，她跌入一个怀抱。昨天本来就发着低烧，今天又落了水，刚才洗澡的时候她就浑身起鸡皮疙瘩，现在这个怀抱暖烘烘的。

很舒服。

苏杨嘴角噙着笑。方才她刚出房门，其实他就已经看见了，故意背着她故作姿态地小声说着，只是想试试她的态度。

果然是不信任他了，可看她不顾一切扑过来，心里又舍不得，在她即将摔倒在地的那一瞬间，他还是转身伸手一捞，将她纳入怀中。

这儿是离嬉戏玩闹的那条小溪不远的农庄民房，刚才两人从水里出来，全身湿透，他只得带她到这里。

也许是刚洗了澡的缘故，她身上有肥皂的清香干爽，已经没有那股淡淡的古木香味，那股味道他在顾于肆身上闻到过。

他眼神一黯，但这念头也是一闪而过，随即便是一双眼睛闪亮闪亮地望着怀里的圆缺——她换上了一身干净的碎花小衫和一条肥大的七分裤，露出细白匀长的小腿。

他当然能想象到她这身装扮下是怎样玲珑曼妙的身姿，曾经好多次逗弄她的时候，他都忍得非常辛苦，也曾想过一举将她拿下，可一触到她质朴和纯净的眼眸，到底舍不得。

他沉浸在自己的思绪里，电话中却传来顾于肆冷硬的催促，苏杨眉头一皱。去英国的这几年里，他不止一次想，若是当初真不顾一切要了她，顾于肆还能见缝插针地钻进来吗？

"这是农舍，你不需要来接她，假如晚了，我们就住在这儿。"他嘴角一勾，荡漾出一抹笑意，仿佛是偷吃了糖果的小孩得逞之后的得瑟样。

圆缺如今在他怀里，这还不足够吗？

果然，话筒传来呼啦一声风响，随即便是嘟嘟的忙音，手机摔了？！苏杨笑，看来气得不轻。

圆缺当然不知道片刻之间苏杨心里转过的心思，只是在听见他手机咔嚓一声锁机声后，才惊醒过来，立马脱离他的怀抱，一把抢过他的手机。

翻了半天，没找到通话记录，显然已经被苏杨清理干净了，难怪这么轻易让她抢到手。

她拿着手机，朝高高在上的苏杨问道："刚刚是谁打来的电话？"

"你紧张了？"苏杨冷冷瞥了她一眼，手伸进裤袋里，冷峻的身形朝楼梯走去，嘴角勾起讽刺的笑。

"我紧不紧张不关你的事，你只要告诉我，电话究竟是谁打来的？"她的心莫名地有些不安，质问的语气就像排练好的一样，蹦出喉咙，喷向苏扬。

看着圆缺咬牙切齿的样子，苏杨面色一沉，再好的兴致也被破坏殆尽，他回过身一把把她抱起来，转身走回车里。

一路驱车返校的路上，两人终究是没再搭话，圆缺没那个心思，苏杨也没那个兴致。一个周末旅行莫名地结束。他的车开得不快，等回到学校时，天已经黑透。

圆缺刚踩到地上，却觉得脚依旧疼得要命，咬牙想坚持向前走，却始终抬不起脚来，正鼓着腮帮子准备跟上前面的苏杨，却蓦地又被揽进了滚烫的怀里。

"苏杨！"

她第一次狠狠地叫了他的名字，正优雅地半扶半搂她在怀的苏杨，终于有了

反应。

知道是她要问什么，低下头来看她，他自动忽略她不善的语气，打趣道："别扯那些有的没的，我今天来找你的目的你知道的，我只问你一句话，论钱财，我现在不比他少，你是不是考虑下我？要不要回心转意？"

她仰面与他对视，脸上的平静之色代替之前的羞涩，语气却微微加重，"不要转移话题，你知道我想问的是，先前的电话是谁打来的，你为什么不说？"

这一路上她心里焦急万分，并不是在意打电话的那个人，而是在意，如果电话真是顾于肆打的，那么，从刚才苏杨的口气和回话来看，顾于肆八成气得不轻。

在顾于肆身边这三年，她不是不知道他生气之后是什么后果。

有一次他带她去度假，中途便顺手处置过一个异了心的高管。她随意扫了眼下属提交上来的财务报告，一千万的损失，他都没动怒，反而饶有兴致地和那个高管赌球：若是高管赢了球，便放他生路；若是输了，也不用拿命来抵，就让他的老婆女儿签下"天上人间"的契约，用来还他欠下的债。

娱乐行业摸爬滚打上位的高管自然是玩球好手，立马答应，谁知道最后输得站都站不稳，跪地求饶，死也不愿意让老婆女儿进那种醉生梦死的销金窟。

看着高管老泪纵横的凄惨样，她心里戚戚然一片冰凉，顾于肆却连眼角都没抬，放下球杆，下达最无情的判决："忘了告诉你，凡是犯错进去的人，契约一律是终身的，而且，不可赎。"高管一听，顿时昏死过去，顾于肆还"好心"地吩咐下属送他去医院救治。

事后，顾于肆搂过她的腰，微笑地亲吻着她的嘴角，呢喃地告诉她："每个人都有弱点，找到他的弱点，你就能让他生不如死。"

她的弱点是什么——瘫痪在床的母亲，毕业后脱离顾于肆、做稳定的工作、过安稳的日子。

圆缺突然不敢再想下去。

她看着面前微笑着的苏杨。他就像是一颗能够随时引爆的炸弹，带来巨大的危险感，能让她盘算的幸福未来，瞬间变得遥不可及。

为什么他要一次又一次地出现？

她无措地抬眸，看了一眼黑黢黢的周遭，原来说话间苏杨已经拥着她到了操场，看了眼身旁灯火通明的教学楼，看来还没下自习，操场这边的人少得可怜。

夜晚仿佛是一个巨大的洞穴，将她深深地笼罩在其中，莫名地不安……总觉得隐隐地，有什么事情在萌发着，她想要阻止，却无从着手。

泪水自细致的眼角滑落，她转过身，不去看苏杨，纤细的指用力地擦掉滑落的泪珠，却怎么都止不住。不甚温柔的夜风吹过，将凝结在她脸上的泪水变得如同刀子一般，在她的心脏里划开一道道口子。

身子被一双从身后环过来的手臂抱紧，她无力再去挣扎，一个人撑了那么多年，一时间，所有的委屈都从心头涌了上来。

没有人能够理解她的委屈。

没有人。

"为什么你们这些富家子弟总是不放过我？尹飒……你……顾心言……顾于肆……一个个都闯进来，把我的生活搅和得一团糟，然后拍拍屁股就走人……难道我就活该被你们消遣吗？"

靠在温暖的怀抱里，她哭了出来，背上的轻拍加剧了她的委屈、她的柔软。

"不哭，不哭，我不欺负你了，好不好？"低沉稳定的嗓音，尽管隐忍，却始终泄露了他的疼惜，苏杨用力地抱紧靠在他身上的她，紧紧地，温柔地安慰着她。

他没想到她会哭。而他更没想到的是她的眼泪。在这么多年过去后，仍能勾起他心底莫名的情绪，深入他的思绪，妨碍他的思想。

他扳过她的身子，将她的脸贴近自己炙热的胸膛里，"圆缺，我跟他们不一样，我是想跟你有好结局的，不管你信不信，自始至终我都这样想的。"

说到这儿，他顿了顿，然后脱下外套温柔地披在她单薄的肩头。

温柔一时间弥漫两人身周，却不曾发觉，一辆黑色汽车正停在离他们不远处的过道上。车窗敞开着，里面的人，一手握着方向盘，一手随意搭在车窗上，眼睛却紧紧盯着在夜色下拥抱的两个人。

嘀——

一声绵长而尖锐的汽笛响了起来，突兀地刺破了操场夜里的平静，苏杨冷冷循声看去，透过昏黄的路灯，他对上了那双墨色的深邃眼眸，极具挑衅的神色。

暗黑的夜，宛如张开了血盆大口的魔兽，而车里人那双赤红的双眼，恰似印证着兽物最嗜血的猩红与霸道。

苏杨冷笑，伸手用力地圈住圆缺的后脑勺，将她的脸紧紧贴在自己的胸膛上，在她的抗拒下，苏杨的力度在一点点地增大。

"苏杨，你快要闷死我了！"圆缺推拒着，大口呼吸着空气，依旧感觉窒息。

苏杨身子一僵，手上的力度松了一些。

圆缺想抬头看一眼，究竟是谁在这个时候按了汽笛，惹得苏杨如此反常，却听见了一声低沉压抑的嗓音清晰地从不远处传来，"尹圆缺。"

不用回头也知道有这样清越嗓音的，铁定是他，错不了。可那人昨天早上不还

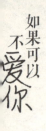

怒气冲冲地说不想见她吗，怎么突然在她学校冒出来？

他从来没有连名带姓地喊过自己，这一声简短而克制的呼唤，让圆缺的身子瞬间绷紧，不知道哪儿来的力气，她一下子跳开苏杨的怀抱。

转身望向不远处，一袭黑色合身西服的男人，挺拔俊帅，正斜倚在冰冷的黑色车身前，他的脸藏在黑暗里，看不清楚，而那熟悉的姿势，只需一眼，她就看出了——双手抱在胸前，邪魅，更透露着一抹危险的怒气。

他下车了，却不过来，是要她主动过去，对吗？

她的心有些起伏地忐忑，原因很多很多，她知道苏杨的任何一句挑衅性的话语，都会引得他的眉头紧锁，影响着他的思绪，最后再变本加厉地报应在她身上，就像那个高管一样，明明妻女是无辜的，却要被卖进那样的地方去还债。

记得他曾说过，求人的时候，就要主动点。她深吸了一口气，急急转身，摸索着奔向那个人，手腕却被人用力地从身后抓住。

"苏杨？"他干什么？紧绷的脸，黑得像张扑克牌。

她后退了一步，手腕使力想要甩开苏杨的手掌，却不知这样一个细微的小动作，在苏杨看来也极其地讽刺与无情。

他不顾一切地回到T市，面对无数人的白眼和质疑的眼神，甚至今天都舰着脸来找她了，她怎么能如此轻松地践踏他那微薄仅存的情意。

温柔的嗓音不再，换上冷硬强势的话语，透着浓浓的威胁，"要去见他，你确定？"

那生硬的口吻，在强势之下还夹杂着点点哀求，像极了当初她求他相信自己时的模样，不肯先低头的倔强，被怀疑、被丢弃的心痛，不被信任的无奈。

这样似曾相识的感觉，让圆缺打了个寒战。

她点点头，用力地要挣开他的手，却被他更加用力地握紧，手腕上的皮肤因为摩擦而生疼，开始红肿。

苏杨一个用力，就将她重新圈在怀里，紧紧地。

"苏杨！放开我！"她也恼了，无关乎身后顾于肆的隔岸观火，而是三年来抑郁在心里的无处诉说的冤枉和委屈，如同春芽一般，破土而出。

当初他若信她，他若信她！她也不会落到今天这样残败不堪的局面。

伸手用力地抵上苏杨冷硬结实的胸膛，想要推开，却发觉力量根本敌不过他。

女人和男人之间力度的悬殊，她被苏杨冷硬地禁锢在怀里，如同困兽。

圆缺终于认识到，分开的这三年里，面前的这个男人终究是变了，他的霸道已经到了野蛮的地步，她用力地开始握拳捶他，他却怎么也不松开，她索性咬咬牙，一脚踢向了他的下体。

一声闷哼，禁锢她的力度突然间松散。

她急急地跑开，退在几步之外，而后手腕又被攥住，她转身，见苏杨半弯着身子，却拿眼睛狠狠地瞪着她。

他抚摸她的脸，"这些天你们一直冷战着，难道不是吗？"

一个长假过去，圆缺都以为自己已经忘记了那晚上的肢体冲突，而且，现在一点也看不出被打过的痕迹。

圆缺错愕地抬眸，看着一会儿温柔一会儿冷硬的苏杨，"你从哪儿道听途说的？我都不知道你有八卦的癖好啊！"

她大概是忘了拍卖会第二天苏杨去学校找过她，那时候她的神情落寞哀伤，一心只想着赶紧打发苏杨离开，根本没注意要遮掩一下脸颊上的红痕。

苏杨不答，大掌紧紧地禁锢着她，高大的身躯给她无形的压迫感，冰冷的嗓音在寂静的操场，渗透进了她的心底，"顾于肆有什么好的？！值得你一次又一次地选择跟他走，一次又一次地原谅他，你的自尊呢？！你的骄傲呢？！"

她的骄傲，她的自尊。

她想说，都被你们给粉碎得连渣都不剩，而她的一切，现在的一切，统统都是顾于肆给的。

不是没有恨过他，恨他罔顾她的意愿，恨他剥夺她的所有，可当学校所有人都嘲笑她的时候，当苏杨携手顾心言登机出国的时候，当医院下达病危通知书的时候，是他出现在她身边，拯救了她。

三年，就像一个巨大的催化剂，将这温暖的感觉，逐渐地加温升腾，没有理由产生的化学反应。她管这种痛并掺杂着温情的感觉，叫依赖。

"你不是很独立吗？！"苏杨冷冷地禁锢着她，漆黑的幽眸紧紧地锁住面前的女人。

圆缺淡淡地笑了，不再挣扎，"请不要贸然评价我，你只知道我的名字，只是听闻我做了什么，却不知道我经历过什么。"

她转身看了看靠在车身上的邪魅男人，再转过头来的时候，苏杨觉得她的目光似乎浸了蜜一样柔软，无端地，他心口一疼。

没注意到他情绪上的变化，圆缺勾起嘴角，低声笑起来，清脆的笑声回荡在他俩耳边。

几年后第一次听见她的笑声，苏杨有一瞬间的恍惚，那笑声让他仿佛又回到了从前，他和她在光线昏暗的教室里，坐在教室冰凉的板凳上，他耐心地给她讲解数

学题，圆缺俯低身子听。

讲到一处他停顿下来，问她明白了吗，转过脸却发现圆缺根本没有看课本，而是看着他。四目相接，他的脸莫名其妙地发烫，忙转过头，继续讲解道："用这个公式代入即得……这道题还有第二种解法……"

她的下巴紧挨着他，柔顺服帖的头发若有似无地扫在他的脸上，洗发水的香味淡淡地扑入鼻息，一向专心的他走神了，一把放下作业本，"圆缺，第二道解法能不能下晚自习再跟你讲！"

那天自习后，教室里只剩他们两个人，苏杨向她表白，并强吻了她。

那时候并不知道何为接吻，在他说出"要不要跟我好"的时候，圆缺只低头不语，他急了，索性一把抓住她的肩膀，脸就那样贴了上去，很慌张，怕被老师抓到，又怕同学折返回来，却舍不得放弃大好的机会，他可是想了一整天。

他的心脏怦怦直跳，慌里慌张地捧住她的脸，闭着眼睛乱亲一气，眉毛、眼睛、鼻子、下巴全亲过了，见她没反抗，胆子大了些，才敛了心神，寻到她的唇无师自通地辗转吮吸。

吻她的味道已经忘记了，唯一记得的是，放开她的时候，她的脸蛋粉粉的像个红苹果，眼神就跟浸了蜜一般柔软，荡漾着水波，就那样局促不安地瞅他。

他以为她愿意了，没想到她拿起桌上的作业本，转身就跑出了教室，他呆愣愣的，等反应过来时，才知道，又没成功。

今晚又见到她这样的眼神，他心里怎能不感慨？果不其然，圆缺看着他，一双琉璃样的眼睛中倒映着自己的身影，那样子有点矬，苏杨心里不爽极了。

她开口道："苏杨，你知道吗？最伤人的就是，昨天还让你觉得自己是意义非凡的人，今天就让你觉得自己可有可无。"

爱上一个人容易，但在平淡了之后还坚守那份诺言，就不容易了。爱，从来不是迎合。吵不散，骂不走，才算是真爱。

她顿了顿，"你带着顾心言走的那天，我对你的心就死了。"

那天，她被按在大床上，任凭她怎么呼号，都没能逃脱。那是她记事以来最黑暗的一天。

苏杨没想到她的话如此狠绝，不留一点余地地拒绝。一分神，手上的力道减弱，圆缺一使劲就脱开了他的手，然后转身，急切地往过道上不动神色等她的那个人跑去，没有丝毫留恋，自然更不敢回头。因此，她也没有看见身后那伟岸的挺拔身影，炙热地看着她的背影，直到融入了夜色。

她心里也跟打翻了五味瓶似的，什么滋味都有。她低着头，匆匆地跑过去，拉开车门，钻进车里，却撞进一个温暖而熟悉的怀抱。

她抬眸，却对上了一双燃烧着熊熊怒气的墨色深眸，深邃如一汪幽深的潭水，深不见底。

"你，你怎么来了？"现在是晚上九点钟的光景，往常这个时候，他都会要求她在那间公寓等他，可他常常不回来，至于他去了哪里，她从来都不知晓。

车门一关上，里面的空气就有些憋闷，圆缺虽然先开口，眼神却瞥向车窗外。

她也不是成心瞧着窗外，只是透过后视镜，她看见自己有些泛青的脸颊，若不是苏杨刚才刻意提起，她自个儿都忘了还有这件事。

显然，顾于肆没忘，他沉默着。

顾于肆看了她一会儿，越发觉得她身上的外套碍眼得很。

圆缺轻轻平复因跑得太急而低喘的气息，却突然觉得身上一轻，错愕地发觉顾于肆的手中多了一件外套。

这是苏杨刚披在她身上的。她刚要伸手去接，却被他扳过了身子，手腕被他攥在手里拉紧，只能低呼着："衣服……"话音未落，干净昂贵的休闲外套，啪嗒一声被狠狠甩出车窗外，搭在过道边的花草上，如同被丢弃的垃圾。

扔掉外套，顾于肆才发现她身上穿的是短款的碎花小衫。

幽深的黑眸闪了闪，打扮得那么淳朴做什么，两个人难道跑去乡下打算变回十七八，重温高中旧时光？还有那七分裤，刚见她急走过来时，肥大的裤管晃荡个不停，月光下露出白皙的小腿，越发引人遐想。

一只修长的手搭在她的肩上，她转过头，冰冷的唇已经落了下来，眉心上、眼睛上、脸颊上，落下了无数个凉凉的吻，最后，落在她的唇上，热烈地与她交缠、咬噬，她的身体软软地倾倒在他怀里。

汽车停在苍凉而美丽的夜色下，路灯尽职尽责地想挥去校园的黑暗，那昏黄的光却是无力而苍白的，苏杨觑着车里的一片旖旎，只觉得心在隐隐地疼，还有说不清道不明的恨。

圆缺知道顾于肆为什么这样招摇地吻自己，不就是惩罚吗？

这个吻毫无温情可言，圆缺想，她和他之间从来都是生意，那一巴掌就足以证明她在他心中的位置。所以，她没资格在乎什么，就任凭他去吧。可即便这样，顾于肆还不罢手。

搂着她的腰肢，含着她的唇，手下却也一点不留情，一把就将她的碎花小衫撕开，大掌就那样探了进去，握住她的柔软揉捏。

浓烈的烟草味熏得圆缺直皱眉头，可她不敢动，生怕他一个不如意，那漂亮的

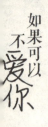

嘴唇就会蹦出几句刻薄的话，"你不过是尹怀明送到我床上廉价的礼物，你想和我谈纯洁？"那样伤人的话，听一遍就足够让她崩溃了。

不了解顾于肆的人，永远都不知道他的可怕。

他的世界里没有感情，他的人生也只有两个字——算计。

而她尹圆缺则是一个稀罕的例外，或者说，只是她还没到被派上用场的时候！

他还在"埋头苦干"，一点没有放过她的意思，她能感觉到真皮座椅被慢慢放平，他的双腿甚至已经压在她身上，整个人将她扑倒。不知何时他已经关上了车窗，意图很明显。

见他在这里就想要，圆缺慌了神，手按住额头，佯装出虚弱无力的样子，"别……我今天身体不舒服，想去医院。"

这话也不全然是假的，真的是低烧，只是还没到那么严重。

顾于肆只瞥了她一眼，淡淡地说道："不用装了，我本来就要离开的！"

这个男人能不能不要那样犀利。圆缺偏过头，不敢跟他对视，"其实，我是想去医院看妈妈！"

"你可以直说！"顾于肆冷漠地放开她。

她还未来得及将凌乱的衣衫整理好，车子便转了个弯，快速驶出了清静的校园。

夜色浓重，灯光昏黄，应付顾于肆已让她精疲力竭，所以她没看见，在车子绝尘而去的后面，那挺拔孤寂的身影，以及他脚下一地的烟蒂。

顾于肆瞥了眼后视镜，做这样长情的样子给谁看？于是，他的眼神又冷了一分。

车子在医院前停下来，路灯挥洒出暗黄无力的光芒，顾于肆靠在椅背上，眼皮都未抬起。

圆缺拉开门把手，下车走了两步又转身回来，"谢谢你送我过来。"看着顾于肆一瞬间睁开双眼，不动声色地打量着自己，她顿了顿，才又开口，"不耽误你忙了，路上开车小心。"

看着她脸上挂着谄媚的笑，口中说着客气有礼却疏离冰凉的话，墨色的深眸随意地瞥过她的脸颊。

他若有深意地看了她一眼，踩下油门，瞬间加速，一转眼，就消失在她的视线中。

到专护病房门口时，圆缺才从梅姐口中得知范素心今儿个早早就睡下了。她不敢进去，怕吵醒了熟睡中的人，只好站在门外，静静地看着。站久了累脚，便贴着冰凉的墙壁靠着，不知道想到了什么，就狠狠揪了一下自己的头发，发泄完毕再继续发呆。梅姐看着她那个样子，止不住一阵心酸。

圆缺是临近凌晨才出的医院，这个时间点已经没有公交车了，伸手想要拦一辆出租，一声绵长的喇叭在她身后响起，转身，她愕然。

"你不是回去了吗？"圆缺看着车里的男人，小心翼翼地开口。

"你很想我回去吗？"他的嗓音很低很沉，如同一个醉酒的人一般，压抑着满腔的怒气，见她拉开架势准备继续打车，又冷笑着问，"怎么？这个时间，你还要去见什么人吗？"

在医院躲了三个多小时，还是没能躲掉，她认命！

对他的去而复返，她只觉得诡异到了极点。他从来就不是这么没有分寸的人，到底是出了什么大事？

"你，"她压抑着心中的忐忑，侧头看向他，他完美的侧脸在黑暗的衬托下显得越发地诡异，继续说道，"是不是你看到了什么，或者听到了什么？"

她并不知道他究竟因为什么杀她一个回马枪，但凭着直觉，她感觉一定不是什么好事。她弯腰站在他的车窗前，并没有上车。

可就在这时候，凌晨时分的街道却突然出现了骚动。只见不远处停着一辆黑色商务车，在昏黄的夜灯下，隐约可见闪烁而过的亮光。

"二哥——"坐在前排的男人却在这时候开了口。

圆缺这才转眼看向坐在驾驶座上的人，原来开车的并不是司机小陈。这个男人给她的第一印象就是十足的矜贵，就连说话间看她的眼神都内敛而含蓄，可圆缺还是从他那眼神中捕捉到几分打量，她不满地回瞪过去。

看着她不输阵地挑眉瞪目，一向内敛的林尽染哑然失笑，被雪藏了三年还这么火暴的脾气，难怪二哥不肯放手，"林尽染。"

圆缺一愣，才反应过来他是在做自我介绍。别人都大大方方自报家门了，她也不好扭捏，"尹圆缺。"

"我知道，这名字听了三年多，今天终于见到真人了。"打趣完毕，林尽染透过后视镜观察着外面的形势，出言提醒，"有记者从会所一路跟来偷拍，你们要不要换个地方再聊？"

顾于肆没动，只是紧紧隔着车窗盯着圆缺，仿佛在思考什么。

圆缺忽然明白了他的意图，她上前抓着他的手，近似哀求地看着他，"不行。"

可是，这个男人仿佛已经打定了主意，利索地下车，伸手箍着圆缺的腰肢，好像怕她溜了似的。

圆缺急得眼泪都快掉下来了，最后，还是林尽染开了口，"二哥，你如果想公布关系，可以换个时间和地点——"林尽染顿了下，看了眼圆缺又急又怒又无奈的神色，才斟酌着开口，"要不然您这三年的苦心不就都白费了吗？"

圆缺已然慌神，对林尽染那意味深长的一瞥没怎么注意，"大半夜的从这种地方出来，记者肯定要乱写的，我还是学生……"说到这儿，她顿了顿，好似下了很大的决心后才又开口，"你说要保顾心言永无后顾之忧，如今我和他都在你眼皮子底下，我保证再也不见他了。"

万一上了报纸，躺在病床上的母亲知道治病的钱，其实是她出卖身体和尊严换来的，那她还有什么活路？

她不想这样卑微地求他，屈辱的泪花在眸中打转，她的心一抽一抽的，眼泪却怎么都落不下来。不是早就麻木了吗？为什么还会觉得受了侮辱？

顾于肆又看了看圆缺，这才松口道："那走吧。"

坐进车里之后，圆缺才算松了一口气。可能是紧张的关系，苍白的脸色竟然有了一点红润。

顾于肆看她一副放松的表情，不由得冷笑，"不用跟我在媒体面前纠缠不清，就让你这么开心？"

圆缺被他说得一愣，咬了咬唇没说话。见她连申辩都省了，顾于肆更气了，手伸进口袋掏出一样东西向她抛去。

圆缺手忙脚乱地总算接住了，定睛一看，心里一个激灵——这不是那个换了两斤水果的戒指吗？怎么会落到他手里，他难道为了这个才杀回来的？

顾于肆极快地贴近她，圆缺来不及收起自己的情绪，被他盯得毛骨悚然，"戴好了，再丢掉，你失去的将不仅是枚戒指。"

说完，他把脸转向了一边，留给她一个冷硬的侧影。

"你派人跟踪我？"捏着手里的戒指，她的口气也是冷冷的。如果今天和苏杨有什么出格的举动会招致怎样的后果，她简直不敢想象。

顾于肆脸色一沉，干脆闭目养神，似乎不怎么愿意搭理她，"我更愿意把它理解为保护。"

"我和他都在你眼皮子底下，用不着这样盯梢吧。咱俩没解除关系前，我不会……"

她还没说完，下巴就被他一把扳过，顾于肆冷笑一声，炙热的气息喷吐在她的面庞，耳鬓厮磨间，缓缓道："解除关系？你想都不要想。"说完，他狠狠剜了她一眼。

顾于肆的话，如同这暗黑的夜，异常冰冷。圆缺看着他冷毅的侧脸，想到多年前，他无视她的哀求索取了她的一切。这个男人，果真是不能惹火他，于是乖乖地把戒指套在手指上，等到反应过来时，才发现戴错了手指，勒得她生疼。

顾于肆没再说什么，车厢里的温度仿佛一下降到冰点。林尽染透过观后镜看圆缺苍白的脸色，再看看冷着脸的顾于肆。他这个二哥啊，当真是别扭。

圆缺觉得自己倒霉透顶，索性也犟着不主动开口，倒是很感谢林尽染打开了音乐，似乎想缓和一下这种气氛，却见一旁的顾于肆拿起手机。

"什么事？"他接起电话，低沉的嗓音，带着几分嘶哑、冷峻和霸气。

通话很短，在他一下摔了手机之后就告终。

"假如你们有事情要忙的话，我先打车回去吧。"她伸手正要推开车门，却被他一把拉了回来。

"坐好。"

冷冷的两个字，她听得出他声音里的怒气，静默地看他掐断了手中的烟蒂，丢给林尽染一个地址后便薄唇紧抿。

林尽染熟练地踩下油门，打了个急转，往另一条路上疾驶而去。外面路灯光线很暗，很淡，就像是泛黄的纸张，圆缺望了一眼车窗外，街上人很少，来来往往，零星的几个酒鬼拿着酒瓶叫嚣着，唱着醉酒歌，匆匆走过。

几分钟之后，车子蓦地停在了一幢巨大的大厦前，早等候在门口的司徒空立马上前，看见随车出来的圆缺，他愣了下，显然没想到总裁会把这个女人一并带来，里面还有个没有解决呢。

心里这样想着，面上司徒空还是恭敬地上前，附在顾于肆耳边低语了几句。顾于肆听完后，状似无意地看了眼圆缺，很快挪开视线，低声吩咐了司徒空几句。

圆缺低垂着头，拉扯着身上的衣服，在车子刚停下的时候，她便看见了那个巨大的招牌"名流公子"，T市赫赫有名的富豪娱乐会所——上层社会聚集玩乐享福的场所。

她的身上还穿着很简单很简单的碎花小衫和肥大的七分裤，像极了一个村妇，与这里格格不入，她原本就跟这里不是一个世界的，真不知道顾于肆把自己强制带来是要做什么。

黑影罩下来的时候，她一惊，还没反应过来，人已经被顾于肆搂进怀里。

他将她的脑袋埋进他微敞的黑色西服中，结实有力的臂膀将她圈在身侧，身体紧紧地贴在一起。

"顾少。"

"顾少。"

两旁的侍者恭敬地弯腰，恭敬地开口，显然他经常光顾这里。圆缺低垂着脑袋，并没有抬头，余光却正好瞥见侍者们低头那一刹那闪过的复杂的眼光。

"我自己可以走。"

男人没理会她，只是略微加大了胳膊的力度。

进了一个独立的包厢，光线一瞬间黑暗了下来，这里有一张柔软的大床，其他的什么也没有。

"这是哪里？"圆缺狐疑地抬眸。

男人照旧是不答她，看着她穿着的碎花小衫皱眉，阔步出了包厢，没一会儿又回来，手里拿着不知道从哪儿弄来的干净的薄毯，盖在她身上。

这人向来只在床上而且只在她被折磨得半死不活的时候才会偶尔对她温存，今儿个怎么突然变了性子，圆缺正疑惑，却见他站起身就要往门外走去，她错愕地问："你去哪儿？"

"半小时后，我带你回去。"生生撂下一句冷硬的话，门也随之合上，咔嚓一声，落锁的声响仿佛近在咫尺。

圆缺拥住薄毯，仔细端详着这不大不小的房间。但时间一点点过去了，他没回来。

这儿是名流公子，活色生香的娱乐场所，寻欢作乐的人比比皆是，尤其在这暗沉的夜晚，他把她带到这里却又离开，这让她的心莫名地不安。

走近门边，伸手握住门把一点点拉开，透过门缝想要一探究竟，却蓦地感觉门板上撞上了一道挺拔的身影，而后那人重重地推开了门，向屋里扑来。

她睁大了眼睛，莫可名状地看着这个闯入的陌生男人，一个激灵，将门拉开就要逃出去，可是，一只大掌啪的一声按在门上，将门重重地合上。

她还未来得及反应，却觉得一个巨大的阴影朝她袭来，刺鼻的酒味使她条件反射般地伸手去推，却发觉根本是鸡蛋砸石头，她被重重地压在了地上。

淡淡的气息喷在脖子上，微热，濡湿。

"放开我……你是谁？"她用力地挣扎，却发觉倒在身上的男人丝毫没有动弹，狐疑之下，她伸手用力一推，才将男人推向了一边。

只是圆缺没有想到的是，压在她身上的竟然是苏杨，原来他的夜生活也如此丰富多彩。

苏杨原本清秀的俊脸，却呈现出了绯红的红晕。他紧闭着双唇，从那紧皱的眉头上，可以看出他好像在隐忍着什么，口中还不断在呢喃着什么。

圆缺坐起来压低了身子，将耳朵凑近他，却也听得断断续续，不是很清楚，"那个女人回来了，圆缺，你斗不过她的——"

她专心想听清他说什么，却没发现，躺在身下的男人蓦然睁大眼睛，"离开他，你离开他……"他伸手抚上她的眉、她的眼，喃喃低语。

等到他终于确认完毕，一把抓住她的手臂，带着一股吃人的蛮力，几乎是用拖的，将她扶起，向床拖去。

灯红酒绿，此时的名流公子，那便是富人的天堂。

豪华的包厢里，高雅昂贵的沙发一字形排开，搭配五颜六色的霓虹灯光，顿时渲染出了一抹奢靡腐朽的暧昧气息。

几个浓妆艳抹的女人，身上裹着或贴身或松松垮垮的衣服——如果巴掌大的单薄布料也能称之为衣服的话——紧紧地贴在这些名流富豪身上，制造着限制级别的魅惑。

一个冷傲的身影靠在角落里，看着包厢内的那些女人婉转承欢，赔笑人前，更有甚者已经歪倒在男人怀里撒着娇，想要抓牢眼前这棵摇钱树。

这样出卖身体求个安身立命，降低尊严换来男人的宠爱，她不由得冷然嗤笑一声。

她静静地看着，手里捏着高脚杯，红艳的唇含一口红酒，清冷之中透着让人堕落的妖媚。

斜刺里突然伸过一只油手一把抓住了她的胸部，强硬地扭过她的身子。

她淡淡地转过脸，小巧的鹅蛋脸上化着精致的妆容，眉头紧紧皱着，看着那只按在自己胸前的咸猪手，泛着恶心，"把你的脏手拿开。"

男人在看清她一张脸蛋的时候，已经被迷惑得七荤八素，而对他的上下其手，

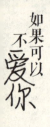

冷美人只是冷冷地让他拿开手，并没有拒绝。男人自以为是地认定这是风月场所里女人惯用的伎俩，不就是欲迎还拒嘛。

男人更加肆无忌惮，开始强吻她，脸上、唇上、脖子上。

恶心！男人的气息，还是一如既往地令她感到恶心，除了那个人外。

一把推开，男人没防备，一下子歪倒在沙发前的茶几上，连带打翻了果盘，包厢里其他几个男人哄然大笑，"老李，不是所有女人都喜欢你这样饿狼扑食的激情劲儿，今儿个栽了吧……"说着还不约而同地朝她一阵淫笑。

一个年纪大一些的女人抬头为难地看了她一眼，最后站了出来，将柔软的身子靠近倒在地上的男人，娇滴滴地说："李老板，她是个新来的，您就别跟她计较了，我来陪您，好不好？"她说着话，将白皙的浑圆贴上男人的身体摩擦着，一边对站在角落里的她使了个眼色，示意她出去。

她本来想将手里的高脚杯砸在男人的头上来泄愤，想想为这样低俗的男人动气不值得，起身从纸盒里抽出两张纸巾，仔细地擦着脸、脖子。

被称为老李的男人是有名的暴发户，好色成性，钱多了，自然厌弃了家里的黄脸婆，出来寻风流，见她用纸巾将他碰过的地方都狠狠地擦过才算罢了，不由得冷笑，"不过就是个出来卖的，不知道被多少人上过，老子不嫌弃你，还装什么清高！"说罢，他的视线还上下扫视着她的身体。

那轻蔑的话语，扫视的眼神，如同刀子般在她心口重重地刺下去，带出来血淋淋的过往，恨意瞬间迸发，已经拉开门的她，转身就要回去，显然是要砸场。

手腕一下子被人拉住，在这个地方，谁敢忤逆她？她错愕地回眸，看清来人是谁，冷笑，"你不是早走了吗？"

来人冷眼看着她，"别闹了，我叫人送你回去。"

"叫人送我回去？"她苦笑，"里面说的，你听见了？我为你受的，就换来你差遣别人送我回去？顾于肆，你的心呢？"

里面男人眼见门口拉扯的两人，扬声说道："我说呢，原来是攀上高枝了。"

男人打了个酒嗝，显然是喝高了，连旁边同伴不断递过来的眼色都直接无视，怪声怪调地调侃道："哟，可不是，看这金主一身行头，难怪你这个婊子费尽心思贴上去。"

顾于肆拉住女人细白的手腕，身后还跟着三个穿黑装的保镖，"走。"

女人一脸不可思议地看着他，这不像她认识的顾于肆，以前都是他去招惹别人，何曾被别人骂到头上不还手过。

见她不动，顾于肆回头，"俏俏？"

听到自己的小名，白俏一愣，随即挽上他的胳膊。

她心里清楚，为了个俗透了的男人跟顾于肆过分拿捏，最后的结果一定是自己下不来台。但如果被人揭开伤疤就能换得他一丝怜惜，她不介意用这种方式重新回到这个男人身边。

顾于肆倨傲地向包厢内扫了一眼，然后转身就要离开。

咸猪手男人却跌跌撞撞地跑到身前拦住他，"这小妞是老子看中的，我没同意，你不能带她出这个包厢门。还有，不要以为你有几个钱就可以抢别人的女人！"

顾于肆眼都懒得抬，淡淡地吩咐身后的保镖，"拖出去，让他在医院躺两天。"

两个保镖已经把男人拖出去狂殴，阵阵叫骂声传进厅内，白俏小嘴一抿笑开，这样狠毒的顾于肆才是她认识的那个人。

咸猪手的同伴显然认出了顾于肆，慌忙上前说好话，顾于肆面色淡漠地站在门口，"收拾完后送进医院，医疗费用拿去公司报销！"

他简单交代两句，便不再浪费时间，准备闪人，白俏急急追上去，却撞上一堵硬邦邦的肉墙。

他停住脚步，应该是在等自己，她心里忍不住开心，但还未来得及说话，就被一把拨开。

她错愕地抬眸，扯起嘴角想要开口，却见那高大挺拔的身影，在听完司徒空的耳语之后，掐断了手中闪烁的烟蒂，大步朝电梯处走去。

他做什么？他推开了她？那么急，是去做什么？

白俏歪倒在过道的沙发上，一脸怨恨地看着他的背影消失。一大堆的疑问涌上心头，她却暗暗得意，抬手看了下手表，进去这么久了没出来，苏杨那边应该进行得很顺利。

如她所想，这边客房包厢内，圆缺整个人跌在地上，她吓坏了，拼命地胡乱挣扎，可根本敌不过他的力气。

"苏杨，你干什么？"

他面容冷峻，一言不发，好像地狱来的修罗，残酷而冷血，甚至不在乎是否会弄伤她。在男人的蛮力对待下，圆缺如同一只被人送上砧板的羔羊。

包厢内根本不会有人来。

他把她扔在柔软的大床上，随手利落地脱掉外套，扯掉领带，接着干脆一把扯开衬衫，水晶纽扣七零八落地掉在地毯上。

　　这个暗示太直接，圆缺竭尽全力控制自己不去想歪，还是吓出一身冷汗。顾于肆呢，顾于肆在哪儿？

　　圆缺挣扎着从床上一骨碌翻身爬起来，跌跌撞撞地向门口冲过去，却被苏杨一把从后面搂住，将她压在冰凉的墙壁上。

　　包厢内陈设虽然简单，装修却很好，墙上还贴了壁纸，淡雅的水蓝色，能舒缓人神经的那种颜色，此时此刻，圆缺的脸贴在壁纸上，目中所见皆犹如深沉的大海，让她喘不过气来。

　　苏杨的吻，如同夏日雷雨，点点落在她的脖颈上，那温热而潮湿的气息，陌生得让她胆战心惊。

　　圆缺的泪水像断了线的雨珠子，啪啪地滴在他的手臂上，炙热又冰凉，苏杨说不清自己看到她流泪时的感觉，心口是揪起来的疼。

　　操之过急了吗？他叹了口气，身子往后撤了两步，两手一伸，直直倒在大床上，摆出个大字形，修长的腿无力地搭在床沿，两眼空洞地看着天花板。

　　失去钳制力量的她一下子跌坐在地上，直到看见床上的人缓慢地闭上双眼，她僵直的身子才彻底放松下来，可还是不敢大声哭，只能低低抽泣。

　　过了好久，她站了起来看看包厢紧闭的门，顾于肆还没回来，或许他压根儿不会回来，而这个活色生香的地方，出去找他难免有些冒失；转头再看看，床上的人已经酣睡过去，看来目前继续待在包厢里，麻烦还是少些的。

　　她走近床边，苏杨喝了很多酒，并且醉得很深。在她的印象里，苏杨似乎是滴酒不沾的。

　　踏出了电梯的顾于肆冷冷地抬步，待他走近房间、推开微微敞开的房门，却见柔软的大床上正躺着一个男人，而圆缺正跪坐在床边，仔细地拿毛巾擦拭着男人的脸。

　　不用看也知道床上躺着的是谁，司徒空赶去知会他的时候，碍于白俏在场他只好忍下怒气，可眼前这一幕，已经将他的怒气推到了极致！

　　那天他只是被气极了才会跟她摆脸色，却没想到这妮子两天电话不通，人也见不到影儿。他忍，因为是他不对在先。只是，她竟然和苏杨去了一个穷乡僻壤的地方，又在名流公子和他孤男寡女，共处一室？！

　　她究竟还要荒唐到什么地步？！

　　他大步上前，不再心软，一把揪起她的衣服，却蓦地被扇了一巴掌，啪的一声，清脆的声响，如同暂停键，停滞了她和他的动作。

　　刚才在房间等待的时候，苏杨吐得七荤八素，圆缺只好拧了毛巾替苏杨清理脸上的污秽物，却突然被人从后面揪起，她条件反射地抬起手，扇了对方一巴掌。

圆缺没有想到来人会是顾于肆，错愕地捂住了嘴。

跟随而来的司徒空见这一状况，很是尴尬地不知道该不该把踏进去的脚抽回来，上司被打耳光，他还是溜之大吉的好。

"司徒，给我送苏总回去。"冷硬的嗓音落下，司徒空见溜不掉，伸手挠挠头，然后麻利地扶走苏杨，很快，包厢只剩下顾于肆和圆缺两个人。

战栗中她唯有转过身，看着自己等待多时的人。其实从相遇的那刻起，他就是个高深莫测的男人，看着渺小的她挣扎在水深火热中，他犹可高贵优雅地品着红酒，冷眼旁观，高高挂起。

不是不害怕的。

圆缺不由自主地后退，再后退。直到后背贴上冰冷的墙壁，隔着单薄的衣料和墙纸仿佛还能感受到水泥的冷硬，就像面前的顾于肆，他就那样看着她，也不说话，就足够让圆缺坐立不安。

她定定地睁大眼睛，像一只被猎人逼到悬崖边的斑羚，然而背后就是万丈深渊，她避无可避。

"怎么眼睛红红的？刚哭过？"男人只是微笑，似乎漫不经心，看着咫尺之遥的圆缺，如此靠近，他几乎可以听到她那颗可怜的心脏在胸腔里跳动的声音。

"他吐了，酒气熏天，我眼睛受不了。"圆缺答道。

他似笑非笑地扯了一下唇角，略带讽刺地反问道："是吗？"

圆缺忽然感到脊背发凉，这个男人锐利得简直可怕，顺着他的目光，她转头看向房门口的镜子，原本是客人出门整理仪容的镜子，如今却倒映出她头发蓬乱、眼睛红肿的不堪模样。

圆缺怔怔地望着镜子中的自己，心想，她和他之间，充其量不过是银货两讫的交易，语言仿佛多余，解释就更没必要了。

见她没有解释的意思，终于，他收起了漫不经心的笑，"那好，今晚别回学校了，去我那儿。"

她转头看他，顾于肆灼灼发亮的眼睛，那样坚定而冰冷。

从名流公子出来，夜里的风有些冷，她穿得单薄，用手护着自己的胸口，忽然感到一阵天旋地转般的绞痛。

呼啸一声，汽车开动引擎消失在街角。车上的人都没看见，在他们离开的时候，有一双冰冷的眼睛一直目送着。白俏冷笑着放下挑窗帘的手，看着沙发上闭目不语的苏杨，"怎么，不惜装醉给她报信提醒？"

"听后堂的人说，那个姓李的被断了两根手指。我没你那么心狠。钻进包厢被人调戏，就为引他这么做，值得吗？"

像是被人扇了一巴掌，脸上火辣辣地疼，白俏冷笑，"至少证明了在他心里，我是有地位的，而你呢？尹圆缺她现在对你的出现很是抵触，我没猜错吧？"她转过头，冷笑，"那咱们再来猜猜，今晚她会不会在别的男人身下承欢呢？"

看着苏杨骤然睁开双眼、目眦欲裂的样子，白俏爽心不少，"我的目的很简单，我要他，手段我不在乎。"

"别伤她，不然下次断两根手指的人，就会是你。"

苏杨语气冰冷，白俏明白，这个男人即将发怒了，不再自讨没趣地言语攻击，而是直接道出今晚邀他来的目的，"那就跟我合作。"

苏杨侧身望向窗外，"你这是邀请，还是变相威胁？"

"别说你不想争，即使不为她，当年顾于肆可是逼得你灰溜溜夹着尾巴出国的，我就不信，你真能忘了这笔账？"白俏勾唇，睁大了眼睛，笑得一脸无辜，"我不急，你慢慢想。"

车行在路上。

圆缺望着车窗外的街景，斑斓的霓虹带着仓皇的姿态一闪而过，车子不知何时已经开进了半岛别墅群的最深处。

车子刚停稳，她就被顾于肆拎下了车，按下密码锁进了别墅，用人闻讯赶到前厅行礼，男人压根儿不理会，径直奔向二楼的卧室。

他将她甩在地上，咔嚓一声，转身将房门落了锁。

在这样密闭的空间她有点不安，甚至不敢靠近那张大床，顾于肆大概是看穿了她的想法，一把抓住她的手臂，带着一股吃人的蛮力，几乎是用拖的，将她扔在床上。

圆缺蓦然睁大眼睛，她像只猫一样，蜷卧在床上，看着顾于肆靠床点了支烟。

两人距离有些近，若有似无的香水味充斥着圆缺的鼻端，不知道是这房间里的，还是顾于肆身上的。

香水味混合着烟味，她咳嗽了两声。

顾于肆突然间没了吸烟的想法，他又吸了两口，便捻熄了香烟，"你妈身体怎么样了？"

圆缺一愣，想不明白他明明气成这样了，还能想到问她这件事，"还是老样子！"

"要不，换家疗养院，或者，干脆转去国外治疗？我可以给你安排。"说话的时候，顾于肆飞快地思索最快什么时候能安排好，最好是这个星期就办妥，离那个苏杨远远的。

圆缺不明白他的小算盘，只在心里思忖着，现在能让母亲舒坦地多活一天，都是她跟他交换得来的，转来转去，要是让范素心知道治病钱从哪儿来的，非闹得鸡犬不宁不可。

圆缺不知道他这会儿又打什么主意，淡淡回一句："不用了，谢谢你。"

　　她坐起身子，斟酌半天，低着头小心谨慎地问出让她纳闷了一晚的问题："苏杨怎么会在名流公子？难不成你们有业务上的合作？"

　　"我的一家公关公司长期为名流公子处理与政企的纠纷，他是VIVI国际律师事务所刚聘任的中华区经理，而VIVI是名流公子御用律师团，除非我们都与名流公子取消合作，否则在处理名流公子的业务上，我们是搭档关系。"

　　圆缺一愣，他当初那样对苏杨，为什么不取消与他的合作？顾于肆仿佛知道她在想什么，又说道："他年纪轻轻就能成为VIVI在华负责人，若没有点度量，能有今天的成就？"他斜睨了圆缺一眼，那眼神好像在说："别指望苏杨有其他想法，人家不过是事业为重才回到T市发展！"

　　圆缺默然，想起拍卖会那晚，苏杨还能温文尔雅地同顾于肆寒暄，记忆里热血清秀的少年早已经变了，想着，她嘴角又牵起一个苦涩的笑，以事业为重也好，省得纠缠不清。

　　顾于肆见她苦笑，以为她是在后悔几年前跟了他，脸一沉，走到她面前，"不说他了，你抬头。"

　　圆缺仍低着头，不想看他，她从刚刚看到他影子的第一眼开始就没正眼看过他，坐车时要么低着头，要么就歪在座位上看车窗外不断穿行的车流人流，就是不看他。

　　顾于肆去抬她下巴，看了下她的脸，那晚被他错手伤着的地方微微泛着青，不仔细的话也注意不到。

　　看到她眉微皱了一下，他……刚刚又捏疼她了？

　　柔软的大床陷了下去，是顾于肆坐在她旁边，伸手摸她的脸，圆缺躲了一下，不让他碰。

　　顾于肆的手僵在半空，很久后问她："还疼吗？"

　　圆缺抬头向他笑了一下，"不疼。"

　　他的脸色瞬息万变，"知不知道我在找你？"

　　他的脸色变成什么样她都没心思看，本来打算就这样安安静静地坐着不理，听到他后面的问话，低着头，"那个电话真是你打的？"

　　"那怎么不接？"他不答反问。

　　"我当时在洗澡。"

　　她有问必答，却也不多说，摆出那种不想理他的样子，顾于肆无奈地看着她，还是忍不住问了："在哪儿洗的？"

　　"农家。"她想解释，"玩水的时候掉小溪里面去了，全身湿透了，苏杨只能就近带我去了那儿……"

顾于肆听不下去了，拉开房门准备离开"战场"去书房静一静，圆缺在后面呼出一口气。

他前脚刚踏出书房，后脚就又退了回来，本想喊她泡杯茶送进书房来的，扭头正好看见她风一般地冲到房门口，然后砰的一声，卧室的门就关上了，将他和她阻隔开来。

躲他的心思是这样显而易见，不加遮拦！心里像被什么钝器凿穿一般地疼，噎得他连喝茶的心思都没了，转身就下了楼。

林尽染的车开出去没一会儿，就接到了顾于肆的电话，让他叫上老四。

圆缺洗完澡从浴室出来的时候，正好窗外折射进来一束车灯，然后就听见轮胎摩擦地面的声音，那股狠劲和着跑车发出的闷哼声像是气极了的人，尖锐而凶狠，还夹杂着无处发泄的怒火。

她知道他心里不痛快，可这么晚了，而且刚回来就要出去，看来当真是气得不轻。突然想起来前几天新闻上播报的某某富少半夜酒后飙车，在高速路上撞上防护栏，连人带车地滚了好几个跟头。

不知为何，那烧焦的车，还有救护人员抬着血迹斑斑担架的新闻场景一下子蹦到她脑子里来，那某某富少面目全非的脸一下子清晰地变成顾于肆的脸，圆缺被自己的联想惊出了一身冷汗。

明知道这样的联想毫无道理可言，甚至有些神经质的味道，可她顾不得想那么多，赤着脚奔下床，踩在房内的木地板上，发出咚咚的声音来，更扰得她心烦意乱。

下楼有些急，一不小心就滑了步子，跌倒在楼梯口，还带倒了楼梯边上的盆栽，那是她最喜欢的绿边铃兰。

陶瓷花盆落地的声音惊动了用人，没几分钟就跑到圆缺身边，将摔倒在地的她扶起来，"小姐有伤着吗？"

小姑娘有点胆战心惊地询问，她还记得曾经有个厨子做荷包蛋很有名气，被请来做主厨，哪知尹小姐吃得急了些就烫了嘴，最后那个主厨被炒了不说，听说还被吊销了厨师职业资格证书，私下里讨论时她替那个厨师不值，老管家却提醒她说，没有照顾好尹小姐，就是最大的失职，所以没有什么值不值的！

圆缺不知道小姑娘心里的担忧，借力起身，她本就有些低血糖又加上感冒没好，起来急了就有些眩晕，只好推推小姑娘，"去开门，让先生大晚上的别出去了。"

小姑娘不敢，愣愣地站着没动，圆缺不由得抬高了声调，"去啊。"

小姑娘心里更颤悠了，虽然很少见到尹小姐笑，但在她印象里，尹小姐一向不为难她们这些用人的，她拔高声线地吼叫还是第一次。"可已经追不上了。"

圆缺站在冰凉的地板上，只能听见外面传来跑车发动机的声音，嗡嗡地飞速远去。

"尹小姐，你没伤着吧？"小姑娘还是战战兢兢的，为了确保万一，又问了一遍。

圆缺猛地收回投放到窗外的视线。自己是怎么了，怎么能盯着他远去的背影看，她在心里竭力告诫自己：你们是非正常恋爱关系，会受伤的，你们之间不可能的，你可以喜欢任何人，就是不能对他起了什么不该有的心思！

圆缺，你不能傻啊，不能犯傻啊！

"我没事。"圆缺摆摆手示意，就打算上楼，走到楼梯口的时候，转过身问小姑娘，"刚才没吓着你吧，别担心。"

灯光下，小姑娘摇摇头，"盆栽的碎碴子可尖锐了，就怕刺着小姐。我等下就打扫干净。"

圆缺扯了扯嘴角，竭力弄个微笑的表情出来，"谢谢你了，那麻烦明天再买盆铃兰回来摆上。"

顾于肆那天回来得特别晚，他在林尽染那儿喝了酒又坐了一会儿，听着老三和老四贫嘴他才觉得他不是一个人，可依旧觉得索然无味，凌晨刚过，他就坐不住了，抓了车钥匙就闪人。

顾于肆一走，秦守好奇宝宝的劲头又出来了，问："二哥这是怎么了？喊出来喝酒又提前退场，不像他啊！"

林尽染晃着红酒杯，"他心里烦。"

这样一说秦守就明白过来了，"真想知道是何方祸水，能把二哥折磨成这个样子啊。"

林尽染抿了一口酒，"我今晚见着了。"

秦守不乐意了，"怎么就没我的份儿？"

林尽染放下杯子，站起来拿起西装外套，显然也是要撤，"有本事你去找二哥嚷，看他给不给你见。"

秦守敲着上好的楠木桌，"没事去惹二哥，当我傻啊！再说了不就是个女人，还能有三头六臂？二哥也就是迷失了，过阵子没准儿就幡然醒悟了。"

"我看不像。"林尽染又扔下一个很有诱惑力的鱼饵，"我看他俩倒像两个刺猸，斗得挺起劲儿。"

秦守的好奇虫又被勾了出来，真心觉得是二哥偏心了，藏了几年的红颜祸水，哥们儿几个都好奇，凭什么就准老三见，不准他见。越想越觉得受了不平等待遇，他一门心思想着怎么才能见到尹圆缺的面，因而忽略了林尽染临走前有些狡黠的笑意。

林尽染见到尹圆缺的时候，也纳闷二哥藏得严严实实的人，怎么就给自己撞见了，后来回想起晚上在医院遇见记者后二哥的反应才想通，今晚带人给他见，只是个开端吧，二哥，既然你想公开关系，兄弟自当铺路搭桥，只是可怜老四被当枪使了。

顾于肆喝了不少酒，进卧室时发觉身上还有些酒味，原本打算去洗澡，却鬼使神差地走到床边。床头灯下的圆缺睡容安宁恬淡，细长的柳叶眉，浓密的睫毛，圆润的鼻头，嫣红的唇瓣。

她只有在睡着的时候，才特别的可爱，不会对他伶牙俐齿，也不会张牙舞爪。

有多久，夜半醒来，身侧空洞洞地没有她的体温了。看着看着，顾于肆只觉得身体火热，他解开领带，对着圆缺的唇吻了下去。

圆缺迷迷糊糊地醒来，身上的睡衣已经被剥去了大半，他的手指在她私处流连，他的呼吸粗重，眼神却格外犀利，仿佛淬了冰。

圆缺心里的情绪像是翻涌的潮水般向她袭来，她猛地伸手推开他，"不要。"

顾于肆正在兴头上，冷不防一下被推下床，他站起来，脸色就黑了下来，"你说什么？"

圆缺垂下眼帘，"我身体不舒服，不想做。"

顾于肆一看她那模样就觉得她在撒谎，他的脑袋有些犯晕，只觉得她身上有一种味道，这种味道让他一直想戒却戒不掉，现在又让他整个身体胀得难受，可她却想一脚把他踹下床，这样的防备就像一开始跟他的时候。

顾于肆脸色冷硬，脱掉衣服掀开被子把圆缺揪了回来，靠在她耳边说："不舒服？很快你就会舒服的。"

他熟悉她的身体，知道怎么让她上下起伏却得不到解脱，就像一个猎人，驾驭着她，征服着她。

身体很快臣服在他的动作之下，圆缺却只觉得有些屈辱。

快感充斥着顾于肆的脑海，圆缺却茫然地望着天花板，这样的走神让顾于肆很是不爽，他扳回她的脸，对着她的唇吻了下去，圆缺的唇又软又甜，顾于肆吻着，圆缺也毫无反应，他一怒就咬了下去。

推不开压在身上的壮硕胸膛，她只好改为捶打他结实的后背，在他身下缠着身子呜咽，"呜……呜呜……"

她的声音哀哀，连脸色都似乎苍白了，顾于肆赶紧放开她，其实他也没用多大劲儿，仔细检查也没咬破唇，顾于肆不明白怎么就痛了，伸出手指去揉她的唇瓣，却见灯光下，她的眼睛里蓄满了泪水。

这一哭，让他心里既心疼又火大。

双手捧着她的小脸蛋，用拇指擦拭着她的泪花，低头慢慢轻吻她的眼角，"不哭，不哭，我就是想爱你，圆缺，我就是想爱你。"

他一直在她耳边呢喃着这句话，圆缺摇头，泪水更是一发不可收拾，"顾于肆，你放了我吧，我痛，我很痛啊。"

顾于肆哪里肯听她的，慢且柔地往里面挤，又撤出来，这样的温柔渐渐让圆缺紧皱着的眉舒展开，最后也柔柔地顺应着他的动作。

这样压抑自己的方式，顾于肆却觉得开心，觉得如果可以这样把她揉进自己的身体里，让她永远待在自己身边，逃不脱，走不掉，也不反抗，挺好的。

她的眼睛大而黑亮，每每睁大了看他，那无辜的模样总让他按捺不住，此时她的眸子里还氤氲着迷蒙的醉态，双手本能地搂着他的脖子，细长的小腿无措地来回搓动，撩拨着他本就脆弱的情欲。

更何况，他对她，一直就没什么自制力。

完事之后，圆缺软软地趴在他怀里，动都不想动的样子，顾于肆动作轻柔地将她抱进浴室，将两人清洗干净，再将她抱上床的时候，她终于有了气力，将他伸过来的手拍开，一个人缩到床边上去。

圆缺不时辗转，后半夜的时候开始咳嗽，刻意压抑的咳嗽声，一声一声，灯光下她的影子随着她的动作微微颤动，顾于肆悄悄睁开眼睛，看见她忍得厉害，脸色有些发红。

他的视线停在她身上，格外温柔，只是圆缺背对着他，看不见。

后半夜她去了客房没有回来，顾于肆一晚上都没睡熟，起床后看到她从客房走出来，不过几个小时而已，却觉得她又瘦了。眼底的青色削弱了以往的倔强，她穿着牛仔裤配着T恤衫，简单的学生装束，记忆里那个少女的身影和眼前的女人重合。

原来昨晚她说不舒服是真的，并不是敷衍他，顾于肆半是心疼半是酸涩，话到嘴边，却无法说出口。

两人的视线在空中交汇，圆缺静静地转过身，下楼。

她今天表现得很乖顺，甚至主动留下来吃早餐，没有再像以往那样挑衅他。餐桌上的气氛特别古怪，就连上餐的小姑娘都觉得，住在这里的两个人像是完全成了陌生人，彼此不理会，也不说话，吃饭都是匆匆的。

Chapter 07
你是怎么了

　　圆缺背上挎包准备离开的时候，顾于肆还坐在餐桌边上。等圆缺开门离去，他望着大门口怔怔坐了一会儿，摸出一支烟点上，偏头狠狠吸了一口，有些许烦躁地吐出烟圈。太阳升得很高，从敞开的门看向外面的花园，鸟语花香，真是个好季节，应该配个好心情，可扭头再看看她的餐盘里，面包只咬了几小口的样子，单独给她准备的水果也没动，心内莫名地有几丝烦躁。

　　以往她倔强地不肯吃早饭被他逮回来，虽不乐意，到底是能吃下去几口的，今天主动留下，却吃得太少了。

　　她这样乖顺，本该是他想要的，可等她真变成这样子，他又不高兴了。没了她的陪伴他也没多少食欲，挑起湿巾擦拭几下手就起了身。正欲出门，手机又响了起来。顾于肆一看来电，是顾心言。

　　他伸手按下接听，耳边就传来娇嗔的声音，"哥哥，今晚一起吃饭，好吗？"

　　言下之意便是已经到了T市，顾于肆眯了眯眼，一阵心烦意乱，"你现在在哪儿？我让人去接你。"

　　电话那边的顾心言咯咯直笑，"哥，我又不是第一次来T市，说不准我比你还熟悉这个城市呢，就别来接我了，我想先回D大去找同学玩——"

　　顾心言还没说完，就被顾于肆截断了话，"不准去。"

　　记忆里顾于肆从没有大声吼过自己，顾心言有些受不住，笑声就那样被掐断，"哥，你怎么了？"

　　早上圆缺望向他的那一眼又蹿入他脑海，顾于肆揉揉眉心，"几个小时的飞机你也累了。早点回酒店休息，晚上我喊林子禽兽他们给你接风。"

　　顾心言拖着行李箱站在熙熙攘攘的大厅，愣愣看着已经挂断的手机，好半天没回过神。刚才，哥哥是让她住到酒店去？哥哥向来是疼她的，所以这次惹事之后她

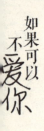

就直接投奔他来了，满打满算也没想到过会是这样一番情景。

顾于肆这边收了手机，更是眉头紧蹙，想想还是给那个小女人去了电话。

课表上今天下午才有课，时间很空闲，圆缺却不知道回去后要干吗，脑子好像放空了。顾于肆的电话打来了无数次，她干脆关机，想了许久，只有回宿舍去。

气象预报说又一轮的台风将要登陆，今天将影响到T市，会有大风大雨，要市民注意安全。宋青青咬着苹果笑道："天气预报什么时候准过啊？"

可下午的时候偏偏雷雨大作，圆缺只昏沉沉地睡，午饭都是托宋青青打回宿舍的，也就喝下去点紫菜汤，宋青青见她这样子便说要去医院，圆缺咧嘴笑笑，"哪儿有那么金贵？睡一觉就好，下午你帮我请个病假。"

这一睡就睡到了傍晚，原本还能说句完整话的圆缺，只觉得嗓子干得快要冒火。宋青青下了课回来时，圆缺正要去校医务室拿药，见她下床都虚软无力的样子，宋青青死活拖着她直奔医院。

一番检查之后，宋青青看着病历单，就差将食指戳到圆缺脑袋瓜上了，"心肌炎啊，你让我说你什么好，中午就让你来医院，死活不肯，现在好了，胸闷难受不？"

看着坐在走廊座椅上的圆缺脸色越来越白，宋青青心又软了下来，慌忙拍拍她的背部，"在这儿等着，姐去交费，等会儿输了液就不疼了。"

圆缺干裂着唇，想说什么，嗓子跟吃了炽热的沙子一般烧灼着喉咙，宋青青将她扶正坐好，"等你好了再感谢姐也不迟。坐好了，在这儿等我。"

看着宋青青风风火火离去的背影，圆缺眼角一热，还好，这世上总归是有人心疼她的！她低头擦去泪花，没注意到走廊转角闪过的熟悉身影。

"哥，我头好昏啊。"顾心言挂在顾于肆的胳膊上撒娇地说道。

彼时圆缺正坐在三楼走廊的座椅上，脑子混混沌沌的，顾于肆却是在转弯的时候就看见她了，然后动作迅速地拽住顾心言转了身，避免她们碰面。

他一路心神不定，几次回首看向那单薄的背影，不顾顾心言诧异的眼神，只是暗暗思索。

"哥，你在看什么呢？攥疼我了。"直到顾心言喊他，他才回过神来，慌忙将顾心言推进医师检查室。

"你先做检查，我去走廊里抽一支烟。"顾于肆说着，就在顾心言头顶轻轻摸了摸，转身走了出去。顾心言却是暗自松了一口气，她说自己生病了的时候被他强揪着来医院，一路上她都在暗暗盘算着怎么样才能让自己的小计谋别被他看穿了。

顾于肆走出医生办公室时，走廊里早已没了圆缺的身影，靠在窗前点了烟，连着抽了好几根，才预备折转回去，岂料一转身，顾心言就上来抱住他的胳膊，"哥，一点力气都没有了，晚上不想和林子他们疯了，医生说吃点流食最好了，我们回家好不好？"

顾心言脸上挂着病态，心底却是悄悄地捏了一把冷汗，她不知自己这个小算盘是否能瞒天过海，可是不试一试又怎么知道。这世上哪有哥哥不让妹妹回家住的道理，除非，他还在恼她之前做的那件错事，可错已经铸成，他是她亲哥，总不至于记仇。

"医生怎么说的？喝流食就能治好感冒？"他依旧温柔的样子，轻轻地拍打着她的手背，完全是一个好哥哥的样子。

顾心言看他一点没怀疑的样子，更觉得下午站在酒店外淋半个小时的凉雨是赌对了，此时她的脸色是有点病态的苍白，但还没到严重的地步，配上她可怜兮兮的口吻刚刚好，"医生开了药，说要多休息，多吃点素食流食之类的，我不喜欢医院消毒水的味道，我们赶紧回家吧，好难受啊。"

顾于肆也想赶快离开这家医院，索性就遂了顾心言的话。上车之后顾于肆望着医院办公楼三楼，慢腾腾地倒车，到了驶出医院的那一刻，他还是踩了刹车，"你在车上等着，刚才抽烟时打火机好像落在医生办公室了。"

一口气奔上三楼，寻了半天也不见踪影，只好逮着个小护士问话："刚才坐在这个长椅上的女孩子哪儿去了？"

晚上看病的人并不多，值班护士喝了口水，慢悠悠地回答道："心肌炎晕倒了。"

一听到圆缺晕倒，他立马厉声问道："现在人呢？"

值班护士被他这样的变脸唬住了，慌忙答道："她朋友去办住院手续了，交费还没回来，所以我们只能把她挪到候诊室了。"

"候诊室在哪里？带我过去！"他一把夺过护士手中的水杯，声音里已经染了怒气。

值班护士带他过去的时候，圆缺正躺在候诊室冰凉的座椅上，连个床铺都没有，就她一个人清冷地躺在上面，犹自沉沉地睡着。

顾于肆这时候才看清楚她的脸，苍白得吓人，他走近座椅，看她虽在昏迷，可是眉宇仍是紧紧地拧着，似乎那痛楚很难捱，"病历单拿给我看。"

看了眼昏过去的圆缺，先前并未看到这个陌生男人陪同她看病，值班护士显然没想到他会提出这个问题，却也是反应很快地开口："先生，这位小姐是前两天淋了雨，一直低烧，拖到今天才来的医院，可能心情郁结的缘故，引发了心肌炎并发症。"值班护士并没有去取病历单，只大概讲了病况。

他脊背一僵，忽然就怔在了那里，唇角冷冷地绷紧成了一条直线。片刻之后，值班护士才听到他冰凉的声音，"好好照顾她。另外，别跟她说我来过。"

顾于肆安排好一切之后回到车上，一根接着一根地抽烟。顾心言觑了眼知道他心情不怎么好，原本活泼性子的她不敢再张狂滋事，只好乖乖坐着。

T市天气说变就变，没一会儿就下起了雨。顾于肆摇下车窗，冷雨透过敞开的车窗砸在他脸上。良久，他终于平复了翻潮涌动的心海，关上车窗之后他又变成了那个冷静自持的模样。

顾心言觉得就在刚才的一瞬间，他应该是做出了什么决定，却没想到是跟自己有关，只看他一边启动车子，一边看着后视镜倒车，状似不经意地开口："心言，既然你不舒服，今晚就通知禽兽他们散了，我送你去林子那里。"

"他不是要订婚了吗，送我去他那儿干什么？"顾心言一听这话，瞬间炸毛。

顾于肆微微皱眉，手里把着方向盘，口气依旧不紧不慢，"那么敏感做什么？林子未婚妻学的是护理，你生病着，她照顾起来比我一个爷儿们要心细，而且你们女孩子凑一块，正好做伴。"

一番话说得是滴水不漏，理由正当，顾心言被堵得哑口无言，这事就这样被他拍案定下。

圆缺在医院住了三天，不知是谁帮她请了一个护理，竟然十分用心。宋青青见状撇撇嘴，"还以为能展现一下我的贤良淑德呢，竟然有人比我还喜欢献殷勤。圆缺，你说到底是谁啊？"

圆缺摇头表示不知道，心下也是讶异，不过是感冒引发了并发症，并不是大病，惊动的人根本没几个。

宋青青陪着她说了一会儿话，护理便端着晚饭敲门进来了，山药炒鸡片、鱼头炖豆腐、金钩冬瓜，宋青青一看，"都是你平时爱吃的菜色。而且，荤素搭配得极其营养，准备得用心，这年头竟然还有这样心细的人啊，啧啧，当真少见！"

护理最后将两小碗米饭端出来，再将筷子摆好，大方一笑，"宋小姐，心动不如行动，与其想那些理不清的，还不如帮着尹小姐消灭这些食物来得实在。"

"小护士，你真是太懂我了。"宋青青说到最后免不了还啧啧了两声，圆缺自然听得出宋青青的意思。

正好借着这个由头开口，圆缺便逮着小护理问："这两天难道正好赶上医院评优评先，个个都争着做好事？"

面对圆缺的追问，小护理一问三不知，显然是被叮嘱过的，末了还加了句：

"尹小姐先吃饭吧，我去看看其他房的病人。"说完，小护理已经干净利索地准备撤退，出了门按通电话，"今天她同学过来了，我准备了双份，让她同学陪着吃，人多热闹应该能多吃点……好得差不多了，下午还嚷着要出院……有其他情况再给你打电话。"

病房里，宋青青还在掰着手指头胡乱猜测着，圆缺心里隐隐地大概也猜到了是谁，只不过猜不透他此举是何意，若说是愧疚那一整晚的折磨，他大可不必这么做。

既然他都没现身，她苦恼什么劲儿啊，反正身体好得差不多了，明天得赶紧办理手续出院，她也好回去上课，正如小护理说的，与其想那些理不清的，还不如消灭眼前的美食来得实在，便闷头喝汤不说话。

出乎意料的是，第二天一早出院的时候竟然有一辆车子在医院外等她，可那司机也是什么都不说，只说受人之命来接她回学校。

圆缺性子倔，最讨厌别人这样毫不客气自作主张，先是护理又是车接车送的，更加坐实她心里的猜测了。

"无事献殷勤，非奸即盗！"说完，圆缺飞快地拦了一辆出租车径自扬长而去了。

顾于肆听到这一出的时候，正在游泳池里仰泳，然后动作漂亮地翻身转为蝶泳，挥舞起晶莹剔透的水波，矫健地上岸，接过毛巾擦拭身子，而后回想了下她的话，竟不自觉地笑了。

紧跟着上岸的是秦守，他接过水喝了一口，偏过头，见顾于肆兀自发笑的样子，含在嘴里的水一下子喷了出来，问还在水里扑腾的林尽染："被在意的女人这样评价他也不恼，二哥是疯了吗？"望着疯了的某人远去的背影，秦守摸摸下巴，点评道，"非奸即盗！这词儿用在二哥身上，原来这么合适，我怎么就从来没发现呢？"他乐了，对尹圆缺的好奇又是多了一分。

林尽染则是不置可否地哼了一声，"禽兽，你就算发现了，敢开口说给二哥听吗？"

"我是禽兽，你就是狐狸精。"秦守认定林尽染这是在撩拨自己，反嘴回击。

两人免不了你来我往的一场口水战，顾于肆已经沐浴回来，还换了一身干净的休闲装，大步走过来，"说什么呢？"

"在说被某人雪藏起来的宝贝！"秦守原本已经打算去冲干净身子，一听顾于肆开口，慌忙折回来，"连三哥这样的狐狸都要订婚了，二哥你还藏着掖着不让我们见面。"

顾于肆寻了个舒服的姿势躺下，翻开今天的报纸，手下的人已经将烟递了过来。他抽了一口，吐出一个漂亮的烟圈儿，乌黑的眸子微微地眯了起来，"还没到时候。"

"装神秘！"秦守一听又没戏，切了一声就转身冲凉去了。

换好衣服准备出去的时候，手机却嗡嗡地振动了起来。他按下接听键，继续大步地向外走。

"顾总，今天上午九点，下半年融资战略大会，下午三点是德密恩中国区总裁的拜访，结束后七点在希尔顿已经帮您预约了兰青国际会计事务所，详谈上年度财务报表……"

顾于肆捏着手机走出会所，电话里秘书刘璨正汇报着今天的行程，外面晨雾散去，昨天刚下过雨，草绿的树叶上挂着的露珠娇嫩欲滴，奋力绽放着属于自己的刹那芳华。秦守那一句雪藏的宝贝又蹿入他的思维中，他皱皱眉，随即舒展开，的确不该辜负这样的好时节，雪藏那样的人，他朗然出声打断电话："刘秘书——"

"顾总，您说？"

"将下半年融资会提前半小时，通知各部门准备，今天所有行程都往前挪，尽量压缩时间出来，另外，帮我订两张今晚飞往荷兰的机票。"

电话那端的刘璨仅仅是停顿了数秒，立刻答道："好，我这就去安排。"

圆缺回到学校，收拾了东西去澡堂洗了澡，洗去医院的消毒水味道后，浑浑噩噩地睡了一觉，再醒来的时候窗外是一片蓝，她分不清这是黄昏还是早晨，宿舍里没有一个人，同宿舍的室友还没有回来，宋青青也不知道哪儿混去了。

她打开手机想要看时间，一通电话打了进来，圆缺还未来得及考虑接还是不接，手指已经触到了接听键。

顾于肆这一下午很是忙碌，将接下来近一周的重大项目都做了部署，刚又结束了一场谈判很是疲累，进了办公室抬腕看了时间吓了一跳，将自己丢进转动皮椅里，电话正好接通，"收拾下东西，带你去个地方。"

他和她说话向来简单明了，甚至圆缺一度有种被命令的错觉，可这两天她身子不爽，外加对他那些说不清道不明的抵抗情绪，格外没了以往的好脾气，没好气地问："去哪儿？"

秘书进来请示是否订餐，他摆摆手示意别出声，"上次看杂志不是说想去看风车？"他心里想着弥补，语气尽量放柔放软，抬头时正好看到刘璨诧异瞪大得如铜铃一般的眼睛，清清嗓子恢复平时的声线，末了还端出当家做主的样子来，做了总结性发言，"这次就去荷兰旅行，放松放松。"

圆缺听到前半句的时候将手机移开，检查了来电显示的名字的的确确是顾于肆，才又继续将听筒放到耳边，待听到后半句时，想到去年旅行被他折磨得下不了床，火气噌的一下就上来了，"我不去！"

　　说完啪的一声就将电话挂了，这样还不解气，歪着身子将扔得老远的手机又钩回来，关了机才觉得清净。

　　手机传来嘟嘟声音的时候，顾于肆蒙了几秒，然后装模作样地挂掉电话，问刘璨："还有什么事？"

　　刘璨拿捏着是不是要请示，望着老板不动声色的一张脸，也瞧不出什么情绪来，只好本着做好秘书本职工作的精神，从文件夹中抽出两张机票递过去，冒死开口道："顾总，这是机票。司机已经在楼下等着，荷兰那边的酒店也已经预订好。"

　　摆手示意刘璨出去后，电话再打过去，那边已经关机。

　　桌上躺着的两张机票无辜地承受着顾于肆火辣辣的眼神，最后还惨遭蹂躏，被揉成纸团扔进了废纸篓。

　　下了晚自习的圆缺，左思右想觉得应该在宿舍住下，躲一躲，等风头过去再作定夺——潜意识里她对顾于肆还是有一丝害怕的。

　　接下来的两个星期，顾于肆心里憋着火，愣是将原本安排好的旅游假期变成不分昼夜的加班，老板变身疯狂的轰炸机，顾氏员工也只能跟着变成加班一族中苦逼的战斗机，夜以继日的强度工作负荷，最终在顾于肆胃痛复发下暂时告一段落。

　　这学期课程安排得本来就少，辅修课已经接二连三地开始考试。而这一天，概论老师划考试重点只说在书本的哪一页会考，做小抄还是要翻翻书本的，圆缺只好顶风作案准备回天鹅湾公寓拿回丢在那儿的辅修课课本。

　　"大灰狼今天不在家，小白兔要回去偷萝卜。"手指飞快按完微博的最后一个字，畅快地点发布，然后拜托宋青青帮自己打一瓶热水回来后，圆缺便急急地赶往天鹅湾公寓。到达公寓时正是晚上八九点钟的光景，她想着顾于肆今天应当没心情光顾他给她安置的小窝，心里还想着这样闹闹也好，最好他气她一辈子，再也不来缠她、烦她，便胆肥肥地一边哼着歌谣，一边开门。

　　只是好心情没保持两秒，当走进客厅看见阳台一明一灭的火星时，圆缺第一反应是拔腿就跑。

　　可那人已经掐灭了烟头大步流星地走了过来，黑暗中看不清他的表情，可呼出的气息重重地喷洒在她周围，想忽略都难，"跑什么？"

Chapter 08
往事不堪回首

已经撞上枪口，圆缺认命地松开门把，"没想跑，明天考试，回来拿课本。"

他抬起手腕看了看时间，忽然将她紧紧圈入怀里，略带哀求地搂着她呢喃道："这个时间你回去，路上不安全，再说了，这么晚了你们学校宿舍肯定都关门了。今晚在这儿休息吧，好不好，嗯？"

她没想到骄傲的他竟会这般地低声下气，心下一软就渐渐地沉默了下来，两个人这样冷战着互相折磨，纵使是顾于肆也疲惫不堪，更何况是她。

"实习耽误了不少时间，这学期都没怎么学习，概论明天就要考试了，我得回去看书，至少熟悉一下老师划的考试重点——"圆缺绕过他走到客厅，拿起丢在沙发上的概论，在手中扬一扬，试图垂死挣扎。

"给你妈妈请的专护快到期了，这家疗养院服务怎么样，要不要换个地方，让她体验下不同级别的护理服务？"顾于肆慢悠悠地说，轻描淡写的语气仿佛没有一丝感情。这些年他算是摸清了圆缺的性子，即便对她再好，她的第一反应也是逃避，唯有他强硬她才接受。

简单利落的一句话，手起刀落斩断她所有推辞的借口，黑暗中圆缺虽然看不清他的表情，但依旧感受得到他那不容置疑的魄力。

她真想爆粗口，这人变脸也忒快了点吧。

圆缺没说话，颤着手按亮了房间的灯光，她不喜欢刺眼的白炽灯，所以当时顾于肆丢一张卡说按照她的意思装修的时候，其他的她也照样画葫芦丢给他秘书去办，唯有这灯是她选的。

灯光柔和地洒下来，她眨巴着一双涉世未深的大眼睛，弱不禁风般仰着脸看他，"我留下来就是了。再说了，我和顾总往日无怨近日无仇，何必自相残杀两败俱伤哪！"知道今晚挨不过去，她果断采取怀柔政策。

说完不去看他的脸色，换鞋，拿睡衣，一头钻进浴室。

她的话如同绳索勒紧他的咽喉，他烦躁地扯扯领带，听了一会儿浴室传来的哗啦啦水声，反身看着落地窗外的月光，那倾泻而下的皎洁，凉凉似水，给黑暗的夜带来一丝光亮。脚下是万家灯火，因为在最新开发的郊区，所以过了九、十点钟，这里安静得不似人间。

很少有人知道，顾氏总裁竟然选择远离繁华，在这个僻静的地方有一间不起眼的三居室，这是他令人为圆缺特意觅的小窝，卧室、书房、浴室、厨房，虽然小却是五脏俱全。

他待在这里的时间，甚至比半岛别墅还要多，原因只有一个——圆缺在这里。

他该庆幸自己关注了她的微博，更庆幸微博没有"最近访客"这一栏，因为"他几时几分想她"和"他一天想她多少遍"，都是秘密。

又一轮的胃痛袭来，他疼得直皱眉，冷汗津津地从公文包里翻出药片，却找不到水，只好奔进厨房打开冰箱，开了一罐啤酒将药片送下去。

也不知是药效发挥还是心理作用，没一会儿他就觉得好多了，便打量起厨房来。

就是在这间厨房，圆缺曾经围着卡通围裙扎着马尾，哼着他叫不上来名字的歌曲给他做了一顿不算丰盛的夜宵——西红柿鸡蛋面。

对于吃惯了美酒佳肴的顾于肆来说，那碗红彤彤的面条还真入不了他的眼，勉强尝了几口还是酸不拉几的，更不是他爱的味道。

圆缺给他倒水回来，小跑到他身边问："怎么？不好吃吗？"

他皱着眉头放下筷子，"难道有人夸过这东西好吃？"

圆缺一副"你肯定是骗我"的表情，很豪迈地自夸道："每次我煮，苏杨都说好吃，而且都会吃光光的。"

那时候苏杨是她的小男朋友，当然会给面子吃光光，而他只是她人生中萍水相逢的过客一枚。

顾于肆不说话了，只闷头吃面条，很快一碗面见底了，他才抽了两张纸擦擦嘴角的油渍。圆缺最见不得他挑三拣四的样子，想笑话他的口是心非，"既然觉得不好吃，怎么还吃得光光的？"

可张口的瞬间恰巧他望向她，她再不敢问，慌张收拾碗筷躲进厨房里去。

她那点儿小心思哪里逃得过顾于肆的眼睛，他本想说，情人眼里出西施，再不好吃，是她煮的就是美味，转念一想，那岂不是帮苏杨说了好话，单独相处的时候他是不愿意提及她的那个男朋友的。

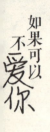

见她躲到厨房，顾于肆索性点了一支烟，慢悠悠地抽着，透过缭绕的烟雾，看着在厨房洗刷的小女人。

那种感觉很微妙，至今想起来顾于肆都觉得温暖无比。他得感谢当时的一单法国生意，顾氏因为那单贸易需要一名临时法语翻译，恰好圆缺第二外语修的就是法语，假期找兼职做做，凑下学期的学费，机缘巧合便成就了两人的再次碰面。

人事部将临时招聘外贸翻译的复试人员简历送他审阅，当看清楚简历上贴着的两寸照片上的人时，顾于肆不知怎的就怔在了那里，他还能想起来，不久前尹怀明将她送到了他的床上。

在他的观念里，只要没有侵犯他人的权利，花天酒地也不是什么罪过，但他也不否认，爱情是人类最美好的感情，所以那晚他尊重她的情感，竟然学了一把柳下惠坐怀不乱，跟她玩起了盖棉被纯聊天的戏码。

只是他是男人，抹抹脸就能把这事过去，而她是女人，到底脸皮子薄，这会儿要是知道应聘的兼职岗位是在他手下做事，还不知道要噎成什么样呢。果然不出他所料，三天后前来复试的她一看是为他工作，扭头就要走，那时候他说什么来着，"尹怀明就是个暴发户，暴发户的劣根性就是以为什么都可以用钱搞定！"说着，他夸张地学尹怀明咕噜噜地转着世故的眼睛，轻蔑地说道："我比他有脑子！所以希尔顿那天晚上没动你。"

圆缺低头想想那晚要不是他先放手，她的确逃不过那一劫。

他这样一说，果然圆缺对他的防备立马降低不少，可还是脆生生回绝他，"我谢谢你那天放过我。可这份兼职我恐怕不能接受，我不想男朋友因为此事误会，进而受到伤害。"

那一刻顾于肆说不清自己是怎样的心境，羡慕，有！嫉妒，有！可更多的却是祝福！

她男朋友当真是几辈子修来的福气，能遇到这样的女孩子。

于是他也敛住笑，正经地说道："我虽然是个唯利是图的生意人，但也知道钱买不到绝对的爱和幸福，那两样东西世上能得到的人太少，我选简单的，多赚钱就够了。同时我也要说一声谢谢，谢谢你让我从你这儿感受到这两样东西的真实存在。所以，我祝福你们俩。"

圆缺站在一米开外看着那个外界传为钻石单身汉的男人，这样功成名就的一个人竟然会对她说出这番话来，怎能让她不诧异。

"可是尹小姐，我还是要提醒你一句，这年头靠男人、靠家庭都不如靠自己来得实在。爱和幸福需要在对等的条件下才能成立。敢不敢跟我打一个赌，如果你不足够强大，上次的事还会再发生在你身上？"

他的话戳中了圆缺的软肋，上次尹怀明卖女求荣，而面对她的求救，苏杨怯弱地选择袖手旁观尹氏财务危机，也说明男人的爱并不能时刻守护她。

顾于肆说完再没看她，只是捏着几张简历比较着，"你参加过去年中法贸易交流会，应该能熟练运用商务法语，我看中的其实是你这点优势，但如果你还是需要男人和家庭庇护的小女孩，不能胜任这样的工作，我很能理解。"

"因为尹怀明想把我卖给你，你就看不起我。"初出茅庐的她哪里禁受得住这样的激将，气鼓鼓地瞪着他，"谁说我不能胜任？你就等着看吧。什么时候上班？"

圆缺工作起来有一股拼命劲儿，每每跟着顾于肆出去谈单表现得都很出色，外贸处的员工没人不夸她的，就连很少夸赞人的顾于肆，也会偶尔不吝赞赏地对她说——不错！

她得到了一种被肯定的快乐，越加努力，只是圆缺在顾于肆手底下打工的事到底还是被尹家知道了。

圆缺活得风生水起，尹飒则气得牙根直痒。上次的事儿因为圆缺插了一脚，顾于肆知道尹怀明的算盘，不仅没有帮助尹家，更没有动圆缺，尹怀明原本要到手的追加资本就这样飞了，他肯定是圆缺没有伺候好顾于肆，又怒极了尹飒的不争气，害他弄巧成拙。圆缺在顾于肆手底下做事，尹怀明不敢去招惹，只能把气撒到尹飒身上。

顾于肆正式拒绝为尹氏追加资本的当晚，尹怀明怒气冲冲地扇了尹飒一个耳光，力道之大，打得尹飒半边脸都红肿起来，她那时已经是小有名气的影星，不敢在公众面前露面，只好跟经纪人请了假，一个人躲得远远的。

养伤回来的尹飒约了顾于肆，直言可以帮他得到圆缺，只要顾于肆付得起代价。

顾于肆当然不会跟尹飒做生意，更不会听她的挑唆去拆散圆缺的姻缘，但尹飒的话却留在了他心里，他几乎是不由自主地去关注圆缺。

人是很奇怪的，就像橱窗里摆了件商品，你逛了很多次街都无视而过，等哪天有人无意间提起了那件商品，你再逛街时或许就会进店里去看看，看得多了，就顺眼了，于是你就想买下来了。

他不自觉地开始注意圆缺时，动不动会被脑子里突然蹦出的念头吓一大跳。他懊悔极了，不该为了一时的冲动而给自己徒增烦恼，但又克制不住地会去想，如果圆缺跟了他，他一定不会像尹怀明那样始乱终弃；转念又想，她绝不会跟他，他看

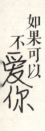

得出她的骄傲和认真，这是个好女孩儿。

这想法在他脑海中反反复复，念头刚起又被打消，若不是造物弄人，他的这个念头会被很快遗忘在下一场艳遇中。

圆缺接到医院电话时，正巧就在他身边——她呆愣了几秒，然后轻轻地问："车祸？你们是不是打错电话了？"

他看着她在惊天噩耗中一阵阵地发抖，心也跟着颤巍巍的，动也不敢动，连呼吸也不敢，好似他一动，面前的圆缺就会如雨水打击下的纸人一般，再也站不起来。

他送她去医院的途中接到了自家妹子的求救电话，顾心言在电话那边低声哭泣着，"哥，怎么办，我把圆缺的妈妈撞了，我怎么办？我该怎么办啊？"

顾心言真是爱惨了苏杨这样痴心的男人，她本想着等毕业后没准儿他们就会各自飞，到时候她再追求苏杨也不迟，只是她偷偷跟踪过苏杨，才发现他们是在圆缺母亲的赞同下交往的，是奔着相伴到老去的。她知道尹怀明是看不上苏杨这种小家族的，铁定会为圆缺觅高枝，那么只要尹母不再支持他们，或者干脆尹母不在了——

"真是胡来！你还有没有脑子？"顾于肆怒极了，平生第一次对妹子大声吼叫起来。

那一刻他分不清是对自家妹子愚蠢的担忧，还是对坐在自己身旁不断颤抖着身子的小女人的愧疚。

只是当他交齐了手术费用和住院费用回来的时候，看见守在手术室外的她双眼放空，木着眼神跟他说："顾老板，谢谢你，医药费等我妈妈好起来了，我会尽快还你的。"

等到医生出来问谁是病人家属，她扶着墙想站起来，却腿一颤差点就跪倒在地，他快速地半抱起她的时候，她坚决地推开他，自己站稳，"我是她女儿。"

她还在死撑，愣是一滴眼泪没掉。他除了叹气还能怎么办。

医生已经大步走了过来，"手术很成功，病人的命算是救回来了，不过以后再也不能下来床了——"

半身不遂偏瘫？圆缺恨不能失聪，她宁愿自己什么都听不见。

但她听见了，不能假装没听见。这些天苏杨不知道什么缘故，一直和她冷战着，一种被抛弃的隐忧被她藏匿得很好，但这终究是因为她心里还有母亲这一座温暖的靠山。可如今妈妈遭遇了车祸，她就这一个亲人了啊，就一个了，老天为什么不放过她？

等她哇的一声号哭出来时，顾于肆轻轻将她搂入怀中，一种被他长期压抑在心底的怜惜，终于再也克制不住，越蹿越高。

处于悲伤情绪中的圆缺，在母亲被推出手术室之后就紧紧跟着，寸步不离。

顾于肆安顿好医院的事宜之后，立马去了警察局。

家庭的不和谐造就了顾于肆冷峻的性格，他爱护的人极少——他妈妈和妹妹。一个不完整家庭中丈夫和父亲双重角色的缺失，让顾于肆更加心疼这两个女人，对她们的保护欲望也就更强。

他努力让自己不断变强，扛起对两个女人的责任与爱护。

顾心言暗暗喜欢苏杨，这点他一直是知道的，只是没想到自己对顾心言的过分宠溺，竟让她胡来，开车撞了圆缺的母亲。

动用关系将顾心言从警察局取保候审，拎回家，顾于肆早已经黑着脸。

顾心言知道自己犯了错不敢吭声，顾于肆去医院之前将她罚跪在半岛别墅外面，言明他没回来就不准她起来。

等到顾于肆第二天一早从医院回来的时候，顾心言还在外面跪着，身上的衣服都湿透了，听到他的脚步声，顾心言挪了挪，委屈地喊他："哥，我不是真心要撞人的，我原本只是想吓吓她——"

顾于肆哼都没哼一声，径直进了屋上楼去了。没一会儿刘妈就红着眼睛来书房求情，她是看着这兄妹俩长大的，见不得自己带大的孩子跪在外面一整夜还得不到她哥哥的宽恕。

"她这个性子，还不是仰仗着有你这个能干的哥哥，小女孩子不懂事。我听医院的人说，那人也没事，就是瘫了，就是想多要点钱。小言都跪一夜了，昨晚还下了雨，你总不至于为了赔的那点钱，真把气撒在小言身上。"

"刘妈——"面对刘妈，顾于肆冷不下脸，可只要一闭上眼就看见圆缺惨白着一张脸，哭得梨花带雨，"你先出去，容我想一想。"

他是该好好理一理心中纷乱的情绪。一边是顾心言，一边是圆缺，顾于肆掐了掐眉心，两难！

浴室的哗啦啦水声戛然而止，顾于肆艰难地从回忆中抽身而出，放下易拉罐啤酒走出厨房时，圆缺正擦着头发从浴室出来。

时过境迁，顾心言这次回来T市，当年的两难又一次摆在顾于肆面前，他不希望顾心言的出现，勾起圆缺那些已经沉睡在心底不愿想起的过去，所以试图用旅行规避这次的碰面，可她却任性地拒绝。

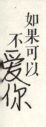

洗完澡的圆缺径直进了卧室，十点多的时候顾于肆进了卧室一趟，圆缺没有主动和他说话，顾于肆也没理会她，只在关门的时候，冷哼了一声。

圆缺睡得早，半夜的时候被顾于肆弄醒，他可着劲儿地折磨她，圆缺也咬着唇不发出声音。

顾于肆的目光冷了下来，"发什么臭脾气？十几天了，自己做错了，还要别人向你赔礼道歉是吧？"

被折磨的那个好像是她吧，话从他口中说出来，怎么反倒像错的也是她了？圆缺不回答他。

顾于肆眸光森寒，把她翻过去趴着，从后面深入，每一下都让圆缺极其难受，她只有紧紧抓着被单，几乎要把嘴唇咬破。

顾于肆又把她翻过来，圆缺面无表情，木偶一般，他刻意折磨她，弄得她不上不下，"叫不叫，叫不叫——"

圆缺双手捂着脸，杠上了似的，拼命地摇头。

"我还驯服不了你了，是吧？"顾于肆再没有迟疑，发狠了一般如狼似虎地扑过来。

圆缺这才后知后觉地发现，他紧抿着嘴唇，下巴绷得很紧，喉结上下滑动，扶在她腰间的双手颤抖，仿佛在极力隐忍什么，她下意识地想远离他。

他的唇压下来，隐约带着危险和蓄势待发的兽性，此情此景让她想起和他在一起的每个夜晚，他都恨不能将她碾成齑粉，吞噬干净。

"我这样对你，你是不是想起那天晚上了，觉得我禽兽，你都生病了还不放过你，心里是不是觉得特委屈？"

睡衣在激烈的撕扯中被完全褪去，顾于肆结实有力的手臂穿过她腋下，轻松地将她卡在自己的身上。

看着她咬着唇就是不吭声的样子，顾于肆的眉眼就越发冷峻，即便共赴巫山，她也这样子抵抗他的存在。

顾于肆恨极了咬牙，一想到她那晚生病着，她宁愿承受醉酒的他一波又一波地占有，也不愿主动告饶。

不都说女人极喜欢撒娇示弱的吗，她怎么就偏不？一想到这，他就极想失控弄死她。

圆缺自然不是顾于肆的对手，在他强大的攻势里化成最柔的泥，瘫软在他身上，任他予取予求，任他一次次地把她推上无助的空白地带。

那一刻，她像是宇宙洪荒里最低微的一颗尘，浮游的她只能凭借本能牢牢地抓住他。

那一刻，他是她的宇宙洪荒里无所不能的神，凶猛得可怕却又极致细腻地疼爱着她。

抵死缠绵。

圆缺终于还是被他折磨得哭了出来，小鼻子通红。顾于肆碍于她刚好起来的身子，本就没有下狠劲儿，眼见她在身下孱弱地小声哭泣，心疼地连连轻吻她，恋恋不舍地结束。

抱着她去洗澡的时候，浴室的灯光打下来，她的一张小脸跟珍珠一样白着，人也昏昏地挂在他身上，顾于肆心疼得直皱眉，替她清理干净抱回床上。

顾于肆吻着她的唇瓣，着迷似的温柔说道："别因为上次的事记恨我，也别因为其他的事责怪我。我也生自个儿的气，本来心里不是想那样对你的，却偏偏控制不住。"

大概是不满他的行径，圆缺这会儿倒是哼哼唧唧的，只是他贴近了却还是没听清她到底在说些什么。

翻个身，将她镶嵌在怀里，搂在离自己心口最近的地方，他长长叹息一声，"以前你给我做翻译的时候，总是会用崇拜的眼光看我，你不知道那时候的我，要多克制才能移开投注在你身上的视线，满满的心思都是你。可是现在你真跟了我，却跟我疏远了，圆缺，你不知道，你现在的样子，我有多难受——"

他本是肆意潇洒的公子哥，说这番话的时候，却是别有一番凄婉委屈的意味，"你有什么不能跟我说呢，嗯？只要你说。"

只要她说，只要他有。可这段关系里，她从未向他走近过一步。

圆缺并没有真的昏睡过去，只是懒得回应。她想怎么样，他心里最清楚不过了，真的只要她说，他就给吗？

摸着她的头发低声耐心地哄了一小会儿，她便带着哭意昏睡了过去。

时间真是个神奇的东西，有人觉得它慢吞吞，也有人觉得它消逝得太快，比如第二天一早醒来的顾于肆，为什么要醒来呢？

怀里的小女人还兀自沉沉地闭着眼睛熟睡着，给她当枕头的手臂早已经麻了，先醒过来的人却不敢动，生怕惊醒了她，或者是怕她醒来睁开的眼睛，那样不带一丝情意地看他。

凑近了看她，轮廓还是三年前的少女，眉眼间却多了些时间的印记。

不知不觉贴着她又睡过去，再醒时，圆缺正看着自己发呆。

看似是在看他，其实她的眼神是放空的，显然是刚醒过来，而后渐渐有了表

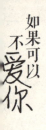

情，顾于肆猜得不错，最后完全清醒过来的她冷冷地推开他，想要坐起来。

握着她腰的大手下意识一紧，她顺势倒躺回去，错愕地看着他。圆缺一向有起床气，顾于肆搂住怀里乱动的小女人，由着她发着小脾气。再别扭，她总归是他顾于肆的女人，心疼地轻轻叹气。

两人在被子里较了一会儿劲儿，最终以圆缺失败告终，她只好拧着眉毛问："大清早的，你这是要干吗？"

晨起的某物恰好被她光裸的臀磨蹭到，顾于肆坏笑，"你不说还好，一说，我还真想干点什么。"

"昨晚不是发泄过了。"看着他冷下去的眉眼，圆缺也觉得自己用词有点刻薄了，可四肢传来的酸疼却提醒着她，眼前这个男人压根儿就不是个怜香惜玉的主儿。

起床之后，气氛还没有缓和，他们像是角力的对手，等着对方先乱了阵脚。

顾于肆打电话叫了早餐外卖，餐桌上，圆缺低头喝粥一句话也不说，活像个没有生机的布娃娃，他到底没忍住，啪地放下筷子看着圆缺，吓得圆缺喝粥的动作僵了一下，大气不敢喘。

这细小的动作自然没有逃过他的眼睛，心里免不了又叹息一声，他语气倒还算平和，问："尹圆缺，你没有什么要问的吗？"

圆缺喝了一口白开水，反问道："我应该问什么？"

顾于肆冷着脸，看着她，"那天为什么不愿意跟我去荷兰？"

怎么反倒成了他问她了。她盯住他的眸子，深深地望过去，"你想要找放松的对象，还会没人？"

这话若从别的女人口中说出，酸溜溜的味道会让顾于肆觉得那女人一定吃醋了，可换成是她尹圆缺，话意里便只有淡淡的嘲讽。

圆缺眼里尽是调笑的神色，慵懒得如同小猫一样缩在椅子上，"还满意我的答案吗？"不屑一顾的口吻，却拖了很长的尾音，像是挑衅。

她看着他牢牢盯着自己，忽然觉得他就要动怒了，还是强忍了下来。

顾于肆推己及人地想，只要事关她，他就会心神不宁。同样地，经过顾心言那么一闹之后，她情绪有所波动也是正常的。

她高兴着，就陪自己吃饭，不高兴就拒绝一同旅行，这不是恋爱的正常反应吗？他何苦借由彼此嗜血来获得愉悦呢？

想到这儿，他决定低眉顺目一把，似叹气般，"很满意。"

尹圆缺动怒了，顾于肆倒乖顺了，这是怎样一场孽缘。

可圆缺显然没想过放过他，"你能下楼去买样东西吗？"

顾于肆已经开始看报纸了，"买什么？"

"避孕药，事后紧急的那种，你昨晚没做措施。"圆缺从餐桌上撤了下来，窝在沙发上懒懒淡淡地说。

她刚说完，就瞧见顾于肆眼神剧烈收缩，赤红的眸子像是被激怒的野兽，恨不能将眼前惹恼他的猎物生吞活剥了。

"尹圆缺，你说什么？"

但他终究还是选择给两人留了退路，他不是没听清，只要她摇摇头，哪怕一如既往地沉默，他就当从没听过这句话。

圆缺没再看他，却赤脚走在客厅，哗啦一声拉开落地窗的窗帘，忽然间阳光满室，整个客厅都沐浴在晨光之中，光线是那样温和轻柔。她拨弄着阳台上的那盆绿边铃兰，头也不回地说："这盆绿边铃兰长得可真好。"

顾于肆不说话，静静等着她。

"你说我跟这株铃兰像不像，明明不是什么高贵的品种，赛不过牡丹雍容，比不了梅花傲气，但偏偏生得好命，遇到你这样不识货的金主，吃穿不愁，还养得白白胖胖的。"

顾于肆竭力维持的好脾气终于奔溃，忽然觉得怒不可遏，像是被踩着尾巴的猫，瞬间炸毛。他几步走到阳台前，一把握住她的胳膊，将她整个人扯过来。

圆缺依旧盯着绿边铃兰不放，顾于肆掐着她胳膊的大手，不知不觉用上了力气，有力的手指一点一点地收紧，几乎要掐进她的肉里。

然而圆缺对这一切毫无所觉，她感觉不到疼，也感觉不到男人的紧绷。

她睁着一双清澈而空洞的眼睛，平静地反问："怎么？以顾总的聪慧，在一起三年都不知道我是什么感觉吗？"

她忽然转过脸，直勾勾地望定他，"我们不是情侣，你却是我第一个男人，而且是至今为止唯一的男人，该怎么形容我们之间的关系？"她用眼角的余光瞥了他一眼，轻描淡写地说，"你妹妹说我勾搭的你，其实不完全对。或许，网上流行的一个词，能比较贴切地形容我们的关系——炮友！"

这如同当头一记闷棍，打得顾于肆几乎站不稳。他怎么也没想到，她会在两人欢好的第二天早晨，将话说得这么难听，一点余地都不留。

圆缺看到他的双眼红得似乎充了血，说话的语气却更加咄咄逼人，"或者顾老板有更好的解释？哦，我想起来，按照顾老板的原话，我只不过是尹怀明送到你床上的廉价礼物。高兴的时候一口一个小乖地哄着玩，苏杨回来惹你心中不快，就干

脆甩脸色。

“我是不是还得感谢顾老板没有嫌弃我是个私生女呢？”说这些话的时候，她的声音一直带着难以控制的颤抖，“是，我是见不得光的私生女，所以被送到你床上我认栽。”

“闭嘴！”她一口一个顾老板地叫他，还一口一个私生女，顾于肆听不下去了，他紧紧抓住她的肩膀，“不准再说这样的话，太伤人了。”

圆缺却笑了，笑得一如初见那时的眉眼弯弯，在清晨的阳光下，竟然显得有些诡异，“这就听不下去了？是不是让你联想到了什么？你刚问我要买什么，我告诉你，我要吃避孕药，我不会怀你顾于肆的孩子，我不想生个私生女出来。”

顾于肆沉重压抑地深呼吸着，努力将自己的怒气逼回去。他和她的路，已经崎岖不平，走得曲折艰难，他告诉自己不能再一味地逼迫，要想走进她的心，就得先让她释怀一些过往，看清一些事实。

他正做着心理斗争，圆缺却有些不耐烦，“顾老板，我上午三四节还有课，你下去买药的时候能不能捎件衣服上来，地摊货就行。上次的香奈儿穿回去，同学都问我是不是傍了大款，你知道我不好解释的。”

顾于肆不说话，隔着晨阳里细小的微尘，凝目望着她，“圆缺，我对你不是你想的那样。”

圆缺一愣，满脸的诧异，瞪大了眼睛不可思议地看着他，“顾老板，你是不是想说，你其实是喜欢我的？”

喜欢这种东西真的很难说清楚，一旦真的喜欢起来，恐怕会两败俱伤，否则曾经喜欢到刻骨铭心的信仰怎会在兜兜转转间就失了方向。

“不，如果你知道，在过去的三年中，不论忍受你多少漠然，我都是怀着一颗纯粹的心来守着你、等着你，你就不会觉得那是喜欢，而是爱——我只是想爱你，也想等到你爱我的那一天。”

房间里的空气凝结在一起，顾于肆说完这番话就直勾勾看着她的眼睛，仿佛想要透过这扇窗户进到她心里去。

他像是一个等待判决的囚犯，圆缺的一句话、一个表情就能送他上天堂或者让他下地狱。

要么生，要么死，他不要再这样忍受无期徒刑下去，太折磨人了。

似虐又像宠，他对她到底是哪样呢？圆缺想不通，也看不透，她的眼神渐渐飘远，越过苦涩绵长的时光，回到那久久泛黄的、遥不可及的过去。

Chapter 09

默默陪在你身后

苏杨携着顾心言登机出国的那一天，对圆缺来说，简直是暗无天日。

就连老天仿佛都感应到了她的悲痛，当晚的雨下得又急又大，就连半岛别墅这样的高档别墅群，也免不了出现了下水道不通畅的情况。圆缺走进半岛别墅时，保安和工人们正在紧急疏通雨水，免得积水成灾，惹恼了业主。

圆缺看着已经淹过脚踝的雨水，心想这些人还真是高高在上啊，什么都没说就能让他们这些老百姓冲锋陷阵去。

感同身受的水深火热，让她一股脑地往里冲，原本忙碌指挥着的保安尽责地快步赶上她，拦在她面前上下打量，"你找谁？"

像这样的高档别墅，每天都有不同的女人前来闹事，保安质疑的眼神，让圆缺原本被雨水冲刷得触目惊心的苍白脸色，又添了几抹愤怒。

漫天的雨水从她头顶浇下，圆缺分不清脸上的是泪水还是雨水，表情有些凄楚，"我找顾老板。"

之前法国那单生意，为了赢对手一个出其不意，顾于肆将外贸部门搬到了别墅来办公，她身为法语翻译，自然也经常进出，路过保安室的时候偶尔还会同他们打招呼。

所以今天圆缺本以为这样说就会得到放行，却没想到那保安直皱眉头，"顾老板？我们这小区姓顾的多了去了，麻烦小姐想清楚了再来。"

他们这里可是这座城市最高档的住宅区之一，能住在这里的非富即贵。

一句老板，一句小姐，保安的意思分明把她当作了被甩了还纠缠不休的女人。

她从听到那个消息就不管不顾冲出了医院，这么大的雨她也没有打伞，身上单薄的衣衫早已被湿了个透，样子说有多狼狈就有多狼狈，可她还是挺直了腰杆不能让人看扁了去，"那如果我说，我找顾于肆呢？"

顾于肆三个字，如雷贯耳，想想顾于肆一向冷面，保安不敢擅自做决定，只好拿起对讲机跟业主确认，不知道那头说了什么，保安原本狐疑的神情，一下子便又加了几分探究的意味——原来艳少最近的口味，清淡了这么多，竟然喜欢学生啊！

从保安的神色，圆缺已经猜到会放行。嘴唇嗫动了一下，却没有力气发出任何声音。

这一天她听说的事情早已让她身心俱疲，她又徒步在雨里走了这么远，而且眼看着苏杨离开，她还喝了那么多的酒。

她站在那扇看起来厚重而深沉的大门面前，嘴角扯出一抹自嘲而又苦涩的笑，想抬手敲门，那门就开了，很显然他连她从保安室走到这里的时间都掐算得刚刚好，当真是了解她啊。

顾于肆在门口愣了几秒，才缓过神来认出面前的女人，"圆缺，你怎么弄成这个样子？"

他慌忙用原本抄在浴袍口袋里的双手去拉她进来，奈何圆缺闪身一躲，避开他的手，然后又无力地倚在门边，摇摇晃晃地都站不稳。

八月里，却阴风阵阵，她浑身上下没有一处是干的，破旧的衣服淋了雨水，套在她身上显得有些厚重。

一向黑发素面的她，被雨水打湿之后，长发湿漉漉地黏在脸庞，衬得一张脸更加惨白，偏偏还看着他笑，那笑纯净而清澈，"顾老板，不好意思这么晚了还来打扰你休息，主要是我今天听说了几件事，使得我静不下心来，所以特地来向你请教一下。"

"先进来暖暖再说。"他一把攥住她的肩膀，连拖带拽地将她弄进屋里。

一进门，暖烘烘的感觉扑面而来，圆缺的心却是冷的，一阵阵的寒意从不知名的地方泛出来。她环顾这个奢侈得令人咂舌的客厅，觉得这整个房间都冷得毫无人情味。

顾于肆已经利落地锁好门，走到她面前一言不发地等着她。

水晶吊灯下，圆缺低头看着自己的脚尖，声音软软细细地问道："顾老板，我听外贸处的同事说，顾心言是你的亲妹妹？"

他黑眸平静无波，淡淡地回答："是！"

"他们还说，你允诺给我的一百万提成，还有帮我妈妈垫付的医药费，其实是想潜规则我，进而帮你妹妹拆散我和苏杨？"

顾于肆别有深意地看了她一眼，没有说话。

他的不言不语在圆缺看来就是默认，心中的恨意翻涌着，垂在两侧的手狠狠地攥紧，她正咬牙切齿地想应该对面前的男人说什么好，下一刻，脚就离了地，待到反应过来时，人已经被他抱在怀里。

走进浴室放下她，直接将她扔进浴缸，打开热水。圆缺被他一连串的动作吓得有些蒙，顾于肆也不管她，径直出了浴室。

等适应了水的温度，身子也渐渐暖起来，可是衣服没脱，全部黏在身上，时间长了就痒得难受，圆缺忍不住扭动一下。

顾于肆再进来的时候，正好看见她从水中站起来，身上的衣服全是湿的，此时正服帖地粘在身上勾勒着她的形状，那是一个女人的曲线，柔软、细腻，微隆的乳峰因为呼吸的急促而起伏，像是成熟后散发着诱人香味的蜜桃，她的脸也是湿的，眼神愤怒却清澈，而唇红艳艳的，微微张开着，像是无声的邀请。

他紧抿着嘴唇，下巴绷得很紧，喉结上下滑动，拿着毛巾的双手紧紧握在一起，仿佛在极力隐忍什么。

见他这样子，原本慌张的圆缺，冷笑一声缩回水里。溅起的水花顺着她光滑的脸颊滑下，以缓慢而暧昧的姿势隐没在她高耸而又饱满的胸间，他的眼神渐渐变得炙热，甚至还有些渴望，喉间更是不受控制地吞咽了一声。

他不动声色地听她冷笑，一双浓眉却是渐渐皱起，直接将毛巾扔到她脸上，"等你洗干净了，人也清醒一点，我们再谈。"

她拿下盖在脸上的毛巾，仰面笑得嘲讽无比，"谈什么，那一百万吗？顾老板，那一百万我都花进医院了，你这么照顾我，你说，我该拿什么还你呢？"

说到这儿她顿了顿，状似想了想才又继续开口："唔，我应该找个男人，或许能卖个好价钱，以此来报答顾老板这些日子以来的照顾。只是有一点我还是要求求你的，既然苏杨都带着顾心言出国了，你以后都放过我，好不好？"

还没等说完，她便觉得一阵天旋地转，下一秒她已经被他拦腰抱起，她脑中的眩晕更厉害，想要反抗却没有丝毫的力气。他抱着她剥去了湿透的衣服，大步往卧室走去，然后一脚踢开门，毫不怜香惜玉地将她丢到大床上。

他甩掉身上的浴袍，强健的身躯也随之覆了上去，他在她耳边低语道："既然你都知道了，那么，我要保心言永无后顾之忧，所以，尹圆缺，这一次，我要定你了！"

本来是怕她被雨淋了想让她泡个热水澡避免感冒，谁想到她竟然对他说这样的话，做这样的事。

尽管她那些话问得貌似礼貌而又尊重，但是任谁都能察觉出她那话里的嘲讽还有痛恨，他也不由得火了。男人的身体一接触到她的柔软，某些部位顿时起了

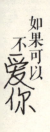

反应。

苏杨出国走了，本来他打算耐心等她忘记这段伤痛，然后努力慢慢地走进她的心里去，但现在她恨极了他，刚刚那一番赌气的话，她当真是那样打算的——卖了自己，还他一百万吗？

圆缺开始挣扎着想要推开他，看出了她的慌乱，他没有放过她，手指划过她娇嫩的肌肤，分开她的双腿一个挺身便狠狠贯穿了她。

他想尝她的味道，想了好久。她如今是恨极了他，今晚一放手，不知道要等到什么时候，他等不下去了，他要尹圆缺成为他的女人！

青涩稚嫩的身体因为疼痛剧烈地颤抖着，在意识到他对她做了什么之后，她歇斯底里地尖叫了起来："顾于肆，你这个禽兽，放开我——"

他高高在上地俯视她，不顾她的哀求和哭喊，粗蛮地往她身体里挤，良久才缓慢地蹦出一句话来："但是我会让你知道，我想要的不仅仅是你的身体！"

回忆到这儿，是再也继续不下去了，圆缺艰难地从尘封已久的回忆中抽身而出，凄凉地笑了笑，"顾老板，你爱人的方式还真特别！自从跟了你，我就不敢再做梦了，你知道为什么吗？"

她有些破罐子破摔的心态，心想反正都这样了，再坏也就这样了，何必还小心翼翼地委屈忍让？既然逃不掉，为什么不痛快了再说？她现在就见不得他随心所欲的模样，他想装情圣，她偏不如他的意。

"因为只要我一做梦，就会梦到你，那个巧取豪夺的你！每次我都会被噩梦吓醒，然后彻夜难眠，只能睁着眼睛数着秒表盼天亮，盼哪天你厌烦了，我就能重得自由了。而你现在跟我说，你对我不是我想的这样，那到底是哪样啊？你是情圣，而我不识好歹吗？知道什么是多余吗，就是冬天的蒲扇，夏天的暖炉，对我而言，你就是多余的。"

他对她而言，是多余的！多么致命的一击！他等了三年，如今虔诚地捧着一颗心到她面前，得到的不过是一句多余。他做得再多，也不在她心里。

圆缺回到宿舍之后，迷迷糊糊睡了一觉，醒来已是下午四五点钟，又去学校澡堂洗了个澡，急速喷洒着的花洒下她狠狠地搓着自己，想要冲掉这满身的晦气，然后便收拾东西强打起精神去做家教。

接下来的大半个月，她将自己的时间安排得满满的，上课、兼职、照顾母亲，医院学校打工地来回倒腾，企图利用忙碌的生活节奏释放沉重的心理负担。

可走进家教学生所在的高档小区，她鬼使神差地联想到半岛别墅，继而想到那个人，心情无端地烦躁起来。这样的情绪一直持续到家教结束。出了小区马路对面正好有公交站牌，她正神思恍惚着准备过马路，一支车队呼啸而来，由远而近的引擎声将她拉回现实，慌忙一躲跳进绿化带，结果被硬木划伤了腿，血液汩汩而出。唯一值得庆幸的是那车贴着她溜了出去，堪堪避过一劫。

那跑车开出老远也靠边停了下来，下来的男人长腿长脚地走到她跟前询问伤势，看见她腿上的划伤立即表示要带她去医院检查一番。

圆缺动了动腿走了两步路，除了皮肉有些疼其他地方并没有不适，再加上这个小区地段不错，环境清幽，入住的人非富即贵，因此路上出入的车辆并不多，是以她方才粗心不看路就妄想穿行，说到底是她自己不注意安全，怪不得别人，于是笑笑跟那男人表示没必要去医院。

神思恍惚地回到宿舍，去水房用冷水洗洗脸，看着外面雾气朦胧，她的意识却清醒了过来，回想起自己竟然因为那个人牵动神思差点命丧黄泉，又是一阵气闷。

一种相思，两处闲愁，这个夜里睡不着的何止她尹圆缺一人。

"顾先生，你再这样高负荷工作，恐怕下次就不止胃出血这么简单了。"家庭医生尽职地开口。这人又不是不知道自己的身体状况，也不知道发什么疯，三天两头零件出问题，让外人知道了，还以为他这个家庭医生浪得虚名呢。

家庭医生慎重地又交代几句要适度休息、不能仗着年轻就胡来的话，之后就拎着药箱离开了，林尽染在家庭医生离开没多久就登了门。

他当真是对得起秦守的一句狐狸精称号，至少皮相相当对得起。

顾于肆看着他慢条斯理地走过来，再慢条斯理地落座，最后慢条斯理地望向自己，嘴角还挂着一抹狐狸式的微笑，"怎么样，疼不疼？"

顾于肆已经翻开上一季度的财务报表开始审查，头也不抬，"你就是用这招骗人家小姑娘跟你订婚的吧。小心露出了狐狸尾巴，吓跑了你的小白兔。"

兄弟间的玩笑话，林尽染自然也不恼，还很好脾气地笑笑，"感情的事，不就是你骗骗我，我骗骗你，才有意思的吗？"说完这句，林尽染自己倒了杯红酒抿了一口，"你打算一直把言丫头扔在我媳妇那儿？"

"难怪你这个大忙人深夜造访——"顾于肆挑眉，"怎么？她给弟妹惹麻烦了？"

"那倒没有。只是我看她来找你，你却不理她，这样冷着，总归不是办法。做兄妹，有今生没来世的，何必为了一个外人伤和气。"

林尽染本是试探的口吻，哪知道才说了一个"外人"就收到一记冰凉的视线，他也是明白人，自然就明白了那个女人在二哥心里的地位。

林尽染看着他烦躁地扯了扯领带，捂嘴奸笑，"二哥，你这是欲求不满的症状啊。"

顾于肆点了根烟，吸了两口又掐灭，"还有别的事？"言下之意，没事赶紧滚蛋。

林尽染原本交叠的修长双腿一颠一颠，眼尖地看见办公桌上的那瓶药，"没事，就是来看看你死了没有。"

顾于肆依旧闷头看文件，林尽染终于破功了，"二哥，你越来越无趣了，这才离了那女人个把月，你看看都把自己折腾成什么样了？"

"听说市政府有意规划政务区？"顾于肆一板一眼地问。

"工作狂！"林尽染玩转着药瓶，不急不缓地开始爆料，"今天局里逮了几个玩飙车的，你猜我在电子录像带里看到谁了？

"二哥，感情这样的私事，本来外人不应该置喙，可我实在忍不住。你跟尹圆缺到底怎么了，让你怄气到发了狂似的一心扑到工作上？咱们哥们儿这么多年，对女人你不是个怜香惜玉的人，我从没见过你对谁这样上心，心疼到这个地步。我不知道尹圆缺跟心言丫头到底是什么过节，但看你这态度，恐怕不是真的打算放尹圆缺离开，那又何必跟她犟着来？"

林尽染从口袋里掏出U盘丢到桌上，伸了伸懒腰，"你这样躲着一个，藏着一个，就真的能解决？只怕最后伤筋动骨的，是你的小白兔。"

顾于肆是在林尽染走后才看的那盘录像，画面上圆缺脸都吓白了，小小的身子缩在绿化带里，真是我见犹怜，像极了吓坏了的小白兔。

他抽了一口烟，吐出一个漂亮的烟圈，乌黑的眸子微微地眯了起来。

闷哼的引擎声还在呼啸，顾于肆紧紧盯着画面上的她，即便知道那只是画面不是真实场景，他还是心惊肉跳了一把，心也跟着冰冰凉的。这样的感觉让顾于肆极度不爽，他想，他对她究竟是什么？是初见她时的一见钟情？再或者压根儿就是因为心言撞了她妈妈，他心生愧疚下的补偿，然后朝夕相处、日久生情？

可不论怎么说，他终究见不得她在狼狈困顿中孤苦无依。

而学校这边的圆缺，心里思忖的却是，那个孩子过两天就要参加高考了，这份家教眼看就要结束，一夜辗转反侧直到天亮才勉强入睡。她已经打定主意，得尽快再找一份兼职让自己忙碌起来。

只是她这个打算还没来得及实行，就在宋青青的轰炸下，拖着一双国宝熊猫眼陪同她参加三年一届的设计大赛。

拿到申报材料的时候，宋青青看她还是一副怏怏的样子，"圆缺，创意设计一向是你最拿手的，没准儿拿个奖回来，比你那些零零碎碎的兼职强多了。"

宋青青还没来得及得瑟终于说服了她一次，就发现圆缺已经一头扎进这次的大赛准备中，忙得那叫一个昏天暗地，不见天日！

这一日圆缺拉着宋青青出去遛弯儿顺带采风找找灵感，两人跑了一天，宋青青到下午时直接累趴下了，死活不肯再转悠。好在天公作美下起了小雨，两人才往回赶，晚上敲了圆缺一顿肯德基又被她拉去图书馆找资料。

"亲，我的腿都快走断了。"宋青青嘟着小嘴直叫唤。

圆缺的手在一本本图书资料上掠过，瞥了眼宋青青，她正慢悠悠吃着土豆条蘸番茄酱，不由得哂笑，"下次必胜客。"

宋青青两眼放光，"大爷，明天想去哪儿？小女子正好有空，要不要作陪？"

被她这么一闹，圆缺扑哧一声笑出来了。宋青青也笑了，"这样笑了多好看，不就一个大赛，你至于把自己绷得这么紧吗？"

"奖金很抢手，入赛需谨慎。"圆缺煞有介事地回道，顺手从书架上抽出一本书来。

"对于一个从大一到目前为止各项大赛均拔得头筹的你来说，还用得着担心？"宋青青伸长了脖子看了眼书名，"庭院设计？比赛主题不是家居设计吗？"

见要找的资料已经找到，圆缺边拉着宋青青往外走边解释道："家居又不是仅仅局限在室内，让人舒服惬意的家居环境应该兼顾室内舒适、室外和谐，讲究内外搭配。"

宋青青听得一头雾水，圆缺又耐心地解释了几句。出了图书馆才发觉，外面的雨势已经大了起来，两人这才想起雨伞落在图书馆了，只得返回去取。

D大的建筑设计向来享有盛名，单从图书馆的设计布局就可见一斑，迂回长廊让原本大气的图书馆更显文化气息。圆缺和宋青青折回取伞，恰巧听见回廊另一边的窃窃私语。

"刚刚那个就是建筑设计系的尹圆缺啊，难怪我们导师总提到她，想法确实独到。"

旁边有人冷哼一声，"有几把破刷子就到处显摆。这次拿不到奖有的她哭。"

"怎么可能？你没听刚才那个师姐说的，她每次都拿第一。"

"那些不过都是没人争的小比赛，这次是省里组织的，我可听说大一的那个刘凤飞也报名了，她爹可是文化局里的领导。"

谈话声渐渐远去，大概是从回廊的另一边下了楼梯。宋青青不安地看了眼圆缺，后者报以一笑。见圆缺摆出磊落大方的姿态，宋青青安心不少，"别听她们胡

扯。是金子到哪里都会发光，更何况你是颗钻石。"

圆缺看样子并不以为意，"我相信应该有没黑了心的评委。"

圆缺照旧准备资料，只是设计稿递交上去没过两天圆缺就收到了退稿，说是没有报名的同学是没有资格递交设计稿的。

从校务处出来，耳边还回荡着校务略显世故的音调，"尹圆缺同学，这是你的报名表。因为递交的时间超过了报名截止日期，所以你这次错过了报名，真是可惜。不过以后还是有机会的。"

夜晚，顾氏集团总裁办公室里依旧亮着灯，神情专注的男人正对着电脑十指翻飞地在忙碌着，刘璨急匆匆走进来的时候，他正好结束了手头的工作，往后一仰，高大的身子整个儿都陷入了真皮座椅里。他闭眼，疲惫地抬手揉了揉额头，然后淡淡问道："她今天怎么样？可有按时吃饭、按时休息？"

那天爆发的吵架，是他们在一起三年以来最大规模的争吵，两个人都像是把自己蓄积的不满、怨愤悉数发泄了出来，两军交锋难免有所伤亡。自那天之后她消失得没影儿，他也没有再见她，终日用繁重的工作来纾解烦闷的心情。可自打从林尽染那里得知她差点被飙车族撞到，他就再也安心不下来，嘱咐刘璨留意她以策安全。

刘璨犹豫了一下才开口："顾总，尹小姐出了点小状况——"

刘璨还没说完，就见顾于肆突地眼睛睁得溜圆地瞪着自己看。刘璨脖子一缩，顿了一下，才将话说完整，"校方扣留了尹小姐的参赛报名表，她已经失去了这次设计比赛的资格。"

顾于肆听完她的话，暗黑的眼底全是精芒，略微沉吟随即有了应对，"区区参赛资格，应该不难弄，但不要过多干涉比赛的评比。她不喜欢这些小动作，能不能入围决赛让她自己去争。"

末了他又语气严肃地加了一句："查查这次是谁动的手脚，你知道我要什么结果的。"

"是，顾总！"刘璨应了下来。

宋青青从食堂吃完晚饭回来就见圆缺病恹恹地躺在床上挺尸，以为她是前几日准备设计稿熬了几个通宵累坏了，"圆缺，起来了，我给你带了饭菜，吃过再睡。"

她走近了，却见圆缺睁着眼睛不知道在想些什么，宋青青将食盒放在桌上，余光一瞥就见到被圆缺丢在一边的参赛报名表和设计稿。

在知道整件事的始末之后，宋青青急得在宿舍里打转，"那个刘凤飞肯定是担心有你参赛，她若是拿了第一，别人铁定会生疑，这摆明了是暗箱操作。怎么办怎么办？"

反观圆缺，倒是从床上爬了起来，搬了凳子坐在桌边认真吃起饭来了。

宋青青是火暴性子，几步跨到她跟前，"你还有心情吃？"

"吃饱了才好想办法啊。"消灭掉最后一片青菜叶，圆缺抽了张纸巾擦擦嘴角的油渍，"这事铁定是有人在里面捣鬼，我没钱没势，这事翻不了案。我想过了，现在能在这件事上说得上话而我又认识的人只有一个。"

宋青青惊呼道："白老先生！"

圆缺的设计天赋其实在高中隐有苗头，她的设计不囿于书本上的条条框框，真正做到了奇思妙想却又经得起推敲，大一时候疯狂参加各种比赛，小到校内练笔赛，大到全国高校联赛，认识白老正是缘于比赛。其后这个在国内享有盛名的设计大师竟然破天荒地收她为徒，虽然她没法跟在他身边学习，白老却经常通过邮件电话给她点拨指导。

"对啊，我怎么没想到呢，他那么看重你，一定会为你说话的。有他斡旋，别说参赛资格，就是拿个第一，也是轻而易举的事。"

圆缺摇头，"不一定非要第一，只要设计的东西有露脸机会就行，我盼着能有一个人记住我的设计风格并愿意采用，这样我明年就好找工作了。"

宋青青替圆缺的退而求其次觉得委屈，但她再义愤填膺也于事无补，只催促着圆缺赶紧打电话，找白老江湖救急。

正如宋青青所想，白老听了整件事，直说让圆缺等他回信。可没过一会儿工夫，白老电话就回了过来："丫头，那边说，电脑的报名系统里，检查到有你的报名信息。"

圆缺惊诧不已，"怎么会？我今天才被通知了退稿呀。"

白老在电话那边也沉吟了一会儿，这事说大不大，说小也不小，那对他这样热衷设计并且为其奉献一生的人来说，这样的暗箱操作没准儿就扼杀了一个出色的设计师，"那现在只有两个可能，要么是那些人不买我这个老头子的账，要么是有人在我前头摆平了这件事。"

白老跺跺脚，设计界都要抖三抖，圆缺心里明白，这事只会是第二种可能，可又是谁帮了自己呢？

因为心里太过于担心，既挂念着参赛资格又对第二种可能百思不得其解，所以第二天圆缺起得很早，似乎这样就可以早点知道结果。

上午一二两节正好是辅导员的课，结束之后圆缺被点名到校务处谈话，她吊着一颗心跟在辅导员身后，只隐隐觉得跟大赛的事有关，可看起来辅导员脸色似乎并不好，一时之间她吃不准等待她的结果是好还是坏了。

其实圆缺猜得没错，辅导员的心情的确不怎么美好，今天一大早他就被喊进校务处问话，甄校务一脸寒霜地质问："你班里有那么一棵大树都没报备，小汪，你这辅导员干得不称职啊。"

小汪去年研究生毕业，过五关斩六将才应聘上D大，校方的意思是让他先从辅导员上手，好在这一年的表现还算让校方满意，好不容易这学期捞着授课，却没想到忽略了对班级学生的观察。其实这事说到底也怨不得他，也不过是那甄校务在刘璨的压力下，无从发泄，又不敢再去得罪尹圆缺，小汪只是平白无故地做了人家的出气筒而已。

小汪经过一路的调整，心情终于好了些，到了校务处门口，转头对圆缺交代道："进去吧。"

圆缺才推门进去，甄校务就迎了上来，"来了啊，刚才我还在跟校长沟通你这事呢。学校的意思呢，设计这方面你一向拿手，不去参赛实在可惜，年轻人多点历练的机会总归是好的。校里领导已经跟局里协调了，替你争取了参赛资格。小尹同学，你可要好好表现，争取给母校争光啊。"

圆缺看着甄校务多云转晴的一张脸，他话里邀功的意思圆缺怎么会听不出来？心里冷笑，替她争取参赛资格？笑话！

"那真是要多谢甄校务了。"

甄校务也是场面上打滚的人，见圆缺虽然维持着得体的客气和礼仪，口气却是淡漠得很，心里不免联想到昨晚他正准备赴省文化局刘局长的饭局，就接到了顾氏集团总裁办刘璨的电话，电话里那个有礼的秘书温和地问："甄校务，听说这次设计大赛贵校报送的参赛人员只有刘凤飞？"

他一时没反应过来对方怎么莫名其妙问这样跟工作风马牛不相及的事情，就如实答了个是，然后就听到对方温婉却又强势地说："刘局长的千金的确不能怠慢，只是，被贵校勒令退稿的尹圆缺小姐，是我们顾总的私交。"

私交？甄校务被最后这两个字惊得张大嘴巴，半天都没说出一个字来，难怪这几年一向跟文化界不搭边的顾氏集团竟然每年都会主动赞助学校经费，而且，每年招收不少D大毕业生，大大提高了他们学校的就业率。

虽然刘璨什么都没说，但这其中暗藏的意思，他这个在商界摸爬打滚这么多年的人怎么能不懂？若是因为得罪了尹圆缺而丢掉顾于肆这个"大奶牛"，可想而知，他的职务不保不说，恐怕就连日子都很难过，活得好好的谁想去招惹那样的人啊？

他顿时察觉到了事情的严重性，挂掉电话之后再没心思赴刘局长的饭局，随即登录网站将尹圆缺的信息添了进去。他想着，要是刘局长问罪下来，他就找个人背黑锅，不论怎么说，顾于肆他是开罪不起的。

　　"你的报名信息我已经替你递交上去了，回头你把设计稿和图纸送来就行了。"安排好一切，甄校务原本以为这事替顾于肆办得漂亮，可现在眼观尹圆缺这不咸不淡的模样，他的一颗心又提到嗓子眼，碍于面子又不好直接问出满不满意的话来，只好采取迂回策略，小小心翼翼地开口试探道："顾总那边——"

　　甄校务的话还没说完，就见圆缺原本沉静无波的眼中骤然阴云一片。

　　几乎同时，圆缺就明白过来到底是谁替她摆平了这件事，不过看甄校务这试探的神色，那人大概并没有将事情闹大的打算，"谢谢这次学校给我的机会。甄校务你先忙，我回去准备下图纸，下午给你送过来。"

　　圆缺一番回答避重就轻地转移了话题，但甄校务显然不介意。既然她已经表示承了情，他就放心了，又语重心长地交代了一些比赛的注意事项就放她回去了。

　　设计图纸交上去之后，原本她还担心经过顾于肆这样打招呼之后，会不会影响那些评委的打分，私心里她只是想知道自己每一次倾心设计的东西在别人眼里的样子，相比较能不能得奖而言，她更看重的是评委的意见。

　　但校方没有再联系圆缺，她和别的参赛同学一样，余下的就是漫无止境地等待入围决赛的名单，这期间顾于肆也没有出现在她面前。这让原本心里就存有一份感激的圆缺，更加坐不住了，不管怎么说人家帮了她，无论如何都该说声谢谢。

Chapter 10
彼此的游乐场

　　转瞬又过了半个月，这一日校方的评比结果终于出来，圆缺以校内第一的成绩代表学校参加这次高校联赛，那个刘凤飞成绩排在第五，也在代表团名单里。让圆缺放心的是，依着那些成绩和评委给出的意见来看，这次的校内评比结果显然有几分公平公正的意味。

　　圆缺犹豫了大半日，终于还是给顾于肆去了电话，她在这边掰着手指头想着，就说一句谢谢就挂掉，不能对那人和颜悦色，不然指不定又要纠缠不清了，可她这句谢谢到底没机会说出口，顾于肆的电话关机了。

　　以前还说什么无论碰到什么事都不要慌，他的电话会为她二十四小时开机，圆缺按掉了电话还在想，骗子！大骗子！

　　下午的时候她又给他去了电话，结果还是关机，这下圆缺有点慌张了，他该不是出什么事了吧！惊觉自己竟然替他担心，圆缺极快地摇摇头，企图甩掉这种荒谬的情绪。

　　可心里还是不自觉地会瞎猜那人到底发生了什么，等他开机又会不会看到她的未接电话。整个下午圆缺隔一会儿就看看手机，奈何一条短信一个电话也没有。晚自习的时候副班长何琼过来邀请她参加刘凤飞做东组织的聚餐，说是庆祝她们五人代表学校参加高校联赛。

　　圆缺本不想去，何琼念在和她同班同学的情分上，附在她耳边轻语道："那个刘凤飞也不知道从哪里听说了你上次被退稿的事，这次要么是借着聚餐的名号跟你示好，要么就是向你示威。你去不去，横竖都会落人于柄，依我看倒不如去会一会她，摸摸她的底细。"

　　横竖是躲不过了，圆缺把看到一半的课外书往宋青青手里一推，跟着何琼出了教室。本以为就是在学校外面的餐馆，却没想到何琼将她带到一处富丽堂皇的酒店。

见圆缺望着大厅失神地怔愣，何琼以为她是担心刘凤飞会趁机刁难，出声安慰："别担心，只是吃个便饭。更何况还有其他人在场，她就是想刁难，也会顾忌一下对她自己的影响。"

很快圆缺就见到了何琼口中的其他人：坐在包厢最里面的可不正是顾于肆吗？他正歪头同旁边的女孩子聊得兴高采烈。

圆缺皱眉，那女孩子看着年纪并不大，不禁腹诽，这厮如今禽兽到连小姑娘都不放过了！

见圆缺呆呆地望着包厢里面，何琼是擅长交际的孩子，大方微笑着开口道："凤飞，不好意思，路上堵车，我和圆缺来晚了。"

顾于肆原本正被刘凤飞缠着问他对哥特式建筑风格的看法，一抬眼忽然就看到了站在门口的人。她穿着一件旗袍款式的白色贴身连衣裙，黑发如绸缎般披散下来，衬得她的皮肤越发白皙，说不出的风情万种。

算算时日，自那次争吵至今，他已经将近两个月没有见到她了。明明知道相思苦，偏偏对她牵肠挂肚，可她人真到了他面前，满腔的思念一下子就不知道怎样才能表达了，就那样有些失神地看着她。她的出现太出乎他的意料了，今晚他刚从美国飞回来，本是打算去她学校躲在角落偷偷看她一眼，转念一想，她的事还得过文化局这道关口，才又宴请了刘俊成，没想到她突然出现，让他一颗心狂喜不已。

当然这样的狂喜他脸上还是没有表现出来的，但是对刘凤飞的那种不耐烦却已经散了好多。

坐在他旁边的刘凤飞见状，顺着他的视线看向门口，心里了然，一双小手却攀上他的胳膊，笑着招呼圆缺和何琼道："尹师姐，何师姐，这是顾氏集团的顾总。"转而又对着顾于肆笑语，"顾大哥，这两位是我的师姐，也是这次大赛D大的代表。你这么忙还赶回来给我庆贺，要不这顿我做东吧？"

圆缺已经挨着何琼坐下，正好坐在他对面的位置，距离有些远，听不清他是怎么回答刘凤飞的，只听见惹得刘凤飞咯咯直笑。不知为何，接到刘凤飞邀请时她的情绪也不见得有多大波动，此刻听她被撩拨得娇笑连连，她的心情无端就坏了起来。

新添了客人，服务员殷勤地添茶倒水，圆缺舔了舔干涩的嘴唇，端起茶水就喝起来解渴，丝毫没有发现包厢里被众人奉承讨好的那人注意了她多久。

看着她连灌了几大口茶，顾于肆觉得差不多了，连忙招来服务员，转身问刘凤飞："渴了吗？想喝什么饮料？"

还未等刘凤飞回答，他又接着好心建议，"牛奶怎么样？女孩子多喝些奶，养皮肤的。"天知道他才不管养不养皮肤，这种饭局势必会喝酒，他只想让圆缺先喝点牛奶垫垫，那样不容易醉酒还能保护胃。

刘凤飞从自家老头那儿听说参赛资格的事还生了一肚子气，今晚一听顾于肆请宴，她缠着刘俊成跟着来，初衷是想给他难堪的，可一番谈话下来，她就已经为他的外貌迷惑，为他的谈吐所折服，现下又见他如此细心体贴，不禁心花怒放，嘴里咬着吸管吮吸着牛奶提议道："我听说方特前几天贴出公告说是开放了几个夜间游玩项目，待会儿吃完饭，我们去转转吧。爸爸，好不好？"

坐在刘凤飞右手边的中年男子笑得一脸高深莫测，"凤飞，别胡闹，你顾大哥忙，哪儿能陪你瞎闹？"

几句话的工夫服务员布置牛奶到了圆缺这边，她借喝奶的时机一双眼睛溜溜打转，打量着那个中年男人。原来这就是刘凤飞的爸爸，传说中的文化局局长。

一边打量，一边腹议：顾于肆才不会去什么方特呢，据她所知，他最讨厌去人多的地方挤着了。

哪儿知道正想着，耳边就传来他夹带着笑意的低沉嗓音，"工作也不急这一时，去透透气也好。"

圆缺抬头，正巧看见他边说边看着刘凤飞，熟稔得就好像他们的关系多么亲密似的，圆缺一时间不知道心里是个什么滋味，匆匆别过头去不再看那对金童玉女。

菜还没上来已经开始喝开，等菜上来的时候继续在喝，圆缺完全不在状态，有好几次她都想趁饭桌上聊得热火朝天的时候偷偷溜走，偏偏那个刘俊成总能在她要起身的时候找个理由将她卷入酒局，"听说小尹同学的设计非常棒，捧了不少大奖啊。"

圆缺吃不准这刘俊成是什么意思，只客气有礼地回答："都是些人不愿意争的小奖，拿不上台面的。"

"哎……"刘俊成摇手打断她，"现在这么谦虚的小姑娘真是少找了。我家凤飞要是有你一半懂事，我就不用这么操心了。"

刘凤飞红着脸不满地嘟囔了一句："爸——"

"好好好，我不说，我不说——来，小尹同学，这杯我敬你。"

"刘局长言重了，您是长辈，哪儿能让您敬我。"圆缺推辞着。

"这儿没有局长，今天我就是一个父亲，小尹同学啊，凤飞在学校，还要麻烦你们这些师姐多多照顾啊。"说着，刘俊成拎着酒瓶子，举着酒杯走到圆缺跟前。

圆缺觉得刘俊成有些针对的意味，桌上这么多D大的师哥师姐，偏偏要她照顾，可话说到这份儿上，已经是推辞不了了，只得伸手去拿酒杯。

只不过她的手刚伸过去就被人冷冷地一把拍掉，顾于肆看都没看她一眼，端起那杯酒仰头就喝了下去，酒精入喉，他却面不改色，"刘局长，她一个小女孩哪儿经得起炸雷子，这么一满杯下去还不直接放倒了。你看你看，这边几个已经不省人事了，得留一个清醒的待会儿送这些学生回去。"

刘俊成眉头挑了挑，看了看圆缺，略一沉思后唤来服务员，"将这几个喝醉的，扶到沙发上休息一会儿。"

圆缺本是想循着照顾他们的由头远离饭桌，哪儿料到刘俊成先开了口："小尹同学不喝酒的话，赶紧吃点菜，吃饱了待会儿才有力气护送他们几个。"

刘俊成摆出一副磊落大方的姿态来，她倒不好再开口离席了，只是他们这些政界商界打滚的人，对付人的办法有千万种，随便哪一种就足以让她这个涉世未深的学生难以招架，心里隐隐担心刘俊成不会这么轻易放过自己。正有些担心，身边的座椅被拉开，圆缺抬头一看，顾于肆抚着额头在她身侧坐下，她心里莫名安定了许多。

之后依旧是他们的觥筹交错，圆缺觉得自己被那个刘俊成算计了，因为顾于肆帮她喝了那杯酒之后，刘俊成带来的一行人就铆着劲儿要将他灌醉似的一个劲儿地敬他酒，而他竟也来者不拒一杯接一杯地喝。

后来她实在忍不住了，就伸手一把按在了他刚要端起杯子的大手上，皱眉小声跟他说："你能不能别喝了？你喝这么多待会儿怎么回去啊？"

"哟！怎么了？这么快就心疼上了？"前来敬酒的是个肚大腰圆的男人，见圆缺按着顾于肆拿酒杯的手，笑着调侃。

那男人说这话不知是有意还是无意，但圆缺听了却觉得心里像被什么扎了一下，隐隐地有些不好受，却又没有心情细想那意味着些什么。

她尴尬地不知如何答话，倒是顾于肆反手握住了她的手，他的大掌散发着火一样的热量，然后拍了拍她的手背，示意他没事，让她放心。

又是一阵推杯换盏，圆缺再也忍不住，刚刚他那几满杯酒下去，一瓶高度白酒几乎就见了底儿了，他这不是在喝酒，是在玩儿命啊！

"顾于肆，你真的不能再喝了！"

而他的确开始有喝醉的迹象，就连说话都有些结结巴巴，此刻也顾不上在人前扮演疏离的关系，磕磕绊绊地往圆缺身边走去，一个趔趄差点摔倒，吓得圆缺慌忙上前搀扶着他。

顾于肆倚着她勉强站稳身子，头歪在她的肩窝，"我把他们都喝趴下了，想不想去方特玩，我带你去……就……不带他们去，就咱俩。"

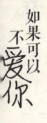

圆缺只觉得这半带沙哑的嗓音魔音一样钻入她的耳朵，令她浑身汗毛瞬间竖起，冷不丁地一颤，委实吓得不轻。

只为他俩单独去游乐场玩？他灌那么多酒，难道打的竟然是这个主意！

这厮不是已经快奔三的人了吗，怎么还这样幼稚？

从他身上摸出钱夹，掏出几张递给服务员，嘱托将何琼他们几个送回D大。等她千辛万苦将顾于肆挪运到车上，她才后知后觉地一拍脑门，"我刚才应该多抽几张出来，让服务员顺便把这祸害也送回半岛别墅去。"

圆缺摆弄着方向盘，左看看右摸摸，她早就想试驾这辆卡宴了，"这车开起来真是荡漾，姓顾的，配你正好。"

此时副驾驶座上的人突然转过脸来，沉浸在自我世界的圆缺一下子被他逮个正着。

"你说什么？"他半天才凑出一句完整的话来。

圆缺看他醉眼迷蒙的样子，嘴角微微上扬，一字一句说得温软缓慢，"我说，刚才来停车场的路上你绊了一下，你没受伤吧？"

顾于肆那墨色眸子在月光下熠熠生辉，只见他薄唇微扬，压低嗓音道："圆宝，我喝多了记性不好，可以忘了你抹黑我的话。不过我头晕想回家躺着，如果你再磨蹭，我会以为你想跟我来一场……车震。"

震你妹啊！如果今晚他不是为护她而喝醉，圆缺绝对会这样回嘴。

回到半岛别墅，好不容易将他扶进了卧室，他松开她就冲进了卫生间，她气喘吁吁地跌坐在床上，听到卫生间里传来痛苦的呕吐声。

顾于肆从洗手间里出来，正好瞧见她将背包斜挎在肩上、一副就要走的架势，他扶着墙走过来坐在她身侧，闷闷地问："你要去哪儿？"说着说着，人已经歪倒在大床上。

圆缺见他一只手烦躁地撕扯着领带，却怎么也扯不下来，到最后甚至有了些恼怒的意味。他这副样子一看就知道是真的喝多了，侧脸在迷离的灯光下显得越发黯然，她觉得自己要回去的话忽然有些说不出口。

可留下来却又不是她希望的，她正兀自进行着天人交战，忽然传来敲门声，就见一个妇人手中端着一碗汤走了进来，"尹小姐，这是厨房特意为先生熬的醒酒汤，你赶紧喂他喝下吧！"

见圆缺只站在那里紧紧皱着眉却不接那碗汤，刘妈也是个聪颖之人，不是看不出来圆缺的排斥心理，可是此时此刻，躺在床上那个她从小看到大的孩子最希望的，应该就是他心爱的女人亲自在身旁照顾吧，不由得又捺着性子叫了她几声。

"这孩子很少把自己喝成这样，也不知道这次又是为了什么。他的胃不好，每次喝成这样都要折腾一晚上，有一次出差喝多了，晚上回到宾馆没人照顾，胃出血住进了医院，等我赶过去的时候，人都折腾得只剩皮包骨头了。遭罪啊！"

圆缺看了眼趴在床上一动不动的人，是再没有勇气听刘妈说完了，上前一把夺过她手中的汤碗，走到床边，"起来喝点醒酒汤吧。"

没反应！

或许当事人并不知道她的语气有多柔和，但旁观的刘妈赞许地点了点头。

圆缺闭上眼睛深呼吸了一口气安慰自己：尹圆缺，看在他为你喝醉的分儿上就留下来照顾他一回吧。

这样安慰了自己好久，她才将汤碗放到床头柜上，自己则靠着床头坐着，扶起他倚着自己，然后端起汤碗，一勺一勺将醒酒汤喂进他口中。

一碗汤喂了将近十几分钟，她没做过这种事，弄得他领口都是汤汤水水的，只得抽了纸巾替他擦拭衣领上的污渍。刘妈见一碗汤水去了大半，自然是十分高兴，说了些好听的话就端着碗出去了。

圆缺将他的身子放平躺好，刚想起身，腰上就缠上一双大手。

圆缺心想他今天喝得太多以至于神志不清，于是柔柔地顺着他，只盼着快点将他哄睡了事。

可是，男人仗着酒劲儿，三两下就将她的衣服扯了个干净，圆缺像个惊惧的孩子，拉着被他撕裂的衣服本能地退却，可被他困在大床上，她能退到哪儿去？

整个过程他都很温柔，他对她说了好多好多的话，都是她跟他这几年的点点滴滴，用无限温存的语调，爱怜着她的痛楚。

醒来的时候，圆缺头抵着枕被，歪头看向窗外，天还没亮，外面一片漆黑。她朦朦胧胧地看着窗外，如同在看另外一个世界。

身上很沉重，想挣扎却用不上一点力气，昨晚也不知道他什么时候完事的，反正缠得她受不住，连澡都没洗就昏睡了过去，现在醒了，汗水黏在身上，很不舒服。

她想试着起身去冲个澡，慢慢地掀开被子，下床，赤脚走到浴室，花洒的激流喷涌至脸上、身上，她一把把地抹开脸上的水。可身上还残留着他的气息，怎么都冲不下去。

一小时后，她裹着浴巾站在白雾蒙蒙的大镜子前，手指在镜子上画了一个"门"，白雾中，苍白的脸颊呈现，然后是小巧的薄唇，再然后是黛眉水眸，最后，她在里面写了个"员"字，镜子上的白雾中，一个大大的"圆"字。

　　她的一张脸犹如不完整的拼图，东碎一片，西碎一片。她的眼泪簌簌而下，索性伏在梳妆台上，像只小动物一样细碎地呜咽着，泪水成串成串地流出来。

　　她有种想甩自己一巴掌的冲动，她怎么又跟他纠缠在了一起？这厮竟然丢掉腹黑玩起深情款款又扮可怜的戏码，让她无从拒绝，真是可恨！一口气卡在嗓子里，她真是越想越气。

　　回到卧室，顾于肆还在睡着，圆缺小心翼翼地缩到床边，不想将他吵醒。突然一只胳膊伸了过来，将她捞进怀里，细致而缠绵的啄吻罩下来。

　　"睡吧。"他轻声地说，那样子那语调，像只餍足的兽。

　　她真的想恨他，可是他偏又在她最脆弱的时刻，拥抱着她，爱怜地亲吻，仿佛知道她的凄楚，轻声哄她入睡，扮演着完美的情人。

　　圆缺矛盾极了。这大概就是女人，终究无法将性与爱彻底分开。

　　那天之后，圆缺以为从此不见顾于肆，如往常一样避开他，生活就会回到正轨，可他却变了。

　　就像那天早晨。她从他的车上下来，正巧碰到宋青青夹着课本，手里拎着热包子，从食堂赶去教室。等到圆缺一进教室，宋青青狗腿子一样黏上来，一脸意味深长的笑，"尹同学，刚才送你来上学那位，好像不是星期六接你走的那个男人吧。赶快从实招来！"

　　"你不是都看见了吗？"圆缺打算含糊过去。

　　宋青青眼尖，一下子看见她手指上的戒指，"哇，戒……"她的惊呼让班里不少同学都回头看向她们，圆缺慌忙捂住她的嘴，"我的小姑奶奶，你就不能小点声。"

　　嘴巴被捂住，宋青青点点头，眼睛骨碌碌地转，表示知道了，圆缺松开手，她指着圆缺手上的戒指，"钻戒啊，样式好漂亮，肯定是定做的，婚戒？"

　　"不是。"她简短答了一句，顾于肆也不知道着了什么魔，昨天非要去挑个钻戒，还不准她摘下来。

　　宋青青一直追问她，这个双休到底发生了什么。

　　圆缺索性将前男友苏杨回来、现在她交了新男友的事粗略说了下，宋青青听过后，捏着下巴，装模作样地开口道："这真是前有金主挡道，后有旧爱炸桥啊。啧啧，这事，依我看啊，是你命里犯桃花。"

　　她也配合着，"那敢问师太，小女子应当如何解决？"

　　"拖。"宋青青两眼冒光，谆谆教导，"既然一个想吃回头草，一个死不放手，你就隔岸观火好了，所谓路遥知马力日久见人心，时间一长，就知道哪个是真心对你的了。"

只是，宋青青这个过来人说对了一半，却错估了顾于肆，他压根儿没想着让圆缺有隔岸观火的机会。那晚睡意蒙眬间听见她的呜咽，待他走近浴室才看见她趴在台上掉泪，大概是怕吵醒他，所以她哭得很小声。那啜泣的模样宛如受伤的小兽，在之后的几天深深地霸占着他的脑海，继而变幻成无数绵针扎得他心口直疼。

他想，他明明是爱她的，怎么最后的最后，竟然变成这个样子了，难道哪里做错了？

男人的心思向来没有女人细腻，他对爱的表达方式更是霸道而直接，说直白一点就是，如果有好吃的，他的第一反应就会想起圆缺来，这个她吃过了吗？这个她应该很想吃吧！一定找个机会让她尝尝。从本质上来说，这是一个男人对一个女人的情到深处。

只是，显然圆缺并不买账。顾某人很苦恼，后果很严重，秦守和林尽染被他逮着陪灌了几天闷酒，终于按捺不住给他出了馊主意。

从此以后，每天他都亲自开车送她上学，晚上等圆缺下了课，他的车准时出现在学校侧门等她，美其名曰"顺便"捎她回家。

有时候在学校，圆缺还会接到他的电话，无非就是问她上课无不无聊、午饭在哪儿吃的、食堂的饭菜好不好之类的。起初的几天，圆缺只当他是一时兴起，可接连一个月，天天如此，风雨无阻，这让圆缺不寒而栗。

接到余舟电话的时候，圆缺呆愣了半天，结结巴巴地问："你在哪儿？……在迷失？嗯，那你等我半小时，我马上过去。"挂上电话后，她像只雀跃的小鸟，心情止不住地激动，拎起包就冲出了教室。

身后的宋青青捂嘴笑得开花，"闷骚男一来，圆缺你就得缴械投降啊。"顾于肆的座驾是一辆黑色的卡宴，宋青青远远瞄过几眼，又加上近来顾于肆种种别扭的行为，从此便成了宋青青口中的闷骚男。

已经跑远了的圆缺压根儿没听见宋青青的低笑，她恨不能长一双翅膀，立即飞到迷失。

迷失位于T市南二环边上，是一家清静的酒吧，圆缺推门进去一眼就见到了四年不见的余舟，不是她坐的位置有多显眼，而是余舟跷着二郎腿，一手搭着软座沙发品酒，一手捏着女士细烟，那姿势，有范儿得很，目光想不被吸引过去都难。

余舟站起来，给了她一个大大的拥抱，圆缺坐下才发现，一瓶拉菲1982已经去了大半。

余舟端起水晶杯推到她面前，"来点儿？"

圆缺摇摇头，"我不喝酒的。"

余舟笑，"对啊，高中时候，你是出了名的一杯倒，我以为跟着顾于肆这几年，你会变的……呵呵……原来不是每个人都会像我一样变的……"

听到余舟提及顾于肆，圆缺身子一僵，哆嗦着半天没说出话来。她跟着顾于肆是极不光彩的，并不想亲近的人知道，知道后她们会拿什么样的眼光看她，堕落吗？

除了苏杨，余舟是她高中时期最贴心的姐们儿，见她挑破，圆缺也不遮掩，端起眼前的水晶酒杯，浅啜了一口，浓郁的幽香残留于唇齿间，她才慢慢开口道："你怎么知道他的？"

"以前就知道你在T市上学，可跟着那个男人，我不敢去找你，怕你笑话我。"原本就纤细如柳的余舟在添了几分醉意后，愈加地柔若无骨，把玩着手中的水晶杯，她唇角勾起一抹魅惑的笑。

"那天我看见他抱着你进名流公子，才知道你原来也走上了这条路。你不会怪我这些年都没联系你吧？"

圆缺能理解余舟这种心境，心疼也无济于事，踏上这条路，注定没什么好果子吃，她只能安慰，"好好的，怎么来酒吧买醉？"她转头打量了一番迷失，即便再清静，到底还是酒吧，终究有些不干不净的东西，"你一个人，他也放心？"

"这酒吧是他的，我在这儿他有什么好担心的？"红色的液体在杯里荡漾，余舟嘴角的笑渐渐变得僵硬，"再说，他回家陪老婆，我喝他一瓶酒，算是扯平！"

有妇之夫？圆缺怜惜地看着她，"你打算就这样和他拖下去吗？"

"不这样还能怎样？我没你那么好命，顾于肆再坏，花名在外再不好，他到底是单身。你们这种关系，说得难听点叫包养，稍微粉饰一下，就成了谈恋爱。"

余舟笑起来，那笑有几分神秘，笑声中仿佛夹杂了几声痛苦的呻吟。

"而我呢，又不是立牌坊的婊子，要离开他，我舍不得，他那个家算是被我破坏了，还能把他老婆逼走不成？怪只怪我晚认识他一年！"

圆缺自嘲地笑笑，"我和他，不是你想的那样，大概还不如你。算了，不说他了。"

余舟跟她一样，惹了不该惹的男人，可情况又不一样，她跟顾于肆是为钱，而余舟跟那个男人，看她如今这个失魂落魄的样子，十有八九是为情。

一个是被逼的，一个是自愿的，怎可同日而语！

可这样的感情，见光必死，圆缺无语地凝视着好朋友，想要安慰，却发不出声音来，心里止不住地抽动。她狠狠灌了一口酒，将水晶酒杯放下时，眼角瞥见手机正闪着光，拿起来一看，三个未接来电，都是顾于肆的。

"连环夺命call？电话催得这样紧？"余舟看着她拿着手机为难的样子，不禁苦笑，"你真是身在福中不知福。一个人在外面，他还知道惦记着你；我呢，就是消失了，也没人知道。"

福气？如果顾于肆的盯梢算是福气的话，圆缺真不知道这世上还有什么是更糟糕的事情了。

正想着电话又响了，圆缺认命地接起来，那边低沉的声音响起，"你终于肯接我电话了？"

宁愿是劈头盖脸的疾风劲雨，也不想听到他这样似情话的威胁，别扭！

"什么事？"她低声问，心下诧异，不知他又要玩什么花样。

"下午去学校接你，宋青青说你有事走得急，就随口问问，你现在在哪里？"

圆缺抬眸看看余舟，她正一脸兴味地看着自己，"我和朋友在酒吧，到底什么事？"

"酒吧？朋友？"那边停顿了一下，"男的女的？"

"我高中女同学。"圆缺一愣，随即想想自己完全没必要对他解释，随口转了话题，说道，"不过今天是周三……"她想提醒他，不是双休，不是节假日，不是春节，不是他们约定的她"上岗"的日子。

顾于肆打断她，一副不容拒绝的口吻，"我会额外补偿你的。我在天鹅湾，你什么时候回来？"

敢情下午让她溜了，他竟跑去学校旁边的那套公寓蹲点。圆缺气得眉头直皱，从牙缝中生生挤出几个字，"等着。"

把手机放回手袋，她还没开口，余舟就站起身拿起桌上的车钥匙，"走吧，我送你回去。"

回到天鹅湾，顾于肆衣衫不整地躺在客厅的沙发上，圆缺以为他睡着了，走过去把他的鞋脱掉，正准备换衣服，手被抓住，随即被扯到他身上趴着。

"你又喝酒了？"顾于肆翻身将她压在身下，双手撑在她身体两侧，眯起眼问道。

"喝了点儿。"

"什么事让你不开心？"他把下巴搭在她的肩上，在她耳边吹气。

圆缺拉开他不老实的手，"女孩家的事，你不会感兴趣。"

"不行！说给我听。"他咬她的肩膀，忽然像个孩子一样霸道。

怕他误会她喝酒跟苏杨有关系，圆缺想了下，将余舟的事化繁为简说给他听。

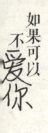

顾于肆听后有片刻的沉默，随后恼怒地问道："她是不是让你联想到了什么？"

圆缺原本准备好的话，就那样卡在嗓子眼，再说不出来。

再缓缓吧，或许过些日子他就恢复"正常"了。

"你开车过来的？"刚进门的时候只顾着千万别吵醒他，这会儿贴近了才发现浓重的酒味，她回想起刚才看到楼下停着的那辆卡宴正是他的，见他笑呵呵地点头，就说："以后喝酒了，就别过来我这儿了。"

其实她想说的是让他别酒驾，危险！

可这话听在顾于肆耳里就变了味，这段时间的相处，她厌烦的小情绪，他是看在眼里、记在心里的。

还记得秦守凑到耳边奸笑着出主意，"讨女孩子欢心嘛，莫过一个字——缠。"顾某人大大地不认可这句话，觉得要他一个大男人拉下脸皮来去做那种黏糊的事，真心别扭。可秦守好死不死地又添了一句，"这是我妈以一个过来人身份告诉我的至理名言，她说啊，矜持的男人是讨不到媳妇的。"

"我没喝多少！"他极快地反口回了一句，口气很是不好。

圆缺看着上方略带恼怒的一张俊脸，开始纳闷，她记得顾于肆是那个天塌了都不会变色的人，就为了这点小事发火，真的是很不正常！

话说出口，顾于肆也意识到自己的态度反常，不只现在反常，今晚饭局后婉拒白老接下来的节目安排，眼见白老脸色青一阵白一阵，他还是离席驱车到这里已经很反常了，见她不在，接连打了几个电话更是反常。

白家的事，烦心已经不是一两次了，他从前和朋友打打牌喝喝酒也一样地过，今晚怎么，怎么会开着车就来找她了？

跟她也说不通，索性闭上眼睛，不再理她。

圆缺被他压在沙发上，用力并不大，角度恰好不会让她太难过，想要挣脱却又用不上力气，可维持同一个姿势的时间太长就难受，忍不住扭动了一下。

"怎么了？"顾于肆睁开眼睛。

"不太舒服。"她的动作很轻，可是他太敏锐。

他紧抿着嘴唇，下巴绷得很紧，喉结上下滑动，"跟我在一起，你是不是永远都会不舒服？"

他的双臂卡在她身体的两侧，圆缺能感觉到，自己身侧的拳头紧紧握在一起，他仿佛在极力隐忍什么。

这才是真的顾于肆，甚至没有表现出丝毫的怒意，只用眼睛，就看得她心里发虚。

装了一个月情圣，狐狸尾巴终于露出来了吧，亏得余舟还说她身在福中不知福呢。

面前这个人太聪明，太高深莫测，圆缺对他招架不住，果断选择回避政策，"亲爱的……我……"

"别叫我亲爱的，你别以为我不知道你那声'亲爱的'有多虚假！"话说完，他和圆缺同时愣住了，不要她虚假，难道要她真心？

顾于肆半晌不言语，最后直接封住她微张的唇。他要她的真心，她会给吗？不，绝对不会，要付出真心，她也是付给苏杨那小子，绝对轮不到他。

他那样说服自己，吻却更加深入，大手在她的身体四处游走搜寻，像要验证些什么，矛盾重重中，他只想把自己埋入她的身体里，不断地需索，一次又一次。

此情此景让她想起被苏杨带出去那个天翻地覆的晚上，明明她没有犯错，最后却被他吞噬干净，圆缺的心缩成一团，刚刚有些红润的面孔瞬间雪白，身子也不由得僵住。

见她这样，顾于肆却笑了，在她耳边促狭地说道："怕成这样，又偏来惹我？"

圆缺狐疑地看着他翻身起来，直到浴室传来哗啦啦的水声，她才后知后觉地想到顾于肆一定是发生了什么事，不然哪儿有就此放过她的道理。

圆缺自觉地闭紧了嘴巴，顾于肆不说的，她绝对不会去问。

Chapter 11
两个女人的残场

转眼间又一学期结束，圆缺考完最后一场回到宿舍，同宿舍其他系的室友都已经走得只剩她一个，她刚接了几个设计稿，虽然加起来总设计费用也不多，总归算历练的机会。

学校暑假是可以申请留校的，除却用水吃饭什么的不是很方便外，最让圆缺头疼的是晚上限电，这对习惯了晚上赶设计稿的她来说，无异于掐断了灵感。左思右想之下，圆缺简单收拾了几件夏天换洗的衣服就奔赴天鹅湾的那套公寓了。

自从圆缺搬到公寓来，顾于肆来的次数也越来越多，连晚饭也常常在"家"吃。圆缺叫苦不迭，暑假大把的时间，白天她基本都会去医院陪范素心，以尽孝道，傍晚还要赶回来准备晚饭。

顾于肆下班后也不会特意说明他会不会回来吃饭，圆缺只好每天都准备得妥妥的。

更叫圆缺生气的是，顾于肆以往都是应酬不断，现在倒好，每天踩着点回来吃饭，吃完饭就捧着遥控器坐在沙发上看电视，或者钻进书房处理公司事务，基本算是日日宿于天鹅湾，弄得她不能专心赶稿。

可屋子是人家花钱买的，她总不能理直气壮地鸠占鹊巢，只好捺着性子伺候着。

顾于肆当然是故意的，他心里清楚圆缺不是个软脾性的主儿，可偏偏做出大度的样子来，他就要这样每天缠着，看看她到底哪天歹毛。

两人都各怀心思，却又相处得异常和谐，至少没有吵嘴争执。

顾于肆乐不可支，开始琢磨，或许圆缺开了窍，终于看清了他的心，所以对他好起来了。

圆缺开始想，他到底要住多久，再这样下去，干脆搬回宿舍得了。

这天晚饭时间，顾于肆看着桌上简单的两菜一汤，问圆缺："做饭辛不辛苦？"

圆缺以为他良心发现了，自己若是不说辛苦，没准儿捧得他一高兴就不忍心折腾她了，于是她开口："就几个家常菜，怎么会辛苦。"说完，还盛了一碗冬瓜汤递过去，"夏天容易火气大，多喝点汤。"

顾于肆看着晶莹剔透的白色汤汁，上面浮动着几颗饱满的枸杞，看着就食欲大增，满满灌了一大口，味道清淡，入喉滑爽，几下就将一碗汤消灭干净，"我听说熬汤最费工夫了，你熬了很久吧。"

圆缺笑得更是灿然，"我听说煮汤时加几粒枸杞的话，既去火又补气，像你这样工作压力大的人，最适合不过，今天就加了几颗，多熬了一会儿！"心里却想，这下你该更感动了吧。

顾于肆果然笑逐颜开，也替圆缺盛了一碗汤，语气是罕见的温柔，"这几天就不要熬了。"

圆缺一听，见终于说到了正题，心里乐开了怀，面上还是故作不解地问："怎么？不合你胃口？那以后你喜欢吃什么就说一声，我好买菜。"

顾于肆捉住她的手亲了一下，说道："不是。是做起来太辛苦，吃完了还要洗碗，你晚上还要赶稿子，这太浪费你时间了。"

圆缺觉得他终于厚道了一把，撇撇嘴问："那以后你晚上来了，吃什么啊？"

"那我这两天就不过来了。那些设计你要接我也不拦着，但别弄得太晚，晚上要按时睡觉。"

顾于肆说着，从沙发上拿过公文包，掏出自己的副卡，拉过她坐在自己腿上，将卡塞在圆缺手里，"这卡你拿着，这些天我要处理些事，你妈妈那里的护理费，你自己去划账，剩下的，给自己买点衣服什么的。"

自己若是推辞倒显得矫情，圆缺索性将卡收起来。

之后她给埋头工作的他泡了茶水，想到以后终于能清净了，心情好得不得了，于是自己洗了圣女果，盘着腿坐在沙发上一个一个消灭。

当天晚上顾于肆没再留宿天鹅湾，处理完经理们上报的邮件就下了楼。坐到车里后他没有立即驱车离去，而是点燃一支烟，青色的烟雾腾起，迷离之中他抬头望向那扇亮着光的窗户，圆缺应该在刷碗。

她的应付敷衍，他何尝感觉不到，可即便如此，只要她觉得顺心，这样表面的和平他也愿意维持下去。

手里的烟已经燃烧到尽头，他丢掉烟蒂，最终决定同他一直避而不见的白俏进

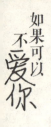

行一次谈话。

经过一个多月的规避，白俏已没有了刚回国的那份偏激，烫了个柔顺的直发，她本来就生得白，只在两颊扫了腮红，已是明艳动人，白衫打底配上牛仔背带裤，同两个月前的夜店妖娆有着天壤之别，帅气之中夹杂着小女人的成熟。

可这一切的努力，也只让顾于肆初见她时眼睛亮了一下，因为那一瞬间他脑海里闪过的是圆缺嘴角含笑将冬瓜汤递到他手边的情景。

谁是真心，谁是假意，他不想去剖析，他知道自己要的是什么。

白俏只要了杯柠檬水，慢慢地品着，好半天才开口："这家柠檬水的味道一点没变，跟以前一样，酸酸甜甜的。你还是以前那样，喜欢喝茶……"

顾于肆点了杯明前龙井，但他不想喝，晚上圆缺熬的冬瓜汤被他一滴不剩地灌完了，现在肚子还胀胀的。

想起圆缺，顾于肆觉得自己应该速战速决，这事绝不能拖泥带水，于是他摩挲着杯沿，直接掐断了白俏的开场白："你能从当年的阴影中走出来，这让我很开心。以后有什么需要帮忙的，直接联系司徒空，他会办妥的。"

白俏从他这句话里听出了解脱和决绝的双重意味来，绞在一起就成了她的悲哀。同时，他的话让她把一个多月来偏激的深思熟虑统统推翻，她像是找回了多年前骄傲的自己，"放心吧。我不会打扰你的幸福。"

白俏说这句话时可谓做到了声情并茂，就连顾于肆冷硬的心都一下子软下来不少，他情不自禁地搂她入怀，白俏泣不成声。

顾于肆走后，白俏又点了一杯柠檬水，将杯沿上的柠檬片拨到水里去，在晕黄的灯光下，周遭的一切如同梦境，就如同她的爱情一样。

"谁的爱情不是像梦了一场？"就连苏杨这样的大男人，午夜梦回的时候，都这样感慨过。

苏杨的生活安排得很充实，年轻人相约运动、吃饭、K歌那是每个星期的必修课，他有很多朋友，不少是在英国就熟识的，回国后也经常联络见面，其中有几个是见证过苏杨在英国最为放纵的那段时间的。

回国后，苏杨还是经常喝醉，但总有个人，不论多晚都会等他活动结束，然后送他回家。

所以，每当凌宸出现的时候，大家都以为苏杨心中的那个人是她。

第二天宿醉醒来的他，会敲着疼痛的脑袋问："凌宸，我昨晚没乱说什么，也没做什么丢人的事吧？"虽然喝醉了，但他恍惚间有些记忆，圆缺总会在他意志力

114

最薄弱的时候跑出来，对此，他无能为力。

凌宸没正面回答，只是停下收拾屋子的动作，转身进了浴室，说："我给你放点水，你泡个澡吧，会舒服些。"

从那场背叛中站起来，苏杨都觉得自己很不容易，现在身边还有一个死心塌地的人追着，按理说，自己应该过得很是滋润才对。

可自从白俏那个提议之后，这段时间对苏杨来说是个折磨，心里会不自觉地揣测白俏会怎么做。会不会不择手段地抢走顾于肆，那圆缺呢，若是她离开顾于肆，若是她选择离开顾于肆——那他又该怎么办？

苏杨泡在浴缸里，捧着头痛苦地低吼，他现在每天靠醉酒度日，可他怕哪天就控制不住自己——他会明确直白地拒绝凌宸，然后去和圆缺纠缠不清。

这些天但凡想到这件事，他就生出一种暴躁来，而白俏再没有联系自己更是时刻要引爆他。

时间在人一无所觉时悄然流逝，岁月沉淀，随着年华逝去的不仅是爱情，还有人本身对于爱情的期待。

人都说，时间是一剂双处方，对热恋来说是毒药，对失恋来说是解药，这话真的一点都不假，至少苏杨熬过来了，而顾于肆回归到圆缺的生活里去，已经是这个夏天之后的事情了。

日子如流水，在指尖溜过，T市的秋天好像特别地短，或者说压根儿没有秋天，昨天还是艳阳高照，今儿个一早起来天与地就是银装素裹。

"今年的冬天来得可真早啊。冷死了。"圆缺伸手搓着两条腿，那寒风还是跟刀子一样往里钻，坐了一节课，小腿连着膝盖都冰凉凉的，她本就怕冷，这会儿更是直打哆嗦。

"那是！"宋青青边收拾东西边看着她那哆嗦样，"教室哪儿能跟闷骚男车里的温度比。"

"去去去，尽没好话，我这才清净几天，你又挤对我。"圆缺也站起来收拾东西。

"哎……"宋青青用胳膊肘撞了下圆缺，"最近怎么没见闷骚男？上个学期不是缠得挺紧的。"

圆缺收拾书本的手一下顿住了，的确是缠得挺紧的。

那些日子他不铺张、不宣扬、不刻意，就这样安安静静、无声无息、准时准点地出现在她面前，这样的坚持，连宋青青偶尔都会在她耳边吹风，说他这样的男人，当真少见了。

有时候在学校外面遇见了她的同学，他都会点头致意，算是打招呼，而且明显感觉到顾于肆的目光停在她身上的时间仿佛多了起来，以前他只有想做那种事的时候才会专注地看她。如今在餐厅，他会很绅士地揽着她的腰，问她想吃什么菜色，晚上的大多数时候，他只是安静地抱着她入睡，并不冒犯她。

可这样风度翩翩、彬彬有礼的顾于肆，依旧让圆缺觉得草木皆兵。

更让她觉得后怕的是那天他开门告诉她他要走了，而那时候她不知为何脑海中浮现出余舟痛哭的样子来，心道都是男人惹出的祸端。出于本能，那一刻，她假装收拾着进厨房没听到，没给他只言片语，而他也就那样走了。

那感觉就像盗匪打劫了很多人，却只是将她和他捆绑在一起，可即便距离再近，说到底还是陌生人。

那天之后，顾于肆再没出现在她面前，连着好几天也没有一通电话，起初她都是战战兢兢的，后来就释怀了，她算哪根葱，顾于肆玩腻歪了，自然是寻新鲜的去了。

一想到这里，不知为何，圆缺发觉自己好像更冷了。她胡乱地搓了搓胳膊，好像这样就能暖和起来。

手机忽然响了起来，她看了一眼，那熟悉的号码让她脸上原本的笑意瞬间退去，接起电话，那边不出声，她也不吭声。

许久，电话那边的人在笑，仿佛漫不经心，圆缺的心一下吊到嗓子眼，她刚想说什么，那边先开口了："下课了吧。今天下雪了，是吃火锅的时节了。学校门口等你。"

不待她答话，只听咔嚓一声，然后就是一阵嘟嘟声，他干脆地挂断了电话。

"谁的电话？"宋青青看她脸色不怎么好，问道："说什么了？"

"顾于肆——"圆缺好像还没回过神来，"他说……下雪了，该吃火锅了。"

"你本就体寒，大概是带你吃火锅暖身子，还编这么别扭的理由，果然是闷骚男……"宋青青笑得前仰后合的。

给她暖身子？真是这样吗？圆缺倒不这么认为，只觉得新一轮的折磨又来了。

圆缺沿着往日熟悉的小路慢吞吞地挪着步子，恨不得这条路永远都走不完似的，可再长的路总有走完的时候。走到尽头，就要看到她不愿去见的人，面对她不愿面对的事。

侧门外，一辆奢华而内敛的卡宴已经等在那里，小陈一见她出了校门，麻利地下了车为她打开车门。

"他呢？"不是说要去吃火锅，后座没见顾于肆人啊，她开口问小陈。

驾驶座上的小陈冲着后视镜憨厚一笑，"小姐……"她跟顾于肆真正的关系，外界鲜少有人知道，都统称她为尹小姐，"公司临时出了点事，顾少让我接小姐去公司用午餐。"

理由是冠冕堂皇的，可她怎么觉得小陈话里有话，究竟是出了什么样的事，能让顾于肆出尔反尔。

到了顾氏集团大楼，从总裁专用电梯直上二十八楼，小陈将她领入一处装修得低调而奢华的办公室，"小姐，您稍等一会儿，总裁开完会就过来。"说完小陈就退了出去，留她一人。

落地窗前，二十八楼的高层，一眼向下望去，心顿时凉了一截，她能想象到顾于肆每每站在落地窗前俯瞰的心境，不知怎么的就联想到了自己，还有他这些日子的反常举动。

在宋青青乃至余舟眼里，那叫温柔贴心，可万一哪天顾于肆后悔了，玩腻了，她的生活，就会如同落地窗前的盆景，直直地摔下去，落得个粉身碎骨的下场！

她不该如此顺从他的，这就意味着往后的日子里，她或许要跟他的生活纠缠不清了——比如今天，她分明不是他的员工，为何要接她到这儿用午餐？

有时她真的怀疑，他是不是故意这样待她，以此来折磨她那可怜、紧张得如同丝线一般的神经。

"想什么呢，这么入神？"身子被人从后面纳入怀中，那温热的气息喷洒在她的背上，暖和得不得了，她想靠得更近些。

见她不说话，他一把握住她的手，搓起来，"手这么凉！怎么不开空调，嗯？"

这样低柔的声调，圆缺差点以为身后的是苏杨，而不是冷面修罗顾于肆。她状似不经意地拢拢头发，抽回被他握住的手，转过身，"不是要去吃火锅？"

一片冰凉从手中抽出，看穿她故意抽回手的用意，他也不动声色，"不去了！陪我下去吃工作餐。"说完率先出了办公室。

圆缺哑然，又哪儿得罪他了，真是喜怒无常。

明亮干净的环境，舒适宜人的雅座，这哪里像是吃工作餐的地方，"难怪那些师兄师姐挤破头都想进顾氏集团，原来待遇这样子好。"

他回头睨了她一眼，那眼神好像在看刘姥姥进大观园，嗤笑，"你以为一般员工能这样子吃饭？那顾氏集团，应该改名叫顾氏餐饮了。"

那就是小食堂喽！圆缺坏心思地想，他这样只知道剥削的万恶资本家，肯定得不到员工的拥戴。

可她猜错了。

因为迎面走来的女人，看似柔柔弱弱，手里却端着两个托盘，嘴角含笑，"于肆，你来啦，午餐我给你搭配了喜欢的牛肉和蔬菜。"

圆缺一看，两份饭菜，再看看那女人瞥见她的时候顿住的笑意，明白自己的出现是多余的，四周张望下，配菜区离门口并不远，"是那儿取菜吗？要不要刷卡什么的？"

她转过头问顾于肆，他好笑地睨着她，"白俏，你带她先过去坐下。"

"可……"还没等圆缺反驳，他已经松开她的手，"乖，先去那边坐下，我去取菜。"

堂堂集团总裁亲自取菜，那还要她这个秘书干吗，白俏反应极快，"总裁，我去吧。"说完还不忘冲着圆缺得体一笑，"真不好意思，总裁事前没交代有客人过来用餐。"

一席话端的是八面玲珑，生怕圆缺不知道自己是蹭饭的外人，"白小姐客气了，是我冒昧打扰了才对。"说完，她狠狠剜了一眼顾于肆，低低咒了他一句："祸水！"

本以为说得极低，他听不见，却不料顾于肆脱下西服外套递到她手上，歪着头贴着她的耳际，"你男人是祸水，总比水货要好用得多，这点你知道的。"

再转头对着白俏，眉头一挑，"你不知道她喜欢吃什么，我来吧。"说罢，他卷着衬衫袖口就去了配菜区。

剩下两个女人的战场，圆缺只能堪堪一笑，接过白俏手中那份牛肉蔬菜，寻了个座位坐下。

见圆缺坐下，食堂里那些好奇的目光也渐渐撤回。

原本以为这样的平静无波能持续到午餐结束，可吃到一半时，那个穿着职业装的女人，手里拿着一份文件夹，急急地向他们这桌走来。

"总裁，这是刚到的加急文件……"大概是从楼上办公室匆忙赶过来的缘故，她白皙的脸上粉扑扑的，还娇喘着。

顾于肆头都没抬，夹着一颗凉拌西蓝花入口，"刘璨没告诉你，我休息的时候，不喜欢被打扰吗？"

白俏原本俏红的脸蛋，瞬间涨红。

用餐巾纸拭拭唇边，许是觉得自己话说得重了点，顾于肆看着她，"算了，你今天第一天上班，难免疏忽。"

"等下我会跟刘璨交接下工作，以后会多注意的。"白俏平复了情绪，在他对面坐了下来，将文件夹平放在腿上，换上了一副公事公办的口吻，"不过，这是远东实业那边加急发过来的，我等总裁用餐完毕。"

顾于肆没再开口，专心吃着午餐，算是默认白俏的做法。

"你最近好像瘦了一些。"顾于肆放下筷子，然后将自己盘中的牛肉夹到圆缺的盘中。"多吃点牛肉。瘦得一阵风就能刮走，让别人看见了，还以为我连个女人都养不胖。"

白俏终于坐不下去，站起身来，"总裁，我想起来还有一封邮件要回复。"

顾于肆眼皮都没抬一下，"去吧。"

看着白俏慌乱的脚步，有什么跳入圆缺的脑海，可那女人利落地消失，让她又觉得是自己多想了。

圆缺几口吞掉那口牛肉，他伸手一捞，让她靠近自己怀里，然后拈起纸巾，替她擦拭唇角，"吃饭也没个女孩子正经样。"

躲过他的动作，她顺手接过纸巾，"我吃饱了。"

意思不言而喻，想要退场，可他不开口答应，她也走不了。

"嗝……"一声打嗝声打破了沉默，他睁开眼，看着她羞红的脸，一脸坏笑。

圆缺这下子更是没脸了，索性将脸埋在他胸前再不抬头，头顶传来他打趣的声线，低低的，直抵她的心底，"吃那么急，也不怕噎着。我夹的菜就那样好吃？"

知道她不爱喝牛奶，随即又招呼服务员取来一杯白水。

"喝点，润润。你下次可以试着在陪我吃饭的时候，不要把'勉强'二字这么清楚地写在脸上，更不要吃得这么快，因为我不会那么早就放你离开。"

她浑身一颤，猛然抬起头怔怔地看着他，可是他并没有看她，所有的心思似乎都放在了面前那杯白水上，刚才的话仿佛只是随口说说，未曾过心。

他今天的谈兴似乎特别高，很快换了个话题："再过一个月就是寒假，你有什么安排？"

"大概会找个工作室实习，积累点工作经验。"她低声说。

本以为他听了会立马驳回，却没想到他沉吟片刻，说道："不如去瑞士吧，我过些日子去那边公干，可以在蒙特勒住些日子，顺便可以介绍巴洛桑管理学院的教授给你认识。"

就此尘埃落定，他甚至都没有问她愿不愿意。

这算什么？

他将她抱坐在自己腿上，午后的阳光，透过橱窗折射进来，温暖而宁静，"陪我坐坐。"

圆缺不答话，倒是柔顺地靠在他肩窝，他好像是累了，抱着她，就那样沐浴着午后的暖阳，享受地闭上双眼休憩。

午后的阳光洒下来，并不是所有人的心境都是恬静的，在总裁办的助理区，刘璨靠着楠木办公桌，品着咖啡，听着旁边小姐妹的八卦。

"璨姐，你没看到，总裁领着那女人进来的时候，白俏一张脸都变成扑克牌了，就那样端着两份饭菜……"说话的是总裁办助理之一的李静。

看着李静站起来，手掌托着两本书再现当时的场景，表情惟妙惟肖，刘璨小口抿着咖啡，状似不经意地问："有那么夸张？"

"璨姐你今天没下去吃饭，错过了真可惜。"李静还在啧啧生叹，"刚才人力资源那边吃饭回来得晚，看见她拿着文件夹巴巴地跑去找总裁，结果啊，咱们总裁只顾着给小女朋友夹菜，看都没看她一眼。"

"你少说两句，当心她听见了。"旁边有人小声提醒着李静。

"这会儿她哪儿有空啊？八成躲到哪个角落抹眼泪去了。活该，仗着自己有点姿色，就妄想往上爬，还抢了璨姐第一秘书的位置。把身体当筹码的女人可真不好对付，以后咱们的日子不好过喽。"

Chapter 12
如梦初醒

　　白俏回来时听到的就是这样一席话，一向冷漠的脸上浮起一丝戾气，在白氏，她向来是跟男人在一起大大咧咧混惯了的，不知道女人在背后诋毁人的唇舌功夫竟如此厉害。

　　"李助理，这是远东实业的合同，出了点问题，总裁说李助理谈判能力一流，这CASE就交给你了。"白俏从茶水间绕出来，将一份合同递到李静面前。

　　谁不知道远东实业老总是个老色徒，早在合作初期这个单子就没人愿意跟进。

　　看着李静刷地一下苍白了的脸色，白俏满意地叩叩桌面，"哦，对了，总裁还交代，务必在他明天出差之前办好这件事。辛苦了，李助理。"

　　李静愤恨地剜了她一眼，拿着文件夹出了助理区。刘璨自始至终都淡淡地抿着咖啡，不发一语。

　　"上午你不是说总裁做事向来不拖泥带水，可远东实业的CASE他好像并不着急，难道是刘助理给我交代错了？"白俏随意坐下，看样子是要长谈。

　　刘璨也是精明人，回想到李静方才说的事，知道白俏是当着那个小女朋友的面吃了顾于肆的排头，面子落不下才寻个由头兴师问罪，可怜了李静被耍。

　　"凡事总有个例外。白秘书第一天上班，难免不了解情况。据我所知，总裁原本定好中午和尹小姐出去吃火锅的，位子我都订好了，可白秘书一个电话说要来报到，所以才不得不在食堂将就一顿。"

　　刘璨说完，淡淡一笑，状似好意地提醒道："白秘书，恕我多嘴，做秘书的就要懂进退，明白自己什么时候该出现，什么时候该消失。好事被人打断，任凭谁心里也恼，你说对吧。"

　　看着刘璨消失的背影，白俏怔怔地半天才缓过神来，得出的结论是，她将今天受的乌龙气，全归咎于圆缺不合常理的出现上——尹圆缺，看不出你这么有心计！

　　掏出手机，按下号码，那边半晌才接起，白俏略带讥诮地开口："你考虑好了没？再过一个月就寒假了，我可听说顾于肆要带她去瑞士度假。"

　　那边没说话，啪的一下挂了电话。白俏知道他是听见了，不然依着他的性格，不会这样生气。

　　苏杨把玩着手里的电话，将座椅转个圈，面朝着偌大的落地窗，思绪很是不平静。好几次他开车绕路去D大想看她一眼，都撞见了顾于肆来接她下课。

　　起先他还不死心，后来任性地每次都要看她上了别的男人的车，他才驱车离开，想想这两个月，真是自虐！

　　砰砰砰，敲门声将苏杨拉回现实，"进来。"

　　"怎么了这是，愁眉苦脸的？"马小波进来也不客气，兀自去倒了杯茶。

　　"办好了？"

　　马小波以为他说的是远东实业的事，"稍微点拨了下合同上的陷阱，那老头反应得倒快。算算时间，这会儿该去找顾氏理论了。只是我不明白，远东实业跟顾氏那档子事，跟咱们一毛钱关系都没有，你何必巴巴地从中挑拨。"

　　苏杨心里冷冷地道：只有顾于肆忙起来，才不会天天去找圆缺。他看了就不爽。还好，最近总算消停了。

　　见苏杨不答话，马小波也不多问，眼角却瞥见小古典杯，还有旁边已经去了大半的威士忌，"怎么喝上了？"

　　"烦心，喝了点儿。"苏杨揉揉眉心。

　　"想喝，后天晚上陪小弟赴场子去，同学会。灌死人不偿命的那种。"苏杨最近的苦闷他也略有耳闻。

　　"不去。"马小波同学会，才真跟他没半毛钱关系呢。

　　马小波凑近了，神秘兮兮地开口："D大的，你也认识不少。也许她也来。"

　　马小波的话就像一记惊雷打在苏杨的心上，打得他浑浑噩噩，不知所措，偏偏后天是凌宸的生日。

　　这于他而言的意义，不是简单地选择陪凌宸过生日还是参加同学会，而是要掂量出在他心里，到底哪个更重要。

　　每每看着圆缺被顾于肆接走，他总是止不住地想象她的唇、她的腰，他曾经拥有过的一切，如今都被另外一个男人霸占着。

　　既然她开始了新生活，他也不能输，索性同意凌宸住进他在市区的那套豪华公寓。

　　星期五是凌宸二十六岁的生日，半月前，她就有意无意地跟苏杨暗示，希望有个难忘的生日。

生日当天，凌宸花了一整天的时间逛街买衣服，临近下班时，她给苏杨打了个电话，说自己累了，想让苏杨下班之后过来接她。

逛街算是女人的天赋之一，她并不是很累，相反很兴奋，她期待今晚苏杨安排的惊喜。

可她不知道的是，这一整天苏杨都处于犹豫状态，他拿捏不好自己的心，想见圆缺，又怕伤了凌宸，接到凌宸电话的时候他不免苦笑。

可怜他这厢单相思，人家圆缺并不领情，挂念他的人早变成了凌宸，"我订了西餐厅，你打车过来吧。"

她过生日，男朋友就这么个态度，凌宸的心凉了半截。

幸好，到了西餐厅，苏杨看穿了她的不高兴，说了些好听的话，她才勉强打起精神。

相顾无言，一顿饭很快就结束了，结账的时候，苏杨将信用卡递给服务员刷卡，随手又从钱包抽出一张金卡递给凌宸。

"这张卡的额度是三十万，你想买什么就买什么。"

这顿饭没有蛋糕，更没有藏在蛋糕里的戒指，凌宸满满的幻想都落了空，积了一肚子的委屈，当看到那金光闪闪的卡片时，一整晚的失望终于喷薄而出。

她接了过来，两手一掰，那张卡生生断成两截，甩手扔到苏杨脸上，她纠着眉心，"尹圆缺跟人跑了，你就以为全天下的女人都爱钱，是不是？苏杨，你把我当什么了？"

吼完后，她抹着泪跑出西餐厅。

看着她跑出去的背影，苏杨感到一阵无奈，之前问了凌宸很多次想要什么，她都不说，他只好去办了这张金卡。

他不缺钱，可从不用钱砸人，和圆缺在一起他也是送过卡的，那时候才知道她傲气得很，可最后圆缺还是开心地收下了，然后置办了一堆两个人都需要的东西。

谁想到让圆缺开心的方法，用到凌宸身上就行不通？

那张卡砸在脸上也就轻微刺痛一下，就掉在地上了，可凌宸的话，如利箭一样穿透他的心房，锥心地疼，脸上仿佛被她的话狠狠踩了一脚。

他想追出去，可早没了人影，只好挂了一通电话给凌宸的好朋友，"马雯雯吗……我苏杨……我听凌宸说过，你家新买的房子过户手续上出了问题一直没有解决……她给你打电话了？那麻烦你陪陪她，回头我会好好谢谢你的。"

到底被凌宸方才的话甩得没面子，这会儿还是分开比较好，见了面还不知道要

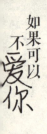

说多少彼此伤害的话。

手机的通讯录是按照拼音排列的，联系人列表上马雯雯下面就是马小波，他拨了过去，"在哪儿？"

余舟唱了一首歌曲下来，看圆缺掰着花生米漫不经心地吃着，走到她身边，"好不容易出来玩，怎么躲着掰花生粒，顾于肆还能缺你这口粮不成。"

是好不容易！自从跟了顾于肆，像这样类似男女派对形式的聚餐，她真的很少参加，要不是这次他出差还没回来，余舟也拽不出来她。

将一粒花生递入口中，慢慢咀嚼，甜丝丝的，圆缺扬了扬下巴，比画了一下出门接电话的男人，"你怎么认识的？"

余舟今天苦口婆心地磨了她半天，要她陪着参加一个同学会，却没想到来的竟然大都是D大的。

"哦，你说马小波啊，我跟他不熟悉，倒是前段时间我有事咨询了他老婆的事务所，后来就成了朋友。"什么事用得着咨询律师，余舟没说，"他们快要结婚了，今天是大学同学给这对准夫妻做个单身告别会，我一听大都是D大的，就我一个人形单影只的，就把你拽来了。"

余舟的话不无心酸，她听得出来，想必那个男人不敢露脸陪她参加这样的朋友聚会。

圆缺拍拍余舟的肩膀，转移话题，"我好久没玩牌了，咱们打炒地皮吧。"

马小波推门进来的时候，她俩刚坐下，打牌的人数还不够。

余舟眼尖，瞥见马小波，慌忙喊道："准新郎官，这边，三缺一。"

圆缺含笑望去，却在触及马小波身后那个身形的时候，笑意倏地僵在脸上。

苏杨？！

早在马小波进门的时候，余舟也看见他身后还有个高一头的人，却没想到是苏杨，急忙转过头去看圆缺，见她已经低下头洗牌，不作一声。

"我不知道他也会来。"余舟讷讷地解释着。

见不得余舟着急解释的模样，圆缺扑哧一声笑了，"早见过面了。"

再难听的话，他也说过了，她不照样挺过来了。

看着她强撑，余舟有些心疼，"我在鼓楼看中一条裙子，不过颜色有些素，待会儿我们早些走，趁鼓楼没关门，你给我掌掌眼。"

高中那些年，学校里都疯传苏杨单恋圆缺，说她的心是铁做的，那样完美多金的男朋友都不爱。

唯有余舟明白，这个倔强的女孩子，芳心早动，只是她明白两人家境差距太大，估计没个好结果。

直到苏杨追到大学里去，才有了两人在一起的传闻。

圆缺心里终究是喜欢苏杨的吧，不然余舟真的想象不出，还有别的什么原因，能让圆缺破釜沉舟，下定决心和苏杨在一起。

包厢内暖气融融，苏杨推门而进，大衣上隐约有几分寒气，有侍者过来取走大衣。

他随手倒了一杯威士忌，身子沉陷在真皮沙发里，慢悠悠地品着，好似没有看见她俩。

这样的青年才俊，一出场便吸引了女性的注意，有单身的女孩已经大胆地上前搭讪，巧笑嫣然地坐在他旁边。

他的谈兴也很好，很快和女孩子聊到一块儿去，他爽朗的笑声伴着女孩的浅笑，时不时传到这边的牌桌。

余舟觑了眼圆缺，见她没什么表情，只管出牌，心里放心不少。

马小波很健谈，加上余舟成心想逗圆缺，很快牌桌上便是笑语不断。

"陆淮宁，你可真禽兽啊，下家是美女，就舍不得动手杀分，你这样让兄弟我怎么守。"马小波一席话说得是恨铁不成钢，表情做得更是到位。

圆缺和余舟是搭档，马小波口中的"下家"，说的便是她。

马小波不死心地又点了点输的牌分，"竟然输了！你们这是施美人计啊……忒狠了啊……"

余舟反驳他肚量小，输了就耍赖，同马小波打起了口水仗。

沙发那边原本爽朗的笑，倏地销匿。

不知道是不是圆缺眼花，竟然看见一直都无视她的苏杨，转过头痛心疾首地盯着她。

她慌忙低头，正好看见手边堆成小山的赌金，有些无措地问上家陆淮宁："刚才你真放水啦？"

那人也不言语，就那样眉眼含笑地望着她。

被陌生男人这样盯着，圆缺一张脸涨红了不少，慌忙端起杯子，假装喝水缓解略显尴尬的氛围。

"这杯是我的。"等她灌了几口，陆淮宁不慌不忙地开口提醒她。

"咳咳……"一句话差点让她岔了气，含在口里的水，也不知道是咽下去好，还是吐出来好。

见她憋红了脸，陆淮宁还好心地挪动屁股下的软座，靠近她，大掌拍着她的

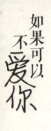

背，慢条斯理地帮她顺气，"我又没说不让你喝。"

她慌忙摆手示意没事，余光正好瞥见苏杨面无表情地走过来。

她心里一凉！

两人刚确定关系那会儿，由于不在一个城市，苏杨总是会电话查岗，有一次他抽空过来陪她几天，早上在食堂吃饭时，有不少男同学同她打招呼，他就不高兴了。

她想解释，而他则幽幽地咬着面包嚼着，"好的东西，我能喜欢，他们自然也喜欢，怪不了你。可一想到他们看你的眼神，还有我不在你身边，心里就老大不爽。"

事后她千哄万哄，保证心里只有他一人，日后一定和男同学保持距离，才算了事。

直到如今，她和他早已经桥归桥路归路，她还是不能做到漠视他的感受。她哀叹地想，感情断了，习惯还断不了，真折磨人。

马小波正和余舟打着口水仗，突然一只手伸了过来，掌心放着手机，他抬头，正看见苏杨，"你老婆的电话……"

马小波愕然，"她怎么打到你那儿了？"

苏杨的语气依旧是波澜不惊，"你手机是不是又调成静音了？"做律师的，都有个习惯，上庭前手机调静音。

马小波掏出手机一看，还真有几个未接来电，赶忙接过苏杨手中的电话，讨好地开口道："老婆，到哪儿了？我去接你。"

电话那边传来清脆的浅笑，"粗人！还知道关心我啊，要不是你老板打个电话过来，到现在我都联系不上你。骆岗机场，快过来，晚了新娘就跑了！"

闻言马小波愣住，电话是苏杨打过去的？

目光扫过牌面，陆淮宁为圆缺端来了一杯新茶，他了然一笑。

挂了电话，马小波站起身来，"我老婆到机场了，你替我玩几局。"说着将苏杨按在牌桌上，阔步离去。

牌桌换人，原本嘻嘻打闹的余舟，这会儿也安静下来，不知道该说些什么。

就连刚才妙语连珠的陆淮宁也向后一靠，懒懒地抽着烟，不作言语。

场面有一瞬间的冷场，圆缺低头喝着茶水，也当没看见。

突然一只手伸过来，夺了她手中的茶杯，茶水有些烫到嘴角，她狠狠瞪向苏杨。

"心脏不好，就别逞强喝浓茶。"说着他又像变魔术一样，递过来一瓶纯净水，还好心地将瓶盖拧开。

圆缺不想在外人面前闹笑话，勉强笑笑，接了过来。

一直抽烟的陆淮宁眼皮抬了抬，伸手将那杯热茶接了过去，然后将烟蒂丢到烟灰缸，热茶一浇，刺啦一声，灭了烟。

仿佛只是抽腻了，慢条斯理地做完这一切，他才抬头看着圆缺，眼睛忽闪忽闪的，"不能喝刺激性的东西，也不早和我说。"

说完还眨巴眨巴眼睛，那个妙语连珠的陆淮宁又回来了，他洗着牌，状似不经意地问对家的苏杨："D大的？面生啊！"

"不是。"苏杨不咸不淡回了句，"不过，我对你们D大倒是熟悉得很。"

"哦？"陆淮宁很是感兴趣。

"很喜欢的一个女孩子，是你们D大的，经常去。"苏杨嘴角一勾。

一句话砸在圆缺的心湖，泛起圈圈涟漪，不知道他口中的女孩，是她，还是顾心言，抑或是上次在希尔顿亲昵地称呼他为"苏"的那个女孩？

可怜当初她和顾心言，还争得你死我活的。

好在陆淮宁失了兴趣，没再问下去，话题点到为止，大家都专心玩牌。

苏杨上场之后，牌运好得不得了，拖拉机，五十K……很快，牌面基本上被他控制了，直接抄底。

苏杨今晚是杀红了眼，牌风太凌厉了，圆缺差点以为他要掀桌。马小波带着准新娘推门进来的时候，她如蒙大赦，将牌一推，"累了，不玩了。"

一群人围到马小波和女友身旁打趣这对准夫妻，圆缺站在外围，想等人群散开时上前说几句祝贺的话。

下一秒，她的手被人一把握住，"圆缺，真是你？！苏杨跟我说你来了，我都不信。"

此时姚翩翩就站在圆缺面前，她的大学师姐兼室友。

圆缺像亲人一样地拥抱她，含着热泪说："姚师姐！我以为我们都见不到了，没想到马小波的准新娘竟然是你！"

圆缺也知道自己的激动可能是一厢情愿，毕竟苏杨出国后她也辍学一年，等再回到学校的时候，姚翩翩已经毕业离校，都分开三年了。

但一见到姚翩翩，她有种受虐的媳妇见到了娘家人的亲切，即使不能为她做主，也能听她哭诉一番，她觉得姚翩翩是该懂她的。

姚翩翩也回抱她，笑着说："圆缺，我们坐下好吗？我想跟你多聊聊！"

圆缺说好，拉着她的手坐到沙发上，因为激动她脸色绯红，余舟只得挨近了她

坐，拍着她的背。

半天，余舟才狐疑地开口："没想到你们竟然认识。"兴许姚翩翩打电话邀请自己参加这个派对，目的根本就不简单。目光扫过苏杨的时候，他转过脸不看她。

许久，圆缺激动的心情才平复了些，面对姚翩翩熟悉又陌生的脸，她竟不知道该说什么。

反倒是苏杨和姚翩翩闲侃得游刃有余，还不时地拨空给她添水。

姚翩翩眼尖地瞧到苏杨的体贴，玩笑道："苏同学是几十年如一日啊，你俩准备什么时候办事？"

办事，自然指的是结婚。

姚翩翩的话，让圆缺突然有种历尽沧桑的凄凉，想想又觉得好笑，和苏杨重逢时是吓了一跳，只担心他是要报复她的，而姚翩翩却让她忆起了和苏杨在一起时的种种美好。

那时候他经常抽空跑来D大，姚翩翩和圆缺处得极好，三人经常在一起吃饭。

可如今，姚翩翩要嫁人了，她和苏杨，曾经恨不能天天黏在一起的恋人，眼下只有尴尬。

圆缺和苏杨同时一愣，还是苏杨先反应过来，笑着说道："还没，工作很忙，暂时还没计划！"

姚翩翩立马为圆缺打抱不平道："结个婚也不麻烦啊，现在年轻人都敢裸婚了，你们磨叽个什么劲儿？你这样拖着对圆缺可不好，女孩子是禁不起拖的啊！"

姚翩翩的好意提醒却让人措手不及，圆缺兀自沉浸在尴尬之中。这时，桌下的手被另一只柔软的大手握住，指甲轻轻划过她的手心，她如梦初醒，慌忙将手从他手中抽出来，"我去下洗手间。"

Chapter 13

真想亲一亲她

竹城的国际酒店豪华套间，白俏进了房间，见顾于肆正背对着自己。

从司徒空传话顾于肆单独约见自己起，她的心就一直怦怦跳。她清了清嗓子，开口唤他："你找我？"

座椅转动，可她看见的却是一张晦暗不明的脸色，还有他疑惑的问话："告诉我，你到底为什么要进顾氏？"

白俏一怔，怎么也没想到是这个问题，脸色有一瞬间的僵硬，然后她笑了，笑得娇柔，"上次我们就谈开了，你也说会帮助我走出阴影。你也知道白家是做什么起家的，我不想再回到那个大染缸里，就想找个正经工作干着而已，这你都怀疑。"

"别跟我打马虎眼，找工作非要到顾氏来？"他冷冷地开口。

白俏也撤下微笑，再抬头望向他时，已经换上了冷眸冷眼，"你想听什么样的答案？你这是在害怕我死缠烂打，搅了你跟姓尹的好事吗？"

"我找你来，跟私事无关。"将手中的一份合同甩在她面前，顾于肆有些痛心地看着她，"我的地盘不会任人撒野，这点你该知道的。"

白俏拾起合同，是那天她赌气交给李静的有关远东实业的业务拓展，看来是谈崩了，再看看远东实业法务那一栏已经变迁为VIVI。

"你是怀疑我泄露消息给VIVI？"

她的解释还没说完，桌上的手机振动起来，那是顾于肆的私人手机，她知道。

顾于肆掐着眉心，闭目，显然不想接听电话，准备听完白俏的解释。

没一会儿，铃声停了，白俏刚要开口，电话又响了起来。

顾于肆不耐烦地睁开眼睛，一看，是圆缺打来的。

他欣喜地接起，以他对她的了解，没有重要事情她是不会来电话的，这么晚了来电的原因大概只有一个——她今天又忘了带天鹅湾的钥匙。

这是他临走时下达的硬性规定，要求她必须每天晚上都要回到天鹅湾，不准在学校宿舍或者其他意外的地方留宿，前两天她就打电话要过一回钥匙。

然而，这次他错了。

"为什么要在外留宿？"顾于肆失去了平静，冲着手机发火。

以前，他当然是不会这样问圆缺的，于她，他要么是答应她的请求，要么是命令她立刻回天鹅湾睡觉。

可电话传来圆缺软软的解释："大学宿舍的姚翩翩，你认识的，她要结婚了，大家聚聚，要是玩累了，晚上就凑车去余舟那儿睡一夜。"

姚翩翩，他的确认识，而且中间还有一段是圆缺不知道的。

咚咚咚，一阵敲门声后司徒空进来，看他正在通话，清清嗓子，小声地恭敬唤道："董事长！"

本能地捂上话筒，却没有挂掉电话，顾于肆应了声道："什么事？"

"关于远东实业的法务，已经连线到了VIVI的刘副总。"

"预约的不是苏总吗？"顾于肆的头略微一倾，疑惑地问道。

"是这样的，苏总因私事请假一个星期，工作暂由刘副总代理。"司徒空见老板的问话蓦然转了个向，面对着他，立刻垂下头请示道，"是否接线刘副总询问合同一事？"

顾于肆皱眉，"可说了是什么私事？"

难道是碍于圆缺的关系，他俩一个新欢一个旧爱面子上过不去，而造成了苏杨的避而不见？按理说，他断不会犯这种公私不分的错误。

"好像是苏总一个熟识的朋友要办喜事，他帮着张罗。"这可是他刚才软磨硬泡从刘副总嘴里套出来的消息。

顾于肆的笑脸僵了一下。办喜事？有这么巧？圆缺大学室友即将嫁人，今晚不归宿，他也是摊上了这事儿？

瞥了眼白俏，那一双冷清的眸子染上一丝局促的慌张，顾于肆当然是了解她的，转念想到什么，交代司徒空道："既然苏总不在，这事就算了。"

算了？！司徒空明显讶然顾于肆的决定，同样瞥了眼白俏，点点头，退了出去。

"看在我们往日的情分上，这样的事，只此一次，下不为例。"温和的语调下是不容拒绝的口吻，他收起合同，淡淡地开口，"你也出去吧。"

解释已经无济于事，再看看他一直不愿放下手中的手机，白俏忍了又忍，到底没忍住。

"我听说VIVI新上任的执行总裁和你有点小误会，为了一个女人树立敌人，不值得。倒不如让白……"

她的话依旧没能说完，就让顾于肆截断，"出去。"

冷然的两个字，昭示他的不耐。

那通电话，就那样重要？重要得连一丁点儿时间都不留给她解释。白俏紧咬着嘴唇，才能让自己抑制住怨愤，可当初是自己选择用这条路重新赢回他的，怨不了别人。

可饶是她这样爽性的女孩子，在心上人苛责的目光下，到底是硬憋着泪花，转身出了门。

事实上，白俏才是关心则乱，顾于肆最后冷硬地让她出去，不是因为她说了多不好听的话，而是，电话那端传来嘟嘟的忙音——圆缺把他的电话给挂了！

白俏出去带上了门，顾于肆将手机捏在手心，冲着它瞪圆眼睛。

那小妮子，挂他电话！

烦乱地又点了支烟，指间烟雾缭绕，如流云一般，这样的灵动，好似第一次见圆缺，乌黑的眸子一闪一闪望向他。

他不自觉地一伸手想要攥住，可他攥不住。而另一个人，却比他勇敢多了。

年轻就是好啊，不怕到头来落了一场空！

他自嘲地笑了，玻璃镜倒映出一张黑沉沧桑的脸，眼角起了细细的纹路，额头竟也有了几条不明显的浅痕。

历经商海沉浮近十载，他头一次认识到自己的无力。

圆缺，这个他亲自惹来的麻烦，到底该怎么办才好？

苏杨比他多了相识、相爱的过程，又胜在圆缺从未忘记过他。或许，她这次打电话过来，是想跟他提出离开吧。忍了这么久，她终于还是要提出来了。

他很后悔，后悔这次出差安排的行程这样长、这样满，也许，这就是他们最后相处的时光。

手指熟练地在电话上按了一气，他心里慌慌的，可号码已经回拨过去了。

嘟嘟声传来的时候，他后悔那么急切地想要听到她的声音，他现在应该担心的是白俏到底打什么主意，而不应该像个毛头小子一样为情所困，他在心里这样想。

但又不停地为自己辩护：是她主动打电话过来询问能不能不回天鹅湾的，他还没答复她呢，回个电话算是基本礼貌。

方才接到她电话那一瞬间的欣喜，瞒得住外人，却瞒不了自己，一种深切的欢喜便在他心里发了芽。

才响了一声，电话就接通了，他没了退缩的余地。

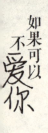

"晚上不回去了？"他寻了回电话的由头。

可他偏偏表现得毫不在乎，因此，也没人在乎他。

电话那端轻轻应了一声："嗯。"

尽管，他想象得到圆缺不归的原因极可能是因为苏杨；极有可能他们之间已经发生了一些他不愿去想象的事情；极有可能，圆缺真的要跟他分手了。

仿佛有种怅然若失的感觉，但他只能压抑着心痛，因为圆缺请求他的次数少之又少，理智让他答应了。

"行。"他梗着脖子冲着电话应了声，算是答应。

"顾于肆……"本来要挂电话的，却没想到电话那端的人闷闷地喊了他一声，他就那样僵住了。

其实，圆缺也不知道自己为什么遇见苏杨之后，鬼使神差想到的人，竟然是顾于肆。

电话拨给他的时候，她心里也是忐忑不安的，只好随意扯个今晚不回去的由头，他好像很忙，隐约听见在处理什么事，她赶紧趁机将电话挂掉。

她还在兀自别扭，他的电话就追过来了，可没说两句，他就要挂电话，她有些急了。

大概是他这些日子反常的体贴，让她感受到久违的受珍视的错觉，一种依赖油然而生。

想想，除了母亲外，现在跟她最亲近的人，也只有顾于肆了。

"你什么时候回来？"圆缺轻轻地问他，话甫一出口就心酸得差点掉泪，还好及时止住了。

商场打拼多年的他，只一句就听出了圆缺压抑着的情绪波动，"资金没到位，项目还在谈。"

他回答得模棱两可。

"哦。"她实在找不到话题了，短暂的沉默过后，顾于肆磁性的嗓音通过电波传过来，更显柔和，"婚宴是在T市办吗？你要不要帮忙什么的？"

"我出来时她们在聊婚纱照，我又不懂……"

顾于肆望着镜子浅浅地笑，"回头我带你去拍几套，就懂了。"想想她跟着自己这些年，女孩家在意的这些，终究是一样都没给过她。

"我还没毕业，拍那东西，给同学知道了，还不知道怎么编派呢。"她嘟嘟嘴，语气却是轻松打趣的。

"出来打这么久电话，她们不会找你吗？"要不是电话那端传来他的提醒，这个电话粥可能还要再持续半小时。

挂了电话，出了洗手间，圆缺看见苏杨斜靠在走廊的墙壁上，手里夹着烟，身体一僵，她走了过去。

圆缺从苏杨身边走过，刻意保持了跟他的距离，苏杨却回过身一把拉住了圆缺，她惊恐地看着苏杨。

圆缺越挣扎，他攥得越紧，他逼近她，看见她还没来得及装进口袋的手机，勉强微微扬起嘴角，"既然在姚翩翩面前你没说穿咱们的关系，为什么不干脆演完？"

他说得一点也没错，圆缺本来就是因为他在场，才起身来卫生间舒缓情绪的，却没想到在回来的路上被他拦住。

圆缺看了他一眼，冷笑道："演完？你既然知道是逢场作戏，就不要指望我有什么好的耐心。"

"好好好，我什么都不说。那你不要再对我板着一张脸了好不好？"苏杨伸出手握住圆缺的双肩，低下头来问她。

圆缺想要挣开他，可是他的力气太大，不但没有放手，反而一用力将她困在了墙壁和他之间。

圆缺被他困得动弹不得，她的眼睛里带着慌乱，苏杨看得清楚，可是他不打算就这样放开她，"今晚你肯过来，就证明你并没有忘记我们的过去，为什么还是不肯理我？"

圆缺扭过头去不打算回答他的问题，可是她却不知道，正因为她扭头，露出光滑白皙的脖颈，苏杨的目光贪婪地游移在她充满魅惑的肌肤上。

真想亲一亲她，可是，他没有这样做。

"我们之间有什么过去？请苏总不要说得这么暧昧。也不要用这种暧昧的态度，去误导他人。"

"暧昧？我们现在的关系，对你来说，竟然是这两个字。圆缺，我知道我做错过事情，可你都没有给我解释的机会，你听我解释了没有，嗯？"

解释？有什么好解释的？她想问，想解释，三年前你干吗去了？

"过去的事不要再提了。"不可以提，那是她心口的痛。

如今她已经没有听他解释的那个闲心了，挣扎着试图离开他的钳制，可是她没有成功。

"好，我不提，以后再也不提了，可是，圆缺你不可以不理我，难道你想跟我老死不相往来吗？嗯？你不能这么残忍，不能就这样给我判了死刑。"

苏杨突然凑近她的脸，圆缺感觉到他的唇蹭在她的脸上，她侧着脸，一边是冰

冷的墙壁，一边是苏杨湿热的唇。

浓烈的酒味蹿入她的鼻息，在名流公子那次他就是这样。

"苏杨，别再借酒装醉。我不会再信你了。"她极力向后仰着头，想要逃离他的气息。

听了她的话，苏杨一怔，再看看圆缺急得快要哭出来，可他就是做不到放手。

啪一声，圆缺的巴掌落在苏杨的脸上。他后退一步，钳制她的手松开。

苏杨没有料到她会打他，所以想要躲避的时候已经晚了，就那样硬生生地挨了她一巴掌。

"不要以为我不会反抗。苏杨，上次在操场你不是问我的骄傲、我的自尊哪里去了吗？今天就告诉你，别跟我谈过去，也别再阴晴不定地来招惹我，我已经不再是当年那个尹圆缺了。"

圆缺瞪着他，他以为她会永远那么软弱、不懂得自我保护吗？

和顾于肆在一起的这几年她总算明白了一个道理，被这些世家公子哥相中，要么甘愿充当玩物，等着他们什么时候腻歪了再一脚踢开自己，要么就得拿出宁为玉碎不为瓦全的狠劲儿来抗争。

确实不一样了呢，面前这个女人哪里还有当年灵动可爱的影子？跟在他的身后一口一个"苏"，用软糯的嗓音唤他。

"唔，丫头，你下手可真狠。"他摸了一下自己的脸，热辣辣地疼，她可是会打人了呢，力气还不小。

看着她，心里只有一个念头，女人啊，也不是那么好惹的，他敢亲她，她就敢打他。

苏杨的嘴角微微上扬，竟然笑出声来。

圆缺不明所以地看着他，她以为他会生气，没想到他还能笑出来。她蹙着眉看他，倒是觉得自己错了。

"是你自找的！"她仍然冷着一张脸，不打算为自己的行为道歉，确实是他自找的。

"骂也骂过了，打也打过了，这气总该消了吧，嗯？以后见了我不会再像见了仇人似的了吧？再怎么说我们……"

圆缺猛然抬起头来瞪他，苏杨及时闭嘴，好像她刚刚才说过不准他提过去，尽管他们有着将近七年的情谊。

圆缺倔强地看着他，"你到底想怎么样？"

这个问题重逢时就问过他，那时候顾于肆说苏杨不是公私不分的人，回T市只是发展事业，再加上这几个月他消失得干净，她也就信以为真了。

可今晚的偶遇，傻子也知道不是碰巧的。

"我想怎么样？这话应该我问你才对。"他终于不再笑，顿了顿，又继续说，"你不是男人，无法体会当初被顾于肆打压的那种屈辱，你不是我，所以你不会知道，此刻站在你面前的这个男人，是怎样一步步攀爬又重新站起来的。"

对上苏杨专注的目光，圆缺不由自主地颤抖了一下。

的确，在这场角逐里，受屈的不仅是她一人，当初顾于肆的所作所为她也有所耳闻，不关乎感情，却有碍男人的颜面。

"所以你选择回来？"她几乎可以确定苏杨回来的目的。

"原来我所承受的，你都知道的……你觉得顾于肆可怕吗？其实，我可以比他更绝，更可怕。起初到英国的日子我很想你，为此痛苦不堪，只好抱着每一个像你的女人望梅止渴，就连口口声声说爱我至死不渝的顾心言都受不了。所以当我回国再见你时，你能想象到，我对你是抱着怎样贪婪而可怕的欲望、怎样卑鄙又无耻的想法吗？"没有正面回答她的问题，苏杨看着她冷笑，"是你，你让我变得软弱，可你依旧是他的，这让我恨不能让你去死，只有你消失了，我才能死心，才能专心做我想做的事……"

苏杨的声音平静，姿态优雅地像个绅士般娓娓道来，唯有眼底那抹难以言喻的疯狂，泄露了他的情绪。

"但是，圆缺，我不能这样做，因为那不是别人，那是你，是我每日辗转反侧、朝思暮想的你……"

这是苏杨第一次敞开心扉说出心里的话，她的心狂跳起来，颤抖地说："不，你那已经不是爱，连占有都不算，你这才是报复！"

"每次这样看着你，我就像一个沙漠里饥渴的人看见一片绿洲，面对水源却不能下手，这种感觉几乎逼疯了我……你说得对，我是在报复。不过你不用怕，我说了舍不得你。但也别奢望有人会来救你，挡在我面前的人，我会让他死无葬身之地……包括他顾于肆在内。"

他伸出手，抚摸上圆缺的脸颊，轻轻地闭上眼睛，沉重的呼吸，志在必得的语气，"你最好相信，我不但有这样的野心，也有这样的能力。"

走廊的灯光并不十分明亮，更加衬托出他熠熠生辉的眸子，带着难以估量的狂热和肉欲，紧紧锁定面前的她。

苏杨歪着头，眯着眼睛看她，神情很是着迷，修长的手指从她的脸颊顺势滑到脖子，拇指来回抚摸着她的唇，轻声说："我知道当年是尹怀明逼你的，我帮你报

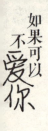

仇，好不好？"

他的气息灼热，手指却冷得像冰，圆缺在他指下瑟瑟发抖，这恐怖的气氛让她不寒而栗。

苏杨说到这里，感觉到她的不安，柔声问："丫头，怎么吓得脸都白了？放心，你和范阿姨，我自然会特别照料。"

圆缺直勾勾地看着他，瞪大了眼睛，气都不敢喘。

手机响了，可能是余舟或者姚翩翩打来的，她如蒙大赦，"我们回去吧，姚师姐恐怕等急了。"

圆缺避开了苏杨的尖锐，对他的反问并不作回答。

对尹怀明不是不恨，只是她终究不能摒弃骨肉血缘如外人一般去报复。

也许是她已经习惯了平静的生活，再也禁不起一丝波澜，即使是她和顾于肆之间数不清道不明的牵绊。

然而对于苏杨而言，她的语气终于软了几分，这让他的心里受用了不少，觉得自己挨的这一巴掌值了，不枉费他白白说这些狠话来。

他笑着点了点头，跟圆缺回到席间。

姚翩翩见她回来，向她旁边移了移身子，小声问道："怎么去了那么久？"

圆缺不安地看了一眼对面的苏杨，他正像个没事人一样重新端起酒杯，和马小波他们有说有笑，于是小声回答："肚子不舒服。"

"也没见你吃什么东西，现在没事了吧？"

圆缺点点头，"已经好多了。"

余舟抬起头来看到苏杨脸上那痕迹分明的巴掌印时，再看一眼局促不安的圆缺，就明白了几分。

她吃了一小口西瓜，再将西瓜子慢慢吐出，戏谑地说了一句："苏总去了一趟卫生间，脸上倒是多出了几片西瓜。"

苏杨伸出手来摸了摸到现在还微微刺痛的右半边脸颊，"半路上碰到一只小花猫，我忍不住逗了它几下，就被挠成这个样子了。"

圆缺从盘子里拈起几颗牛肉粒，狠狠地嚼着，把她说成小花猫，她真后悔没有多挠他几下，最好整张脸都挂彩。

这段插曲很快过去，散场时已近凌晨，圆缺扶着喝得歪歪倒倒的余舟走出包厢，一不小心撞上一个人，她慌忙道歉，"不好意思，我朋友喝多了……"

"她喝多了，你眼睛干吗用的？"一个尖尖细细的声音响起，在看清圆缺和紧跟她身后的苏杨时，尖细的调调立马又抬高了几分，"原来魂都给男人勾去了，只是，这回头草的滋味，不怎么好吃吧。"

这样奚落的口气，圆缺抬头一看面前涂着丹红指蔻的女人，不由得倒吸一口凉气。

真是屋漏偏逢连夜雨，本来跟苏杨见面就是耗费心神不讨好的事情，偏偏还被尹飒给撞见了。

当初顾于肆舍弃妖娆风姿的尹飒而挑中了自己，听说尹大小姐将屋里砸了个遍犹不能解恨。

圆缺不想跟她多费口舌，扶着余舟就想侧身过去。

尹飒身边的一个男性朋友看圆缺扶着醉酒的人有些吃力，开口问她："需要帮忙吗？"

尹飒倒是让出了道儿，抱着细长的胳膊站在一边，嗤笑一声，"李公子，这可不是你能招惹的主儿……你没看见人家男朋友都没动吗？"尹飒故意瞥了眼苏杨，怕人听不见似的，声调拉得长长的，"哦，看我这记性，应该说是前男朋友。她现在可是顾家公子钦点的暖床人。"

苏杨和马小波一行人出了包厢，正好听见这话，他掀了掀眼皮望向走廊，前面的身影一僵。

尹飒一行人配合地哦了一声，那意味深长的口气，想到苏杨就在身后，圆缺突然没了回身反驳的气力。

"呕……"余舟捂着嘴巴靠在她身上，有气无力，圆缺深吸了一口气，赶紧扶着余舟出去了。

待圆缺的身影消失在转角，刚才的李公子捏着下巴寻思，"不像啊……"

尹飒自然知道他的想法，冷哼一声，"既想立牌坊，又想当婊子。能跟前男朋友到这种地方私会的，能是什么好东西。"

苏杨走过她身边的时候，抬腕看了看时间，又看了看尹飒身边围着的一群男男女女，凉凉一笑，然后双手抄在裤口袋里，迈腿离去，甚至对尹飒夹枪带棒的讽刺话语，一句话都没回应。

才耽搁那么一会儿，出来的时候，姚翩翩已经被圆缺央求着送她和余舟回住处去了。今晚遇见的人太多，前尘旧事搅得她一点气力都没有。

苏杨是最后一个出来的，马小波已经从车库将车开了出来，停在他面前，看到他站在门口四处张望，"别看了，都散了。"

苏杨拉开车门坐了进去。车行驶在路上，马小波侧目看了眼副驾驶座上摆弄着打火机的苏杨，问："不解释一下吗？"

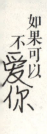

苏杨微微扬了扬嘴角，"正如你看到的、听到的那样。"

"苏杨，你知道你自己在干什么吗？"马小波一个急刹车，前些日子就听说他经常在D大转悠，这些年在英国没见他对什么女孩子这么耐心过，却没想到他看中的，竟然是顾于肆的女人。

苏杨笑着点了点头，"当然，我从没有像现在这样清醒过。"

马小波若有所思地看着苏杨，"难怪你要插手远东实业的事。你这样会毁了你自己，总部要是知道你滥用职权，说不定明天就撤了你大中华区经理的位子。"

"我不在乎。"苏杨吐出一个烟圈儿，口气很是淡薄。他原本想过要彻底放手的，可一见面，就控制不住自己。

他终于知道这两个月来煎熬着自己的是什么了——只要顾于肆拥有她一天，他心里就始终有根刺，见她一面，那根刺就冒出来扎他一下。

他疼，也要她不好过！

这些年他是怎么一步步爬上来的，别人不知道，马小波可是将他的辛苦和隐忍全都看在眼里的，心中顿时有种恨铁不成钢的滋味。

"所以，现在你要跟她在一起？我有义务提醒你，顾于肆可是棵大树，上头有人的，你这样调戏他女人，也许明天就传到他耳朵里了，不用等总部下手，他就够你难缠的。"

"在一起？"苏杨自嘲地笑了笑，"你觉得我还会跟她做恋人吗？如果你知道当年她有多狠心，就能明白我现在的心情，我有自尊，不可能低到尘埃里祈求她的爱，所以我不会再像以前那样义无反顾地交付自己的真心。"

马小波被他一番话绕糊涂了，"那你想怎么样？"

"我要把她留在我身边，无论用什么手段，哪怕是绑的。小波，我知道顾氏根深叶茂，想要扳倒并不容易，但是，我绝对不会放过她！"

马小波能够感觉到苏杨在当年那场爱恋中受到的伤害，同时惊诧于他对尹圆缺锲而不舍的感情。

"还是那句老话，万事小心，不要惹祸上身，在职业经理人这个圈子里混的人，上位很难，可是想把自己搞臭也就一句话的事，这个你是知道的。"

"这么多年都过来了，我会注意。"苏杨用手掐了掐眉心，圆缺果然还是最令他头疼的。

马小波知道他对自己的话不上心，现在他一门心思都在尹圆缺那个女人的身上，但他还是忍不住提了个醒："凌宸那儿……"

"只要她不离开我，我不会负她的。"苏杨突然发现就算心里占据得满满的都是圆缺，可他身边，真的没有位置摆放她了。

可是他已经决定，即使会万劫不复，他也要与她纠缠不休。

当天夜里，余舟吐得不轻，圆缺端茶倒水忙活了一夜，到天明才沉沉睡去，醒来时，余舟已经做好了白粥。

圆缺笑她酒量不行，以后就别逞强灌那么多，余舟一听，试探性地问："我昨晚没说什么胡话吧？"

圆缺自然知道她担心的是什么，即便她俩亲如姐妹，有些事说出来到底是不光彩的。

"睡得跟猪似的，把你弄回来，差点没压死我。"她一边笑着打趣，一边打开电视机，想要分散余舟的注意力。可电视上的娱乐八卦，却让她凉了笑意。

电视屏幕上播放着一男一女从跑车中下来后直奔酒店的画面，主持人适当讲解。

"据悉，昨日扫黄大队在对本市五星级酒店检查的时候，抓获一起明星陪睡，视频中的这名女子系娱乐圈新起之秀，短短两年内，她在荧屏上清纯可人的形象让我们过目不忘，却不知她还有如此热情奔放的一面……"

"这不是尹飒吗？"余舟咬了一口面包，恨恨地说，"该！"

瞟了眼呆愣的圆缺，余舟戳了戳她的额头，"脑子秀逗了，发什么愣啊……你该不会是同情她吧？！"

"没有。"圆缺还有点没反应过来，呆愣愣地盯着电视屏幕。

"看他们的样子，估计门被轰开，扫黄大队没到，记者就先到了。照片拍成这样，还能放出来……"余舟指着电视中衣衫不整的两人冷笑。

屏幕上，尹飒甚至只围了条浴巾，头发披散下来试图盖上脸，倒是像极了嫖宿被抓的小姐。

圆缺叹了口气，"她一直很爱漂亮，也很要面子，每次出门，她都要把自己打扮得像个高贵的公主，没想到现在……平时再刻薄，女孩家也该得到尊重，这样的照片被曝光出来，媒体也太不厚道了。"

余舟哼笑一声，"她以前辱骂你和阿姨的时候，估计怎么也没想到自己会有今天。"

圆缺换了个台，"其实，她在尹家还算是好的，最可怕的是尹怀明，什么事都能干得出来，要不是他造孽，我跟尹飒说不定只是陌生人。"

余舟想了想，觉得很有道理，忽然很严肃地跟圆缺说："圆缺，你有没有想过，或许，不厚道的不是媒体，而是有人授意他们这样做。昨晚我是喝多了，但还记得出门碰到的女人就是尹飒，她还说了很多不中听的话。"

听到这句话，圆缺怔了怔，喝粥的动作一顿，感觉自己的小拇指神经质地跳了一下。

"会是苏杨吗？"见圆缺脸色异常，余舟大胆地揣测。

"我不知道，就算真是他做的，也应该跟我无关。"圆缺喝口白粥，淡淡地说。可话是这么说的，心里却在打着鼓，若真是苏杨动的手，若真是他……

他昨晚说要帮她报仇，原来他的报仇，就是让她同父异母的姐姐身败名裂！圆缺忽然感到一阵窒息似的冰冷。

"我觉得苏杨是在用自己的方式为你报仇。不，应该说，为你们俩报仇。"

"他没有理由这么做，要真是复仇，他应该冲着顾于肆去，毕竟曾经被他那样践踏过男人的颜面。"圆缺竭力冷静地理清思绪。

"顾于肆那只是踩了他的脸，而尹家是毁了你。苏杨这样做，于他自己没什么好处，除了你，我想不到别的理由了。"余舟的口气很是肯定，说得跟真的似的，"或许是因为……他真的很爱你。"

圆缺有些奇怪地看着她，"你以前可不是这种态度，怎么这么快就转变立场了？"

"上次见顾于肆抱着你的神情，以为他把你当宝，还很羡慕你，可冷静下来想想，就算他对你是真的心存爱意，但是，顾于肆那样阴晴不定的男人，值得你托付终身吗？"说到这儿，余舟顿了顿，有些哽咽，"爱上不该爱的人，心交出去了，就是不归路了。我不想你最后跟我一样。你就没想过跟苏杨复合？毕竟你们是两情相悦的。"

感情的事，如人饮水冷暖自知，圆缺心里清楚，她没有爱上顾于肆，至少暂时没有爱上那个男人。可跟苏杨复合，她更是从来都没想过，破镜就算重圆，裂痕始终存在，如何能花好月圆，守护住岁月静好？

圆缺不知道怎么回答，正好桌上的电话响了起来，余舟接起，"在家……刚睡醒……什么？你过来……"说到这儿，她抬头看了眼圆缺。

看余舟有些惊喜又有些尴尬的神情，圆缺大概猜出了电话那端是谁，待她挂了电话，圆缺起身去拿包要走，余舟也没挽留，抱歉地笑笑。

一路上她脑海里一会儿是苏杨斩钉截铁的纠缠，一会儿是顾于肆漫不经心盯着她的眼神，一会儿又是余舟接电话时小女人又惊又喜又尴尬无措的模样。

圆缺认命地想，不论是苏杨还是顾于肆，于她而言，横竖都是条不归路。

很快到了学校，还没等她进宿舍，就被人拦了下来。

圆缺自嘲地笑了笑，想她这三年的人生是何等地清冷孤寡，就连医院给母亲下达病危通知书的时候，也只有她一人孤单单地守在医院。如今倒好，忽然之间，竟然变得如此忙碌拥挤，各路人马轮番出现，你方唱罢我登场，真是好不热闹。

站在她面前的人，一张俏脸被墨镜遮去了大半，就这样她还是小心翼翼地走近圆缺，"出去谈谈。"

在晨阳温和的沐浴下，她口气中完全没了昨晚的尖酸刻薄。

也对，不是被逼到一定份儿上，尹飒怎么会来求她？

谈话的地点是学校附近一家安静的奶茶店，圆缺看着眼前的女人，她今日穿得很简单，应该是怕被认出来。

"阿姨的病，好些了吗？"尹飒开口。

"还是老样子。靠药吊着命。"圆缺喝了一口饮料，奶味很重，果然还是不合她口味。

尹飒有些惊讶，"这么说，顾于肆还愿意包养着你？"

圆缺放下杯子，看着她，"你今天来，不是找我讨论隐私的。我一会儿还有课，直接入正题吧。"

"那我也不多废话了。我的事你应该听说了，我知道你和苏杨还有联系，尹家现在需要你的帮助，当然，爸爸说了，不会让你白做。我想我说得够清楚了吧？"

"你说得很清楚，可跟我有什么关系？"不是她心狠，是她根本无能为力。

"尹圆缺你别给我装傻充愣的，苏杨这样整我，他根本就是冲着尹家来的，是在替你报仇。"尹飒摘掉墨镜，露出赤红的双眸。

圆缺一怔，所有人都认定苏杨是为了她吗？

见圆缺情绪有所松动，尹飒继续鼓吹。

"别忘了你也姓尹，爸爸说了，只要你在苏杨耳边帮尹家说点好话，让他别针对尹家，事后绝对不会亏待你的……你不是快要毕业了吗，爸说了，甚至可以让你到公司来上班。"

甚至？！多好笑的措辞，她于尹家而言，一直是外人，不，一直是棋子。

圆缺忍不住笑了。

"原来你们以为你这次陪睡事件曝光，是我吹了枕边风？这未免太抬举我了。有一点大概你忘了——我现在还是顾于肆的人。我何德何能，能左右苏杨的想法？"

一听圆缺搬出顾于肆，尹飒好像被点燃了希望，原本赤红的眸子瞬间闪亮起来。

"那你就求求顾于肆，让他帮忙。既然这些年他都没有厌倦你，肯定是疼你的，你说一句，抵得过我们十句，只要你拿下顾于肆，苏杨又算得了什么。"

好熟悉的调调，当年尹怀明不也是这样哄骗她的。

"苏杨若真算不了什么，若没有把你、把尹家逼到一定份儿上，你今天应该不会来找我去求情。不过很遗憾，你们真的找错人了，顾于肆这次是不可能帮尹家的，我在他心里没你想象的那样重要。"

圆缺没了谈话的兴致，从包里掏出用了好几年的旧钱包，将一杯奶茶的钱放在桌子上，起身离开。

快临近寒假了，趁着双休有时间，她还要去找份寒假的零工，不然今年姥姥那里，她拿什么孝敬。

所以，她根本无暇顾及尹飒一脸铁青的怨愤。

尹飒没起身，背靠着座椅，冲着圆缺的背影喊道："尹圆缺，你别这么幸灾乐祸，你知道当年解救尹家周转困难的资金是哪儿来的吗？"

不出她所料，圆缺果然驻足，脊背挺得直直的。尹飒快意地在她背后继续说："是顾氏支着，帮尹家吞了苏氏百分之二十的股份。那些股息红利所得转眼就变成了尹家的财产，苏杨是夹着尾巴逃出国的，等苏杨整死我们，最后一个就会轮到你。还有，别以为躲到顾于肆身后就能独善其身了，他养着你，根本就是算计着这一天的。"

三年来不愠不火地养着她，几个月来的温柔相待，圆缺想不通，自己身上还有什么值得顾于肆算计的呢？

圆缺到底没回头再看这个同父异母的姐姐一眼，不过尹飒那样狰狞的语气，敲在她心窝上，一下又一下，忐忑忑忑的。

圆缺知道，自己并没有幸灾乐祸，因为，她自己也处在灾祸之中。

回到宿舍的时候，宋青青一把拉住她，眼神有些不忍，"圆缺，我听说，你这学期的奖学金被人顶了。"

等她终于消化掉宋青青话里的意思，看到宿舍镜子中的自己，面白如雪……

今年是姥姥八十大寿，本想着拿了奖学金再加上寒假打点零工，能接姥姥过来一起过年的，现在就连剩下这一个多月的生活费都成问题了。

此时的校外。

"这么快就办好了？甄校务，这事谢谢你了。"尹飒按掉电话之后，终于舒出一口气，尹圆缺，掐了你的经济来源，看你还神气个什么劲儿。

才出奶茶店，电话又来了，接起，那边痞里痞气的声音就传了过来，"是跟我公开关系，还是默认被睡了呢？我的好飒飒，想好了没有？"

尹飒咬牙，恨得不得了，却又无可奈何，"你找人定下新闻发布会的时间吧。"

那边淫笑着开口："找他做什么，你过来，我们面谈。"说着就挂了电话，不怕她不上钩。

尹飒回身，来来往往的学生无忧地穿梭在D大校门，曾几何时她也这样单纯过，现在也不得不为了所谓的荣光，委身那样不堪的男人。

手机叮咚一声提示有短信，打开来看，那个男人发了四个字——和平会所。

对于象牙塔里单纯过活的圆缺，她又多了一分羡慕嫉妒，对于她的袖手旁观，恨意瞬间膨胀，愤愤地踩着七寸高跟鞋离去。

那场为平定陪睡事件的新闻发布会云集了很多记者，提出的问题也是刁钻刻薄。

自始至终尹飒都依偎在那个半老的男人怀里，得体地微笑，宛若恋爱中的小女人，一脸甜蜜。

可圆缺知道，那个女人，笑得越甜，越是狠辣。没想到她这次对自己也能这样狠，竟然公开承认自己和那晚宾馆陪睡事件的男主角是恋爱关系。

以尹飒的眼光，怎么可能看中那个大腹便便的老男人！屏幕上的尹飒，红唇一噘，小女人娇态毕现，这样一出下了血本的戏，让圆缺不寒而栗。

她没有帮尹飒，这笔账，铁定要算在她头上了。

圆缺盯着屏幕发愣，旁边有人老大不高兴了，走到电视机前，用脚踢开了插头，双手环胸斜睨着她。

"让你来，不是看电死的。"

"不好意思。"将视线从屏幕上移开，圆缺慌忙从背包中翻出笔记来，这可是她好不容易找到的家教，来之前她准备了好多授课笔记。

做出小老师的样子来之后，圆缺开始纠正他的发音："是电视，不是电死。"

面前这个从法国回来的大男孩竟然成了她的学生，想想都觉得不可思议，可谁叫他的汉语水平还不如人家小学生呢，就连卷舌和平舌的区别都还没弄懂。

两个半小时之后，她放下笔记，擦了擦额头的虚汗，终于明白为什么这份家教会出两份薪水了。

不是她值得，也不是他超低级的汉语水平，而是因为这个大男孩不是一般地刁钻古怪，刚一进门他就丢道难题给她，说解不开的话就可以直接走人。

圆缺也不傻，知道就算解开了，这个自大自负的家伙也会撵人，她接过题目扫了一眼，从包里也拿出一份卷子丢给他。

"来而不往非礼也，想考我，我也要看看你有没有这个资格。"

少年心性，难免自傲，哪儿受得了面前看似跟他差不多大女娃子的挑衅，接过卷子唰唰唰地演算起来。

时间很快过去，宿舍晚上是要门禁的，看她收拾东西要走，男孩子身子一斜，歪倒在身后的沙发上，哼哼唧唧地开口："勉强算你过关吧。"

收拾东西的手一顿，她一颗心终于落了地，一瞬间眼角有些湿润，她赶紧擦去，"谢谢。"

她是真的感谢他给自己这样的机会。其实遇上这样的学生，她也不想接，可一想到母亲每每望着窗外落叶归根的眼神，姥姥期盼儿女承欢膝下的希冀，再苦的活，她也得忍。

听她这样诚恳的致谢，男孩子反倒不好意思了起来。

看着她的侧脸，几缕发丝垂落下来，晕染着灯光，那句谢谢也柔和得不得了，在国外，从来没有人这样子柔软地跟他说过话。

"你叫什么？"他从盘中拈起一颗葡萄，剥着葡萄皮，漫不经心地问。

圆缺看着他那模样，心里不禁好笑，在国外待这么多年，竟然也学会了中国那些贵公子的做派。这天已经很冷了，葡萄在超市算是难得一见的水果，那一盘紫葡萄算算都撑得起她一周的生活费了。

"尹圆缺。"她回答得很简练。

"周含书。"将剥好的葡萄扔掉，他重新挑了一颗，剥了起来。

圆缺一愣。

"我的名字。"见她侧着身子很是纳闷地望着自己，他又重复了一遍，"周含书。"

"哦。"可她没问啊！

其实她该问的，不然以后给他上课，都喂喂地称呼他，好像也不大合适，只是看他这样，家里应该也不是一般的家庭吧。

她是再也不想跟公子哥们扯上什么关系了。

"电话号码？"

她不想扯上什么关系，偏偏有人盯上她了。就因为苏杨回来，顾于肆连她的手机都给换了。除了顾于肆，也只有医院梅姐、余舟、宋青青等少数几个人知道她的号码，她哪里敢乱给陌生人。

"我没有……"她还没说完，背包里的手机就响了。

她瞥了眼沙发上的人，周含书的脸色相当难看，怎么就忘了调成静音呢。

"怎么不接？"周含书已经大步走到她身后，侧着身子靠在门边。他的身形很高，这让圆缺有些仰视的错觉，她呵呵憨笑一声，接起电话。

电话是医院打来的，然后她就笑不起来了。

看她呆滞的表情，周含书也觉得事情不对劲儿，伸手摇了摇她的身子，"你怎么了？"

"没事。"挂了电话，她堪堪一笑，努力不在外人面前失了分寸。

手机塞到牛仔裤口袋里，反身慌手慌脚地将笔记啊卷子什么的，一股脑往背包里塞。

直到拉开他家的防盗门，她才想起来礼貌上应该说点什么，"我还有事，今天先走了。明天下了课，我再过来。"

出了小区，天已经黑透了，晚上十点钟，公交车已经停了，她招手想要拦出租，可等了半天，都没拦到一辆。

一声急刹车，惊得圆缺回过头来。

周含书从车窗探出头来，"这儿很难拦到车。上来，我送你。"

她捏着手里的背包，环顾这个高档小区，出入的都是私家车，果真很少有出租的车影。

拉开车门钻了进去，迅速报了地址，"惠恩医院。"

周含书原本是站在露天花园，跷着二郎腿看星星的，也自然都瞧见了她先看了公交站牌再等出租的过程，却没想到她要去的地方竟然是家私人医院。

惠恩之所以出名，有两条标准——服务够好，医疗费够高！进得起私家医院的人，用得着做家教？！亏得他刚才还以为那句谢谢是真心实意的呢。

圆缺自然知道周含书打量在自己身上的目光是什么意味。

车开得很快，很快就到了惠恩医院的大门，谢过周含书，她风风火火地下车，进到住院部。

透过虚掩的门看到一个身材修长的男人坐在病床上。

"我不知道她从哪儿得到的消息,竟然跑去打你,等你好了,我带你出国去,再也不会见到她了,你别生气了,好不好⋯⋯"

圆缺推门走进去,说道:"余舟挨了打,你就是这态度?她受了这样的委屈,你竟然让她躲外国去?当初谁当宝一样招惹了她?现在又当草一样要她忍气吞声,是不是有点说不过去?"

她的声音原本软糯好听,可这几句质问却是硬生生挤出牙缝的。

这一席话,就像当场给男人一个耳刮子。

男人有些怒气地站起来,反过身向她吼道:"我们的事,要你一个外人说三道四的?"

看清身后站定的是圆缺,男人神色一僵,把剩下的话吞了下去,再没说出来。

圆缺怎么也没想到,余舟跟着的那个人,竟然是尹泽!

"是,我的确跟你尹大公子不相干,可余舟是我最好的朋友,她挨了打,我自然是要帮她讨公道的。"

"圆缺,你知道我不是那个意思⋯⋯"尹泽想说些什么缓和尴尬的气氛,他刚才好像说圆缺是外人了,恨不能割掉自己的舌头。

病床上的余舟裹着白纱布,眉目含着泪,唇微微地颤抖地问:"你们认识?"

"何止是认识,他是尹飒的双胞胎哥哥⋯⋯"这样给余舟解释着,电光石火之间,圆缺却是明白了过来,余舟挨的这顿打⋯⋯

她看向尹泽,目光有些沉痛,"你既然知道我和尹飒不睦,既然招惹了余舟,为什么不保护好她?我一直以为,尹家数你最有良心、最不会伤人了⋯⋯"

"这件事和小飒是不是有关系,我会查清楚的,你来了就好,阿舟自从进了医院就不跟我说一句话,你劝劝她⋯⋯"浓眉烦躁地紧皱,尹泽知道多说无益。

"你有事就去忙吧,我跟她聊聊!"圆缺把他的公事包递给他,逐了尹泽出门。

待尹泽走了以后,圆缺才敢仔细看床上的余舟,脸肿得老高,裹着白纱布,不知道有没有破相。

露在被子外面的手腕乌青一片,破皮的地方被贴了膏药,指甲被掀掉一个,露出里面红红的肉!

一个纤弱的女人竟被打成这副模样,圆缺又是愤怒,又是心疼,又是愧疚,"还有别的地方伤到了吗?"眼看自己又要哭出来,她赶紧背过身,揉了揉眼睛,才转过身来,"医生怎么说的,有没有伤到内脏?"

脸上绑着白纱布,余舟努力笑了一下,抽动脸上的伤疤疼得她直咧嘴,然后轻声安慰圆缺，"只要我不离开他，被他老婆修理是迟早的事。跟你无关的，别把责任往自己身上揽。只是我没想到，他竟然是你口中说的，尹家唯一对你好一点的哥哥。"

圆缺再也忍不住了，眼泪扑簌簌地滚落，她握住余舟唯一没被伤到的手指，哭着说道："离开他吧，你犯不着为他受这种委屈，尹飒肯定会把对我的怨气借机统统都撒在你身上。"

尹飒的反击来得这样快、这样狠绝，从她的朋友下手，如同隔空点穴般轻易地戳中了圆缺的软肋，她连求救的对象都没有，只能眼睁睁瞧着事态变得更糟糕。

余舟惊恐地瑟缩了一下，半晌后才说道："我死也不离开，至少现在不会离开。为了我自己，也为了你，就算是拼了命，我也不会让她好过！"

圆缺不知道余舟口中的她，到底指的是尹飒，还是尹泽的老婆，可被她握着的手指用力到几乎变形。

余舟拔高音调继续说："那天聚会喝醉酒，不是姚翩翩送我们回去的吗？我的车没开回来，今天去取车，她带着几个男人打我，我根本没有还手之力。等到我昏死过去，她又用凉水泼醒我，她身边有个女的穿着高跟鞋，踩在我的手指上，硬生生把指甲给踩脱掉才罢休。这种屈辱，这种痛，你说我会放过她们吗？"

圆缺哆嗦了一下，身上的汗毛都竖了起来。

外面有争吵声传了进来，圆缺放开她的手出去察看。出门时她小心地将门落了锁，余舟现在情绪很不稳定，不能再受刺激了。

拐角的地方，她一眼就见到一身火红的尹飒。

尹飒也眼尖地看到了圆缺，觑了眼她，又看看尹泽，阴腔怪调地开口："狐媚蹄子有帮手，大哥现在被迷得神魂颠倒的，大嫂，我看你还是别争了。"

尹飒这样一挑拨，圆缺顺着她的视线才看见尹泽的老婆，他们结婚时她没去，这是第一次见面。

那女人身着一身紫色的长裙，就那样落落大方地站在那里，看着像是个温婉的主儿，不像余舟口中狠厉的角色，这让圆缺更加肯定了尹飒在中间捣鬼的猜测。

圆缺走过去，"要吵回家去吵，别在这儿碍眼。"

尹泽也开口："王静，你带小飒先回去。"

王静冲圆缺歉意一笑，"这就要走的。"转过身去看尹泽，"咱们回家吧。"

敢情不仅打了人，这还要立威！

想到病床上的余舟，哪儿能受得了这样的委屈？圆缺转身对着尹泽，"你不觉得你应该进去陪陪她吗？"

尹泽望着她，二话没说，转身进了病房。尹飒恶狠狠地瞪着她，"怎么？同样是被包养，看到她的下场，是不是让你想到了什么？"

"尹飒，从前的账我都可以不计较，你这次真惹到我了。"圆缺也没放什么狠话，可那眼神落在尹飒身上，无端让她心头一寒。

王静已经走到楼梯口打算离开，尹飒经过圆缺身旁，不屑地冷哼一声，"尹圆缺，你以为她为什么被打？不光是因为她抢了别人的男人，更因为她是你的朋友。是你连累了她，她有多恨我哥，多恨王静，多恨我，就有多恨你！"

回到病房门口，透过探视窗，她看见一向柔柔弱弱的余舟，正歇斯底里地向尹泽发出质问："她来看看我，这账就能一笔勾销吗？"

门外的圆缺两眼睁大地望向余舟，她看到的不仅是余舟的眼泪，还有那泪光中剥皮剔骨的恨意。

每个女人都想在心爱的男人面前保持美好的形象，此时的余舟该是有多恨尹泽的退缩，才会这样失态。

尹泽终于受不了她的哭闹，冷着一张脸拉开门就要走，见圆缺站在门口，张张嘴，最后还是什么都没说，就闪了人。

病床上的余舟看见尹泽不但不安慰，反而负气离开，更是号啕大哭。

余舟的性格向来柔中带刚，爱上尹泽让她改变了许多，同样的，因为这份爱受到伤害，她极可能依循原本的性子做出傻事来。

圆缺坐到她身边，颤抖地说道："你好好养伤，别胡思乱想，好不好？这事让我来处理。"

余舟没有理她，哭红了的眼睛缓缓闭上，像两朵复仇的黑色曼陀罗，灵魂和鲜血都汇入那里，灌溉着刻骨的恨意。

看来尹飒的目的达到了，这次痛苦的经历在余舟的人生中留下了抹不去的阴影，直到死她都会恨着尹泽，也许，也在恨着她。毕竟余舟和尹泽好了几年，直到她出现，他们的关系才发生了天翻地覆的变化。

圆缺的心彻底寒了，再说什么都是无益的，只能用汗湿的手紧握住她的手指，仿佛这样，余舟就不会走得太远。

半夜的时候，尹泽来探望余舟，见圆缺不说话，没待一会儿就又走了，剩下圆缺一人在死气沉沉的房间里，就这样握着余舟的手，一直陪坐着。

天刚亮，甫下飞机的顾个肆直接赶到惠恩医院，把手脚冰凉的圆缺拉出病房。

他的手扶着她的肩头，温热的胸膛让她空茫的眼神一下子有了焦点，"你怎么来了？"

"以后出了事，可不能再关机了，知不知道这样很让人担心。"

这些天不论忙得多晚，他都会夜半电话骚扰下圆缺，只是昨晚任凭怎么打都联系不上她，最后还是从留守在T市的助理口中才知道原委，心急火燎地订了早班飞机回来。

圆缺还没回话，尹泽拎着温好的稀饭出现在拐角，看见顾于肆在场，他明显一愣。

顾于肆眼波闪了闪，"我带她回去休息。"说完也不管对方脸色如何，抱着圆缺径直离去。

回到天鹅湾，逼着她喝了点粥，才放她去睡觉。

手机铃声响起来的时候，刚闭上眼睛的圆缺一下子弹跳起来，生怕错过余舟的电话。

"是我的。"顾于肆拍拍她的背，轻声安抚。

等她再次闭上眼睛，他才起身出了卧室走到客厅，将电话回拨过去。

白俏有些哭音的声调透过电波传入他耳中，"为什么一声不吭地就走了？远东实业的事，我已经解释过了，真的和我无关……"

"把电话给司徒空……"他揉揉眉心，熬了一夜，又紧急飞回来，疲累得不想应付她。

司徒空在白俏幽怨的眼神下接过电话，"顾少……"

"竹城的收购你盯紧点，这次的项目，那边也会有人过来，要是提出什么苛刻的条件，立马通知我……"简单地将竹城大小事交由司徒空全权负责，说完匆匆就挂了电话。

拿回电话，白俏不死心地问："他怎么说？就这样丢下三个亿的收购案不管了？"

司徒空打着圆场，"可能那边有更重要的事！"说完就溜了，留下白俏一个人紧锁眉头，不是说老爷子要过来，什么大事值得他半夜飞回去？

借了个远东实业合同一事的由头，她将电话拨给苏杨，"远东实业的事，你动的手脚？"

苏杨没有否认，"一大早打电话来，不是为这种小事吧。"

被揭了短，白俏也不生气，"T市最近发生了什么小事吗？"

"一个明星陪睡被媒体曝光了，这算不算小事……"

"我对娱乐八卦不感兴趣，只想提醒你，顾于肆丢下竹城几个亿的单子不关心，心急火燎地飞回去了，你搞小动作最好注意点。"说完她就挂了电话。

顾于肆回到卧室的时候，看见床上的圆缺歪过头来，两只乌溜溜的眼睛直勾勾地盯着他。

他心里打了个突，紧接着胸口有些闷疼，他脱鞋上了床，温柔地将她搂入怀里。

十二月的天气越加寒冷，地暖已经供上，室内暖融融的，可她的身子依旧冰凉，任凭他怎么拥抱都暖不起来。

"圆缺，我不会让你受到这样的伤害！"顾于肆将她冰凉的小腿环在他的两腿之间，低声在她耳边轻语。

圆缺身子颤了一下，双手环上他的腰。

见圆缺已经闭上眼睛，他将手移放到她的腰上，两人呈合抱的姿势，紧密相贴的两具身体，无关欲望，心却贴得更近。

"睡会儿吧，我陪你！"

感觉到怀里的身体在轻轻颤抖，以为她冷，正要拉开薄被给她盖上，却听见一阵细微的抽泣声。

胸口一片湿热，他心底生起一股久违的怜惜，纤腰上的手臂收紧，将她嵌入自己的怀抱中。

圆缺索性将脸埋在他怀里。

不知怎么的，她突然就心安了下来，一闷头睡了过去，醒来时，拉开落地式大窗帘，外面已经灯火通明。

她准备一会儿去看看余舟，再顺便去看看母亲，所以，转身从衣柜里找出牛仔裤穿上，头发随意扎了个马尾。

打着哈欠，赤足下了楼。

"睡饱了？"客厅内的顾于肆抬起眼睛，问她。

圆缺一愣，看着端坐在沙发上看《财经报》的男人，他一直没走？

没等她多想，沙发上的顾于肆盯着她的脚踝直皱眉，把手上的报纸扔到一边，三步并作两步到她面前，打横将她抱起，"怎么不穿鞋？"

责备的语气，融着柔柔的呵护，苏杨刚回来那会儿，他不是这样的，圆缺有些无措。

没听到她回答，他坐在沙发上，将她抱坐在自己的大腿上，这才看清了她今天的打扮，很清爽。

他稍稍恍惚，"第一次见到你，就是这个样子。"

那时候的她，会露着小小的酒窝，浅浅地对着他笑。

其实尹圆缺何许人也，他早就从自家小妹口中听过不下数百遍了——说她有多清高，她有多孤傲，她男朋友对她有多好等等之类。他只当顾心言是争强好胜，心里对那个未曾谋面的尹圆缺有了相当高的印象分，至少一个女孩能让他心高气傲的小妹惦记，这还是头一遭。

见到尹圆缺其人，还是缘于顾心言的生日party，宴会很小，不过十多个年轻人聚在一起吃饭然后出去唱歌而已，只是个小型派对，他们兄妹自幼感情好，妹妹生日宴会他再忙，还是抽空去了，然后就遇见了传说中的尹圆缺。

圆缺那天穿了一件很普通的白色衬衫，下面是一条休闲裤，扎着马尾，干净又简单，可出现的时候就像一道光，不知怎么就攫住了他的目光。

顾心言口中的她是清高的，所以他脑海里一直以为尹圆缺是个冰面美人，却没想到她走近了，言语和神情间并没有疏离和冷淡，目光就像阳光一样带着暖暖的温度，他心底的那根纹丝不动的弦像是突然被拨弄了一下，微微一颤，短暂却叫人难以忽略。

他是善于隐藏自己的人，整场party都在暗处打量着圆缺，看她很小心翼翼地切下一小块蛋糕放到嘴里，极享受地慢慢抿下去。她吃完后想切第二块，却放下刀叉，摸摸自己的腰，然后很遗憾地叹口气，微嘟着嘴、恋恋不舍地望着盘子里的那块蛋糕，仿佛做着极艰苦卓绝的内心斗争。良久后她终于忍不住又切下一块，觉得太大，再切成一半，用更享受的表情慢慢抿下去。

那一刻，她那稚气的可爱小女孩的神态，就刻入了他的脑海。

那是一种很新奇的感受，像是平静很久的湖面，突然扔进了一颗小石子儿，在湖面浅浅荡起一圈又一圈的涟漪，久久都散不去。

一见钟情这种事，你信吗？反正顾于肆是不信的，他的修养不至于让他玩弄女人，但并不看重所谓的感情，就连顾于肆最好的哥儿们都是这么定义他的：你啊，是没有想要的东西，一旦遇到了，就会有了执念，到时候恐怕倾尽手段不惜一切代价也要得到。

他总算如林尽染所言，觉得自己遇到执念了，可惜林尽染猜到了开头，没猜到结尾。

圆缺送上礼物，笑得眉眼弯弯，然后侧开身子对他们介绍："心言，你不是一直嚷着要见我男朋友吗，喏，他就是苏杨！"

顾于肆算是个对感情有过敏症的人，父母鲜血淋淋的例子就活生生摆在眼前，有一段时间他恨极了父亲的始乱终弃，自己也学着纨绔起来，流连于花丛，放纵地玩起感情游戏，这也是艳少名号的由来。

只是他明白，圆缺这样的女孩子，多是浪子回头时的选择，还玩得意兴阑珊的男人从来不会去轻易招惹，所以他不碰。

事实证明他是对的，苏杨功力尚浅的时候就犯了那样的错误。

再见她是在尹家进军T市房地产装修新闻发布会上，没想到她会是尹怀明的美人计，只是那时候的她，根本不记得他们曾经在顾心言的生日宴上见过面，依旧对苏杨一往情深，打死不变心，所以这份悸动顾于肆克制住了。

即便后来她又阴差阳错地成了他的临时翻译，他们之间的关系依旧止于她喊他一声顾老板，要不是顾心言胡闹撞了范素心，他们的这份临时雇佣关系也将随着这单法国生意而终结。

谁的一见钟情，不刻骨铭心。可惜这只是他单方面的想法，圆缺显然并不记得那次碰面。

"第一次？"圆缺刚睡醒，听了他的话有点迷糊，"第一次你不是这样的，摸了之后还说想去酒店。"那时候她觉得他坏，比现在坏。

当时他或许是厌恶尹怀明，抑或真心不想帮尹氏，所以挑了私生女的自己，不管是出于什么原因，在尹氏出卖在先、苏杨出国在后的那些日子里，顾于肆终归是帮了她的。

顾于肆晒笑，敢情她根本不记得。至于她口中所谓的第一次，大概说的是尹怀明把她当礼物送他的那次见面。

圆缺不知道的是，后来再遇到这类事情，顾于肆却再未理睬过，实在推不掉的礼物，他转身离开，也不愿意给自己惹上任何麻烦。

顾于肆一直记得那晚这张漂亮的脸蛋有多倔强，明明是要哭出来了，偏偏死咬着唇。他那时候以为她很坚强，后来才知道，她是害怕得忘了哭，因为——

她为了苏杨，可是流了不少眼泪。

"你今天一直在这儿……没走？"圆缺抬头看向墙壁上的挂钟，镶嵌在她绣的十字绣里面，简单素净，上面的日期显示的是12月10日，周三，不是休息日啊。

顾于肆忙敛了神，说道："常规的事，我不在，他们自会办好，不然付他们薪水做什么。晚上有个饭局得亲自过去，正要走，你要出门？"

"想去医院看余舟！"

"我顺路送你去吧！"

圆缺到医院门口下了车，顾于肆看着她的身影消失在医院门口，如今那张脸上再找不出一丝倔强，他知道是自己的杰作。

他发现，他对自己的杰作，并不是很满意，因为自始至终圆缺都没有向他开口求援，即便她的朋友此刻正躺在病床上。

将他从沉思中拉回来的是一通电话，看着手机上面的电话号码，他掐了掐鼻梁，这才接起，果不其然，话筒那边传来怒吼声。

"我今天带人过来考察你这个项目，你竟然给我放鸽子，是不是想气死我，逆子……"

顾于肆冷笑，掐着电话的手指用力，口气痞里痞气的，"吼得很带劲儿啊，中气十足，哪里像是要被气死的样子……还有，子都不是了，怎么算是逆呢？"

一句话戳中他的软肋，电话那边好半天才憋出一句话来："你不顾及我的脸面，也要照顾俏俏的感受，当着这么多人的面，你……"

嘟嘟……话还没说完，电话就被挂断了，中年男子气得啪的一声将电话狠狠甩下去，"逆子！"

白俏乖巧地坐在他身侧，双手在他背后捋气，"爸，说不定于肆那边真的有重要的事……"

"真是懂事的孩子，顾家委屈你了……这事我会让人去查清楚的，放心吧。"

"毕竟以后我和他的路还长，总是靠家里调停，也无济于事。"白俏冲着顾行恺温婉一笑，"有些事，我自己来比较好。"

圆缺钻进病房的时候，没料到竟还有别人在。

"师姐，你怎么来了？"这样开口跟姚翩翩寒暄着，她的目光瞥向病床上的余舟。

原本小声跟姚翩翩交代什么的余舟，见圆缺来了，立马噤了声，转过头去，呆呆地望着窗外灿烂的阳光。

姚翩翩见圆缺脸色有些尴尬，走过去接过她手中的水果，拉着她坐下来，"昨天夜里就听说了，今早赶过来看看。"

圆缺从余舟的动作和神态中发现了一些情绪，愤恨、恶毒、嘲讽，还有……一种快意。圆缺身子一凉，今日原本暖洋洋的，她却觉得心里潮湿得像要发霉一样。

再想想姚翩翩的职业，恐怕她来不是"看看"这么简单。

三人闲扯了几句，姚翩翩就借故公司还有事先离开了，到了楼下，打开车门，马小波皱着眉头，"怎么这么久，她想挖别人家祖坟哪。"

"去。尽胡扯。"一句话打发掉马小波，姚翩翩侧目看向副驾驶座上的男人，"圆缺来了，你……"

聚会之后从马小波口中才知道，这对当年你侬我侬羡煞旁人的恋人早已经成了陌路，她犹豫着不知道怎么开口。

"怎么？"苏杨挑眉。

"以后她要是知道，给余舟出这种主意的人其实是你，大概心里会不好受。"站在女人的角度，她自然不希望余舟真的走上那条路，除了鱼死网破、两败俱伤，能有什么好果子吃。

恰好马小波发动车子，发动机的声音不大，到底没掩盖掉苏杨的声音，他一手把玩着打火机，然后摸着空空如也的口袋，"我下去买包烟，你们先回吧。"

理由很蹩脚，经不起任何推敲。

姚翩翩望着往住院部走去的苏杨，几不可闻地叹口气，"你说他们怎么就走到这一步了呢，打死我都不信圆缺会背叛他。苏杨这样折腾她，折腾自己，图个什么啊。"

马小波冷哼一声，"这你们女人就不懂了吧。这无关情啊爱的，是男人的脸面。"说完，发动车子滑出惠恩医院。

姚翩翩走后没一会儿，尹泽就过来了，圆缺陪了一会儿后就起身离开了，只希望有尹泽在她身边，多少能让余舟忘却伤痛。

出门遇见苏杨的时候，她一愣，闪身就想躲过去。

他捏着烟，看见她的时候也是一怔，然后迅速挡在她面前，"不是我。"

他说得没头没脑，圆缺却听懂了，她看着他，眼神中没有一丝闪躲。

"尹家已经知道了余舟的存在，她已经受伤害，而且无法弥补，这样束手无策引颈待戮，是不是让你找到报复的快感了？"圆缺并不是质问的语调，可那口气里明显带着失望。

有那么一种人，人家怎么伤害他，他便使出狠毒十倍百倍的方法，想着仇人被他的恶毒法子折磨得死去活来，便有一种心灵被撞击的痛快感。

那晚姚翩翩和马小波的聚会上，圆缺便从苏杨的眼里看到过那种快意的光彩。

"余舟的事是意外，我没想到会牵连到她。"

不想听他的解释，绕过他就打算快步离开，看她疏离的动作，苏杨有些恼了，一把拉住她，声音渐大，怒吼道："我承认有私心，可我做这些都是为了你，你不是一直想要范姨光明正大地回尹家吗，尹飒那边不倒，你有什么机会？"

"为我？！"圆缺讽刺地一笑，"那晚尹飒不过说了几句难听的话，你就耍手段曝光她，你以为这样我就会开心？你以为看见余舟裹成人肉粽子，我和我妈还会感激你做的这一切吗？"

苏杨不说话，大口吸着烟，后悔心软上来找她这一趟。

激烈争吵过后，旧情人相顾无言，最后还是苏杨清清嗓子，"范姨还好吗？"

他很轻松就转了话题，好像刚才什么也没发生过，圆缺本不想理他抬腿就走，苏杨又补了一句："对范姨，我没二心的。"

甩袖走人，倒显得她有二心了，"哦……还好！"

"她进尹家了？"苏杨试探性地问，不然对尹家，圆缺向来没好感，怎么会因为尹飒陪睡被曝光就跟他置气呢，除非范素心进了尹家。

"没！我妈这两年身体不太好，在接受住院治疗。"

"生病了？"苏杨心里一揪，"严不严重？在哪家医院？我们去看看她！"

圆缺一怔，没想到他竟然是这么焦急。

"不用了，我妈养病需要清静，她不喜欢有人吵她！"

连他都不行吗？苏杨难过，当初范素心待他如亲生儿子一般，几年后连见都不想见了？

难道是因为他和圆缺分手，当初是圆缺背叛他的啊，随即，他心里就有了答案，"你和顾于肆的事，范姨不知道吧！"

圆缺难堪地点点头，低着头，没让苏杨看到她的表情。

"我不敢告诉她！等我跟顾于肆结束了，就接她出院！"

结束？！她打算和他结束！苏杨眸中闪过一丝不甚明了的亮光，不知为何心一下子像是被抛向高空，慢慢回落之后，他才找回自己的声音。

"我只是想去看看她老人家，你放心，我不会说的！"打死也不说，只要她肯结束。

"那有时间的话……下次我带你去。"圆缺只能先敷衍，以后不见他就行了！

苏杨正想约时间，凌宸的电话就打了过来，他看看电话，再看看圆缺，阔步错开两步才接起来。

凌宸生日后，两人闹得很僵，他最后不得已请假陪她去英国玩了一趟，那日因为白俏电话里隐晦不明的暗示，他提前回了T市。

"怎么这么久才接电话，背着我偷偷干什么坏事呢？"

"你听，这么安静，像在干坏事吗……"他笑着，将手机撤离耳朵，让她听听这边的动静。

住院部一向不吵闹，传到凌宸那边便是一片静谧，她瘪瘪嘴，"一男一女一房间，就能出轨了。越安静越有问题。"

苏杨心里一颤，反身看了看圆缺，低声斥责道："你到底要闹到什么时候？"

生日之后，她就这样阴晴不定的，以为出去散心之后就会好转，没想到还是三句不离主题。

凌宸也觉得自己过了，她告诉自己要信任他，深呼吸几次，"我刚下飞机，给你报平安的，不是查岗。"

"那……我去接你吧。"

听着他不干不脆的话语，凌宸立马拒绝，"走了这么多天，回来肯定一大堆事情等我，今天就不到你那儿了，改天再约。"

凌宸告诉自己，不能追得太紧，这么多年都等过来了，总不能在这个时候讨他嫌。

苏杨挂了电话后，已经找不到圆缺的身影了，他握着手机，呆愣在住院部的长廊上，觉得自己像是一个被圆缺遗弃的人。

被苏杨一耽搁，赶到范素心那儿的时候，已经快到晌午。

贵宾病房里，范素心看着女儿，皱巴巴的黄脸笑了笑，"今天不上课？"

圆缺拧了热毛巾给范素心擦脸，然后是干枯的手，"今天周六……妈……苏杨回来了……"

他既然动了来看范素心的心思，自然不是说着玩的，圆缺思虑再三，还是决定先给范素心知会一声，免得到时候大家都难堪。

范素心激动地张了张嘴，愧疚地望着圆缺，不知道说什么安慰的话才好。

倒是圆缺适时地转开话题："妈，你放心，他有女朋友了，我跟他现在连朋友都算不上。"

"有女朋友了？"范素心低喃着，"既然回不了头就别多想了！"

"我没多想！"圆缺一下一下地按摩着范素心的手，"他说想来看你，但我不让他来，妈，你说，他现在来，除了能说点场面话，还能干什么？"

"苏杨第一次来家里，也没瞧不起咱娘俩，我是打心眼儿里喜欢他，以为你们能有个好结果，没想到我一出这事，他就撒手不管你了，唉……该你们没缘分。"

见正题引出来了，圆缺窥伺着母亲的神情，交代着，"嗯，咱们没想跟他再有瓜葛，所以当年的事也别再提了，否则没完没了……"

"圆圆，你说实话，到底是不是因为妈瘫了，苏杨才跟你分手的？"

听圆缺小心翼翼地交代，范素心心里更怀疑了，她一直介怀这件事儿，看女儿愿意同她谈了，便试着问出来。

"不是！我们年纪都太小，不懂得该怎么处理感情中的磕磕绊绊，都说爱能粉饰一切，可猜忌是最尖锐的武器，他心里生了疑，怎么都不信任我。"

圆缺想，爱情是没有道理可言的，找不到信任的时候，就开始急躁，互相撕扯，彼此伤害。

有些裂痕一旦生成，就无法弥合。

从医院出来的时候，圆缺给顾于肆的私人手机打了个电话，这是他交代的，说上次没吃成的火锅，他还惦记着，要一起去。

电话被接起，却是个女人的声音："喂……"

圆缺呆愣了，跟顾于肆的这几年，她鲜少主动打电话给他，更没想过有一天她给他的电话，是被别的女人接起的。

一时间她竟然不知道如何是好，心里慌慌的。

倒是那边爽朗地问她："你找于肆吗？他在洗澡，有什么事儿可以跟我说，我会转告他的。"

圆缺啪的一声挂掉电话，心里凉凉的，就跟浸入湖底一样。这种感觉已经好久不曾有了，上次……上次这种心里拔凉的感觉，好像是看到苏杨和顾心言纠缠在一起的视频。

但那时候她爱苏杨啊，爱到骨子里去，自然不能接受那样的背叛，可顾于肆跟她哪门子的关系，不过买卖而已，什么时候已经侵入她的心了。

圆缺甩甩头，为了挥去这种不该存在的情绪，她回到学校后，整理笔记、完成作业，再然后是对周含书接下来的家教课程进行了安排。

总之，她不敢让自己闲下来！

圆缺不知道的是，心烦的不仅是她自己，握着被挂掉的电话，白俏也是一脸呆怔，老爷子说得对，时间是最好的小三，足以让她变成顾家的过客。

浴室的水声停了，她赶紧删掉圆缺的来电记录，顾于肆穿戴整齐出来的时候，她刚慌张地把手机放回原处。

心里虚虚的，她借口打量房间。

顾于肆倚在浴室门边，看着白俏在房中转圈。

"没想到这里的摆设，还跟以前一模一样！书柜……电脑……沙发……一点都没变！连阳台那棵仙人掌都还在……"

她四处看着，最后，一双眼睛带着欣喜看向顾于肆。

听着她的话，顾于肆不禁苦笑，那时候她买了一盆仙人掌回来，喜欢得不得了，说仙人掌生命力旺盛，象征他们之间的感情，经得起任何风雨。

可惜的是，她走了以后，那盆仙人掌也枯死了。

"已经不是原来那盆了。那盆早死了。"顾于肆收回思绪，口气也是淡淡的，听不出什么波澜来。

忽略他话里的意思，白俏目光停滞在床头，皱眉思索，"我怎么感觉这里还缺点什么……"说着已经动身走向床头柜，准备翻找。

顾于肆也盯着白俏的后背思索，她一从竹城回来就变了性子，以前她不是这样的，真不知道老爷子给她什么话了。

顾于肆终于忍不住，泼了她一盆冷水，"白俏，请你记住，我们已经……"

他还没说完，白俏突然站住，双手一举，便脱掉了外衫，露出里面纯黑的bra。

"你干什么？！"顾于肆厉声呵斥。

白俏转身冲他俏皮地眨巴眨巴眼睛，其实她平时很冷感，很少做这种动作。

"脱衣服当然是洗澡啊。你洗好了，舒服了，我一身都是泥浆，难受死了。"

而后低头看看自己，算是明白他为何这样了，白俏了然地笑顾于肆，"干吗这么大反应?你又不是没见过。"

当她把手放在裙子上准备扯下时，顾于肆拿了手机，转身就出了房门。

他冷眸冷眼的样子，让白俏一下子没脸起来。

看着空落落的床头，心里不是滋味儿，可到底是自己选的路，她不信，那些过往，她陪他走过的岁月，他当真忘得掉。

将自己收拾干净出来的时候，也顺带掩藏好了情绪，客厅冷冷清清没见他的人影儿，找了半圈，才听到阳台传来他的声音。

"工程上出了状况，刚收拾干净……"

老师还在讲台上口若悬河，圆缺猫着身子，藏在课桌下接着他的电话。

工程出问题，能出到跟女人洗澡的分上？！骗鬼去吧！"那你……去忙吧！"

"放心，我没事……"

"……"她没问啊，这人真够自恋的。

"中午不能陪你吃火锅了……"想了想，他又交代，"你别老往余舟那儿跑，看多了，又要胡思乱想的，晚上我去接你……"

挂了电话，转身看见站在身后几步远的女人，他眉头皱了皱，忽略白俏脸上冷然的笑，他开口："收拾干净就走吧！把自己的东西带走，别落这儿了。"

今天工程上有人闹事，还惊动了记者，顾于肆赶过去处理，却没想到白俏也跟了过去，最后还被闹事者围攻掉进了水泥浆的大坑里。

"怎么，怕她知道有别的女人来过半岛别墅？"

顾于肆迈开步子向玄关走去，摆明了不想回答，白俏在身后幽幽地开口："我跟家里闹翻了，他们不让我……"她顿了顿没再把原因说下去，直接切入主题，"他们最不会找的地方，就是你这里！他们肯定不会料到我会来找你。"

顾于肆终于回过头来，盯着她好半晌，"你如果觉得这样心里会舒服，就住下来吧。"白俏还没来得及惊喜，他又补了一句，"这里离她学校太远，也不适合再住下去……"

这下子白俏总算忍不住了，她本来就不是什么温顺娴静的主儿，高跟鞋踩着木地板，发出咚咚咚的响声，几步就冲到他面前。

"我去公司第一天，你就接她到公司用餐，去竹城那次怀疑我泄密给VIVI当晚

就回她身边来，刚才……刚才还当着我的面电话秀恩爱……你对她安的什么心，是真的爱她怜她吗？"

看着他越来越沉的脸色，白俏秀眉一挑，"怎么？被戳中心思不高兴了？你究竟要把她当作挡箭牌到什么时候？她要是知道你这几个月的温存，不过是对付我的手段，她会怎么想？"

白俏脆生生地用一连串的质问，砸在他的心头，他也曾料想过最糟糕的结果，一下子觉得心烦意乱起来。

圆缺果然成了让他头疼的人！

其实头疼的不仅是他，圆缺心里也乱了，工程上出了事，他这算是跟她解释吗？可直到电话结束，那个女人的事，他提也没提。

晚上赶到周含书家去的时候，那孩子依旧是一个人在家，给她开了门，周含书踢开脚边的速食包装袋。

"你整天就吃这东西？"圆缺寻个由头开口。

以她对周含书的认知，这小屁孩要么不搭理自己，要么冷哼一声就算过去，却没想到周含书扭头看她，"会家教，也会做饭的吧。"

"什么？做饭？"圆缺脑筋还没转过弯，周含书已经扔过钱包和钥匙，"这不是中国式的女人教育方式吗？买点菜回来，我饿了！"说罢，已经坐下去摆弄他的那些生物实验用的仪器。

她心里也清楚，以周含书的学习能力和成绩，压根儿不需要家教的，她站在这里本来就是多余的，可她的确需要钱，更需要独立生活的能力。

咬咬牙，她笑着说："好，你等着。"

超市的蔬果区。

圆缺胡乱地买了几样蔬菜就打算撤退，来的时候她到底舍不得花钱打车，坐了公交车。眼下都八点多了，还要赶回周家，不知道能不能赶在宿舍锁门前回去。

叮咚一声，很短，是信息的声音，翻出手机察看，她以为自己眼花了，努力睁大眼睛看得仔细，信息明明写着：给我买一盒避孕套，我要做实验用。

看准了她缺钱，当女佣使唤来买菜还不够，现在还要恶作剧作弄她吗？

把电话回拨过去，超市人来人往的，她又不好意思大声问，只好跟蚊子似的说道："周含书，你要什么？"

周含书的声音几乎没有热情，"我怀疑你是不是土生土长的中国人了，汉语都看不懂吗？避孕套！"

电话中，她听见乒乒乓乓的声音，只得捺着性子又问："你要这个干什么？"

周含书似乎不愿意跟她多说，嘲讽一笑，"家里半透膜没了，用它来顶替下做实验，不然还能干吗？你以为我要用到你身上啊，住得起惠恩医院的人，我可招惹不起。"

他当她是什么人？圆缺白着脸挂了电话，想想自己跟顾于肆这几年，套子从来都是他准备的，只好红着脸，做贼似的，也不管什么牌子，随手抓了一个放进购物篮。

电话再响起来的时候，她惊了一下，迅速接起，以为又是周含书，却没想到是顾于肆打来的。

"在哪儿呢？"他问，声音有些疲惫的样子。

她惊得一下子拉过一把大白菜将购物篮里的避孕套盖起来，做好这一切又觉得自己是此地无银三百两，支支吾吾半天，"教……教室……"

好在顾于肆的心思好像并不在她的回答上，"晚上我不过去了，你要是回天鹅湾一个人闷，今晚就住宿舍吧，让宋青青陪你。"

她点头如捣蒜，想到他看不见，回答道："嗯。知道的。"

顾于肆最后还嘱咐了几句别胡思乱想的话才把电话挂掉，圆缺呆愣地站在避孕套的专柜旁，总觉得他今天有些不寻常。

透过超市的大玻璃看外面，已经是华灯初上，她的心思突然飘得远远的。她想，顾于肆现在会在干吗呢，是买了避孕套和那个女人共赴云雨吗？

这个念头冒出来，她就吓了一跳，赶紧去交款。可她忘记观察周围情况，当她将购物篮放到收银台上，才知道什么叫作出门忘记看皇历。

那个背影，不是苏杨又是谁？

这一刻，她才发现，原来不是世界太小，而是她根本没法把他当作陌生人来对待。

收银台很多，圆缺转身向最里面的走去，奈何，这时候她的手机又叮咚响了一声。

熟悉的叮咚声引得原本侧身而站的苏杨猛然转过脸，他看到圆缺时愣了一下，"圆缺？！"再看看她手里的购物篮，塞得满满的都是蔬菜，"这架势，是要做饭吗？"

还记得在一起的头个年头他过生日，她自告奋勇地煮了一碗长寿面，还眼巴巴地问他好不好吃。

她的手艺当真不敢恭维，可他当时就觉得，就算把全天下的美食都捧到他面前，他也不换。

如今，她已经为另外一个男人洗手做羹汤了吗？看那购物篮里，番茄、西蓝花、猪蹄……菜色还不少，她肯定不是第一次为那个男人下厨！

苏杨心里酸酸涩涩的，说不嫉妒那是假的！

圆缺讪笑了一声，回避了做饭的话题，只打了声招呼："好巧啊。"

这时候已经轮到苏杨付账，收银员看着礼貌客气的两人，职业地微笑着问："先生，要结账吗？"

苏杨也礼貌性笑了笑，将手里的一瓶可乐和一瓶水溶C放在收银台上，抬手将圆缺的购物篮接了过去，"一起结账吧。"

圆缺脸色一白，想起来被她刻意压在蔬菜下面的那盒避孕套，有些口干舌燥，几乎是尖叫着："不必了！"

她急促的声调拒绝的意味那么明显，苏杨带笑的脸一下子就沉了下去，"又不是什么值钱的东西，用得着这么跟我见外吗？"

圆缺也知道自己过于激动了些，事先没想到过他会这样做，所以，等反应过来的时候，苏杨已经将购物篮里的东西拿了出来，方便收银员结账。

拿到最最底层的时候，圆缺明显感觉到苏杨的手停顿了一下，修长的胳膊伸在购物篮里半天没动静。

"先生，还有吗？"收银员问。

原本在他接过购物篮的时候，圆缺扑过去的心都有了，而现在，她只想找个地洞钻进去。

不是她脸皮子薄，而是，在苏杨面前她永远做不到心如止水。

她正尴尬着，苏杨扭头看了看她，然后若无其事地将避孕套拿出来递给收银员，"还有这个。"

苏杨本就长得惹人，收银员是个丫头，一看他递过来的是一盒避孕套，脸也跟着红了。

就在圆缺脸色难看不知道如何是好的时候，头顶上方砸来一记闷声，"这种事，以后让男人做。你要保护好自己，记得提醒他就成。"

"我……我是替朋友买的……这里面，没一样是我自己的……"她望着苏杨，也不知道为什么，解释的话就这样滑出口。

听了她的话，苏杨拧着的眉心轻轻展开。

"还有那个，是我的一个学生，他大概学的是生物科学研究之类的，整天捣鼓瓶瓶罐罐的，那个是用来做实验的，你知道半透膜吗？那个可以替代……"苏杨明显情绪好转，让她终于找到勇气把剩下的话说完。

说完，她长长地松了一口气，不理会旁边收银员打量的眼神，别人或许会觉得她的话太奇怪了吧。

　　避孕套用来做实验？周含书这样跟她说的时候，连她都不信，苏杨会信吗？她心里一点底儿都没有。

　　苏杨笑了笑，目光越过圆缺的头顶，瞥向她的身后，"哦。"

　　不知道为什么，当苏杨的"哦"说出来时，圆缺的心突然跌到了谷底，有些隐隐的痛在其中，三年前的那一幕，又浮现在了她眼前。

　　那时候她向他拼命地解释，说自己和顾于肆没发生关系。那时候，他眼神冰冷地看着她，也是这样一个"哦"字，就打发了她。

　　"小乖，避孕套你都选好了啊。"一个阴沉沉的男声从圆缺耳后传了过来。

　　圆缺倒吸一口凉气，顾于肆已经挤了过来，横在她和苏杨中间，嘴巴紧紧抿着，眸子里似乎藏着一丝冰冷的不悦，如浸染了桃花的陈酿一般。

　　话说着，圆缺已经被顾于肆箍进怀里。

　　尴尬、不解……心中五味杂陈，圆缺抬头时恍惚看见苏杨的表情有一瞬间的憔悴，但表面上依旧维持得很好。

　　"巧啊！"苏杨招呼着。

　　"不巧。"顾于肆冷冷地回答。

　　苏杨笑，眼里却含着莫名的恨意，"顾总真有时间，还能陪佳人逛超市。"

　　顾于肆也笑，圆缺怎么看都觉得那笑诡异得很。他的手指纤长，很熟练地替她拢拢额前的刘海儿，语气宠溺得不得了，"那要看陪谁了。女人不是用来追的，是用来宠的。"

　　圆缺知道，苏杨是误会她是同顾于肆一块逛超市的，心里觉得冤屈，又觉得害怕，刚才她还撒谎说自己在教室，那顾于肆肯定也误会了她？

　　当顾于肆拿起收银台上的那盒避孕套时，圆缺终于知道顾于肆为什么那么诡异地笑了。他歪过头，薄唇擦过她的耳际，温温热热的，"杜蕾斯？不是一向不喜欢戴套做的吗？"

　　声音不大不小，正好苏杨能听见。

　　他双手插在口袋里，用眼睛斜睨着腻歪着的两个人，像是没听见，对着服务员交代道："结账！"

　　远处一个女孩子急切地向这边奔来，走近了圆缺才看清，是那次在希尔顿酒店遇到的喊他"苏"的女人。

　　顾于肆眉眼含笑，"没想到苏总也是儿女情长逛超市的人，既然佳人有约，你

就先走，账我来结。"

他是如此含蓄地下了逐客令，仿佛是还没动怒的狮王，对入侵者发出了警示一般。

当年在机场，苏杨幻想着圆缺会出现，可最后来的人是顾于肆，美其名曰是送顾心言登机，可苏杨忘不掉他丢下的那句话："你带心言走吧，圆缺我来照顾。"

他和他的账，是该好好算算了。

"那就算在一起吧。"苏杨眼睛里的笑意不达眼底，隐含着凌厉。

说完，拿走了两瓶饮料，放下一百元钱，牵着凌宸的手，转身离开。

看着越走越远的苏杨细心地将手中的那瓶水溶C拧开，再递给凌宸，圆缺的眼角有些模糊，那是她曾经最爱的饮料，最爱的男人啊！

她和他，真是越走越远，回不去从前了。

"现在的大学晚自修改在超市了？"等苏杨走远了，顾于肆才不紧不慢地开口。

圆缺心里一紧，却不知道怎么解释，"这个，一个学生托我买的。"

在顾于肆漫不经心的注视下，她越来越站不住，掏出手机，打开周含书发来的那条短信，贴在他眼前，"真的是做实验用的。"

顾于肆暗沉的眼睛先是亮了一下，转而笑得眼波流转，嘴角微翘，"怎么，你这算在跟我解释吗？"

圆缺止不住地腹诽——不解释，谁知道你又要拿什么法子折腾我呢！

见她一副受冤枉的样子，顾于肆刚要开口想说什么，手机突然响了，他接了电话。

"司徒那边已经催了，说建设厅的李局已经到了。"白俏坐在敞篷车里，透过橱窗看见超市拉扯的两人，抿唇思索良久，最后还是决定打一个电话过去。

"我这就出来。"挂断电话，然后顾于肆转头审视着圆缺，声音沙哑，轻轻柔柔，但是却是咬牙切齿地说道，"那晚怎么答应我来着，说不会再见他？"圆缺愣了一下，就看见他目光有些冷冽起来，语调阴恻恻地，"如果你再同他在一起，要付出代价的！"

圆缺一听就明白了，这些日子他虽然不在T市，对她的行踪可是了若指掌的，不然余舟出事的第二天早上他就不会出现在医院了。

真不知道他这是宠，还是虐，而面前黑着脸的顾于肆，跟个争玩具的小男孩无异，可她圆缺不是他与苏杨的玩具，这样的局面，她有些哭笑不得。

这样威胁还不解气，顾于肆临走之前，愣是将那盒避孕套揣在裤兜里才安心离去，圆缺只得进超市又挑了一盒给周含书送去。

周含书看着她在厨房忙活的身影，嘴巴微微一翘，弯起一个特别好看的弧度，"看不出来嘛，挑避孕套挺有经验的，还知道哪个牌子好用。"

圆缺没有回嘴，回身看看这个长不大的孩子，心里了然他是故意的，不就是看她去惠恩医院觉得自己上当受骗了嘛。

时间紧迫，她弄了盘青椒炒肉丝、番茄炒蛋，煮了点米饭，算是交差。其实她很少下厨做饭，以前和苏杨在一起的时候，都是他俩下了课一起买菜回去，妈妈会做满满一桌子，她只坐着等开饭就行。

周含书捏着筷子，看着在沙发上躺尸的圆缺，见不得她病恹恹的样子，"喂，过来陪我吃饭。"

看着饭菜，不由得就想到范素心和苏杨，圆缺眼睛一红，"周含书，我突然好累。"

她想放松一下自己，在范素心、苏杨面前不能，在顾于肆面前更不行，眼前见过两次面的周含书，陌生的他，或许是最合适的宣泄对象。

周含书一愣，他不习惯她示弱，很不习惯，"别装可怜，装可怜我也不会放过你的！"

事实上，后来的几天他根本就没有机会再折腾这个小老师，圆缺还没回到宿舍就接到一个电话，连夜就离开了T市。

十二月的天气，夜里冷得很，出了索菲特酒店，白俏冷不丁地打了一个寒战。

顾于肆笑晏晏，"这次政务区新区规划的招标，就麻烦李局多费心了。"

眼尖的李茂河赶紧打趣，"顾总留步，可别再送了，要是白小姐因此生病了，那就是李某人的不是了。"

这李茂河的小眼神一晚上就黏在白俏身上，生意场上都是察言观色的角儿，顾于肆笑笑，将身上的西服外套脱下给她罩上。

李茂河见他这一动作，心里有些不高兴，面色不动，嘴里有些为难地说："顾总，刚才我不是说了吗？这次银河集团也参加投标，竞争很激烈，想要中标，得提前做好工作啊。"说着眼神还有意无意地瞄向白俏。

李茂河到底没能带走白俏，上了车，酒气上头的他有些气急败坏，"用破了的女人都舍不得，姓顾的还真把自己当一回事了。"

旁边的秘书插嘴道："他既然舍不得这个，不还有一个嘛，听说还是D大的学生呢，可比这个清纯多了。"

"找的人靠谱吗？"一听是学生妹子，李茂河来了兴趣。

"道上的，拿钱办事是他们的规矩，就算顾于肆真找到人，也跟咱们没关系。"

秘书乐呵呵地应承，李茂河是今年刚提拔上来的局长，巴结上这棵大树，以后有人罩着了。不过他心里还是有些忌惮顾于肆，忍不住出言提醒道："李局，听说顾于肆也是有根有底的。"

李茂河点了一根烟，混浊的眼睛眯着，吐出一口烟，冷哼一声，"有根有底，也是小树苗，不然还会低下头来请饭局？"

李茂河有些不屑，可脑海中又不免荡过顾于肆方才不冷不淡拒绝他带走白俏的架势来，自上任来哪个不是巴结他？！心里更是一团窝火，冷着脸问秘书："那个D大的学生，弄哪儿去了？"

是该败败心头火了！

李茂河的车子滑出索菲特酒店，正好跟顾于肆的车错开，霓虹灯五光十色，夜色旖旎，后座上的白俏紧了紧身上的西服外套，舍不得脱下来。

车里的温度很高，顾于肆有些烦闷，随手松了松领带，扭头时正好看见白俏额头沁出细密的汗珠，"不热吗？"

白俏尴尬地将西服脱下，"你明知道李茂河的想法，这样得罪他，今晚不是白请客了？"

他抿唇不语，白俏想了想到底没忍住，"今晚要是换了别的女人，你会答应他吗？"

上次竹城他放鸽子，老爷子气得已经跟上面打过招呼，说不再管这个逆子的事，一时间很多市政工程的单子都撤了和顾氏合作的意愿。

这次T市政务区新区规划的招标项目可是个大单子，对顾氏来说，再不拿下，这个冬天就真不好过了。

"他胃口太大，我怕撑死他。"他说得云淡风轻，口吻却是凌厉至极。这个李茂河刚上任，见有人跟顾氏杠上，就想从他这儿敲一笔。

脑筋动到顾氏身上，胃口当真不小。

今晚的饭局不过是试试水，他在乎的不是政务区规划招标的项目，而是在T市凭空冒出的银河集团，好像处处在跟顾氏作对。

"要不，我跟老爷子说说，何必看李茂河脸色？"白俏才一开口，顾于肆就冷冷睨了她一眼，于是再不敢提。

"小陈，停车。"顾于肆下了车之后，又交代，"送白小姐回半岛别墅。"

"不一起回家吗？"白俏摇下车窗，试着挽留他。

"我当然回。"夜色下，顾于肆身穿白衬衫，领口解开了两粒纽扣，不若白天的冷毅，倒有几丝纨绔子弟的韵味，就听他轻柔柔地说："圆缺在家等我，我要回她那儿。"

小陈跟惯了顾于肆，自然知道他此时已经不耐烦，脚下一踩油门，车子就飞奔了出去。

白俏瘫软在后座上，今晚他回绝了李茂河，就是证明在乎自己，原以为他会一道回半岛别墅，却没想到竟然将他推到那个女人怀里去。

心里宛若被针扎了一般细密地疼，疼过之后便是不甘和愤恨。

次日便是政务新区的招标，白俏起了个大早，化了淡淡的妆，遮去昨夜没睡好的熊猫眼。她要做站在他身边的唯一女人！

Chapter 16
你怎么才来

火车到站的时候，圆缺觉得心都提到嗓子眼上了，捏着手机里陌生人发来的信息，原本不甚红润的脸颊更显苍白。

出了出站口，手机就响了，她立马接了起来，"我已经到了，你们要兑现承诺。"

"到马路对面来，我们有车在等你。"对方说完，冷冷挂掉电话。

她心里有些恼怒，可到底不敢表现出来，就怕那些人一个不高兴就跑到母亲面前嚼舌根子。

而马路对面靠在车侧门的两个男人，等得有些不耐烦，其中一个染着黄毛的年轻人，骂骂咧咧的，"老大让等的什么人，跟贵客似的，直接绑来不就得了吗？妈的，我们都等一夜了。"

他身边另外一个人，干净的T恤配天蓝色牛仔裤，只笑笑不答话，远远看见有个小不点正东张西望的，他拍拍黄毛示意他禁言，然后大步上前，含笑问："请问，你是尹圆缺小姐吗？"

圆缺正寻找电话里面的车辆，扭头看向身后的年轻人，再看看他身后的黄毛，心里思忖着，她到底招惹了什么样的人哪？深吸一口气，竭力镇定，"我是。"

大概看出了她的紧张，T恤男温和一笑，"那就请尹小姐随我们走一趟。"说着上前就准备拉住她的胳膊。

圆缺一扭身闪过，冷冷地问："你们到底是什么人，让我过来有什么事？"

T恤男大方一笑，"只是想请尹小姐喝杯茶而已。放心，你既然来了，我们一定会兑现诺言，不会轻易将你被包养的事告知令堂的，但……"T恤男话锋一转，"若是尹小姐不配合，我们也很为难，万一手下哪个弟兄不小心在范女士面前说漏了嘴，影响了她的休养和你们母女关系，那就真的罪过了。"

圆缺咬牙，红润的唇生生被咬出几缕血丝，最后还是认命地上了车，黑色的商务车汇入车流中，很快就不见踪影。

"昨晚不就为了一个招标嚷着要回T市了吗，这会儿倒发呆了？"咬着吸管的姚翩翩用胳膊撞了一下旁边的马小波，"看什么呢？"

"一个熟人……但她不应该在这里啊，大概是我看错了。"说着发动了车子，一路上他开得飞快，姚翩翩只当他是心急怕误了招标，就自觉地睡了一觉不去吵他。

到达T市，马小波先将姚翩翩送回住所休息，就赶去见苏杨。

马小波看着苏杨觉得好笑，他真的是无心的，比如无心地问问政务新区的招标情况，再比如无心地说出刚才看到圆缺上了小混混的车。而后，苏杨就变成了这个样子。

"苏总……"见他不答话，坐在苏杨对面的女人含羞带怯地又叫了一声，"苏总……"

苏杨看着眼前风韵犹存的美妇人，抿了一口茶，"你这个离婚案，证据方面还很不足。"

美妇人脸色不好看了起来，她刚才是问他中午有没有时间，一起吃个午饭。

市招标中心的会议室今天格外热闹，本该在几周前投标的政务区开发案，拖了整整一个月。

顾于肆早早来到会议室，紧跟其后的是一身职业装的白俏，她手上的招标书上的竞标价格，此时还是空白的。

"顾总，银河集团的人来了。"白俏出口提醒，顾于肆闻言，抬头看向门口，打头阵的男人个头不高却很精神，很容易让人记住，不过他旁边的人，让顾于肆彻底愣住。

白俏顺着他的目光看过去，惊呼："刘璨！"

今日的刘璨脱去一身职业装，平时高高盘起的头发松散下来，倒显得有几分女人味。她原本是顾于肆的贴身秘书，后来因为白俏介入，被调动到顾氏企划部。

顾于肆心里自然也是察觉出猫腻，可已经到了紧要关头，不管出现什么阻挠，他都要定了政务区的开发案。

"我是银河集团招标代理人，鄙人姓秦名恺，顾总，幸会！"个头不高的男人走到顾于肆面前，自来熟地打招呼。

顾于肆看都不看他一眼，一双墨瞳只盯着刘璨，"这下家找得极好。"

"哪里，顾总才是高人不露相，每次的决定都让人意外，这次招标的数额到现

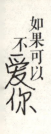

在不还是藏着掖着，很期待顾总这次的惊喜。"刘璨冷笑着，将"惊喜"二字咬得极重。

看来她还是介意第一秘书的职位，临时被替换成白俏，而后又被调拨出了总裁办。

"刘小姐，这就是你对培养了你六年的上司的回馈吗？"白俏不屑地开口，在她心中，除了自己，其他女人都不会真心忠于顾于肆的。

"女人不狠，地位不稳。"刘璨笑得轻狂，他们不会知道她被调拨出总裁办，那些人给予的奚落和冷眼。

没想到刘璨如此伶牙俐齿，白俏竟然还不了嘴。

"是吗？"顾于肆仅仅是瞥了一眼刘璨和秦恺，又转过头去看投标的材料。

秦恺偕同刘璨寻了顾于肆他们身后不远的座位坐了下来，看着顾于肆波澜不惊地交代白俏审查招标书，秦恺低下声音问："昨晚上顾于肆真拂了李茂河面子？那李茂河现在怎么个想法？"

其实他对于刘璨还不完全信任，毕竟她曾经是顾于肆的贴身秘书，可上头一句话就定了刘璨副经理的职位，秦恺也不好再说什么。

刘璨拢拢额前刘海儿，"秦经理放心，以我对顾总的了解，请饭局就已经是他的底线了，李茂河仗着这个开发案是建设局出资，竟然要白俏作陪，就等于是老虎嘴边拔须，现在两边估计都恼着呢。"

鹬蚌相争渔翁得利，秦恺自然是知道这个道理的，这女人果真有几分手段，心里有底之后他对刘璨不禁刮目相看，"苏总用人一向精准。可顾于肆老奸巨猾，从他嘴里抢食，咱们还得当心着点。"

"不担心，我们手里还有一张王牌呢。"手机振动了一下，刘璨没再回话，看着发来的信息，她将目光扫向台上，和李茂河会心一笑。

睨着顾于肆跟没事人一样，可白俏心里却是直打鼓，"他们怕是来者不善。昨晚又因我得罪了李茂河，我怕……"

"放心吧。"顾于肆虽然这样安慰着白俏，但看着刘璨必胜的表情，他还是有着隐隐的不安。

此时的顾于肆还不知道，他的不安在另一个人身上已经得到验证。

从上了车，圆缺的眼睛就被人用黑布蒙住，直到黑布条被解开，骤然的光亮让她有些不适应，好在灯光是晕染的橙色，并不是十分刺眼。"你们抓我要干什么？"

眼睛适应后，她才发现，这里的装饰透着一股子魅惑的气息，这分明是一处会所，T恤男不知所终，只有黄毛大喇喇地盯着她看。

"长得不错。等你一夜，也值了。"黄毛说这话时露出一口黄牙，那笑容要多淫贱就有多淫贱。

听着黄毛口中的污言秽语，圆缺气不打一处来，却也忌惮他们的身份，黑道上的人，想着顾于肆平日都和这些人打交道，后背一股寒意。

她刚要发飙，门被推开，T恤男拿着一杯水走了进来，看见黄毛的举动，眉头皱得紧紧的，立马呵斥道："老三，你干什么？"

嘟嘟——T恤男的手机响起，"喂……知道。"

说完挂断电话看着圆缺，最后视线落在她的手指上，圆缺下意识地往后缩了缩。

T恤男欺身过来，将她逼进角落，一把拉过她，将戒指扯了下来，对着戒指拍了张照片。

那戒指是顾于肆按照她手指的粗细定制的，大小刚刚好，现在被人用蛮力剥下，手指疼得像蜕了一层皮。

可T恤男还不满意，吩咐黄毛从牛仔后兜拿出一把明晃晃的刀子，架在她的脖子上，又拍了几张照片。

难道要用她威胁什么人不成？

想着跟她有关系且有可能惹上黑道的只有尹家了，圆缺心里直打哆嗦，如果知道了尹怀明压根儿就不在乎她，这些人预备把她怎么办？

"现在介绍此次政务区开发案的投标人。"公证人宣读了一长串的公司名单，"现在请投标公司将投标书交上来，另附上报价单。"

"两亿三千万。"看着顾于肆签下的报价，白俏惊呼，"是不是太低了。"这个价位即便真的中标，顾氏也赚不了几个钱。

"生意以后还要做，尤其是建设局这帮子人。"

"顾总……"刘璨将银河集团投标书和报价单亲自交上去的时候，特地路过他们这边，"顾氏这个报价不妥吧。"

"一会儿自见分晓。"说完顾于肆不再理会刘璨，将投标书和报价单一并交给白俏，似乎一切都是板上钉钉的事了，"拿上去吧。"

"顾总看过这个再做决定也不迟。"刘璨将自己的手机放在顾于肆面前的桌上，阴笑几声便走了。

白俏接过来报价单已经起身，却听见顾于肆急促的声音，"白俏，等等。"

回国之后，他要么白小姐、白秘书地称呼自己，偶尔几次失误会喊几声俏俏，却从来没有直呼过她的全名。

这让白俏很是诧异，刘璨到底给他看了什么，让平时沉稳的顾于肆这样子失态。

"可顾总，时间快到了……"

不等白俏说完，顾于肆一把夺过投标书，在报价后面添了一个"0"。

白俏接过投标书，看见报价那一栏上的天价数字，脸色当即就变了。

"顾氏集团的代表，请交上你们的投标书和报价单。"台上的主持人已经开始催促。

白俏见顾于肆异常坚定，只好悻悻地拿着投标书交上去。

李茂河等建设局的几个领导开始审阅，招标中心的工作人员开始忙碌起来，当看见顾氏集团投标书的时候，工作人员一阵耳语，连公证处的人都起身仔细审阅了一会儿。

白俏不解，反观顾于肆，他手里只紧紧握着刘璨的那只手机。

昨晚李茂河提及银河的时候，他就该当心会被下黑手了，可本以为将会冲着他来，或者是他带在身边的白俏，怎么也想不到，那个小女人会被牵连进来。

昨夜为何要和司徒空去查银河集团的来历，他应该回去陪她！

连她什么时候被掳走的都不知道，他有些恼自己。

从来没觉得时间过得如此之慢，顾于肆突然对台上决议的人生出抱怨来。

终于，半个多小时过去了，李茂河走到话筒前，"政务区开发案最终由……"他眼光扫向顾于肆，含着一丝得意和轻蔑，"由银河集团以两亿五千万的价格中标。请银河集团的代表留下来签订合同，还有……谢谢其他企业对本次招标的支持！"

招标现场的人一瞬间都有面面相觑的疑问：有顾于肆在的场合，这标怎么就便宜他人了呢？

除了刘璨和顾于肆，没有一个人清楚现在的情况。

顾于肆起身走到刘璨面前，"恭喜！既然你得到了你想要的，那就该遵守道上的规矩。"

"据我所知，尹小姐被绑，里面另有隐情，这个可否待会儿再同顾总商议？"刘璨含笑答话，纤纤素手指了指建设局几个领导，李茂河一行人正等着他们银河集团签约。

李茂河见顾于肆放行银河集团的人，暗暗松了一口气，顾氏的报价中不过加了一个"0"，成了今日招标会场的天价报价，这些文案一封，谁还能知道被暗箱操作了呢。

进入小会议室之后，李茂河还是不放心，"秦经理，那顾于肆没为难你们银河吧。"

"还要谢谢李局给的那些照片。"秦恺的话刚说完，刘璨赶紧问，"李局，尹小姐你打算怎么办？顾于肆刚才已经要人了。"

"不急。"

"李局，当初咱们可不是这么说定的，银河得项目，你得回扣，既然这女人已经让顾氏退了一步，还是放了稳妥，以免出岔子。况且顾于肆已经放话说了要那女的平安，不然的话……"

秦恺是地地道道的本市人，顾于肆的手段他早有耳闻，若真扣着人，依着他的性格不会放过跟这件事有关的任何人的。

"不然如何？"想起昨晚被顾于肆不冷不热地挡回来，李茂河心里窝着的火头噌的一下就冒了上来，面上一阵淫笑，颇有些豁出去的意味，"那女人我要留着一晚上。"说着，就将话题转移到政务区的招标上来。

李茂河毕竟是建设局的，秦恺也不敢开口得罪，而刘璨心里则是打着另外的主意。

刘璨出招标中心已经是一个小时之后的事情了，秦恺将李茂河等人请进酒店，而她还要回集团总部向董事长汇报今日的招标情况，却没想到，一出门就见顾于肆斜靠在黑色的车身旁。

见她出来，顾于肆丢掉手中的烟蒂，深深吐出一口烟圈儿。

她抬手看看手表，真没想到他当真一直等着。

"顾总真是好耐心。"她有些调侃，有些嘲讽，顾于肆也有求她的这一天。

相比较刘璨的迂回，顾于肆直接切入主题问道："她人呢？"

"晚上九点前，我保证尹小姐会回到D大。"她之所以敢保证，并不是已经想到法子对付李茂河这个言而无信的色狼，而是她心里已经有了别的算盘。

顾于肆一双墨瞳里阴霾翻滚，刘璨也是聪明的女人，知道要先撇清自己的干系，"先别动气，我也只是受人之托忠人之事。"

顾于肆冷哼了一声，心里泛着狠劲儿，他一向将圆缺藏得极好，也只有上次初雪想带她去吃火锅那次让刘璨订了位子，后来因为白俏的缘故，不得已在公司演了一场戏。

他闭目，到底是刘璨太敏锐，嗅得到他的弱点，还是他对圆缺的心思掩藏得不

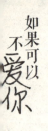

够好？

"受谁之托？"顾于肆每问出一个字，刘璨都能感觉到一阵冷厉。

面前这人到底是将自己从一个刚出校门的懵懂小女生一路领着走向职业女性的，她叹了一口气，将李茂河绑走尹圆缺的事和盘托出。

"顾总，我称呼你一声顾总，就是心里依旧记着你当初的栽培，至于李茂河从哪里知道尹小姐存在的，真不是我告密，或许是跟尹家那个过气的明星有关。还有刚才我跟你保证的九点前送还尹小姐，就当我对你的报答，从此以后，我刘璨再也不欠顾氏什么了。"

说完，她蹬着七寸高跟鞋走了，顾于肆心里清楚，这事即便和刘璨有关，也不是她一个人能办成的，就没拦她。然后，不知怎么的就拿起手机一遍遍拨打着圆缺的电话。

"您拨打的电话已关机，请稍后再拨！"电话那边传来的无情女声刺痛了顾于肆的心，他转身交代司徒空，"请李茂河家里人'喝喝茶'，顺便捎句话给他，是不是最近和银河集团的人走得太近了，我的人也敢动。"

将车开到D大女生寝室大门外，顾于肆拉开车门下来，昨晚怕她一个人回天鹅湾想起余舟被打的事会胡思乱想，他记得自己交代她回宿舍住一晚。

他三步并作两步冲进了女生宿舍，圆缺不久前说过她的室友叫宋青青，还好他记住了。

敲敲门，没有人应声，圆缺的电话依旧不在服务区，抓了李茂河一家子人，他应该不敢当真动她，虽然心里这么安慰自己，却仍忍不住担心。他更加用力地敲着宿舍门。

宋青青刚好打水回来，不知道是顾于肆的错觉还是怎样，圆缺这个室友看他的眼神很是不屑。

"你不是那闷骚男吗？"

顾于肆一愣，闷骚男！可他现在没心情计较称呼，"昨晚她回来过吗？"

"我告诉你，她很忙，白天上课，下了课要坐两小时车去城西做家教挣钱……我说，你们这些开着跑车的公子哥，是不是觉得她得二十四小时开机，候着你传唤啊……"噼里啪啦数落了一堆，宋青青才反应过来他的问话，砰的一声把水瓶一放，语气有些急了，"昨晚她不是跟你在一起？那她哪里去了？这学期她经常不在宿舍过夜的，你不是常来接她吗？"

看来昨晚连宿舍都没回过，顾于肆心里更沉了一分，敷衍了宋青青几句，正好赶上宿舍大妈跑过来质问："你一个男人，进女生宿舍做什么？"

虽然被撵了出来，他却不想离开，静静地坐在车里，等着那个人影，至少要看到她平安才好。

而就在这个时候，烦闷的人不止他一个，偌大的办公室里，苏杨胡乱地解开领带，他今天不能再谈case了。

马小波送走美妇人，回来一进门就见他坐在楠木办公桌上，出口喊他："哥们儿……"

"怎么了？"苏杨不耐烦应了一句。

"怎么了！这话应该我问你才对。刚才若是答应同冯太太吃午饭，这个女富二代离婚案的律师费就到手了，那边不正缺资金运转吗？送到嘴边的肥肉你都不吃，你这是犯哪门子糊涂呢？"

是啊，他犯了哪门子糊涂呢，刚才居然得罪了那个女富二代？本来是可以从这个女人身上赚几个月员工的工资，但他一颗心早因为马小波早上的几句话，飞到另外一个女人那儿去了。

"你说你早上在徽城看见圆缺了，你确定没看错？"苏杨想不通，她怎么会去那儿呢？徽城那地方，四省交界，出了名的混乱。

原来是这么回事，马小波笑他，"我可没说看见的人一定就是她，是你自己关心则乱，继而胡思乱想。"

"那你看见了，怎么不下去问问情况？"苏杨一急，就向马小波吼了过去。

"这就急了？"马小波嗤笑，"上次聚会过后你怎么说的——不择手段夺回她，不会同她再有感情。你看看你现在这个样子，对得起凌宸吗？"

苏杨刚想反驳，丢在桌上的手机嗡嗡响了，他不耐烦地接起，"怎么样？"

"成了！秦恺请局里领导去吃饭了。"

对这个结果苏杨有些惊诧，毕竟顾氏是很强劲的对手。

怔愣之余，他才开口道："这次投标辛苦了，你先回去休息吧。"说着就要挂断电话。

"苏董，等等。"

"什么事？"苏杨又将手机贴到耳边。

"不用休息，待会儿我直接回公司总部，就不到你那儿汇报了……"电话那边顿了顿，才又传来声音，"我没有辛苦，这次能成，关键是李茂河绑了顾于肆的女人，他在会上报价高出太多，才让银河有机会的……"

听着电话里的汇报声，苏杨的心仿佛一下子就被扔进腊月的碎冰里。

合上电话，正巧马小波递来一杯热茶，可苏杨的心思还没收回来，喝茶时手臂

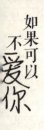

一打晃，嘴角就被烫着了，人也跟着清醒过来。

清醒过来的第一件事，就是立马冲出了办公室，连西服外套都没来得及穿。

马小波看着那风风火火的背影，心里对尹圆缺更警惕了，一向温和的眸子里透出冷绝的意味，他绝不能让这个女人毁了苏杨。

这一天，很多人都在心急如焚中度过，比如苏杨，再比如此时陪吃饭的秦恺，这李茂河出去接电话到现在都没回来。

没一会儿李茂河的秘书推门进来，歉疚地开口："哎呀，几位领导，李局喝多了，胃不舒服……"

他还没说完，随行的其他几个人就嚷嚷开来，"什么胃不舒服，是欲火焚身，找女人缓解去了吧……"

酒喝到糜烂，连笑话都荤素不忌。

秦恺看着这帮平时道貌岸然的领导，面上赔笑，一双精明的眼睛却时不时向门口瞄去，这李茂河不会喝晕了，真要对顾于肆的女人用强吧？

他心里颤了颤，托词洗把脸，出了包厢门，赶紧找一处安静地方，寻了个公用电话，拨给顾于肆。

"尹圆缺被李茂河绑到徽城去了。"就这一句，别的他不敢多说。

挂了电话，心才安稳一些，就算李茂河当真犯了糊涂，凭着这通电话，在顾于肆的怒火下，他也应当能得以自保。

而这边的顾于肆，接了电话之后也不管是不是别人设的局，车子利索地掉头，直奔徽城而去。

高速路上，不断超车，不断提速……可终究还是晚了一步。

冬日天黑得特别早，圆缺抬头看看房间唯一能制造出声响的大钟，滴滴答答一整天了，让她原本平静的心不由得烦躁起来。

被强制拍过那些照片之后，她也曾怒火中烧地质问："你们抓我来，到底要做什么？别以为拿我被包养的事威胁我妈的健康，就能一直囚禁我，你们这是犯罪，要判刑的。"

T恤男压根儿不将她的抓狂和威胁看在眼里，淡淡地将先前那杯水推到她面前，"我们是请尹小姐过来喝茶的，怎么就成了犯罪了呢。况且，尹小姐若真有破罐子破摔的胆量，就不会出现在这里了。"

T恤男说对了，圆缺的确没有破釜沉舟的勇气，妈妈是她最亲的人啊，怎么能让她知道自己重蹈了她当年的覆辙，怎么忍心让她失望。

正当她沉浸在一片焦躁之中，咔嚓一声，房门锁被拧开了，T恤男领着一个大腹便便的醉鬼进来。

男人四十上下，有些中秃，圆缺有些拿不定情况，抬眼向T恤男望去，还没等她走近门口，那醉鬼就挡住了她的去路。

"果然水灵，不枉费我大老远跑这一趟了。"醉鬼的笑容不怀好意。

圆缺再向门口看一眼，T恤男眼中极快地闪过一丝不自然的神色，然后转身带上门。

又是咔嚓一声，房门被从外面锁上了，孤男寡女，他想干什么不言而喻。

这下圆缺慌了，此生第一次和这些人打交道，手心里全都是汗，回想拍的那些照片，铁定是被这群人拿去要挟什么人了，既然如此，那么她就还有利用的价值。

"你们要什么可以明说。若你放了我，能帮忙的我一定尽力。"一边这样拖延着，一双眼睛四处乱瞄，希望找到防卫的武器。

"放了你？那要看看你李哥哥我同不同意。"醉鬼庞大的身躯压了过来。

房间里除了沙发、茶几、电视，其他的什么都没了，根本没有可以上手的防卫器具。圆缺被逼到一个角落，见醉鬼压了过来，抬腿就是一脚，不知道踢在何处，慌了神地就朝着门跑去。

醉鬼一个踉跄，拉住了她的胳膊，狠狠地把她甩在包厢内的沙发上，力道之大，足以让她眼冒金星。

"性子够烈啊，看来平时顾于肆够勇猛啊，喜欢陪你玩SM是吧！"醉鬼狠狠吐了一口口水，从腰间抽出皮带来，恶狠狠地说："那待会儿就让你尝尝什么叫欲火焚身。"

醉鬼一手拿着皮带，眼神寒光慑人，并不是欺身而上，看样子并不急着做那事，圆缺的心才稍稍安定一些，身上就挨了一皮带。

她下意识地抬手去挡，胳膊冷不防被抽中，好在穿得比较多，并不是很疼。

可接下来就没那么幸运了，醉鬼显然没从她脸上看出惧怕和疼痛，疯子一般地扑上来，双手齐上剥她的衣服。

待剥得只剩下里面的保暖内衣，醉鬼又退回去，重新执起皮带，"爷这几皮带下去，看你个小东西还不求饶……"

"嘶……"皮带从圆缺细白的脖颈拉过，留下一道道泛着红丝的血痕。

忍着疼，圆缺不断朝着后面退，一不小心绊倒在地，还没爬起来，醉鬼已经整个人压了下来，用皮带将她的双手绑住，圆缺的腿也被他的腿狠狠压住，无法动弹。

那带着刺鼻酒味的唇压下来的时候，圆缺只觉得恶心至极，扭头避了过去。同

样是用强，顾于肆平时对她虽然谈不上温柔，至少缠绵到深处也算得上温存……

不知为何，这时候脑中还会浮现出他的模样来。

正当醉鬼准备发动第二次进攻时，圆缺铆足劲儿，狠狠用头撞向醉鬼的头，顿时觉得眼冒金星，头也发昏，思绪混沌之际听到两声砰砰的响声，那声音像极了她看惯了的警匪片里的枪声。

再摇摇头，清醒不少，才看清那醉鬼也好不到哪里去，被她这么一撞，仰面朝天地躺在她身侧。顾不得欣赏醉鬼的糗样，她一骨碌翻身就想起身逃跑。

脖子被人从背后扭住，她双手上的皮带还没解开，一下子又被压倒在地。

缓过神之后就看见醉鬼眼睛赤红，一手掐着她的喉咙，一手去扒她的衣服，嘴里吐着狠话："前戏也够足了，看我不整死你个小东西……"

圆缺的心一下子就跌入谷底，这样无力反抗的滋味，又一次袭来。

那时候跟着顾于肆，她不甘心，挥舞着小爪牙，而他任凭她抓啊闹的，虐着她的身也宠着她的心。

可今天呢？怎么都阻止不了身上的醉鬼赤裸裸地拿她泄欲，她只能歇斯底里地反抗，却换来醉鬼狠狠地甩了她两巴掌。

啪！啪！两声清脆的耳光，力道之大，竟把她打昏了过去，短暂昏迷再醒来后，就看见醉鬼被人揪着衣服按在墙上揍。

那揍着醉鬼的背影很是熟悉，她想张口，牵动了面颊刚被打过的地方，一阵钝痛。"嘶……"

她吃痛的声响惊动了那人，那人猛然一转身，见她衣衫凌乱、脸颊红肿，又愤恨地回过头去，抡起拳头重重揍了醉鬼几下，才折回到她身边。

那人蹲下，脱下外套给她披上，将她抱起，小心翼翼地搂进怀里，仿若那是他丢失的珍宝，就连他的声音都带着颤抖，"没事了，有我在。"

圆缺好像还是不敢相信似的，眼睛一眨不眨地看了他好几分钟，确认了不是幻觉，眼泪啪嗒啪嗒地就掉了下来，"于肆，你怎么才来……"

一声于肆，喊得他的心都碎了。

颤着手给她擦着泪水，连带自己的眼角，不知怎么的就有了泪花。

不想让她看见，顾于肆扭过头去，使劲眨了几下眼，总算将心疼的泪花逼了回去。

扭头解开缚着她双手的皮带，硌得她生疼。顾于肆听见圆缺倒吸一口凉气，心里不是不心疼的，可眼前的境况由不得他儿女情长，手下解皮带的动作没停，潜意识里还是将力道放小了不少。

就这样分神了一下，顾于肆就挨了闷头一棒子，他闷哼一声，血顺着柔软的头发在额头缓缓流下，圆缺慌得一下子将顾于肆推开，迎面挡过醉鬼挥过来的第二棒。

饶是顾于肆反应再快，圆缺还是结结实实挨了这一下，醉鬼仍不解恨。

"坏我好事？我毁了她！"抄起茶几上的玻璃杯砸碎在地，醉鬼一手揪着圆缺的衣领，一手随意从地上挑了块玻璃碎片就要往圆缺脸上划。

顾于肆顿时止住脚步，随手捡起一根木棒，紧紧地盯着李茂河。

"放开她！"这一次，他几乎是吼出来的，尤其是见到李茂河后退时，手里的玻璃碎片已经划破圆缺的脖颈。

眼看顾于肆情绪有些失控，李茂河突然心生怯懦，再不敢拿乔，将圆缺往前一推。顾于肆眼明手快地上前一把将圆缺抱住。

而李茂河却乘着这个时机从旁边散落的包里掏出一把手枪！

砰——

楼下停着的商务车里，苏杨脸色一变。

后座的马小波不动声色地抽烟不说话，苏杨离开后他觉得事情不妙，才又拉着姚翩翩赶来。

"苏杨，现在后悔似乎还来得及，不然照顾于肆这么折腾下去，圆缺难保不会动心。"姚翩翩和圆缺几年的室友不是白做的。

"后悔。"如果说后悔，他后悔当时怎么就拉拢了刘璨，让她去戳顾于肆的软肋，如果不是这一出，圆缺现在也不用受这个罪。

"不过是你们分手了，她又跟了顾于肆，你至于这样报复吗？"听着那一声枪响，姚翩翩胆战心惊，更为身在险境中的圆缺捏了把汗。

"翩翩，这是意外，不是他本意，更不是他授意的！"马小波帮衬着说好话，"更何况，苏杨现在有女朋友了，叫凌宸，改天介绍你们认识。你别老纠缠在这个问题上了。"

"就是那个跟圆缺很相似的女孩吧。"姚翩翩不满地说道，"苏杨，摆明了说，我不信有哪个女孩跟圆缺真的相似，就算有，这世上也找不出比圆缺对你更好的女孩了。"

马小波拉她过来本意是让她劝阻苏杨不要多管闲事，现在倒好，姚翩翩口无遮拦的，眼见苏杨脸色越来越不善，马小波赶紧拦住她。

"她是你室友，你一门心思帮着她说话，那你说让苏杨怎么办？分手这么多年，难道要他像王宝钏一样苦等着她？"

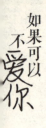

"苦等？！苏杨，你知道当初圆缺为了跟你在一起吃了多少苦、受了多少白眼吗？你们在一起的第一年，她身上没多少钱，为了送你生日礼物，她连夜打工还是凑不齐看中的那对情侣表，最后差的那几百块，是她卖血的钱！"姚翩翩支着后座椅跳起来，嘴角扯出一丝嘲讽，"你那时是怎么说的？有她圆缺的地方就是你的家，可最后呢？不信任她的人也是你。到底是圆缺对不住你，还是你跟顾心言鬼混在先？凭良心讲，分手这事你就一点错都没有？我知道你一直介意那张验孕单，可你知不知道……"

马小波见她越说越亢奋，伸手捂住她的嘴，"没脑子啊你，胡扯什么呢？分手那事能怪苏杨吗？真当这世上有忍者神龟，一顶绿帽子扣到头上，哪个男人遇到这种事能淡定得了？心死神灭地找顾心言灭灭火有什么不对的？"

可姚翩翩最后的话，已经在苏杨心湖投下一记惊雷，他的心跳骤然加速，开口说道："你说得对，当年要不是我还有别的心思，也招惹不上顾心言。而这些年我也的确没有苦等她的意思，女朋友换过不知道多少个了，但圆缺却始终都是心里的一根刺。如今我既然回来了，对她也没绝了这份心思，我想试试，能不能把心里这根刺给拔了……"顿了一下，苏杨终于将问话绕到正题上来，"那验孕单到底怎么了？"

马小波见他拐着弯儿说了半天，就是想问清楚验孕单的事，脑子里立刻响起一个声音催促着：阻止他！阻止他！

思考片刻后，马小波说道："就算验孕单是个误会，圆缺现在是顾于肆的情妇！"

一句话直接击中苏杨要害，这根刺是他想拔就能拔掉的吗？

姚翩翩心里也清楚，不再张口，感情的事，如人饮水，冷暖自知。她说再多，其实也是无济于事，苏杨不走出这顶"绿帽子"的阴影，即便今天放过了圆缺这一遭，下次呢？

好半天，苏杨没再说一句话，楼上却是不平静。玻璃窗被砸碎，顾于肆被人掐着脖子，半个身子都推出窗外。

苏杨只抽着烟冷眼瞧着，却见到圆缺疯子一般扑上去厮打压在顾于肆身上的人，太远看不清她的表情，只看得到她身上染了不少血。

那人不耐烦地甩手就是一巴掌抽了上去，末了还一脚将她踹开。

这一动作看在苏杨的眼里，他猛地捏扁手里的烟蒂，用力掷在地上，脸上再也不见犹豫之色，拿出手机拨通了号码，"警察局吗？报案……开元路后宫娱乐会所发生械斗。"

看着苏杨挂掉电话，马小波恨铁不成钢地从车镜里对他望了一眼，刚才的状况，只要再等等，顾于肆被那帮子人整死也不出奇，偏偏苏杨到最后关头心软了。

警察来得很快，上去没过一会儿就押着一群人下来，顾于肆浑身是血躺在担架上，旁边是哭得跟泪人儿似的圆缺，紧紧握着他的手。

苏杨是在他们离开之后才驱车离去的，路上，马小波见他心神不宁的样子，嗤笑道："这么担心，刚才为什么不自己上去？还要这么大费周章地利用警察。"

见苏杨不答话，他只好转移话题道："李茂河那边怎么办？我们还有项目攥在他手上等批呢。"

"以后他怕是没那权力了，这次他没将顾于肆搞死，就只能等死了。"没将顾于肆扳倒，损失的何止李茂河一人，苏杨心里烦乱，说完这一句，索性闭目不再理会。

事实证明苏杨猜测得没错，李茂河被修理得很惨，不过那是几天之后的事了，因为此时的顾于肆早已经失血过多，昏迷过去。

虽然送到了医院，可这个小地方，医院也只能勉强算得上二级，再者待会儿要做手术，圆缺身上也没钱。她想找人帮忙，才想起上午来的时候手机就被T恤男搜走了，只好从顾于肆口袋里掏出他的手机来。

上面的联系人她根本没一个认识的，随手拨了一个名叫俏俏的号码，电话接通后，是个年轻女人的声音。

"这么晚了给我电话，有事儿？"声音有些惊喜的味道，却被压抑得很好，不留意很难发现。

圆缺顾不得多想，将情况简明扼要地说明，末了才迟疑地开口道："你能帮我联系上他的亲人或者秘书吗？我这儿需要钱做手术。"

挂掉电话之后，圆缺看着外面黑沉沉的夜色，这个时间大多人都睡下了，这个叫俏俏的也不知道什么时候才能赶来，指望别人救援还不如自己厚着脸皮去磨磨医院。

跑上跑下，好话说了一箩筐，最后将顾于肆送她的那枚钻戒硬塞给主刀的女医生，又寻了警察磨破嘴皮子求了千遍万遍，才终于将顾于肆的手术安排好。

事实上，白俏很快便杀到了医院，同行的还有一个美妇人，四十上下，保养得极好。

圆缺站在手术室门外等着里面的情况，不敢离开哪怕半刻钟，一扭头便看见风尘仆仆的两个女人，年轻一点的她有印象，姓白，好像是顾于肆的秘书。

到底是见过风雨的人，美妇人很快从慌张中缓过神，看见满身血渍的圆缺，上前来先是上下打量了一番，才勉强勾起嘴角的一个微笑，"我是于肆的姨娘。"

"你好。"圆缺也笑，面上大大方方的，心里紧张得直打鼓，自己不过是顾于肆一个情妇，若是他姨娘问起她的身份，她要怎么回答。

好在他姨娘心思玲珑，并没有那样俗透了的开场白，转而看向门上亮着的三个大字——手术中。

"进去很久了吗？"

"嗯。"圆缺应了一声，也看向手术室，"应该快出来了。"

旁边的白俏出声安慰："姨娘，会没事的。"

一个秘书也能跟着他喊姨娘吗？圆缺怔愣，心里有些不是滋味，恰巧有换班的护士夜巡，看见圆缺一身是血，小跑过来询问怎么回事。

圆缺一门心思全在手术室里的人上，摇头表示没事。

可小护士善心大发，执起手给她检查，惊呼道："你这人怎么回事啊？玻璃碴子都扎到手心的肉里去了，不疼啊？赶紧跟我去处理下，不然要破伤风的。"

他姨娘这才将视线转到圆缺的手心，目光闪烁了几下，却到底没说话，转过头又盯着手术室的门。

圆缺觉得自己就算担心，死皮赖脸地待在这里也会招人烦，索性顺了小护士的意思，起身离开。

小护士大概是新来的，无比热情，拉着她的手边走边唏嘘，"这么长时间不处理伤口，你都没感觉的吗？"

小护士见她一步三回首，捏了一把她伤口边缘的肉。

"放心吧，他不会有事的。我刚听别人说了，那一枪没打在膝盖骨上，不会瘸的。倒是你，他进手术室两三个小时，你就硬等着啊……像你这么实心眼的女人，我还是第一次见，这么担心，他是你什么人啊，老公对不对？"

小护士这么一说一捏，圆缺突然觉得疼了起来，也不知道是伤口疼，还是心口疼。

处理好伤口回来时，手术已经结束，顾于肆已经被转移到加护病房。圆缺赶到病房，还没捞着进去探望，就被他姨娘拦在了病房门外。

"尹小姐，我们聊聊。"他姨娘微笑着开口。

该来的，总是躲不掉的。

见圆缺不答话，他姨娘走上前两步，"手上的伤好些了吗？别让他醒来看到我们没照顾到你。你家住什么地方，我安排人送你回去休息吧。"

不是责备，不是蔑视，轻松一句话就将圆缺划到圈子之外去。

一席话是滴水不漏、八面玲珑，圆缺也是明白人，"这次连累他受伤，我万分过意不去。你不用担心，我和他，不是你想的那样，等他醒来，我就走。"

他姨娘一愣，没想到圆缺会义正词严地拒绝她给的台阶，原本亲切的微笑改为高深莫测的神色，"难得你有这份心……"

话还没说完，噔噔噔几声细高跟声音传来，白俏捏着手机递过来，压着声音说："姨娘，爸那边气得不轻……"

他姨娘面上不屑神色一闪而过，"他怎么知道的？"

白俏面上闪过一丝不自然，他姨娘接着冷哼，"子不教父之过，他有什么资格气，早干吗去了。"一把夺过白俏手里的电话，瞥见圆缺一脸疑惑，转身走远几步才接起。

病房外一下子只剩下白俏和圆缺两人，圆缺刚被小护士"关爱"一番，手上隐隐还疼着，压根儿没有睡意，倒是白俏，折腾了大半夜，看起来很疲累。

"白秘书，你要不要休息一会儿？"毕竟是自己一个电话把人从被窝中揪出来的，圆缺觉得有些抱歉，指了指加护病房旁边的休息室。

"不用了，我想等他醒来。"白俏目不斜视地透过玻璃看着里面病床上的顾于肆，"今晚真的谢谢你通知我。我叫白俏，私下里你可以喊我名字，也可以喊我俏俏。"

圆缺极快地看了她一眼，自上次在公司吃饭遇见，圆缺就觉得面前的女人不单单是秘书那样简单，原来，她就是顾于肆电话中的"俏俏"。

这样亲密的昵称，比他姨娘直接轰人还要让她难过。圆缺一下子不知道要用什么样的身份和表情，继续在这里待下去，好在他姨娘接完电话回来，就要带白俏连夜走。

圆缺看得出来，白俏起先是不愿意离开的，他姨娘瞥了眼圆缺，慢悠悠地开口道："他这样为个女人胡闹也不是第一次了，男人玩够了自然就会收心。该担心的是他老子那边，我没把握能压住，你得去劝着，于肆带着伤，不能让他来搅和……"

圆缺觉得自己脸上被打了一巴掌，却还不了手，咬着唇站在一边看着。

临走前，他姨娘将一张金卡塞进圆缺的手里，"好好照顾他，钱不够你再给俏俏打电话。"说完，她带着白俏走了。

圆缺手里攥着那张卡，泪水就含在眼眶里打着转儿，可她没有资格发小姐脾气，只能将卡收好，顾于肆住院、用药什么的，毕竟还是要用钱的。

让圆缺没想到的是，第二天一早，顾于肆还没醒来，就有人来接他了，那卡里的钱，压根儿就用不着。

Chapter 17
相顾无言

看着病房里和医生商讨转院事宜的司徒空，圆缺在起初的怔愣之后，很快反应过来是怎么一回事。

白俏临走时不甘愿的眼神犹在眼前，那女人又怎么会放任自己和顾于肆二人独处呢。

将唇边的苦涩掩去，圆缺才走进病房，将他姨娘给的那张金卡递给司徒空。

司徒空不想接，可瞧着圆缺没有留着这卡的打算，也明白这种金卡不是圆缺办得起的，谁给她的，为什么给她，都不言而喻。

见司徒空将卡收好，圆缺才说道："他这样还昏迷着，转院的话，身体吃得消吗？"

司徒空半夜接到白俏电话时就带私人医生赶了过来，原本对老板受伤这件事他心里也是责怪尹圆缺的，现在看她那么小心翼翼地关心和询问，突然觉得，都是情字惹的祸，哪儿能全怪她一人？

司徒空叹了一口气，"移来移去，肯定是要受罪。但这家医院治疗水平明显跟不上，再加上徽城不是咱们的地盘，昨天才砸了别人的场子，再不走怕是有人会追到医院来了。"

这是铁板钉钉的事，可听司徒空直白地将利害分析出来，圆缺还是下意识地看了一眼床上的顾于肆。

他的脸上连丁点儿血色都没有，圆缺脑中浮现出昨天李茂河手下的那群混混，在听见枪声之后冲进来对他拳打脚踢的样子。

那时候他小腿中枪，已经不能站起来了，匍匐着身子，还将她护在怀里。

司徒空说得没错，移动的时候，即便医护人员十分小心，还是苦了顾于肆。她跟随在他身边，每每看见昏迷中的他疼得直皱眉头，一路上不知道说了多少句"你们轻点儿……他疼"。

终于回到T市，就在圆缺一颗心刚放下一点儿、准备履行对他姨娘的承诺主动离去时，顾于肆又因为伤口感染，一直昏迷不醒。

这不仅急坏了医护人员，更是吓得圆缺六神无主，听他口中一会儿呢喃道："我不要姓顾……"一会儿又是，"圆缺别走，我不让你走……"

她不是学医的，不知道怎么样才能让他减轻痛楚，只能握着他的手，"我不走，就在这儿……"

这样反反复复折腾了一天，顾于肆的病情终于控制住，圆缺还是不敢离去，生怕又生了什么变故。到了夜里，司徒空劝了她几次回去休息，她都不肯。

司徒空没法，只好使出杀手铜，"刚过来的时候，任先生说要给他物理降温……"

圆缺知道任先生是顾于肆的私人医生，她握着他的手，靠在床头，听了司徒空的话，表情有些愣愣的，"我看见血都不晕了，他们要物理降温，降就是了，我在这里陪着他……"

"这个物理降温，是要用医药酒精擦拭全身……咳咳……"见她还是一脸懵懂，顿了顿，司徒空难为情地解释，"要脱光全身衣服，然后……"

圆缺感觉自己的脸一下子涨红了，热辣辣的。

难怪司徒空几次劝她离开，"我……我……我回学校洗洗，换身干净衣服再过来照顾他……"

结结巴巴说完，丢下顾于肆的手，就跌跌撞撞跑出了病房。

司徒空透过窗户看见她出了大门，才走到床前，"老板，别装了，人都走了。"

床上的人一把掀开被子就要下床，动作太急太大，疼得他龇牙咧嘴，身后传来司徒空憋笑的闷声。

顾于肆觉得有些难堪，梗着脖子直叫唤："还不快过来扶我？六点的时候就告诉你支开她，办事效率越来越低了……"他都快被尿憋死了。

司徒空赶紧过来架住他往洗手间去，口中为自己辩解道："是尹小姐要守着你，怎么劝都不肯离去。"

没想到顾于肆听了，乐得屁颠屁颠的，再没有责怪他的意思。

顾于肆解决完生理问题之后，出了洗手间问的第一句就是，"那卡查了是哪儿的？"

"京里的。可我到徽城的时候，没见到白小姐，也没见到其他人，不知道这金

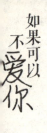

卡到底是经谁的手递到尹小姐手里的。"

司徒空话里的意思，顾于肆当然明白，现在他担心的是，来的人有没有跟圆缺乱嚼舌根。

司徒空端详他的神色，揣测着说道："我看尹小姐不像受刺激的样子，倒是另一件事很蹊跷，徽城那帮人承认是收了李茂河钱办事的，但却一口咬定没有绑架，说是尹小姐自己过去的，调了火车站等几个地方的监控录像，证明他们没说谎。"

这显然也出乎顾于肆的意料，眉头一挑，"她为什么会自己过去？"

"说是怕——被包养的事——曝光。"司徒空权衡再三，还是说了实话，可话才说完，就见顾于肆脸色铁青，刚才的好心情一扫而空。

将他扶上了床，司徒空试着转移话题，"任先生说，现在最好吃流食，要不要吃点东西？"

"不了，我等她来。"顾于肆扭头望向窗外，月色凉凉，树影婆娑，就像她每一次的拒绝和疏离，晃得他的心也跟着荡来荡去的。

可他这一等就空等了一整夜，圆缺打车回到学校，刚到宿舍楼外，就被人拦住了去路，"圆缺，我等你好久了。"

圆缺没想到苏杨还会主动找她，而且还是这么晚的时间。

看着她皱眉不答话，苏杨上前拦住她的去路，像极了三年前发生在这里的那一幕。

那些天，圆缺想争一口气，像是要在顾于肆面前证明她是有骨气的，不是任人捏扁搓圆的人。

她不容有人误解她，哪怕这个人转身就跟自己再无瓜葛，即便那样，她也要这个人在日后想起她时，记得她是出色的，而不是一个以肉体交换金钱的恶俗女子。

所以，她接受了顾于肆的打赌，去了他在T城的办事处工作。她很努力地工作，办的事儿也漂亮麻利，顾于肆很少夸人，但偶尔会不吝啬地对她含笑：不错！

打工的事她跟苏杨在电话里说过，略去了和顾于肆相识的过程和赌约，只说是人介绍的。那些日子她很卖力地工作，留给苏杨的时间自然就少了些。

苏杨很不满，但不敢明着说，那段日子正是他拒绝帮助尹家后不久，他说话做事都万分小心，实在憋不住相思，周末就会飞去D大缠着她两天，借以发泄。

圆缺则是一连忙着几天，周末带着骄傲的疲惫陪着苏杨，她嘴里说着工作上的事，老板夸她了，同事认同她了什么的，事无巨细分享给自己的小男友。这些对圆缺来说是新鲜的，苏杨听多了就腻烦，可看着她一脸自豪的样子，所有情绪都憋到心里。

与苏杨一样愁闷的，还有另外一拨人，尹家！尹飒是嫉妒得连牙根都痒痒。

顾于肆会赴尹飒的约，纯粹是为了看看这个影视圈新起之秀，到底对自己的妹妹阴险到何种地步。

尹飒没让他失望，她试图跟顾于肆交易，"你如果想要圆缺，我可以帮你。"

希尔顿那夜之后，顾于肆只让圆缺到他公司上班，只字不提尹家在T市的立足问题，尹家不是傻子，自然嗅出了不对劲儿。

顾于肆双手抱胸，眼皮都不抬，"如果我想要她，还得不到吗？用得着你帮忙？"

尹飒笑得一脸了然，"男人也分三六九等，像你这样事业成功资本雄厚又长得不错的男人，肯定不屑于强迫一个女孩子，你一定是知道圆缺有个男朋友，而且对他还是死心塌地的，对吧？"

不否认，尹飒分析得对极了，所以那天晚上他才……话刚说完，尹飒又急不可耐地补了一句："没我的帮忙，你很难真正得到她。"

可顾于肆还是冷言打断了她的长篇阔论，"是你见不得自己妹妹过得比你幸福吧？"

被人拆穿了戏码，尹飒脸色难看到了极点，顾于肆却不管，直接开口问："你要什么好处？或者说，尹家要什么好处？"

尹飒因为他的爽快而两眼发亮，"顾氏在T市地产的所有装修业务让尹家承接。"

不仅阴险，还很贪婪。顾于肆觉得自己玩够了，招来服务员结账离去。

他当然不会应了尹飒的话真的去拆散人家的姻缘，但尹飒的话却留在他的心里，在后来的工作中，他几乎不由自主开始注意圆缺。

圆缺也感觉到了不同，以往目不斜视进出都不多看她一眼的顾于肆，现在自己不经意间抬头就会对上他黏在她身上的目光，那是一种无法解读的目光，甚至有一丝挣扎的意味。

圆缺把那目光理解为赌约就要结束了，他在思考要不要帮尹家，于是更加卖力地工作。

有一次顾于肆应酬完回公司拿资料遇见了她。部门的正式员工都下班走了，她还在加班。正好外面下着雷雨，他送她回学校，坐在车里的圆缺是感激顾于肆的，因为她想起来今天是周五，没准儿苏杨已经飞到D大来了，这样一想，她恨不能立马回到学校去。

可她不知道的是，她揣着酸酸甜甜的心情期待苏杨的到来，而此时正等在D大校

门前的苏杨却气疯了。

只因为一个女生见他干等着，就将他拉到角落躲雨，"圆缺还没回来，下雨天就这样干等着啊，真是傻瓜。"责备中带着心疼。

D大宿舍管理比较松散，苏杨去过圆缺的宿舍，隐约记得这个女生是圆缺的室友，好像叫顾心言什么的。

他和这个女生保持着距离，"我怕她下公交车淋着雨，待会儿等她下车，我脱了衣服给她披上，不然这天气容易感冒。"

顾心言看着眼前的苏杨，雨水顺着他的墨发滴落，遥遥望着公交站牌一副守候的模样，顿时她心里满满地全是他，眼里也只看得见他。

顾心言想起方才老哥电话过来说送人回D大，问她要不要跟车回家。她自然是知道送的人是谁，眼睛快速地滚动一圈，她附到苏杨耳边，表面上做出一副矛盾纠结的样子来，"你可真傻，她怎么会淋着雨呢，我听说她和那老板有点……想必下这么大的雨，老板一心疼，会送她回来的。"

苏杨反应过来她话里的意思，狠厉地瞪向顾心言，"你少胡扯！"

顾心言的眼圈瞬间就红了，语气都有些哀怨。

"情人眼里出西施，她在你眼里什么都是好的，你当然听不得别人说她一句不是，要不是因为我喜欢你，我也会跟宿舍其他女孩一样瞒着你。"

苏杨愣了，这些年不是没有女人追过他，可他万万没想到圆缺的室友会对自己动心思，他和圆缺之间向来是他主动，圆缺从来没有这样柔软地看着他表白过。虽然他不会接受眼前的女孩子，但她的表白还是让男人的虚荣心得到极大的满足。

顾心言以为他信了，继续煽风点火。

"圆缺那个老板，我知道的，很帅又有男人味，你该知道小女孩大多都迷恋这样的男人，更何况他们朝夕相处，难免日久生情。你虽然爱她，但并不能经常陪在她身边，她移情别恋也是很有可能的。"

日久生情？！移情别恋？！苏杨从没想过这样的词汇会用在圆缺身上。

看着苏杨煞白的脸色，顾心言知道自己的话起了作用，先是虚荣心让他飘飘然，再是被背叛让他心冷到极致，忽喜忽悲的，任谁一时都无法冷静思考。

可苏杨毕竟还是有理智的，他抵死不信圆缺会是那样的人，刚想反驳，却被眼前从车上下来的身影折磨得痛不欲生。

那是圆缺啊！

她从一个男人的车里出来，而且还面带微笑地跟那个人说再见。

顾心言原本还担心光是她的话不足以让苏杨信服，眼前这一幕正中她下怀。

她幽怨怜悯地看了一眼苏杨，声音压得低低的，"哎，车里那个男人其实是我哥哥……"苏杨绷着脸看她，顾心言才又继续说完，"所以，我知道得比别人多一点。"说完，迈着小碎步，果真上了那个男人的车。

雨越下越大，圆缺一抬头就看见了苏杨，他全身都湿透了，肯定是等了她很久，心里心疼极了，赶忙小跑过去，想去抱抱他，用体温给他取暖。

哪知苏杨一脸嫌恶地避开了。

是怨她回来晚了吗？这些日子的确是她疏忽了，说严重点是冷落他也不为过，"别生气嘛，我们去吃麻辣烫好不好？"

冬天里，女孩子大多爱吃麻辣烫，苏杨本来对这种食物不感兴趣，可每次吃完看到圆缺红彤彤的脸颊还有娇滴滴的小嘴，趁着她喊辣的当口，他喜欢一吻封住，肚子没喂饱，倒是先解了他的馋。

圆缺心里含着愧疚，态度自然就软了下来，以为只要她好好哄哄，苏杨就会知道她的心意的，哪知苏杨冷冷地看着她，"你和他也去吃过吗？"

冷不丁的问话让圆缺没有反应过来，苏杨讽刺地笑着，想到圆缺这段时间总是在他面前称赞老板有多好，他越想越恨，不由自主地就脱口而出："不是总是说他好？既然他那么好，怎么不带他去吃麻辣烫，让他吻你啊？"

他怎么能这样说自己？圆缺的心被绞得粉碎，眼泪不小心就扑了出来，"你才带他去吃麻辣烫，你全家都带他去吃麻辣烫！苏杨，我恨死你了。"

说完她直抹泪水，转身跑进了校门，一路跑一路哭。她知道自己没资格哭，苏杨指责得没有错，希尔顿那天晚上她差点就犯了错，其后她愧疚得要死，可唯一的妈妈她不能不帮，而且顾于肆也不像表面那样坏，一个赌约，终究给她留了退路。

可是现在呢？她的退路被苏杨击得粉碎，她的坚持好像一出小丑剧，一点意义都没有。

以前不论是在校门前，还是女生宿舍前，远远地见到苏杨等着她，她就觉得自己是世界上最幸福的人。从那天以后，出现一个怪现象，苏杨再出现在女生宿舍门口的时候，潜意识里，她的心总是会颤几下。

诸如此时！

从回忆中拉回自己的神思，圆缺的心就像绷得快断了的琴弦，她不知道三年后的苏杨，会不会还是当初那个毛头小子，一生气就拿她开涮，不分青红皂白。

看着圆缺防备的神色，苏杨原本激昂的情绪顿时萎靡下去。

昨晚从徽城回来后，他的情绪就一直不安稳，虽然看着警察护送着她离开斗殴的那个地方，可一颗心就是放不下她，也不知道是看见她满是伤痕的脸，还是听了

姚翩翩的讥笑。

"若真是担心她，你何不顺应自己的心，查清楚当年圆缺到底有没有移情别恋？去问问顾心言最好，那人是她哥哥，她应该最清楚不过了。"

在回程的车里他拉不下那个脸皮，一回到T市，他反手砰的一声关上办公室的门，将马小波和姚翩翩关在门外，扑到电话前就拨通了一串号码。

顾心言接到他的电话，兴奋地问："回T市后，终于见到那个贱女人了。她现在成了我哥的情妇，是不是跟你朝思暮想的样子差别很大，所以想起我的好了？"

苏杨不想答话，听到那声"贱女人"让他很不舒服，他知道当年验孕单事件后，D大很多学生都在心里这样骂过圆缺，也许还有更难听的。

"'现在'成了？"咬住她的用词，苏杨直接切入主题，"下雨那次，是你骗我的对不对？圆缺那时候没有做对不起我的事，全是你胡扯的！"

电话那边传来顾心言的讥笑，"呵呵……胡扯又怎么样？你当时信了啊，我在车里还看见她想抱你，结果你把她一把推开了。"

顾心言一番言语，算是确认了苏杨的猜测，鲜血淋漓的真相比谎言更让他难以接受，他记得，他那天好说了好多混账话。

即便后来她真跟顾于肆有了什么，即便那验孕单是真的，大概也是被他逼的。他的不信任，他的躲避，亲手将圆缺逼到了别的男人怀里去。

隔着电话，顾心言仿佛知道他心中所想，语调变了变，开始宽慰他，"你也不用懊恼，即便没有你的放弃，尹家只要顺水推舟，还是会称了我哥的心意。而且，那时候你跟我在一起，不是很快乐吗？"

"闭嘴！"苏杨怒吼。

除此之外，他说不出别的话来反驳顾心言，颓废地揪着头发，甚至不知道身在何处，只能感觉慢慢泛出的疼，一点点吞噬掉他的心。

接电话时的欣喜早被他连番质问挥霍掉，此刻顾心言已经明白过来苏杨为何给自己电话了，她也恼了。

"闭嘴？那你打电话给我做什么，不就是想从我这儿找个让你忘记过去、重新和她在一起的借口吗？我告诉你，别再自欺欺人了，你跟我风流快活的时候，怎么不记得对她的忠贞不渝？既想当婊子又想立牌坊，世上哪儿有这么好的事等着你……"

顾心言顿了顿，话筒里传来苏杨沉重的喘息声，以她对他的了解，这是他发怒的征兆。

"尹圆缺这个人我了解，别扭、固执、死要面子、清高，对于一个不信任又背

190

叛她的人，她是不会回收再用的！"

苏杨只觉得一股无言的怒火在身体里熊熊燃烧起来，可就是没办法发泄出来，憋得他气短，挥手一下子就将办公桌上的东西扫落地面。

话筒里传来一阵乒乒乓乓的声音，顾心言知道他又在砸东西了，可她等了一分多钟，电话那边的苏杨都没说一个字，哪怕是怒吼都没有，静谧得可怕。

这么能忍？顾心言嘴角挑起一抹笑意，喝了口水润润嗓子，才又慢悠悠地说道："她现在是替我哥暖床的人，我俩的关系没清算干净前，我哥是不会放她回到你身边去的。所以，你现在就算回去也是白费力气。"

顾心言心想，谁叫你对我不是一颗心？你既无心，我也不让你好过。

所以，血淋淋的事实经过她的口再说出来就变得异常刻薄，宛如尖锐的武器，一下子就准确地刺入了苏杨的心窝。

挂了电话后，苏杨将办公室里能砸的东西都砸了个遍，还不解恨，出了门拉着马小波就走，当晚喝到大醉不醒才作罢。

早上醒来的时候，脑子还是一片糨糊，想起顾心言的话，心里又是一阵锥痛，索性钻入家里的酒窖又喝得天昏地暗，浑浑噩噩中也不知怎么就来到了D大门口，好在等了一天，终于让他等到了圆缺。

清风抚柔相送，树影婆娑多姿，曾经亲密无间的恋人，此刻只能相顾无言。

圆缺不开口，是拿不准苏杨这次来找自己的意图，而苏杨，则是哽咽着，不知道该跟面前他爱了七年的女孩说什么。

他喝得有些醉，不然怎么会这样不顾形象地就跑到她面前来。意识到这个问题后，苏杨丢掉手里的酒瓶子，捋一捋身上皱巴巴的衬衫。

看出他的拘谨，圆缺指了指教学楼，"那边有洗手间，你要不要先去洗个脸。"

苏杨点点头，转身走了两步，又跑回来，眼睛盯着她，"你别走。"

不想跟他过多牵扯，不见面是最好的方法！

圆缺一愣，她刚才是有趁他洗脸就走掉的想法。

"你若走掉，我就一直等，等到你为止。"

圆缺看他这架势不像说醉话，更何况躲得了初一，躲不过十五，"你去吧，我在人工湖那儿等你。"

大学女生宿舍门口是非多，她不想成为焦点，只好转移战场。苏杨很快就回来了，洗过脸之后人精神了很多。

"圆缺，我想问你，你和他之间，是否已经有了真感情？"

听到这句话，走在前面的圆缺猛地回过头，不解地看向苏杨，不明白他为什么问这样尖锐的问题。

"恕我不能回答你。"圆缺的口气不是很好。

其实这个问题，夜深人静的时候她也问过自己，余舟也曾问过她，可苏杨，他不该问。

被她一瞬间冷下来的语气冻得呼吸一窒，苏杨阔步上前，一把捏住她的肩膀，"我听说昨天的事了，他为了你甚至吃了一颗子弹，你是不是就感动了，甚至——心疼他了？"

"如果你想知道答案，我可以很肯定地告诉你，没有哪个女人面对昨天的情况能不感动、不心疼的。"圆缺不动声色地扭过身子，叹了一口气，"苏杨，我们现在的关系，是大路朝天各走半边，你以后不要再跑来问我的心思了，这样的行为真的很无聊。"

苏杨不可置信地看着圆缺，不明白这样恩断义绝的话，她怎么说得如此平静，当年那个亲他一下就会脸红的圆缺，到底被他丢到哪儿去了？

他不甘心，即便觍着脸皮纠缠她，即便耍尽各种手段，即便她看不起他、鄙视他，他也不要这样和她一刀两断。

"丫头……"苏杨一双眼睛直勾勾地看着她，口中呢喃着对她的昵称。

圆缺一瞬间出神，仿佛回到了相恋的那个时候，他生气时喊她圆缺，宠溺时唤她丫头。

"你不能心动，你对他而言只是个情妇，他是为了顾心言，才一直将你扣在身边不放手的。"

苏杨知道自己很恶劣，竟然把顾心言蔑视他的话说给圆缺听，然而，为了让她放弃对顾于肆的心动，别无他法。

果然，圆缺低下头。校园人工湖有活水注入，冷漠的流水声哗哗地响在耳边。

好半天，苏杨才听到她如蚊蝇的声音。

"你口口声声说爱我，是跟我谈恋爱，最后还不是带着别的女人走了。我一直知道自己的身份，也很庆幸他将我摆在这样的位置上。我和他这样很好，至少不会有背叛。"

苏杨如同当头棒喝。后来他们都没有说话。再后来，马小波不知道从哪儿闻讯赶来，圆缺摆摆手，示意他强行带走了苏杨。

苏杨几乎是被拖走的，他到了马小波的车上，一句话都不说。

顾心言说得不错，他打电话给她，不过是求个借口——一个让他从自我以为的背叛中解脱出来，重新和圆缺在一起的借口。

可如今借口有了，圆缺离他更远了。

当晚苏杨喝了很多酒，非要马小波将姚翩翩喊来。

"我要谢谢翩翩，是她点醒了我，顾心言说得没错啊，那时候圆缺想抱抱我，是我一把将她推开的。可如果我知道那一下，就把她推到别的男人怀里去了，就是砍了我的手，也不会那样做的……"

马小波原本也隐隐觉得当年是有隐情的，就怕苏杨知道后会再次深陷，现在倒是感谢顾心言将话说得那样刻薄。

姚翩翩刚进包厢的门，就被苏杨拖住胳膊，他念念叨叨地只有几句话。

"我对不起她呀！我对不起她呀！翩翩，你是见证过我们爱情的人，我怎么就不爱她了？我怎么就不要她了呢？"

昏暗的包厢里，酒瓶子七零八落，姚翩翩打量着这间D大附近的中高档学生娱乐会所。

苏杨曾经在这里帮圆缺办过庆生宴，说是庆生宴，因为苏杨知道圆缺不喜欢闹哄哄的一大帮子人，就简简单单地他们三个人喝着啤酒，在歌声中展望幸福美满的未来。

那时候多好啊，爱情美满，友情忠贞。

如今物是人非，只剩下苏杨肝肠寸断地悔恨，不知道同在T市的圆缺，是否也听到了……

马小波在电话里已经将大致情况告诉了姚翩翩，得知苏杨悔不当初，一路上她心里几度挣扎，掂量着要不要将自己知道的那些事告诉苏杨。毕竟那些事说出来之后，对苏杨和圆缺来说，是毁灭还是成全都很难说。

转念一想，顾心言都不怕将老底抖出来了，她还顾忌个什么劲儿啊，若那个人真不放过自己，大不了和马小波结婚后定居英国不回来了。

用眼神示意马小波将苏杨手中的酒瓶子夺了过来，姚翩翩就要开口，包厢门却被人猛然推开。

进来的是个女人，准确来说，是个和圆缺长得有三分像的女人，这是姚翩翩的第一印象。

她扭过头看向马小波，马小波放下手里的易拉罐啤酒，摸摸鼻梁，尴尬地开口介绍。

"她叫凌宸，是苏杨的——"马小波顿了顿，寻思着措辞，"是苏杨现在的女朋友。"他将"现在"两字咬得极重。

"我怕苏杨喝醉了，晚上没人照顾总是不行，就打电话通知她一声……你别瞪我，再瞪我也没用，是你室友说狠话伤苏杨，又一点挽留意思都没有，我才找的凌宸，起码她大半夜的就真赶来了……"

姚翩翩反应过来了，"原来这就是苏杨找的备胎啊……"

刚才她是晃眼了，包厢光线又暗，这女人气质上跟圆缺差得多了去了。

姚翩翩眼神中的不屑让马小波心里不是滋味，这好歹是他兄弟看中的女人，不由得又加了一句："小声点，你别这样说人家。你不了解男人，长得再像，要真没点感情，也不会留在身边的。"

这边姚翩翩深吸一口气，她知道马小波因为苏杨之前受的苦楚不待见圆缺，也不跟他争，只不咸不淡丢了一句："不见得，我看像这女人倒贴上来的。"

另一边，凌宸从没有见过苏杨醉鬼一般的模样，心里又是生气又是心疼，马小波开口介绍她的时候，她也只冲着姚翩翩点头笑笑，没多加注意就转头照顾苏杨去了。

苏杨喝得七荤八素的，凌宸拍打着他的脸，又用毛巾浸了冷水给他擦拭，他才勉强睁开混沌的双眼。

看不清眼前的人到底是谁，一颗心还浮浮沉沉记挂着刚才人工湖边的那抹倩影，脑中回荡的是圆缺那他亲过百遍的小嘴蹦出的字眼来——让他再也不要去找她。

不知身在何处，他只觉得心里苦得很，一把抱住凌宸，将头埋入她胸前的柔软，蹭啊蹭，口里模糊不清地呢喃："为什么偏偏喜欢你，为什么？"

凌宸脸皮子薄，当着马小波和姚翩翩的面，她顿时羞涩得不知所措，可心里早是打翻了蜜罐般地甜。

姚翩翩看着眼前"打情骂俏"的两个人，到嘴边的话无论如何是说不出来了。

压下已经喷涌到心头的怒火，她愤恨地踢了苏杨一脚，骂道："别他妈的在我面前肉麻——都有了备胎，伤心给谁看？"

也不管凌宸白了的脸色，说完拉着马小波就要走。

知道这两个人是苏杨的好朋友，就是被说成了备胎，凌宸也只得将不满塞回肚子里去。起身想要送送他们，苏杨不依，死命抱着她的腰肢，"丫头，别走……"

凌宸面上终于带了笑，改为一脸歉意地目送马小波两人。他们离开之后不久，凌宸在服务员的帮助下将苏杨挪上了车，一路开到他在市中心的高档公寓。

凌宸煮了醒酒汤给苏杨灌下后，迷糊中的他拉着凌宸的手，"今晚留下来……"

那一瞬间，凌宸觉得窗外的月色真是美好，羞答答地关掉房间的灯，摸黑走到床边——她终于等到他留她过夜的这一天了。

依着苏杨的身边躺下，抱住他的腰，结实的触觉让她不自觉地情动几分，拉着他的手按在自己的衣衫上，可苏杨醉得不轻，根本动不了手。

凌宸只好自己解开纽扣，敞开衣衫，只留了bar贴身靠近苏杨，窝进他怀里去。

半夜时，苏杨酒醒了些，脑子还是一片混沌，记忆里好像他拉着圆缺的手不让她走，她也依言留了下来，心里的苦楚在浑噩中不明就里地变成了欣喜，便搂着身边的人一阵亲热。

凌宸担心他晚上要喝水，本来就睡得极浅，被他孟浪的动作一惊而醒。

细软的腰肢上他的大手游走，她的心扑通扑通直跳，没两分钟就沉迷其中，一双胳膊不知何时已经环上他的脖子。

身下人的主动让苏杨欣喜不已，多久了，圆缺有多久没有这样拥抱过他了。

他动情地吻着身下人的脖颈、小嘴，最后在她耳边呢喃道："我好想你，圆缺，我真的好想你，你有没有像我想你一样想过我……"

苏杨说这话的时候，正是要攻城略地的紧要关头。

凌宸脸上甜蜜的笑意撤了下去，转而换成苦笑，她用力抱住苏杨，漂亮的指甲掐入他的后背。

"苏杨，看清楚你抱着的人，是我凌宸。"

苏杨本来酒劲儿就过去得差不多了，只是思维还沉浸在拥抱圆缺的幻想和满足中，不肯醒来。直到后背传来的刺痛惊醒了他，黑夜中透过月色，他才看清了被自己压在身下的是凌宸，不是他心心念念的圆缺。

腹腔翻滚涌动的情潮一下子被眼前的现实浇灭，一室旖旎春光冷却下来后，床单上的两人大眼瞪小眼，只剩尴尬。

没醒来之前，苏杨只觉得身下一片温香软玉，而此刻，凌宸在身下小小动了一下，他只觉得如同是烫手的山芋，让他进不得，退不得。

他手掌握拳放在嘴边假意咳了一声，"酒喝多了，口渴。"说着就要翻身下床。

凌宸原本充满希冀的目光一下子蓄满泪水，死死抱住他不松手，"姚翩翩说得对，我果然只是备胎吗？酒醒了，我就没用了，就要一把推开我。"

"你们女人就爱多想。"苏杨不知道该怎么解释现在的境况。

凌宸是知道他的，对女人从来没什么耐心，可她不是他以往那些只求一夜露水情缘的女人。

"如果不拿我当备胎，就证明给我看。"说罢，走近苏杨，将他的大掌按在自己胸前的柔软之上。

"凌宸，别闹了，快睡！我明天还要上班。"苏杨甩开她，有些不耐烦，更没心思哄她。

他拒绝的意味那么明显，让凌宸觉得受伤。

"你担心什么？怕姚翩翩去尹圆缺那儿说你有女人了？他们都是成年人，我们就算没干什么，他们也会以为我们干什么了。"

说完，她的手就探进他宽大的睡衣中。苏杨再次推开她，说道："不行。"说完，他大步踏出了卧室。

听着浴室传来的哗啦啦的水声，凌宸觉得讽刺，她这个正牌女友就在床上，苏杨竟然选择冲冷水澡！

不是她没有魅力，他明明已经被撩拨得欲火焚身，还是拒绝了和她欢爱。

身下的床单被凌宸狠狠攥在手心蹂躏。尹圆缺，为什么你霸占着他的心，还霸占着他的身？！

好似老天都听到了凌宸的不甘和怨愤，惩罚圆缺一个大大的喷嚏。

"阿嚏……"

此刻坐在出租车上的圆缺，肯定想不到自己竟然被别的女人认定为祸害。

整个城市烟雾茫茫，出租车上电台播放着午夜档情感栏目，主持人正安慰着打电话进来的失恋小女生。

圆缺望着车前穿透灰雾的光束，然而烟雾凄迷地飘浮着，那光亮，也只能照亮那么短短的一程——

"外面好灰啊，每个人都看不清自己的心。"她轻轻地喃喃自语。

司机师傅以为圆缺是跟他说话，大嗓门一开："姑娘，你说啥？"

"没什么，外面雾大，师傅你开车小心点。"此刻的圆缺有些疲累，比妈妈病倒之后独自坚持的这三年还要累。

想想苏杨说的那些事也不算什么秘密，顾于肆第一次将她压在身下时，就说得明明白白——他要顾心言永无后顾之忧。

这些原本她就知道，可被人赤裸裸地说出来又是另外一回事。苏杨的话，一遍又一遍地回荡在她的脑海，刺激着她的神经。

夹杂着雾霭氤氲的复杂心情，突然想去探望余舟，心想，或许她是理解自己的。

圆缺到来，余舟并不惊讶，不知道是不是圆缺的错觉，总觉得经过几天的治疗，不仅余舟的伤口愈合得差不多了，就连她原本怀恨在心的戾气都消去不少。

余舟原本在看报纸，见她进来，打趣着开口道："不去照顾顾于肆，怎么到我这儿来了？"

圆缺一愣，"你怎么知道他受伤了？"

"这么大的事，早就传开了。"

圆缺不想欺骗她，干脆实话实说，"嗯，有群人绑了我，他就去了，寡不敌众，挨了一枪，还满身是伤的。"

这下换成余舟目瞪口呆了，"顾于肆为你怒发冲冠，单枪匹马闯黑道吗？"

圆缺不理会余舟的惊诧，搬来几个凳子绑在床边，又脱了鞋子，窝在她身边。

"我不知道这里面还有什么隐情，不过，晚上的时候苏杨来找我，跟我强调说，顾于肆不是真心的。"

余舟的胳膊还挂着石膏，动起来不是很方便，但还是努力地勾住圆缺的身子，对着窗外仿佛感慨一般地开口："苏杨啊，你们从高中到大学，有过海誓山盟，有过难分难舍，最终却没磨过现实的岁月，真的分开了，你和顾于肆好上了，他又失落了。男人就这样，分开了也见不得让你好过。"

余舟这次出奇地没有偏帮苏杨，圆缺正纳闷，哪知余舟顺了一口气，又接着说："至于顾于肆，以前我想的是，他或许跟其他男人一样，你的出现，让他很享受这种偷偷摸摸的感官刺激。他们这些有钱人家的公子哥，大概认为这才是真正的爱情。可现在我倒羡慕起你来了，能拿生命来证明心意的男人，大概对你是真的日久生情了。尹泽要是肯为我这样，我就是死了也愿意。"

余舟是说，顾于肆对她做的这些，是因为爱的缘故吗？

圆缺合上眼睛，不想再继续这个话题，她觉得自己有鸵鸟思维，只要关乎那两个男人，她就想逃。

这天夜里，顾于肆的病房里，可谓是上演了一场轰轰烈烈的战斗。

白俏揉了揉发酸的小腿，她觉得累，不是这两天两夜奔波的劳累，而是与顾于肆这场旷日持久的攻心战，快要逼得她无路可走了。

就如同现在，她已经在病房里站了快半个小时，依旧被晾在一边，被当个透明人一般。

她深吸一口气，终于下定决心，"于肆，我想，我们需要谈谈。"

"谈什么？"顾于肆连看都没看她一眼，似乎对她的提议没有丝毫的兴趣。

"或许可以先从这个谈起。"

白俏打开Gucci挎包，将一份任命文件拿了出来，放在顾于肆面前。

"老爷子觉得竹城项目和这次T市政务区开发案，顾氏都没能拿到手，一定程度上和你徇了私情有关系，想让我介入顾氏，依靠白家的关系帮你一把。这件事很重要，我想还是在董事会投票决议之前跟你说一声比较好。"

顾于肆心里明白这着棋名为帮他一把，暗地里就是监督，不过他颇不以为意，说话的语气也好像在应付一个不懂事甚至给他添麻烦的小孩子。

"原来你想谈这个。看来我们对'重要'一词的理解并不一样。"他瞥了一眼任命意向书，"它不过是份常规董事会决议意向书，你要是喜欢的话，同意就行。

对我没多大影响，不必特地向我报备。"

说这话的时候，他用小指将任命意向书从笔记本上勾走，两眼盯着屏幕，审阅着经理们报备上来的邮件，他要在天亮圆缺来之前处理完这些再装昏，所以神情很是专注。

白俏忽然发现，这次回来之后，无论自己做什么，都入不了他的眼，进不了他的心。

"还有这个……"白俏不甘心，索性把背包里的东西全部倒了出来，将一份报纸摊在顾肆面前。

待他看清了主版面上令人窝火的主标题和副标题，啪的一声脆响，他几近粗暴地合上了手提电脑。

白俏被他突如其来的举动吓得一激灵，可他一直没有说话，也没有看她，病房里的空气几乎凝滞，只能听到他沉重的呼吸声。

白俏壮着胆子开口道："这报纸才排好版，可消息已经传到京里，我下飞机时接到老爷子电话，说是要你别再妄想了，有生之年他是不会准许一个为钱卖身又勾三搭四的情妇进顾家大门的。"

顾于肆仔细审阅着报纸的内容，字里行间将这次绑票事件描述得惟妙惟肖，仿佛写这篇文章的人当时就在现场一般。

文章的最后，还反问了一句话——"情妇被绑，金主救美，究竟是情之深切，还是里面有着不为人知的利益纠纷？"

这些年政企之间勾搭、互相牟利的那些事日趋白热化，想是写这篇报道的人，目的是想扩大这件事的影响，就不顾他的脸面胡乱猜测、胡诌，甚至把圆缺推到了风口浪尖上去。

不难想象，这则报道一旦明天真的面世，不免会有好事者去探察女主角的身份，到时候圆缺就算不被唾沫星子淹死，也会生生掐断对他才萌生的丁点儿情意。

想到这儿，顾于肆心下一寒，眼睛仿佛淬了冰。

白俏知道，她终于成功引起了他的注意。

可是，她并不为此而感到高兴，因为直觉告诉她，眼前这个男人正处于愠怒之中。而她，似乎正是惹怒他的导火线，看着他比寒冬腊月更阴寒的脸色，白俏的心扑通扑通跳着，几乎提到嗓子眼里。

顾于肆终于转过脸，仿佛别有深意地望着她，忽然轻轻一笑。

"你说得对，圆缺和我在一起的身份是不光彩，可这些都是我迫着她的，我藏着掖着不让人知道她的存在，不是因为她见不得光，而是不能让人因为我的缘故对她起了歹念。我要护她疼她宠她，要她无忧无虑地生活，哪怕再读几年书，继续待在象牙塔里，所以……"

他突然一手扣住白俏的下巴，迫使她正视他，冰冷的眼神冻得白俏心底直发怵。

"想利用老爷子和公众道德舆论压力，让我放开她？告诉你，这个点子烂透了。就你那点三脚猫的本事，我劝你还是省省吧。"

话说到这份儿上，白俏感到自己几乎心力衰竭，她近乎歇斯底里地一把打掉顾于肆捏在她下巴上的手，"你以为这些都是我做的？"

心死之后，她恢复了原本清冷的心性，冷笑着睨着他，"这份刚排好版的报纸，是我通过关系才拿到的，给你看是想给你提个醒。既然你不信我，那我也没必要帮你解决掉它了。"她抬起手腕看看时间，已经快早上四点钟了，"算算时间，现在应该送去印刷了。你劝我省省力气，好啊，那我就省下力气期待明天的娱乐头条。"

顾于肆睁大了眼睛，莫可名状地看着她，就这样直直地注视着她，仿佛要穿越绵长的时间，穿越苍茫的岁月，寻找记忆中那曾经的爽朗少女。

"俏俏，你怎么变成这样了？"

白俏收拾挎包的手一僵，抬头看了眼他的眼睛，"我爱你的心从来都没变，是你渐渐不再相信而已。"

按理说女孩家表白都是扭扭捏捏的，白俏不然，说这话时，她一双妙眼直勾勾地盯着顾于肆，见他始终不答话，拿起挎包转身，挺直了脊梁骨离开。

白俏离开后，顾于肆陷入沉思之中，持续了很长时间。直到司徒空敲门进来，看见他放在眼前的证件，顾于肆才觉得安心不少。

那丫头平日里证件就丢在天鹅湾，亏得他记得，让司徒空取了过来。顾于肆又将自己随身携带的证件也递给司徒空，"知道怎么办吧？注意不要闹太大动静，这事先别让京里知道。还有……"他将那份报纸递给司徒空，"现在想阻止印刷已经来不及了，买完它。"

圆缺在余舟那里也就躲了一个晚上的时间，第二天一早尹泽来探望余舟，她也不好夹在中间，再加上她心里也是担心顾于肆的，就奔去了他那里。

一路上她心里都直打鼓，一方面希望到医院的时候能见他醒来，另一方面又不知道经历过这次之后，她该用什么样的态度来面对顾于肆。隐隐地，她觉得两人的关系好像跟以前不大一样了，但具体哪儿不一样了，她也说不上来。

可到了医院，病床上的人依旧苍白着脸色，医生也是个把小时就来查探一番，可就不见顾于肆醒来。

急得圆缺像热锅上的蚂蚁，拽着司徒空不知如何是好。

司徒空望着床上"挺尸"的某人，也是一脸郁结——老板也太入戏了吧。

想说点什么安慰她，又怕她起疑心，望着她快急哭了的表情，司徒空也不知道该说什么，好在助理来了电话，他如蒙大赦，赶紧接起电话溜出病房。

圆缺端来干净的温水，掀开被子，小心地给顾于肆擦拭身体，再给他套上干净的衣服，服侍他躺下，又压紧了被子边沿，才走出了病房。

司徒空刚接完公司的电话，见她端着洗澡水出来，赶紧将电话挂了。

"公司的事处理完了？"圆缺知道，这些日子，也亏了司徒空，瞒着顾于肆受伤的事，公司大小事全拦在他身上。"真是辛苦你了。"

被个小姑娘夸赞，司徒空老脸一红，"都是小事，大事哪儿用得着我，自有顾总……"

见圆缺一脸惊诧地望着自己，司徒空才惊觉自己差点说漏了嘴，三步并作两步到她面前，接过她手里的水盆，转移着话题，"其实你不必做这些事的，有护理。"

圆缺笑笑，"我也没做什么。"

那叫没做什么？服侍喝药是没做什么，洗脸擦身也是没做什么，陪一直昏迷的人说话更是没做什么，洗衣服倒痰盂当然还是没做什么……

只要是这些本该高级护理做的事，她全做了，是，当然是没做什么！

司徒空怔了一会儿，没有答话，只是有些气闷地看着眼前的女孩，她大概是关心则乱，不然怎么会看不出来其中的猫腻，他真想对她大吼：老板是装的！

圆缺自然是不知道司徒空的心思，"那麻烦你帮我倒下水，我去把他换下来的衣服洗了。我要是一时没回来，你就陪他说说话。"说完，她就走开了。

洗完衣服回来，送走司徒空，圆缺再回到病房时，天已经黑了，外面昏黄的灯光映入病房里，斑驳的树影摇晃得她更加心烦意乱，晶莹的泪珠顺着脸颊滑到下颌，她粗鲁地用手背抹去。

看着病床上的人，这个本该坐在办公室指点江山的董事长，如今躺在病床上不知道何时能醒来，他为了什么，她知道，她都知道——

而他不知道，她根本不愿意他去做那些事情，不想他受伤。

从前她只欠他钱，如今她欠他情，却不知道该怎么去还。

又抹去一波汹涌的泪水，她转脸不再看他，转头看向窗外斑驳摇晃的树影。

一双手忽然从背后圈住她的腰，耳侧传来一阵热气，"圆宝，别哭了！我没想过你会为我哭的。"

圆缺转过脸来，诧异地看着已经坐起来的男人，声音都是颤抖的，"你——醒啦？"

顾于肆不说话，就那样眉眼含笑地看着她，却没想到她一跃从床边弹跳起来，向病房门口冲去，一把拽开房门，口中大嚷道："医生……他醒了！"

顾于肆躺在床上，听着走廊传来她焦急地喊人的声音，"任先生，你快去看看他，是不是醒来就代表没事了？"

检查的过程中，顾于肆只是笑着，待医生出去后，他向圆缺伸出手，"过来！"

圆缺听话地走到床边，将自己的手放入他的掌心，随之又被他带到了怀里。

圆缺任他抱着，闷闷地说道："任医生说，你再不醒来，脑子就要被烧坏了。"

"他吓唬你的。"他低声说，"胆子这么小——"

她胆小吗？一个人大晚上待在病房里陪他都不害怕，胆儿肥着呢。可转念一想，那医生每次给他检查的时候，她在旁边心都提到嗓子眼，生怕医生转身对她说——我们已经尽力了，你最好做好思想准备。这样一想，她的确是够胆小的。

"就你胆大。"她抱怨着，语气却是欣慰的，那小护士说得对，那一枪幸亏没打在要害上。

"对不起！"头顶上方的声音很轻很柔，诱哄着，"再叫一声于肆，我听听。"

他圈她圈得紧，圆缺能感觉他胸口的起伏不断加快。

"于肆……"她唤了声，然后想要抬头看他。

他抬手将她的头再度按在胸前，命令道："好好待着，别乱动！"

病房里很安静，外面飘飘洒洒开始下起雪来，窗户上雾气氤氲的，散出清郁的寒冷，可相互依偎着的两人却不觉得冷，他们各自呆呆地想着心事，却怎么也想不透——不明白为何两人的呼吸都越来越紊乱。

他的手有一下没一下地抚顺她柔软的头发，也抚平自己的激动后，才开口道："那天吓着你了吧，以后不会了！我只是想保护你，别怕。"

压抑着心底那抹道不明的纷乱情绪，她的脸贴上他的胸膛，听着他急促的呼吸声和不规则的心跳声。

"于肆！"

"嗯？"

"如果那天你找不到我，或者说，你找到我，而我已经……被人欺负了，你会怎么做？"会不会找新的女孩陪在身边？

"没想过。"他那时候一路超车，只想着怎么找到人，哪儿来的空闲心思去想其他的。

"那换成是别人你也会单枪匹马地冲进去救吗？"圆缺换了个方式问他。

"不知道！但那天落入那帮混混手里的，是你不是别人，所以，我一定会去。"

那天的焦急他忘不掉，那种心急如焚、度日如年的心情太过复杂，复杂到他不敢相信自己等不到司徒空带人过来增援就冲了上去。

顾于肆说这话的时候，圆缺好似从他笃定的口吻中听出一种掷地有声的承诺。

他没再说下去，抬起她的脸，吻上她的眼睛，"我很庆幸自己当时冲上去了！"

他不敢想象，他去得再晚一点，哪怕晚十分钟，她要遭受什么样的罪。

他的唇软软的，温热的气息喷洒在她的脸上，圆缺突然有种心电感应，仿佛心底那些道不明的情绪已经晕染开来，蔓延到她的心窝里去。

腰际的手收紧，他的唇移到她的头发，然后是额头，再然后是面颊，怀里的身体轻颤着，他再忍不住地用大掌扣住她的后脑勺，热切地吻住她。

病房外的走廊上安静得不可思议，夜禁除了巡查的医护人员再没闲杂人等，就是有人，他也顾不得了，从冲进会所见到她的那一刻起，他就想把她拥进怀里。

咬牙克制到此时已是极限，他的手臂猛一用劲，将她拖上了床，翻身将她侧压在身下。

他狂热地、忘情地吻着她，爆发的热情全倾注到吻上面。

这样激烈狂热的吻让圆缺大脑处于休克状态，心里仿佛炸裂开来，腾起了亮灼灼的火，原本准备好的问题统统被抛在一边，身心都沉沦在他织就的情网之中。

贴着他的胸膛，那里正剧烈地起伏，他用大掌捧着她的一张小脸，细细亲吻，仿佛她是他捧在手心的珍宝啊！

她揽紧他的脖子，贴紧他的身体，试探性地回应，也学着他吻上他的眼睛、额头。

这些年来顾于肆也算摸清了她的性子，他只有紧紧地将她箍在怀里才能亲近她，稍一放松她就滑溜得像鲇鱼一样，溜走了。

她和他在一起，从来都是他主动，吻上她时，他还在担心她会反抗。现在她的主动，着实让顾于肆受宠若惊了一把。

圆缺的头往后仰着，从他这个角度正好能看到她弯弯翘翘的睫毛微微抖动，低垂下视线，正好是她细白的颈间。

"嗯……"当他吻到了锁骨，从她口中溢出的低吟声蚀骨。

第一次，他和她都感受到了内心的愉悦。

被他这么香艳地搅和一通，她那些准备好的决绝的话，是再也说不出口了。

直到原本捧着她脸颊的双手不断下滑，抚过她颤抖的身体，圆缺才惊觉，用手推了推他的胸膛，"想不到堂堂总裁，竟然使美男计。"

"呵……"被她这样一说，翻滚的笑意从顾于肆的喉咙溢出，很是开心的样子，如果美男计真能铲掉她心底的疑虑，他不介意多用几次。

被他压在腰下的手腕，酸酸的，圆缺试着想要抽回。

身下的异动，顾于肆自然是感受到了，挺了挺腰杆，将她的手腕抽了出来，看圆缺止不住地揉，他才惊觉自己方才是真的粗鲁了。

不过，看着她嫣红的脸蛋和迷离的眼神、尚未退去的风情，他舍不得放开。

他是正常的男人，有欲念是正常反应，但通常都控制得住，掠过繁花之后更加珍视身心合一的欢爱，独独圆缺让他经常破功。

以额抵额，他在她的唇边低唤道："圆宝！你是我的！"

圆缺想要反驳，圆宝，听着多像元宝元宝，好俗的昵称，但为什么听在耳朵里，心里会吃了蜜一样甜呢？

灼热的唇又覆上，这次要温柔得多，仿佛是在慢慢浅尝她，流连在她的唇瓣，轻轻呢喃着。

"我知道，我们初相识的方式不对，开始得也很荒谬，在一起的相处模式更不是你喜欢的，可有个词叫日久生情，我不信你不懂我对你的心思。有人问我喜欢你什么，我也不知道。说什么外貌人品性格等等根本没标准，喜欢一个人就是喜欢了，不需要理由，简简单单就爱上你了。所以，别怀疑我为你所做的！"

如果说苏杨昨晚跑到学校去说的话，让她精心筑成的堡垒土崩瓦解，那现在顾于肆的话，便犹如巨石，在她原本翻涌的心湖又掀起一番巨浪。

交错在他颈后的手，一瞬间想要撤回，他敏锐地捉住，眼神灼灼地望着她，像个毛头小子表白一般，等着女孩宣读对他的判决。

他觉得自己冒失了，不该如此心急的，可苏杨回来了，三番四次地纠缠，也知道圆缺每次都很决绝，可他们毕竟是初恋，在圆缺同苏杨美好的过去里，自己就是个外人，根本就插不进去，若是苏杨死缠烂打，难保圆缺不会回头。

再者，床头柜里还塞着白俏晚间捎过来的那份报纸，那些伺机而动的人，压根儿容不得他忽视。

他固执地坚持着，被他按住的手柔柔地抽出，拉低他的头，浅浅地回吻。片刻后，她的泪水沾湿了他的脸颊，"于肆，如果我们是对普通的情侣多好！"

如果是普通的情侣该多好！

那样的话，不论是他追她，还是她倒追他，牵手之后应该过着温情淡如水的小日子，那才是爱情最原始的模样吧。

可他们一开始就恨着对方，才兜兜转转地被拴在一起，恨了，又爱了，承受这样痛苦的折磨后，就算心意相通，日后真能长相厮守吗？

"傻姑娘，这世上，哪儿有神仙眷侣，都是柴米夫妻。"他低声说，"淡忘过去，将苏杨收藏起来，跟我过日子，好不好？"

这世上有哪个男人，一边亲吻着你，一边口中说着别的男人的名字。

圆缺点头答应了，有什么不能答应的呢？

她的爱情，最初如同一杯柠檬水，酸酸甜甜的，苏杨来搅一搅，带走了一半的滋味，不得已她又兑了水，可滋味早不复当初。

现在，顾于肆他想要，那便拿去吧！若他能重新给她注满酸甜滋味，或许，她的后半生不至于凄凉过活。

而且，这些日子以来，她的心，的确因为这个男人，慢慢复苏过来，甚至有了喜怒哀乐的惆怅。

爱他吧，再差也差不过现在！

见圆缺点头答应，顾于肆有些欣喜若狂地抱紧她，窗外的雪簌簌地下着，丝毫没有影响到屋内两人的温情。

"我不会负了你的！"顾于肆信誓旦旦地说。

而圆缺回抱着他，睁大了眼睛看着窗外的落雪，脑中却闪过另一个人的话：你不能心动，你对他而言只是个情妇，他是为了顾心言，才一直将你扣在身边不放手的。

男人的话，真的可以相信吗？或者说，她该相信谁？

深深叹一口气，圆缺闭上了眼睛，止住那些胡思乱想，或许，她应该听从心的声音，再相信一次爱情。

两人合抱着看雪，圆缺从小是长在南方的，鲜少能见到这么大的雪，所以兴致不错；倒是顾于肆，他根苗就是个北方汉子，对于这样的大雪原本没多少感情可言，可因为怀里小女人的关系，他第一次觉得：哦，原来下雪真是很美的。

他忍不住亲吻她的耳垂，野火呈蔓延之势，听着外面传来护士巡夜的脚步声，他倏地止住了，拉好她的衣襟，见她也清醒了些，才亲了她的脸颊，低笑道："差点就给人饱眼福了。"

圆缺顿时羞赧地低下头，挣扎着离得远了些，顾于肆又把她抱回怀里。

圆缺觉得羞人，若说男人是下半身动物，她怎么也跟着沦陷了，还不止一次，难道真如余舟说的那样：冬天快要结束了，春天就要来临了？

她埋头，恰好看见他好看的喉结翻滚着，带着嘶哑的嗓音低笑着，告诉她："圆缺，我想出院了！"

她抬头瞪他，"你是病人！"

"嗯，所以你可要好好照顾病人。而且在这里，做什么都不方便！"正说着，他还上下其手，口气却正经得不得了。

两人说说闹闹，下半夜的时候才睡过去，这一夜圆缺在他怀里睡得倒是安稳，只是苦了顾于肆。医院可没那么人道地去准备双人床，那病床窄窄的，圆缺睡觉又极其不老实，晚上又是蹬被子，又是把腿放到他身上，他不敢动，生怕吵醒她，就那样维持着姿势，将就了一夜。

好在上帝是公平的，这一夜睡得不安稳的不止他顾于肆一个人，宿醉过后，苏杨头痛欲裂，只在凌宸恳求的神色下勉强喝了点粥就准备出门。

他今天不打算酗酒，更不打算再蓬头垢面地出现在圆缺面前，心里隐藏了这些年的浓稠恨意，突然变得稀薄起来，取而代之的是那段青葱岁月的唏嘘不已。

或许，圆缺回绝他复合是对的决定，他们太年轻，太不懂爱，才会互相伤害。他和她，就像两个刺猬，想要相互依偎着取暖，却总是被对方满身的刺扎得遍体鳞伤。

转身抬眼看着在厨房中忙着洗碗的凌宸，他有些恍惚，决定不再纠缠圆缺之后，他以后的日子，就要找另外一个女人结婚生子，大概就要这样过完这辈子了。

不然，他还能怎样？！

外面下雪了，从衣柜里翻出风衣出来穿上，樟脑丸的气味竟把他刺出眼泪来，他慌忙抹了把脸出门。

下了一夜的大雪，路上积雪严重，有些路面还结了冰层，等苏杨赶到公司时，马小波见他推门进来，怔愣了半天没说话。

"怎么？"苏杨环顾自身，没看出有什么问题，才又将询问的眼神递向马小波。

"没什么。以为你还要萎靡几天呢。"

那边的苏杨已经脱掉风衣，倒了一杯威士忌喝上了，"继续萎靡？那我这几年在英国不是白混了。"

见马小波盯着自己手里的酒杯，苏杨耸耸肩，"这毛病还是在英国沾染上的，只要天一冷，就想喝点暖暖身子。"

"不是借酒消愁？"马小波不确定地问，他已经做好了承受苏杨发泄的各种准备，唯独没想到他这么冷静，可他越这样，马小波心里愈加不安。

苏杨转过身透过偌大的落地窗看着外面的雪景，这样的高度，整个城市一览无余。

马小波也倒了酒过来欣赏，望着外面美不胜收的雪景，口中啧啧称赞："当初不明白你为什么选这样高的楼层做办公地点，现在，总算见识到了。"

苏杨不语，脑中却回想起圆缺脆生生的娇笑，"苏，以后若是我们走散了，你记得站得高高的，那样我就能看到你，然后朝着你的方向寻去。"

被马小波一提醒，苏杨有种豁然开朗的顿悟，原来是他站得不够高！

大口喝掉杯中的酒，苏杨转身大步走到楠木办公桌前，咚的一声放下手中的玻璃杯，极快地投入工作之中，"政务区的开发案怎么样了？"

马小波显然有点跟不上他的节奏，但也跟着放下杯子，拿出工作的样子来。

"建设局是这次项目的主要出资方，李茂河还在审查阶段，政务区开发案的合同签不了，可顾于肆还在医院躺着，也不知道拖到什么时候他才解决李茂河。"

苏杨皱眉，但很快舒展开来，马小波跟他做了几年搭档，自然明白他已经权衡好各方，问道："有什么办法？"

"顾于肆不会亲自动手的。"苏杨转动着手中的纯金钢笔，自信满满地说道。

"李茂河好色又爱贪财，平时为人跋扈，得罪过不少政企要员，现在露出把柄来，那些人巴不得整死他呢。顾于肆又是个老狐狸，肯定早放出口风了。"

苏杨一点拨，马小波也极快地反应过来，开口附和："更何况李茂河下马，建设局局长的空缺可是个肥差，谁能上去，还得看政绩。而政务区开发案就是一项政绩。"

"正是。"苏杨说着已经将风衣又穿上，准备出门。

接下来几天，苏杨都忙着政务区开发案的签约事宜，周旋于T市政企要员之间。

等到终于拍板签订，马小波手里摇晃着合同，"可幸亏年底前签成了，过完年就能操办动工，你小子就等着大赚一笔吧，我啊，就等着你走之后，这VIVI大中华区总经理的位置，嘿嘿……"

苏杨打着方向盘，随口应付了两句，也没显得很开心的样子，好像签成合同早在他掌控之中。

　　马小波自然看出了他的心不在焉，琢磨着这几天苏杨也看似挺正常的，难道一松懈下来，就又想那档子事了？

　　马小波信奉的爱情守则是——不在一棵树上吊死。更何况在他心里，尹圆缺对苏杨来说，简直就是一棵歪脖子树。

　　越想越觉得自己得拉苏杨一把，遂出口提议："合同签了，晚上出去庆祝庆祝？"

　　感情的事不能钻牛角尖，马小波的打算是带着苏杨散散心，时间一久，没准儿就忘了那女人。

　　只是这也仅仅是他马小波的一相情愿，一个女人若真能说忘就忘掉，那只能说明没动真心，而且他也低估了圆缺在苏杨心中的地位，若真能忘得掉，苏杨也不必折磨自己这么多年都没走出来了。

　　苏杨浅笑，"我倒不知道你也沾上这奢靡的习惯了。"

　　"怎么能叫奢靡呢。男人在外打拼，为的什么啊？还不是为了家里的女人。"马小波贼笑，"我把翩翩叫出来，你去把凌宸接出来，让这两个女人好好夸夸咱哥俩。"

　　马小波压根儿不给苏杨拒绝的机会，说完就喊着停车，说要去接姚翩翩下班，马小波这人说风就来雨，苏杨只好靠着路边将车停下。

　　马小波上了出租车还不忘叮嘱苏杨："待会儿我在夜色订个包厢，你接了凌宸，直接去那儿。"

　　出租车很快消失在苏杨的视线里，风雪中，马小波的话好似还回荡在耳边——男人在外打拼，为的什么啊，还不是为了家里的女人。

　　苏杨心里明白，马小波赶着下车，并不是急着晚上聚会庆祝，而是姚翩翩供职的公司在郊区，马小波这是担心她冷着冻着了。

　　睨着远去的出租车影，苏杨陷入沉思，马小波找到了为之奋斗的女人，那么他呢，他该心疼谁，凌宸吗？为什么脑海中一闪而过的，是另外一张干净的脸庞。

　　还记得刚和圆缺在一起的那个冬日，她和范阿姨过得很辛苦，衣服都是手洗的，弄得她手上生了冻疮，当时他就在心里暗暗发誓，总有一日，他苏杨要让尹圆缺过最幸福的日子。

　　如今他风华正茂，事业有成，可那个让他立誓的女人呢？

　　狠狠踩下油门，风雪中他开着车疾驰而去，回到公司将刚签好的合同交给办公室，交代归档保存。

　　办公室主任宋西玉是个八面玲珑的女人，三十出头却风韵十足，加上能说会道，时常跟着苏杨处理一些紧急案件。

宋西玉接过合同并未立马出门，"苏总，名流公子昨晚被砸了场，那边刚打来电话。"

名流公子系本市最大的娱乐场所，声色犬马之地，偶尔遇到黑手处理不了的情况，也会诉诸法律途径。

苏杨正准备闪人去接凌宸，听了宋西玉的汇报，立马又坐回座位上，"可知道是什么人干的？"

想起早上自己从公寓狼狈地逃出来，苏杨正愁着不知道该如何面对凌宸，这当口出点紧急事让自己忙起来也好，想到这儿，苏杨紧皱的眉头舒展开来。

见苏杨没有一丝不耐，反而轻轻吐出一口气，好像瞬间放松下来一般，宋西玉有些不解地看向他，"砸场的人，好像跟市里几个领导有些交情。"

苏杨一挑眉，"我记得名流公子跟顾氏集团的公关公司有业务往来，顾氏在上头有人，一向能说得上话，这次他们怎么说？"

"我已经致电顾氏，他们的公关部副经理声称这事闹大了，他做不了主，而顾总至今还在住院，并且交代不是天塌下来的大事，一律不准叨扰他的休养。"

都半个月过去了，顾于肆那样矜贵的主儿，竟然还耗在医院跟老百姓抢床位？真的为了休养身体？

不知为何，苏杨本能地就联想到了圆缺，刚放松下来的心又晃荡起来，支走宋西玉后，他一刻也坐不住了。

苏杨事先没想到自己会来这里。离开公司后，他没有去接凌宸准备晚上的庆祝，而是急切地想来这儿。

进了住院部，接着是长长的走廊，软底的运动鞋踏在地板上，脚步声微乎其微，病房门虚掩着，里面传来圆缺气呼呼的声音："顾于肆，你竟然骗我，你怎么能骗我呢？"那声音似生气，似娇嗔，听得苏杨心里一紧。

分手这个词，在法律上并没有明确给出定义，一般来说，是指男女双方解除恋爱、同居、婚约以及衍生的诸多财产关系，以及其他共同权利。

苏杨站在顾于肆病房门外，听着里面圆缺的娇嗔，不知怎么的就想到了这个词。他想，这下糟糕了，圆缺早已经和他分手了，那他现在凭什么站在这里去偷窥她的生活呢？

这三年的尹圆缺在他头脑里是模糊的、不具体的，所以只要一想起她，浮现在苏杨脑里的还是圆缺刚答应做他女朋友那会儿的样子，那时她脸蛋还很嫩，头发又黑又长，他最爱她对他展颜而笑的模样。

时光真是最无情的东西，才不过三年，她就成了别人的。现在他已经不清楚爱

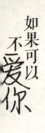

一个人是什么心情，他还爱不爱圆缺，但有一点他是明白的——只要想到圆缺以后的未来没有他，他真的有些不甘心，很不甘心呢。

所以，即便顾于肆在他和圆缺之间筑上了一道墙，他也要凿开墙看看尹圆缺在墙那面生活得怎么样。

于是，苏杨深呼吸几下平定情绪，然后挂上微笑，手指叩上病房门。

咚咚咚……几声敲门声。

苏杨估计得没错，圆缺今日是有些生气，此时正背对着房门，也背对着顾于肆，望着窗户发呆。想想这一个星期来，她和顾于肆已经近似于情侣之间的相处，顾于肆生病住院，她贴心照顾，就连经理们来汇报工作，也毫不避讳她在场。

原本她还心疼他带病工作伤身子，这么多天上课走神，业余时间给周含书做家教也不能集中精力，总是会不由自主地担心他的状况，生怕又磕着碰着了。

可今天司徒空说漏了嘴，她才知道，顾于肆这些天所谓的"高烧""昏迷""炎症"都是装出来的，她哪儿有不气之理。

又一阵敲门声，圆缺还当没听见，只两手绞着衣边，并没有起身。

顾于肆也深知自己有错在先，全然不理会敲门声，从背后将圆缺一把抱起，轻快地说："猪八戒背媳妇，媳妇不要生气了好不好？"

圆缺扑哧一下笑出了声，"这也叫背，快放我下来。腿伤还没好呢。"

顾于肆也觉得自己荒唐了，跟着笑了起来，将她放下，咧着嘴扮可怜，"哎哟，伤口好像裂开了，疼啊——"

"哪儿疼？"圆缺蹲下来，心急地问，头顶上方却传来顾于肆闷闷的笑声，"看吧，你是关心则乱，还以为我多大的病痛呢，其实我真的没骗你。"

他正狡辩着，就见圆缺目光投到了别处，他也跟着转头，看到苏杨正倚靠在门框上。

猪八戒背媳妇，苏杨觉得好笑又讽刺，顾于肆和圆缺的关系何时明面化了，明明是他的女朋友。

"顾总，有时间谈谈吗？"苏杨直直地望着她和顾于肆，说道。

苏杨没想到自己等不到主人邀请就推门进来却看到这样一幕，但既然来了，总不能掉头就走，虽然他真想对这一幕眼不见为净。

顾于肆眯眼，然后也奉上一个笑容，"苏总，请进。"又问，"要喝什么？"不过，他是这里的主人，显然并不是真的想要询问苏杨的喜好，转而又说，"这里不比公司周到，圆缺一听医生说要禁口，昨天只买了些橙子，要不，来一杯榨橙汁？"

苏杨挑眉，"不用麻烦了。"

圆缺瞧着这一幕，一时之间觉得自己实在多余，她看向顾于肆，"我晚上还有自习，明天来接你出院。"

顾于肆这才看向圆缺，她低着头，瞅着自己的脚尖，半晌他说："好。路上小心。"

圆缺还是不小心打翻了水杯，带倒了支架，她不再看顾于肆和苏杨，逃难般离开了病房。

苏杨站在原处，看着她离去的方向，面色惶惶然。

"看来，你除了惹她心不在焉外，也没有别的本事！"苏杨转过头，他听出了顾于肆话里那讽刺的意味。

顾于肆单手抄在肥大的病服口袋里，这衣服是圆缺磨破嘴皮子才给他套上的，原来觉得大男人穿这种衣服完全没有了气势，现在看看，倒是贴身又贴心，他索性打开天窗说亮话，"她现在跟我在一起。"

苏杨面对他的直接攻击纹丝不动。他不是几年前的苏杨，现在，顾于肆对他来说不具任何威胁，"她对你来说，很重要吗？"

顾于肆往身后的靠垫上躺去，他的脸在晦暗不明的光线下显得阴晴不定，过了一会儿，他说："没有比她更重要的了。"

"哦——"苏杨玩味地拖长音，冷笑，"太重要的东西若是守护不住，下场会很惨的！但你能守护她多久呢？"

"那也比某些人不懂得珍惜好。"顾于肆张口反击回去，他轻笑，"苏杨，你自己做不到珍惜，别再往别人头上扣屎盆子！"

苏杨猛地站起来，"等你有机会证明再跟我谈珍惜两字，顾于肆，如果你真爱圆缺，就别拖累她，说真的，我宁愿看到她跟个穷小子谈情说爱也比现在她跟你强，别这样瞪着我，不信啊，你打电话回北京问问你家老爷子，你去告诉他，你要娶个见不得光的私生女，还是个当过你情妇的女人，你看他们同不同意。还有白俏，圆缺迟早会知道你们的关系，她最恨别人骗她了。"

顾于肆青着脸，苏杨不以为然，笑笑，继续说："我知道圆缺就是你心里的一块疙瘩，原因是圆缺从一开始就对我死心塌地，对你爱理不理，她没有满足你的强烈征服欲对不对？说我不懂得珍惜，我完全同意，可你扪心自问，你当真是爱她的吗？这样自私地像养宠物一样，这就是你所谓的爱？"

感觉到顾于肆竭力压制住的怒气，苏杨乘胜追击，"退一万步讲，即使她现在愿意生活在你身边，也是为了还你这一枪的恩情，因为你如果了解她，就应该知道她根本不可能真的爱上你，顾董事长是何等身份，何等家世，圆缺是再聪明不过的人，你认为她会傻得去做麻雀变凤凰的美梦吗？"

顾于肆窒了室，一时之间竟找不出话来反驳，只能任凭苏杨肆意地嘲笑他。

所以当司徒空一身风尘仆仆敲门进来的时候，见到的正是顾于肆一脸郁结的样子。

苏杨说完了自己想说的，痛痛快快地将郁结转移给了顾于肆，现在他的心情开始稍微转好，同司徒空客气两句就走人了。

留下司徒空面对这几近抓狂的老板，"顾少，这是你和尹小姐的证件，还有这个，也办好了。"

顾于肆原本暴躁的怒火在看见那红红的壳子之后，瞬间温和下来，"司徒，这次真是辛苦你走这一趟了。"

司徒空差点就感激地泪流满面了，心里想：老板，你只要别再板着一张脸吓人，就算要我再跑几趟尹圆缺的家乡，我也愿意。

第二天圆缺起了大早来到医院，办好出院手续回到天鹅湾别墅时已经将近中午，她很自觉地下楼买了菜回来，准备做一顿丰富的午餐给顾于肆补补。

进门的时候顾于肆扭过头看她，然后朝她招招手，圆缺笑着走到他跟前，蹲下去看了看他的腿，"休息了一会儿，感觉怎么样？"

"好多了。"顾于肆说。

"刚买了大骨棒，今天给你熬骨头汤喝，这样伤口好得快。"圆缺将手里的购物袋拎进厨房整理，然后开始烧开水，闷头问，"昨天苏杨找你，都说了什么？"

顾于肆看着她在厨房里忙碌，漫不经心地回答："挑拨离间呗。还能有什么。"

"挑拨离间？"圆缺轻笑起来，将开水倒进暖瓶，然后泡了一杯茶，给顾于肆端了过来，"编也编个像样点的。"

顾于肆不回答她的话，接过瓷杯放在一边，一把捞过她，按在沙发上吻得缠绵又认真，灼热的吻一路往下，圆缺半躺在沙发上，喘着气，"别，忙了一上午，我身上脏死了。"

"那先洗澡。"顾于肆好脾气地放开她，拉着她就起身往浴室走。

"洗就洗，拉拉扯扯的做什么。"圆缺想甩开他的手。

"我腿不方便，万一滑倒了怎么办。你得陪鸳鸯浴一把。"顾于肆笑得跟得逞的狐狸似的。

两人泡在浴缸里，圆缺将他的腿斜靠在她的身边，免得沾水引发炎症。

顾于肆眯着眼享受着她的细心。

他已经不再年轻，圆缺这些日子表现得既懂事又体贴，他想，虽然圆缺不是他

212

们那个圈子里的，但他和圆缺之间交流没有障碍，这些日子相处得也很愉快，都说爱能包容一切过错，看来一点都没错。

同样的，也有句话叫恨能挑起一切争端，苏杨的话，到底是夹枪带棒地有攻击力。

爱情是美丽的，当我们满心欢喜拥有它的时候，就连对方说的话，也如同抹了蜜的面包片，让人恨不能一口吞下，岂会料到有一天它也会变质。

圆缺简单地将身子上的水珠擦拭了，扭头就看见顾于肆望着镜子里的自己沉思，脸有些阴沉，也不看她。她轻声问："谁又惹你了？脸这么臭？"

顾于肆瞥她一眼，没说话。

圆缺莫名其妙地坐到浴池旁边的软榻上，不明白又是哪儿惹到他了，但随即想到厨房，"哎呀，我的骨头汤！"她猛地站起来，拉开浴室的门就要出去，还是转身看了眼他，但她烦乱得很，这时顾于肆要耍性子只好随他去了。

墙上的时钟走了一圈儿半，直到圆缺怀疑顾于肆是不是在池子里睡着时，他才裹了条浴巾出来。

地暖已经供上，但毕竟是冬天，室内的温度勉强不算冷而已，圆缺忙拿了厚点儿的睡袍给他从背后披上，又绕到前面系好带子。

"累不累，要不要睡一会儿？还是先喝点骨头汤垫垫肚子？"圆缺仰头问他。

顾于肆想扯个笑脸出来，奈何就是笑不出来，苏杨跟他说的话还言犹在耳，加上圆缺侍候他周到如同帝王般，说不想歪是假的，但又知道不能乱想。

他没答她，只用两指捏紧她的下颌，深深地看进那双剔透的眼眸，让他沮丧的是，里面除了疑惑，没有其他的情绪，尤其是相关感情的，半点儿也没有。他缓缓开口道："又是接我出院，又是熬骨头汤，还担心我沾了水，冻了身子——"

他一一道出她的体贴和心细之处，"以前不见你对我这么好过，因为我冲上去救了你，还负了伤的缘故吗？"

圆缺望向他，他的表情不是若往常般独断，而是很认真地问她，她也认真地回答："你对我的好，我统统都记得。"

这样发自内心地对她好，圆缺心里全都惦记着呢，她想，日久生情说的大概就是这个样子吧，惦记惦记着，慢慢地就会变成互相心疼。

顾于肆淡淡一笑，松开她的下巴，"三年来我对你的点点滴滴都不记得，还非得要我演一场苦肉戏才肯点头，你还真是不好骗。"

圆缺抬眸，气鼓鼓地望着他，"对你不好，你叫屈；对你好，你又疑神疑鬼的。你既然这样子不信任我，我们还要在一起做什么？"

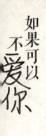

顾于肆瞪着她半晌，将她抵到墙上，旋身贴了过去，"在一起做什么？"

他阴阳怪气地重复一遍，低头吻住她，牙齿用力咬着她的唇瓣，手探向她的襟扣，压抑的火气使得力道重了些，尖利的指甲划到嫩滑的肌肤。

圆缺吃痛地闷哼一声，使劲推开他，冲他吼道："今天谁惹着你了？要迁怒也够了吧！"

顾于肆突然觉得她现在的样子比起刚才那个十全十美丫头的形象可爱多了，心情不由自主地就好了些，替她理了理弄乱的衣衫，牵着她的手往厨房去，"好饿。"

圆缺气鼓鼓地反击回去，"该！"

顾于肆仿佛感受到了她的心绪，双臂环住她，吻着她耳侧的发丝，低声道："等我吃饱了再收拾你。"

晚上的时候，顾于肆急不可待地开始解圆缺的衣服，从卫生间到客厅，再到卧室，一路缠绵。

深夜他又爬起来要了两次，圆缺困得睁不开眼睛，气极了，在他肩膀狠狠咬了一口，"你还是不是病人啊！"

顾于肆看着圆缺眯着眼蜷着身子在他身下，"懒猫，就知道享受——"

圆缺又累又困，懒得反驳，奈何顾于肆一个翻身将她抱到胸前，让她的腿缠住他的腰身，舌尖在她胸前留下一片湿漉漉的痕迹。

"姓顾的，你还有完没完啊？"圆缺不明白，这男人还要气多久啊。

下半夜里，圆缺终于捞到枕头幽会周公，月光透过窗纱，给地板铺上一层薄薄的银灰。

"别这样瞪着我，不信啊，你打电话回北京问问你家老爷子，你去告诉他，你要娶个见不得光的私生女，还是个当过你情妇的女人，你看他们同不同意。"

"她根本不可能真的爱上你，顾董事长是何等身份，何等家世，圆缺是再聪明不过的人，你认为她会傻得去做麻雀变凤凰的美梦吗？"

回想起苏杨的话来，这一刻的顾于肆是脆弱的，他睁着眼睛，身侧的圆缺已经睡熟了。

他收回压在她颈下的手，踱到窗边，点了支烟。

老头子那边现在虽然本着放养政策，但说不准哪天就紧盯着他去娶一个身份地位相当的女人，到那时的动静势必不会小，圆缺又从来是个理智的人，这道感情的鸿沟她会踏过去，然后陪在他身边吗？

半晌，他熄了烟走到床边，弯腰凑近她的鼻息，浅浅地吻着她的唇，"想完——没门！"

第二天，顾于肆没留在天鹅湾吃早餐，而后将近半个月，没到过天鹅湾。其间，圆缺终于得空喘口气，这才想起她还有一份家教，赶去周含书家时，正巧对门的一对年轻夫妇出门，而周含书家大门紧锁，按门铃也没人来应。

隔了半个多小时，那对年轻夫妇买菜回来，见她还愁眉苦脸地站在门口，就好心地提醒："他这些天好像在忙什么跨国学术交流会，一般要忙到很晚才回来，小姑娘你要找他，还是给他打个电话吧。"

周含书曾要过圆缺的手机号码只是她没给，现在自然也联系不上他，"我没他号码。"

圆缺想想是自己理亏，索性坐在楼梯间，一直等。

晚上十一点，周含书从电梯里阔步出来，圆缺坐在他家门口，已经歪着头睡着了。

周含书一愣，蹲下身子仔细端详这个女孩子，其实上午隔壁邻居曾好心地给他电话，告诉他说有个女孩子在找他，末了还提醒他说："你刚回国，口语不是很好，与人交流时要注意防范，可别被人骗了，现在女孩子骗人的可多了。"

周含书想想也对，既然没有他号码，自然不是熟识的人，哪儿料到会是她，更没想到她就这样在门口一直从上午等到晚上。

周含书摇了摇她的肩膀，"快醒醒。"

地上冷硬又冰凉，圆缺睡得并不熟，没摇两下就醒了，眼前一张放大的俊脸吓得她向后一退，可身后是门，力道没控制好，头一下子就撞了上去，嘭的一声，疼得她龇牙咧嘴。

"敢情玩消失这些天，错的人不是你，竟然还敢来我家门口堵人。"

圆缺顾不得疼了，诚恳地道歉："对不起，我有事耽误了。接下来我会好好补偿你的。"

周含书看她这迷糊样，不由得火气小了不少，含笑问："怎么补偿？"

圆缺揉了揉迷蒙的眼睛，这才看清周含书。他黑色休闲裤加衬衫，胳膊上搭着黑色的西服，就那样半蹲在她面前。

"说啊，怎么补偿我？"一股酒气喷洒在脸上，他的语气让圆缺冷不防品出几丝调笑的意味。

知道他爱捉弄人的脾性，圆缺扶着门站起来，"你得先让我进去，才能补偿你。"这大冷天的，她等了将近十个小时，滋味实在不好受。

"傻妞不傻，还知道谈条件。"周含书心情好了起来，掏出钥匙开门，放她进屋暖和。

圆缺觉得虽然周含书嘴巴刻薄了点，但她喜欢他直来直往的性子，也就拿出真心来和他相处，接下来的日子她除了上课，其他时间基本就是去做家教，弥补之前丢下的课程。

这时候圆缺才知道，她不在的这段时间，周含书要忙着中法两国学术研讨会，可她这个语言老师却不知所终，他本着"忠贞"二字愣是没找别人顶替，就连看资料时遇到不懂的词汇，也是自己问度娘。圆缺知道后，对他越发用心地教起来。

许是两人都深受法语荼毒，所以很多事情上见解出奇地一致，比如现在周含书放的这首《EncoreuneFois》，翻译过来便是"再续前缘"。这张来自HeleneSegara的《humaine》碟片，总让人有片刻的恍惚与迷失，仿佛不经意间拨动心弦的，是系在琴弦上的铃声和断在风里的忧伤。

她恋上这歌的时候，正和苏杨在一起，他总说这首歌太过凄迷，不适合他俩听。

这三年来，她偶尔会听这首歌，听到后都是泪眼婆娑，想起那段往事都像被生生撕裂开的疼痛。圆缺知道要彻底忘掉苏杨是有些困难，可是现在听着小语种的调调，这样一把动听的女声，唱着那么心碎的曲调，她却再没有沉浸到同样的情绪中去，因为此时的她握着手机有些担心起顾于肆，不知道他会到哪里去撒气，担心他腿上的伤口有没有愈合。

他的脾气算不上好，就像那天忽然就生气了，可在一起三年她也是懂他的，知道他消气也极为迅速，转眼就是晴天。

当晚家教结束后，她回宿舍就那样握着手机睡了一宿，早晨醒来时，天气很好。没有未接来电，没有新的信息。

学生的生活就像磁带，翻过去掉过来，就那么几件事可做。周一，上课的时候才知道老师临时被调走参加一个会议，班长宣布自由活动，可以留在教室看书也可以回宿舍睡觉，或者有更精彩的活动都可以为所欲为了。

入冬后接连下了几场雪，宋青青撑着下巴百无聊赖地对着窗户哈气，等窗户蒙上一层水汽后在上面画画。圆缺也是，心思有些闲，做事情也不专心，时不时地翻出手机看看。

之后的几天，她也是时不时开小差。

宋青青嘲笑她说，一日不见如隔三秋啊，你这样失魂落魄为哪般？这几日怎么不见闷骚男？末了拼死让她交代详情。

圆缺想说没准儿以后他都不会再来D大了，可她却笑得有些心虚，因为恍惚中看到了顾某人的那辆卡宴。

周六晚上她去医院陪范素心，吃晚饭时电话响起，还是激动了一下，因为以前顾于肆常常是周六提出邀约。

她在范素心狐疑的目光下出门接了电话，是周含书打来的，说明天有个中法学生露营，问她去不去。

婉拒周含书的邀约之后回到病房，范素心热络地问："有男孩子约你？怎么不去？"

圆缺知道妈妈一直担心这个事，一如既往地回答还没遇到合适的人。

可到底谁是合适的呢，顾于肆吗？但他已经连续半个月没有联系她了。如果是之前，圆缺对这样的忽略求之不得，可是这次她却觉得有些难熬。

周日周含书出去露营了，圆缺正好偷空睡个懒觉，下午约了宋青青逛了一趟超市，买了不少零食回来，晚上两人窝在宿舍的上下铺床上看电影。

宋青青重口味，挑了惊悚片，圆缺不大敢看，就东摸摸西瞅瞅地打发时间。电影放到一半的时候，她的手机响了，接起来，没有人说话，电影里正好到了紧张关头，那音乐配得诡异得很，圆缺啪的一声挂了电话。

没多久电话又响起，她赶忙接起来，麻利地下了床走到外面的走廊，问："顾于肆，是你吗？"

她还想说点什么的时候话筒里传来一个婉转的女声："于肆——"接着就是嘟嘟声，电话被那边的人挂断了。

她捏着手机站在走廊好久。大概二十几分钟后，电话又响了，她犹豫了一下接起来，没好气地说："顾于肆，你闹够了没有？有话就说，犯什么病呢。"

对方沉默了一会儿，说："我是林尽染。"

圆缺"啊"了一声，尴尬之后赶忙恢复正常的口气，又不知道怎么称呼他，讷讷地只问了三个字："有事吗？"

林尽染像是笑了，"二哥喝醉了，你来照顾一下吧。"

圆缺想再了解下情况，"他——"后面的话还没说出口，就被林尽染打断，"我送他回天鹅湾，还有两分钟就到。"

圆缺思量着果然是顾于肆的兄弟，把随意摆布别人当成习惯，可顾于肆竟然也会醉酒，她从没见过，"我一会儿到。"

挂了电话回到宿舍，套上外套后圆缺搓着手跟宋青青交代，"我出去一下，你要是冷，就抱着热水袋焐一会儿。"

哪料到宋青青看也不看她，视线不离电脑屏幕。圆缺觉得自己的话有些多余，背上包就准备出门，这时候身后却传来了宋青青的打趣声："你放心去吧。最好晚上别回来了，我要是冷，就把你床上的被子抱过来。"

圆缺一阵冷寒，晚上回不回宿舍的确不好说。到了天鹅湾，电梯一开，就见林尽染站在门口正等着她。

阵仗摆得有点大，圆缺有些无措，犹豫了一下，"他怎么样了？"

"在里面躺着呢。他今天处理了一些历史问题，可能心情不大好就喝多了，我还有急事要处理，所以，二哥就拜托你了。"

林尽染说得很含蓄，圆缺不知怎么的就联想到了电话里的那个婉转女声，心里顿时像堵了车似的，只是也不好表现出来，微微一笑，"那我先送你下去。"

林尽染已经进了电梯，"不用了，你还是进去照顾二哥吧。"

电梯门快关上的时候，林尽染又说了一句："二哥有时候不知道怎么表达自己，你多担待点儿。"

进了屋，一片乌黑，她循着记忆摸到开关，橘色的灯光洒下来才觉得柔和一些。客厅没有人，她寻进卧室，床上也没人，回身却意外地碰上了一双清亮的眸子。

顾于肆正插着口袋歪靠着墙壁，那目光像是越过几千里的海面，氤氲地看着她，有些闲散，却有种沧海桑田的意味。

圆缺被他这样直勾勾地看着，有些不好意思地别开眼，等稳定心绪再转回脸的时候，他已经几步走到沙发跟前，稳稳地坐下。

她这才发觉哪里不对劲儿，"你不是喝醉了？"

顾于肆不答话，只瞅着她，过了好一会儿才慢悠悠地反问："不说喝醉了，你会来吗？"

他的口吻冷冰冰的，圆缺气结，"既然你没醉，我回去了。"

见顾于肆还是不说话，圆缺又回头看了看他，才迈开步子。她走得虎虎生风，快到玄关的时候，却被一只大手拉住了胳膊。

她慌慌地回头，却意外地对上一双愤怒的眼睛，那双眸子好像要喷火一样，抓着她的手也是同样凶悍有力。

他的眼神能冒出火来，但转瞬又成了一贯戏谑的表情，冷冷地哼出了声，"尹圆缺，你真是好样的。你最擅长的就是将别人的心搅得乱七八糟，然后自己一走了之是不是？"

饶是圆缺这种后知后觉的性格，也清清楚楚地感觉到他的恼怒，恼怒她这些天的不主动。

顾于肆说完自嘲地笑笑，又坐回沙发上，一副你走我不拦着的表情。

他脸上的微笑像是刻意戴上的面具，冰冷又拒人千里之外，圆缺看着就不爽。不晓得是哪里冒出来的冲动，她仰起脸大声地说："顾于肆！你演得不累我看得都累了。我不知道那天苏杨到底跟你说了什么惹你不高兴，但不高兴就不高兴，你想发脾气就冲我吼啊，干吗摆完脸色又装无所谓，鬼才知道你是高兴还是生气。我又不是你肚子里的蛔虫，以后你想问什么就直接问，不要拐弯抹角的，我看着不顺眼。"

守着手机等他消息的这些天，她也憋了一肚子火，正愁无处发泄呢。圆缺一口气说得干脆，说完自己心里却没了底，索性拉开防盗门就想走。

顾于肆却是如豹子一般快速地从沙发上跃起，大掌啪的一声撑在门后，将门狠狠地关上，将她捉在怀里，啃着她的耳朵，咬牙切齿地说："他为了你不惜动用关系曝光尹飒陪睡，尹飒又报复到你身上来，害得李茂河盯上你，我就是恼，恼你和他怎么就断不了。"

圆缺吃痛，抬腿踢了他一脚，"我跟他的关系已经埋在土里，腐蚀得连渣都不剩了，你非得去挖坟看个究竟才安心吗？你哪只眼睛看到我跟他旧情难忘、藕断丝连了？是不是选择跟你在一起就非得跟他做敌人不可？那样你不觉得我凉薄吗？"

顾于肆抱膝蹲了下去，身子轻轻一颤，却还是一言不发。她心里发了毛，急得也蹲了下去，"是不是踢疼了，哪……"

话还没有说完，就被他搂在怀里，"不要再说了，那些都不重要了，你把我当金主、情人还是爱人也不重要了，我认输，我认输。"

只要她在触手可及的地方，那些真的都不重要了。

第二天一早圆缺醒来时，顾于肆还没走，站在衣柜前拿着两条领带比对着，眉头挑得高高的，见她醒来，问："哪个好看？"

圆缺随手指了指红色的，顾于肆欢喜地将蓝色条纹那条系上，走之前还亲了亲她的额头。

一夜之间，他又恢复成她认识的那个顾于肆了，仿佛这么多天的冷战、昨晚的对峙只是小吵怡情。圆缺想起林尽染的话来，下次应该让他换个提醒方式，应该

说，二哥变天很快，忍一忍就过去了。

只是圆缺没料到这天变得这么快，第二天就发生了一件让娱乐圈为之沸腾的事情。

她不敢把这件事跟顾于肆联系在一起，因为她不相信他有这样的能力，似乎所有人的命运都掌控在他的手中，只要他愿意，可以随便把别人推入地狱。

尹飒这几天终日惶惶不安，自从顾于肆伤好之后便开始大刀阔斧地动刀，据可靠消息，李茂河已经被提到上面审查，虽然良心不安，但还是得承认，在得知李茂河冒犯过圆缺之后，她心里痛快得想喝酒庆祝。

但碍于李茂河上位之前也有黑道上的势力，她又怕李茂河现在落马，他的党羽会把罪责推到她这个透露消息的人身上来，因此也不敢太放肆。

让她想不到的是，几日后上门的竟然不是李茂河的党羽那些乌合之众，而是顾于肆。

早就听说顾于肆狠厉乖张，也听说圆缺这几年跟着他过得并不怎么顺畅，但他好歹没有为难过尹家，只是这一次，尹飒终于招惹了他的怒火。

他没有骂她，更没有找人打她，因为顾于肆是从不自毁形象的，若有人让他愤怒到极点，他只会用毁灭来发泄怒气。

尹飒以为面前这个男人在为腿上那一枪而愤愤不平，惨白着一张脸开口求饶："那是意外。我没有想要伤害你，你找错人了。"

他只对尹飒说了一句话：你没有欠我，只是欠圆缺太多。

这一句话就够骇人了，谁欠了顾于肆能还得起的？

尹飒还不起。

要挽救一个穷途末路的人很难，但若是想把一个趾高气扬的名门小姐逼到走投无路却容易得很。如果说之前的陪睡门只是小猫搔痒，那这次尹飒就算赔上命，也挽救不了她自己。

事情起先只是在一个论坛上，大家讨论各自喜欢的明星，其中有个ID不明的游客留言表示喜欢的没有，十分厌恶的倒是有一个，还爆料说，这个女星为人跋扈，夜夜笙歌，经常和富二代出入娱乐会所。

当即就有人反驳说，这肯定是同行污蔑，或者是炒作，感慨娱乐圈不好混。ID不明的游客为表清白，甚至贴了照片为证，但并未说出是哪位女星。这样欲迎还拒的招数当然吊足了别人的胃口，眼尖的看客认出——那是日前陪睡门的主角尹飒。一时间帖子的点击量迅速地往上蹿，才两天就上了点击排行榜。

祸不单行，当日，国内几家出名的娱乐公司在圈内发了个联合声明，凡尹飒的经纪人永不合作，随后便传出她的经纪人立刻赔了违约金辞职。原本尹飒得罪的人还持了观望态度，这么一来，都看出摆明了是有人在整尹飒，于是，落井下石的大有人在，负面新闻一版接一版，尹飒在圈内立刻声名狼藉。

尹飒只好又一次召开了发布会，解释说那些出入娱乐会所的视频和照片上的人的确是她本人，但所谓卖身富二代完全是误会，因为她本身就是T市装修大亨尹怀明的女儿，根本没有必要为钱委身，那些所谓的富二代其实是家族朋友。

针对这一情况，有热心网友展开了人肉搜索，证明尹飒所言非虚。尹飒刚松了一口气，奈何一波未平一波又起，那位热心网友隔了一天又声称，综合了各种资料，尹飒可能并非尹怀明亲生。有好事者竟然拿到了尹飒与尹怀明的DNA比对，事实证明，尹飒果非尹怀明亲生。

网友惊呼：只要日子过得去，哪怕头上有点绿。横批：忍者神龟。

好一桩豪门丑闻！

这一惊天爆料，再不是尹飒能挽回的，她顿时觉得自己钻入了敌人的圈套，那些负面新闻只是幌子，逼得她用家世来回应，然后再将矛头对准她的身世，一举将她从天堂推至地狱。

她不敢出门，刚开门就有无数闪光灯肆无忌惮亮起，拍下她憔悴萎靡的模样，第二天又有了新闻话题。上网更是不能的，无论哪个网站，她的新闻都在首页，众人回帖取笑讽刺。

尹飒只能彻底地消失在演艺圈，可是她无处可去。尹怀明在事发之后，不仅立即同尹母办了离婚手续，还断绝了同尹飒的父女关系。中国已无她们的容身之地，没多久，母女二人揣着仅剩的家当，搭上飞机匆匆逃到国外。

圆缺自始至终都是从电视节目和网络上了解整件事的，对于尹家，好像她真的只是个外人，尹家闹出了这样大的动静，她这个私生女却丁点儿都没有受到波及和牵连。

余舟来电话告诉她自己要出国时，她一怔之后才反应过来：尹怀明同尹飒断绝了父女关系，尹泽自然也会受到牵连，他们可是一母同胞的兄妹。说她冷血也好，无情也罢，她真的丁点儿都不关心尹飒的状况，但尹泽，想起这个当初唯一对她友善的哥哥，以后要被人戳着脊梁骨说成没人要的野种，她的心就泛着针扎似的疼。

机场大厅里，余舟抱着她喜极而泣，"事情出来后，王静嫌弃尹泽家里出丑闻连累了她，坚决和他离了婚，圆缺，以后我能正大光明陪在他身边了。即便他什么都没有，我也不觉得苦。等到我结婚摆喜酒那天，就把他的前妻还有那些前女友单独弄一桌，然后我挨个儿敬酒，谢谢她们用最美丽的年华陪伴了他最空虚的岁月。他现在长

大了，终于能分清好坏了，知道需要什么样的女人了。圆缺，你祝福我吧。"

余舟这样说，她还能说什么，这大概就是传说中死不放手的执着。

转头看着尹泽，他倒是变了不少，围着天蓝色的围巾，虽然憔悴，却依旧带着爽朗的气息，和她拥抱告别时，尹泽在她耳边轻轻低语："小妹，珍重！"

尹泽走了，带着余舟离开了这片黄土地，也离开了纷杂的豪门恩怨。

从机场赶回学校的路上她想，世事怎么这样无常呢？！虽然这场闹剧来得太过出人意料，好在最终有两个人是幸福地走到一起了。

当天晚上顾于肆回来得很晚，但兴致很好，还特别温存地跟她聊了会儿天。第二天一早顾于肆整理公文包时，就见圆缺极不情愿地下床穿衣服，他抬腕看看时间，"今天周一，你上午没课。"她的课表他清楚得很，"是不是我动静大你睡不着？那等我走了，你再睡个回笼觉。"

"不是。"圆缺已经进了洗漱间，嘴里含着牙刷，口齿不清地说："班长说这学期班费还剩很多，T市多少年难得下这么大的雪，就组织了元旦前去西岭登山看雪景——露营，看云海，看日出！"

顾于肆夹着公文包正要出门，她说这话时很是惋惜地看了眼顾于肆。

"去几天？"他折回问。

圆缺一愣，不明所以，但还是老实交代："明天赶早登山看日出，然后是雪景、云海，后天听说是去滑雪场。"

对顾于肆来说，这样的户外活动真的没什么吸引人之处，但看圆缺满是期待的样子，心里转了个圈，问："什么时候走？"

以为他是担心，圆缺就有问必答："今天下午坐大巴过去。"

"哦——"他思索了一会儿，然后说："我上午尽量处理完这几天的事情，把时间挤出来。"

圆缺完全跟不上他的思维节奏了，"你要干吗？"

"登山看雪景啊。"他笑了，"难得T市下场雪。当然要去。"

圆缺三下五除二洗漱完毕，从洗漱间走出来问："你的腿不是受伤了吗？"

"只是擦破皮的小伤，又不是瘸了。"顾于肆见她将信将疑的表情，"行了，你再去睡一会儿，养足精神下午好出发。"

圆缺深知他的性子，做好的决定哪儿容得别人更改，就不再反驳，只苦恼地一瞪眼，"再睡就来不及了，好多装备都没买呢。"

顾于肆想了想，"乖，你去睡，我让司徒空买了，回头送过来。"

上午十一点多，司徒空来电话请示："尹小姐，必要装备都买好了，顾总交代说怕你冷，再给你捎一件羽绒服，问一下您穿多大尺码比较合适，喜欢什么款式和颜色？"

　　圆缺想，司徒空不愧是顾于肆的左右手，办事效率不是一般地高，可让一个大男人给她挑羽绒服，想想又觉得恶寒。圆缺睡蒙了，但还是很明白地拒绝："不用买了，我去年有买过，丢在半岛别墅了，我去取一下就行了。"想想他留在天鹅湾的衣服极少，御寒的衣服更是没几件，又对司徒空说："正好给他也拿一件厚实点的风衣。"

　　圆缺这个回笼觉睡得极其舒服，体力也充足得很，下了出租车，她甚至是一路踢着雪球进的半岛别墅，用人们见到她的瞬间面色有些僵硬，圆缺赶紧恢复正儿八经的样子来，憨憨一笑，"我来取衣服。"

　　"尹小姐要什么衣服，我去给你拿。"有小姑娘麻利地小跑到她跟前。

　　"不用了，我知道在哪儿，自己来就行。"圆缺说着已经快速地上了二楼，推开主卧室的门，直奔衣帽间。

　　她正翻找着，就觉得背后阴森森的，扭头，正对上另外一个女人拧眉盯着她的目光。

　　"白——白小姐？"圆缺有些不确定面前的女人是不是白俏，她显然刚从浴室出来，没有化妆，一张素颜跟她印象里的丽人有些出入。

　　圆缺有些不自然地回身看了看卧室，没错啊，这是顾于肆的卧室，有多少次他拥着她躺在那张柔软的大床上颠鸾倒凤，结束后还抱着她一起清洗，可白俏为什么会出现在这里？

　　白俏擦拭着湿漉漉的头发，倒是极其自然地走到那张大床边坐了下去，"来拿衣服？"

　　那口气，如同这里的女主人。

　　圆缺捏着衣服，有些消化不了眼前看到的一切，这样的情况一直持续到午间的饭桌上。

　　顾于肆夹了一块鱼头到她碗里，见她只用筷子拨弄两下，兴致缺缺的，"不是一向喜欢炖鱼头？怎么，今天不合胃口？"

　　这顿饭在圆缺不怎么热络的情绪下草草结束。顾于肆原本是想开车过去，人也舒服些，圆缺直接拒绝，"你开车吧。我跟同学坐大巴，热闹些。"

　　早上他临出门前她还不是这个样子，顾于肆不知道哪里惹到她不高兴，问她又不说，只好丢下座驾陪她去坐大巴。两人赶到学校的时候，班长已经在点名了。

　　顾于肆今天脱下了西装，换上了一身休闲风衣，有着成熟男人的气场又不失年轻人的帅气，自然是那些在校的毛头小子比不了的。所以，圆缺偕同顾于肆到时，

引起了不小的反响。

晚上，顾于肆担心圆缺身子受不住寒提出住宾馆，她心里不爽快，拧着性子要扎营。

顾于肆忍了又忍还是乖乖去弄帐篷，圆缺同班上几个女同学一道烧热水，有个卷发美眉凑过来说："你男朋友真帅呢，这一路什么都不让你拿，全是他扛，好温柔体贴啊！羡慕死了。"

圆缺听后，腹诽：你倒没看错，他是真温柔，但不用羡慕，人家是个博爱的主儿！

男朋友？圆缺望了望顾于肆，自从在别墅见到白俏到现在她一直在想：她跟他到底算是什么关系呢？

夜幕降临，有人生起了火堆，然后大家围着火堆喝酒聊天吃烧烤，夜晚的深山是安静的，野营驻扎地却是热闹的，黑沉沉的四周也只有他们这里一处光亮。因为有夜风，火焰烧得很旺，头上一轮弯月，雪光一折射，就可以看到远处连绵的山峰。

大家坐在一块儿东拉西扯，聊国际新闻，也聊国内八卦，聊恋爱史，圆缺不怎么开口搭话，倒是顾于肆和她班上的同学聊得极其畅快。

于是就有人开玩笑："难怪这几年，这么多人追圆缺都没能打动芳心。"

"很多人追她吗？那我可真要看牢了，到手的老婆可别给人挖了墙脚。"顾于肆笑得开心极了，然后更抱紧了怀里的人，又抬起她的手摸摸，"手怎么这么凉？"说完，把圆缺的手塞进他的衣服里面去。

他的体温透过布料温暖着她的指尖，圆缺这才抬头看了他一眼，心里想，这人怎么就这么爱演戏呢？

下半夜，圆缺的身子烫得吓人，她好像很冷似的直直往他怀里钻，顾于肆发觉时立刻捏了一把汗，赶紧摇醒她，"圆缺，哪里难受？"

她想张嘴说话，可嗓子眼紧巴巴的，原本红润润的小嘴唇也干得不行。

圆缺再次醒来时已经是第二天的下午，身子还是没有力气，好像经历了一场旷日持久的梦魇，梦里顾于肆慌慌张张地抱着她奔跑，有两次差点就摔在雪地上起不来，还有穿白大褂的医生，再然后就想不起来了。

圆缺敲了敲昏沉沉的头，顾于肆正推门进来，他掸了掸身上的雪花，走近探探她额头的温度，"烧退了，感觉好点儿没有，带你去吃点儿东西？"

她是真的饿了，加上点的全是她爱吃的，一顿饭时间圆缺都是埋头苦干，一句话也不说。等到一碗蟹黄小馄饨被她消灭过半时，碗被人劫走了。

圆缺气鼓鼓地敲着桌面，表示不满，顾于肆愣是慢悠悠地端着碗，也不说话，就那样瞧着她。最后妥协的还是圆缺，抽出纸巾擦擦唇边的油渍，走完吃饭的最后一道程序。

车就停在饭馆外，圆缺一上车就觉得全身骨头松散，整个人瘫在了副驾驶座上。

他打着方向盘，问："累坏了？"

"还好。"圆缺回答得惜字如金，扭过头，顿了一下才又开口，"我想回去了。"

顾于肆望了望后视镜看后面要超车的车辆，放慢车速，半晌才说："难得出来一趟，不玩好再回去，岂不亏死。"

圆缺想了下，"那你玩，我先回去。"

顾于肆掌控方向盘的手微微握紧，过了会儿，笑了笑说："你们班级的大巴不是明天下午才返校吗，你要怎么走？我知道有个好地方，你一定喜欢。明天上午咱们就开车回去，不等他们了。"

"开谁的车回去？"圆缺环顾了下身下的车，"你新买的？"

"昨晚你发烧，离中心医院太远，晚上又没有班车什么的，路过一家4S店就买了辆。"顾于肆说得满不在乎。

"你疯了！"圆缺惊呼，嘴巴虽然不饶人，心里却像有股暖流漫过。

顾于肆说的好地方，果真是个好地方！身体浸入温泉之中，纾解了疲累，开放式的格局，既能满足温泉浴，又能欣赏落雪纷扬，说不出的惬意享受。

等身体渐渐舒缓过来，她又动了出门观雪的心，只是穿好衣服后，到外面绕了一圈又气馁地走回屋里，站到玄关处抖落身上的雪，然后脱掉鞋子踩在暖暖的地板上。

"早知道还是泡在温泉里好了，既能在水里玩耍，还能看雪。"她看着身后紧跟着进来的顾于肆，"好东西都让你们有钱人占了去。"

"伶牙俐齿。看不了雪还怨我。"顾于肆捏捏她红彤彤的脸蛋，"上楼去看看。"

圆缺撇撇嘴，径直上了楼。没一会儿顾于肆也上来了，手里还拿着毛巾，她正奇怪他带这东西上来做什么，就见他拿了毛巾踮着脚，把落地窗上的雾气擦掉。

这是他临时租的一套临湖别墅，雾气被擦掉，窗外的轮廓渐渐清晰。湖面和道路还有土地全覆上了皑皑的白雪，二楼的高度一眼望去，俨然一片雪海，美不胜收。

圆缺穿着睡衣，盘腿坐在温暖的地板上。她喝着淡茶，他品着红酒，窗外寒风凛冽，屋内暖意融融。

圆缺懒懒地说："以前很喜欢大冬天窝在被窝里听窗外的下雨声，觉得那样暖烘烘的真是幸福，原来这样看雪，感觉也挺不错的。"见顾于肆不理她，只顾着品酒，圆缺瞪圆了眼睛，"你腿伤好了没，怎么就不忌口呢，一点儿自觉都没有。"

顾于肆睨了她一眼，揽过她的肩，假意笑谑道："昨晚抱着你跑了几公里，也没听你醒了感谢一声我这个腿上有伤的病人，现在知道关心了？嗯？"

圆缺自知理亏，要不是她非要扎营也不至于出这档子事，但谁叫他惹她心里不爽呢。"正经点儿，好好看雪。"

"真的这么喜欢？"他问。

"嗯。"圆缺点头，有点惋惜，"可惜明天就要走了。"

"再好看的景，看长了也会厌烦的。偶尔来看一次，感觉最好。"

听了这话，圆缺突然想起住进半岛别墅的白俏，负气地想，是不是冷战的那半个月他都住在半岛别墅，亏她还每天抱着手机等他电话，心里顿时生出一种说不出的失落，她别开脸，避开他的亲热。

"好端端的又怎么了？"顾于肆扳过她的脸，定定地看住她。

"没怎么。"圆缺索性挣开他的怀抱，挪到一边去。

顾于肆从昨天压制到现在的火气也上来了，"没怎么闹什么脾气？昨天就是这样。还有，让司徒空给你挑的羽绒服，怎么也不穿？"

他还敢提昨天，昨天别墅里的情形，她就像是个闯入者，那羽绒服是万万拿不得了。圆缺昂着头没答话。

她摆出不搭理人的样子来，顾于肆也拿她没办法，屋里的气氛霎时冷过窗外的冰天雪地。

他灌了大口酒进嘴里，半晌后，起身走出房间。

门砰的一声关上，阻隔两个人的争吵，她觉得委屈，只好大口吞着茶水，豆大的泪珠止也止不住地往下掉。

你看你看，这就是爱和不爱的区别。她心里惦记上他了，他却只是把她当成个风景，偶尔看一次才不会感觉厌烦的那种。

她正没良心地胡乱猜想，门哐的一声又被推开，顾于肆捏着手机又坐了回来，一只手的拇指替她擦着泪珠，另外一只手轻轻拍打着她的背，"你们女人就爱乱想，我明明说的是雪，你非得把自己往那句话上套，你别把自己当个风景不就行了！"

不说还好，一说圆缺只觉更加委屈了，哇地哭起来，"我知道，不是风景，充其量只不过是个养在外面的盆栽嘛！你还有整片森林呢。"

顾于肆烦躁地将刚挂掉的手机扔到一旁，这司徒空真会给他找麻烦，回去后一定要扣他工资，"要不是被你气的，我能半个月不回天鹅湾？还哭，你倒有理了，冷战那会儿怎么不见你委屈，也没见你半通电话。"

没反应，圆缺仍是哭。

多少年没哄过人了，他有些手生，只好捺着性子将事情解释一遍："我那半个月是去北京了，那边有亲戚出了事，人都没在T市，哪儿能住到半岛去。要不然，我们现在订机票去北京，我找人作证还不成吗？还有，白秘书是因为跟家里吵翻了，我跟她是旧识，想想你平时都待在天鹅湾这边，我也懒得回半岛，就把房子让她住着了。"

他说完，见圆缺敛了泪，两眼泪汪汪地盯着他，顾于肆笑了，"你这是在吃醋。"

不是疑问句，而是很肯定的语气，他直接将她扑倒在暖暖的地板上，"为什么你生气吃醋，我会这么开心呢？"

圆缺没好气地横了他一眼，都奔三的男人了，还跟她谈这些醋啊酱油的东西，幼不幼稚啊。可她也想问一句自己，为什么卡在心窝的那股怨愤之气随着他的几句解释就烟消云散了，甚至心里还有几丝甜意弥漫开来呢。

你看，你看，这果真是爱与不爱的区别。不爱的时候，全天下都和他无关；爱的时候，他就是全天下。

在阶梯教室里上大课。宋青青无聊极了，寻着话题，"圆缺，你跟闷骚男怎么样了？露营就见你一脸不高兴了，是不是已经用特殊方式解决了啊？"说完暧昧地眨眨眼。

圆缺四两拨千斤地挪揄回去，"你跟青青姐夫又发展到哪个阶段了，竟然有闲心关心别人了。"

宋青青皱了皱眉头，"你今天怎么这么不对劲儿，什么时候开始学会关心我了呀？"

圆缺翻了翻白眼，这种人啊，果然是不能对她太好，"我以前不关心你吗？"

"见过双方的父母了，他爸妈挺喜欢我的，我爸妈也挺喜欢他的，我们差不多能成吧。"宋青青扭头看向窗外，"我真的挺喜欢他的。"

圆缺只是笑着，宋青青是个幸运的女孩儿，尽管等了这么多年，但是等到最后，她终于等到了她生命中最重要的另一半，并不是每个女孩都可以这么幸运，也并不是每个女孩儿最终都会和她爱的人在一起。

"实话告诉你吧，其实我们也偷偷讨论过关于结婚的问题，他说了，等我明年拿到毕业证就结婚，婚礼会选择我喜欢的方式。等我结婚的时候，你一定要去做我的伴娘，嘿嘿，没准儿你一见我幸福，就也想结婚了……"

宋青青兴致勃勃地向圆缺说着她跟男友之间的小秘密，以及她梦想中的婚礼，

甚至幻想到了他们婚后的生活。然而这一切都是圆缺不敢去想的，她向往纯洁的婚纱，可是她却没有把握在顾于肆那里，这次的付出会不会头破血流。

她和他，有未来吗？转念一想，他平时多大男子主义的一个人，在西岭面对她女孩家的醋脾气，竟然找司徒空问清缘由后主动解释。这怎么也算得上两人恋爱邦交正常化的体现吧，这么一想，心里又踏实许多。

从西岭回来半个月后，就要临近期末了，要准备期末考，再加上周含书的那一份家教，圆缺忙得不可开交。姚翩翩电话打来时，圆缺正在图书馆奋斗，"翩翩？"

"圆缺，我本月十六婚期，你有空吗，来当我的伴娘好吗？"

"十六？"圆缺移开手机看了看日历，"那不就是下星期二？我这周能考完，一定去。"

"那好，周六我去接你试伴娘礼服，咱们好好聊聊。"姚翩翩好像很忙的样子，话筒传来那边司仪的声音，她大概是在同司仪探讨婚礼当天的细节问题。

周六，试完礼服之后，圆缺又陪着姚翩翩去酒店确认细节。等一切结束已经是华灯初上，两人寻了个环境清幽的咖啡馆坐了下来。

姚翩翩手里描摹着烫金邀请卡，见圆缺已经累得在座位上一动不动，好笑地打趣，"这就累了？等你结婚的时候，比这还烦琐呢。"

"结婚还是很遥远的事情，无压力！"姚翩翩还是以前的直爽性子，跟她在一块，圆缺也恢复了以前贫嘴的功力。

姚翩翩见话题引到这上面来，就挪到她身旁坐下，试探着问："你现在到底怎么想的？"

"什么意思？"圆缺精神稍稍恢复，喝口咖啡润润喉，努力摆出磊落大方的姿态。

"苏杨啊，你打算怎么办？你现在是仗着年轻，可女人总归要考虑以后，谈恋爱结婚生孩子，一套流程不走完，那对女人来说就是缺陷。"

圆缺脸上的淡淡笑容渐渐敛去，半晌后她苦笑道："我的人生规划里暂时没有复合这一项。就像你说的，人总要谈恋爱结婚生孩子的，这就跟完成任务一样，恋爱就算没做好，我也不想跟同一个人重来一次。"

姚翩翩没料到她是这答案，老半天后憋出一句："那，那如果苏杨想复合呢？"

"他不会真想复合的。"圆缺声音低沉，整颗脑袋都垂下去，今天她没有把头发扎起来，长长的黑发落到脖颈旁，衬得她的皮肤在晕黄灯光下越发白皙，"他过得不错，那个女孩我见过。"

姚翩翩不知道该说什么了。好在没多久，服务员就送来了奶茶和新鲜出炉的蛋挞。

姚翩翩细嚼黄桃口味的蛋挞，"那小姑娘叫凌宸，跟你长得是有几分像，可问题是……如果你家楼下就是正品店，为什么要绕几条街去买A货呢？"

圆缺狠命地掐紧手心，掐到手指甲在掌心划出道道红痕，她知道苏杨这种年纪，事业有成，又谈吐不俗，对涉世未深的少女最有吸引力。初见那女孩时她也曾有一丝恍惚，因为太酷似自己。

"还有，我听小波说，是那女孩倒追苏杨的，一次又一次地向苏杨表白，或者是短信，或者是邮件——你不爱我也没关系，你让我默默爱你好了。"

圆缺喝着奶茶暖暖胃，轻叹，"所以说，那边是天真善良纯洁无邪情窦初开的苦恋少女，这边是当初令他伤心欲绝的残花败柳。胜负立判，不是吗？"

"可你是苏杨的初恋，每个人都有初恋情结，明明正版就在身边，何必舍近求远。还有，这三年苏杨虽然玩得比较疯，可根本没有一个是正儿八经地交往过的，那天他喝醉了，我在他钱夹里看到你们的大头照，这样怀念一个人三年，能是假的？"姚翩翩今天是想把说客做到底了。

圆缺摇摇头，沉默良久后失笑道："不奇怪，恰恰相反，很符合男人的心理逻辑。他怀念的，只是那段时光，并不是我。两个人中间隔着一道坎，还扎着你背叛过我或者我背叛过你的那根刺，所以苏杨宁愿找一个既能体现自己长情、又没有感情芥蒂的人重新开始。"

姚翩翩回味着这番话老半天回不过神来，她本来只是不忍心见当初你侬我侬的一对璧人变成冤家，却没想到圆缺远比她想的透彻得多，不免叹息一声，"你还真能咽得下这口气！"

"大概是因为，我在试着努力另外一份感情。"圆缺望着外面的万家灯火，失神地说。

"顾于肆吗？圆缺，他是什么人，你应当清楚。"

圆缺脸色一黯，从怔忡中回神，"嗯，我知道，所以想努力试试看。要真是不行，我也不会强求的。"

话题很快转移到大后天的婚礼上，两人又讨论了一会儿才散场。出了咖啡馆，外面的寒气扑面而来，圆缺不自觉地缩了下身子，本能地想到顾于肆每天出门都会交代一句——今天冷，多穿衣服，别学那些女孩子穿裙子。

她望了望外面灰蒙蒙的天，心里掂量着要不要给顾于肆去一个电话。他最近好像比她还忙，可就算时间再紧张，每晚都会回到天鹅湾，只是他回来得比较晚，十次有九次她都已经睡下了。

要不要打扰他呢？想想翩翩的婚礼势必会遇到苏杨，还是事先告诉他一声比较好，只是她按了号码拨过去，电脑女声却机械地提醒：您拨打的电话已经关机。

回到天鹅湾已经晚上十点多，开门进去之后一片漆黑，他还没回来。圆缺将姚翩翩的喜帖随意放在客厅的桌上，洗了澡就睡下了。后半夜的时候，身侧的大床好像凹陷下去了，然后是一片寒气从身后袭来。她困得很，迷迷糊糊又睡了过去。早上醒来时，身侧并没有人。她想，大概是自己睡糊涂了，要不就是做梦了。

接下来两天，圆缺都没有见到顾于肆。她睡觉一向踏实，周二这天却是早早就醒来了，一看时间才凌晨三点，她想自己这是怎么了，不就参加个婚礼吗？又不是上刀山下火海的。

砰砰砰——拍门声响起的时候，她以为是错觉，开门之前透过猫眼扫视一圈，顾于肆一张俊脸透过猫眼变得有些滑稽，以至于开门的时候她都没忍住笑，"大半夜的，扮什么怪物来吓人。"

顾于肆原本正疲惫地扶着额头，见到她的笑脸，不自觉被感染了，"忘记带钥匙了。"

她被吵醒也不生气，问："怎么这么晚才回来？"

"应该说这么早。"他进屋脱掉大衣，"哈尔滨那边工厂出了事，刚从那边赶回来。"

"晚了就别回来了呗。"圆缺还是认定他这是晚回来了。

顾于肆已经脱掉衬衫进了浴室，听了她的话探出头来，"不回来，你今天岂不是一个人去参加婚礼，孤零零地看别人秀甜蜜？"

他说完就缩回头进去冲洗了，留下圆缺一人愣怔——他怎么知道的？

顾于肆洗好出来时，她还没想出答案来。他看着她皱着的小眉头不禁好笑，揽着她躺下，"好困，陪我睡一小会儿。"说完没多久，他就沉沉地睡着了。

圆缺抬起头看他，一脸倦色，显然是赶回来的，一时间心里说不清是什么滋味，双手环上他的腰紧贴着他。

圆缺这个回笼觉睡得极其踏实，甚至还做了一个很美的梦。梦里她穿着婚纱，来了很多朋友，妈妈也健健康康地含笑望着她，有花童撒着香槟色的花瓣，如同仙境一般。可还没等她看清新郎官是谁，就被一阵手机铃声吵醒了。

电话是姚翩翩打来的，顾于肆好笑地看着她懊恼地挂掉电话，"怎么了，不就是睡过头了？"

"都九点了！我今天是伴娘啊，来不及了来不及了——"

顾于肆起身，亲亲她的嘴角，"没事，有我在呢。"

走进"一号公馆"之后，圆缺觉得信任顾于肆果然是正确的选择，"你们一般上午不忙吗？"怎么所有的店员都围着她一个人忙活？

"不是啊，顾先生昨天就订了今天的包场，所以今天只有尹小姐一个客人。"漂亮的店长柔声说，"顾先生真有耐心。"

圆缺透过镜子看着自己，一个店员忙着给她梳头，一个店员给她上彩妆，另一个店员根据礼服搭配饰品——她的耐心终于用完，"就这样吧，差不多就行了。"

正化着妆的店长不解地停了下来，顾于肆向她点头示意。

圆缺一路心不在焉地望着车外，新年还没有到，可各大超市商场已经装点得十分漂亮，很有节日气氛，不少人都在备年货了。

眼前掠过大片红色，和喜帖上的红一样喜庆。她不知道自己在想什么，脑子里乱七八糟的，又微微犯困。

圆缺一遍遍问自己，这样和顾于肆出双入对真的合适吗？她的迟疑终究只是迟疑，没一会儿车就到了酒店门口，有服务员过来询问是否要泊车，顾于肆点点头，牵着她的手下车。

他们来得有些迟，姚翩翩和马小波已经站在门口迎宾，圆缺上去给了她大大的拥抱，顾于肆递上礼金，马小波不动声色地接了过去。

顾于肆拉着圆缺往里走，她问："去哪儿？"

他步子迈得很大，轻描淡写地说："找地方坐。"

他抓住她的手，然后将她的胳膊放在自己的臂弯里，他们一路走进去，很多人在观望，好像主角是他们一样。那时候她还不晓得，这样的出场是他在故意招摇，也没想到他这个招摇的举动会给他们的未来带来那么大的震动。

圆缺觉得今天的顾于肆特别热络，话也多了不少，苏杨走过来的时候，圆缺正被顾于肆说的一个笑话逗得开怀大笑。

苏杨面色清冷地开口道："圆缺，翩翩找你。"

她一拍脑袋，"哎呀，忘了，我是伴娘。"说完，她又有些愧疚地望向顾于肆，扭头对苏杨说："我先带他开间房，他昨晚没睡好。你跟翩翩说，我一会儿就去。"

其实圆缺的想法很简单，首先顾于肆的确是累了，其次自打她和顾于肆进入会场就有不少人在窃窃私语。顾于肆什么身份，万一有记者在场明天报道了出去，总归影响不好。

苏杨眉头几不可见地皱了一下，顾于肆便低低笑了起来。

这场婚礼谈不上声势浩大，但也办得有声有色，最后，司仪的一句"礼成，送入洞房"使整场婚礼达到了最高潮。苏杨看着台上满脸幸福的两个人，回想起刚刚圆缺拨开人群往客房处走去的情景，他的一颗心就像坠着石头，直直沉入湖底。

姚翩翩的婚礼办得中规中矩，中午宴客，晚上朋友狂欢，顾于肆因为还要赶回哈尔滨，圆缺自告奋勇陪同，所以他俩没有出席晚上的狂欢夜。

苏杨靠在大厅柱子后面一根接一根地抽着烟，姚翩翩寻过来时被浓浓的烟味呛得忍不住咳嗽。

他抬头看了看，笑着说："这身敬酒礼服挺好看。"

姚翩翩皱着眉走过去，"好看，就给你家那口子也买一件，天天穿给你看。"

苏杨把烟灭了，却把烟蒂夹在手里，含糊地说："大概没那一天了。"

这样的苏杨，姚翩翩看在眼里，疼在心里，"苏杨，我们认识也有四年了，可是你做事情我总是看不懂。以前只觉得你爱惨了圆缺，就连我这个外人都替你感到可惜。可现在我倒觉得你们分开，也许真的命中注定，你不适合她。"

"为什么这么说？"他像个求教的学生。

"这四年，我看着你从清俊的少年变成混世的公子，我有时候觉得你很陌生。"

"比如？"他挑眉。

"比如当初你跟圆缺在一起却招惹了顾心言，再比如现在，心里想要的是圆缺，身边陪伴的是凌宸，纠缠一个拖住另外一个，你到底挑好了没有？"

苏杨笑起来，笑得略带苦涩，"我有时候也不懂自己，我只是知道解铃还须系铃人的道理。"

姚翩翩叹气说："回来后你找圆缺谈过没有？"

苏杨又拿了一根烟出来，没有点燃，攥在手里一点一点地捏碎，"找过两次，都谈崩了。"

"那是你心态不端正，你端着一副讨债的样子，能不谈崩了吗？"

"难道不该这样吗？"他手上的动作缓慢而有力，仿佛能听到骨头摩擦的声音。

"不该！大大的不该。"姚翩翩夺过他手里被蹂躏得面目全非的烟。

"我说你招惹了顾心言，你觉得委屈吧？你一直认定是圆缺先背叛了你，所以你跟顾心言滚床单是理所应当的，对吧？那如果我告诉你，那张验孕单是顾心言递到校务处的，如果我再告诉你，圆缺那几天正好来大姨妈了，你会怎么想？"

苏杨猛然闭上眼睛，天昏地暗——

几分钟后，他再次睁开眼睛，沙哑地问："你怎么知道的？"

姚翩翩折身回了卧室，没一会儿回到他面前，手里拿着几个笔记本，"你帮余舟对付了王静，这是她从圆缺床底下捞出来的日记本。余舟出国时交给我的，我一直扣着没给你。"

232

苏杨深吸一口气，用颤抖的手接过来，书页有些泛黄，那些陈年的笔迹已经不再鲜明，一字一句诉说着圆缺的心声。

　　2007年4月1日，晴。他今天明明说好了给我讲解那道几何题的第二种解法的，可晚上他却亲了我，还问我要不要跟他好。他怎么能这样呢，竟然挑在愚人节表白，到底能不能信他啊？！

　　……

　　2009年3月13日。阴天。我以为大学过后他就会忘了我，他今天一声不吭就跑来了，我该怎么办？

　　2009年3月14日。小雨。我完了，没控制住自己，答应他了。

　　……

　　2009年6月28日。暴雨。尹怀明竟然想把我卖给顾于肆，太可恨了，我侥幸逃掉了这一次，下一次怎么办。不能找苏帮忙救尹家，那我干脆脱离尹家，以后打工挣钱养活自己。嗯，就这么办，加油，尹圆缺！

　　2009年7月03日。中雨。我想把脑子里那些视频片段删除，难道真的没有让人记忆消失的药水吗？苏杨，你竟然跟顾心言滚床单，脏死了，我不要你了！

　　2009年7月21日。阴天。肚子好疼，该死的大姨妈，为什么一个月就要来一次啊！和他依旧冷战……

　　2009年7月26日。阴天。今天校务处把我叫去了，可大姨妈刚结束，怎么就成了怀孕一个月了呢？到底是怎么回事啊？！

　　2009年8月9日。大雨。他到底是不信我的。他走了，带别的女人走了。我跟他，从此再无瓜葛！

　　……

　　撕心裂肺地痛！苏杨再也看不下去了——啪的一声合上日记本，如同被抽干了全身的力气，他看着姚翩翩，"为什么现在才给我？为什么你不一直扣着？"

　　姚翩翩别开脸，"上个周六圆缺陪我试礼服，我旁敲侧击问过她了，就连你现在找个像她的女朋友，她都无动于衷。我想就像日记里说的，她跟你从此再无瓜葛了！把这本日记给你，是想让你也死心吧，别再纠缠不清。忘了过去，你们两个都能得到各自的幸福。"

　　赤裸裸的事实，血淋淋的往事，苏杨无言以对。

他沉默了很久，忽然笑得一脸阳光，"我知道该怎么做了。"说完，随手把碎掉的烟丢到置物筒里，阔步离去。

抱着几本日记本恍恍惚惚地回到市中心的那套公寓，他一动不动地瘫在床上，一页一页地翻开，每看一个字，就想捅自己一刀。苏杨烦闷地想抓扯自己的头发，却发现，他麻木得连抬手的力气都没有了。

电话铃声响起时，苏杨正睁眼望着天花板。铃声响了一会儿停了，没一会儿又接着响，他想关机，拿起来却按成了接听。

"苏——"凌宸的声音从话筒里传了过来。

像，这声音真是像她啊！可为什么他今天就觉得别扭呢。苏杨一个激灵从床上弹坐起来，"凌宸，我们谈谈吧。"

三年来，苏杨从没像此刻这样充满希望过！那种重逢又得知真相后历久弥新的渴望，在做出决定之后喷发而出。他已经控制不了自己，也不想再控制自己。

接下来的日子很宁静，快过年了，家家户户门上都贴上了春联。

腊月二十九，顾于肆开车带着圆缺去超市大采购，他如此高的兴致好像感染了原本对过年恐惧的圆缺，进了超市后，他们仔细挑选着年货。

电话响起时，顾于肆看见屏幕上的号码就皱了皱眉头，圆缺转过身想问他喜欢吃哪个口味的汤圆，就听见他淡淡地说："今年不回了。"

圆缺有些歉疚地看着他，"你家人是不是催你回家过年啦？要不——"

他走过来，"说了今年陪你过年的，瞎想什么呢？我喜欢芝麻馅的，你喜欢什么口味？"

圆缺下午去医院陪范素心，吃了年夜饭，十点多才回的半岛别墅。自从上次在这里碰到白俏，她以为自己以后都不会踏进半岛别墅半步了，哪知道他们从哈尔滨回来没几天，顾于肆就说他让白俏搬走了。

一进门就见到顾于肆围着卡通围裙，做了一桌子菜等她回来，那点不快的小心思也就压下去了。

两人吃过年夜饭，已经将近凌晨，顾于肆带她在院子里放花炮，绚烂的烟火在夜空中层层绽放，圆缺倚在门边有种想落泪的冲动——自从妈妈生病后，她已经连着好几年除夕都是在医院度过的。

她窝进他的怀里，只觉得这样的良辰美景，真好。

圆缺白天陪范素心，晚上回到半岛别墅，顾于肆也提过想要去探望范素心，被圆缺支支吾吾地拒绝一次后也就没再提，不过还是好脾气地每天都等她等到很晚。

这样的情况一直持续到正月初八。

相对于圆缺和顾于肆这个还算温馨的春节而言，苏杨这个年过得异常痛苦。忍到初八他再也忍不住，将电话拨给了顾心言，"新年快乐，心言！回国过年了吗？怎么不来T市玩玩——元宵节？可以啊，元宵节正好我有时间——"

挂掉电话，苏杨笑容讳莫如深。

圆缺，顾于肆当初既然是以这样的方式从我的身边抢走你，那么现在，我便也按照这条路，重走一次如何。

元宵节这一天，圆缺在医院陪得有些晚，出来时已经晚上十一点多，她正准备拦车，顾于肆那辆骚包的卡宴已经滑到她跟前，"美女，可有时间共进晚餐？"

圆缺看他正儿八经的样子，就起了逗他的心思，假意很为难地说："可我已经吃过了。"

果然，他咬牙切齿，"没良心！可怜我等你半天了。"

"那我就委屈一下，陪你填饱肚子吧。"圆缺开开心心上了车，只是半小时后她就笑不出来了。

T市元宵节有放花灯的习俗，到了晚上不论男女老少都出来凑个热闹，D大这里更是人挤人。来这儿吃饭是圆缺提议的，说明天要开学了，美食街定是开张了，顾于肆依言答应了。

他们挑了个二楼临窗的位置，正好观看外面的热闹景象。只是临窗的好处，是可以看风景，也能被当风景看，遇到熟人的几率也就更大了些。

"哥？！"一声又惊又喜的声音。圆缺心里咯噔了一下。

顾心言款款近前，笑语嫣然，"哥，你怎么在这儿？"

"这话应该我问，你怎么跑到T市来了？"顾于肆这样寒着脸看过去，就见到了顾心言身后的苏杨。电光石火之间，他就想明白了始末。可顾于肆是什么人，心里巨浪滔天表面仍可以不动如山。

顾心言上前来想要挽住顾于肆的胳膊撒娇，走近了才看清他对面的人，"圆缺，你，你怎么——"说着又看看顾于肆，"你们——"

她突然拔高了声音，"哥，你不回去过年就是为了这个女人是不是？你怎么回事，犯得着为了她不回去过年吗？你都不知道爸爸有多生气，你以后的日子——"

顾心言还没说完，就被顾于肆揪了出去，临出门前他温言细语交代圆缺："吃饱了，就早点回家。"

苏杨插话说："既然顾董要先处理家事，我陪圆缺就好。"

顾于肆看也不看苏杨一眼，自顾自交代说："我会早点回家的。"说完，他拉着顾心言的胳膊就往外走。

顾心言不甘不愿地挣扎着，她多爱苏杨啊，可是出国后竟然遭到那样的对待，过年时接到他的电话，她都觉得自己是在做梦，以为苏杨终于想起她的好，决定回头是岸了，可为什么梦醒得这么快。

"你们俩都鬼迷心窍了吗？一个在国外念了她三年，一个在国内养了她三年……"

人被带走了，剩下的话，圆缺没有听见，她也不想听，肯定不是什么好话。

圆缺是懂事的，知道顾于肆现在这样做也有他的道理，她不傻，看到苏杨那一刻也隐约明白了点什么，女人的直觉大抵总是如此敏锐。

所以当苏杨坐下问可否共进晚餐的时候，圆缺没有拒绝。

圆缺咬了一口汤圆，黄桃味的，金黄的汤汁看着就让人食欲大开，可是吃了一口之后她却再也没胃口了，只是拨弄着瓷碗里的几颗汤圆。

"看来，你是不打算同我说话了。"苏杨也搅动着碗里圆滚滚的汤圆，"那我就长话短说，省得让你这么讨厌。圆缺，你觉得和他一起来吃汤圆，就能团团圆圆了吗？"

圆缺猛然抬起头来看他，苏杨眯着眼睛，像是紧盯着猎物的豹子，充满危险的气息，"你这么聪明，什么是你的，什么不是你的，心里应该清楚。上次我就提醒过你，他为什么对你不放手，你怎么就不听呢，非要顾心言过来闹，你才能明白吗？"

苏杨原本不想用这些事情来刻薄她，可是如果不让她认清和顾于肆这段关系的本质，那他的未来又在哪儿呢。

许久，久到苏杨以为圆缺不会开口的时候，她笑了。

圆缺心里虽有些不平坦，开口却是淡漠的："谢谢你的提醒！但是你好像还没有彻底明白，我已经不是你女朋友了。"

苏杨清亮的瞳人恍惚中乌云密布，却也不过是眨眼一瞬。他将脸侧过去，眼里印着窗外的万家灯火，沉着声音问："圆缺，这几年你跟着他，变了很多。"

"苏杨——"圆缺终于唤了他的名字，"既然你当年那么决绝，现在再说这些又有什么用呢？我不想跟你讨论到底谁变了的问题，只是，我们的关系早在三年前就结束了，你要报复也好，心有不甘也好，统统与我无关。而我与顾于肆之间，也希望你不要再插手。"

苏杨的目光严肃得甚至有了寒意，他只又看了她一眼便起了身，拉开座椅。

圆缺幽幽的声音从身后传来，苏杨身子一僵，她说："苏杨，你这一手真是漂亮。"

苏杨苦笑，背影僵了半天，终究一句话也反驳不出来。

Chapter 20

努力幸福着

一个寒假过去，大家都跟自由惯了的小鸟一样，再回校上课时难免有些觉得束缚，一到下课火速往外冲。周五的最后两节课，教室里已经有不少人讨论双休的去向了。

下课铃一响，圆缺准备好了所有的东西，待会儿要去给周含书做家教。其实他的国语水平现在已经完全能够应付日常生活，只是他还力求精益求精，说是这个水平远远满足不了一个做科研人员的要求。

此时正值下课人流高峰，又是周五，教学楼门前人满为患。圆缺走出教学楼，和几个同学挥手告别，准备往学校大门走去，突然听见有人大声喊着她的名字，声音凄厉，吓得她一怔，同时，很多学生也循着声音看了过来。

一张女子姣好的面容出现在圆缺面前，是顾心言。她向圆缺走来，大声地吼道："尹圆缺，你还在记恨当初苏杨不要你，跟我在一起对不对？所以你就不惜做情妇也要迷惑我哥……你怎么这么阴魂不散……你们这些私生女的思想是不是都这样下作——"

圆缺不明所以，可听到那一句"情妇"，恨不能找个地洞钻进去。身后的D大的学生不少都是认识的，圆缺的脸瞬间变得火辣辣的，甚至已经听见不远处有人在窃窃私语。

"私生女？"

"情妇？"

"这女的说的她哥哥，是不是上次西岭登山的那个，怪不得看起来那么老。"

……

她的身体在一点点变凉，好像被人剥光了衣服暴晒在阳光下。屈辱和难堪一瞬间充斥着她的大脑。

圆缺气得浑身发抖，正要开口，却见顾心言又对着她怒吼起来，"尹圆缺，你真是有手段，明明你和苏杨在一起时，就爬到了我哥床上，等苏杨不要你了，你竟然在三年后还不肯放过他，你到底用什么法子让苏杨对你念念不忘的？"顾心言说着就哭了起来，"尹圆缺你就算再恨我，也不该用这么下作的手段来挑拨我们兄妹之间的关系——"

周围窃窃私语嗡嗡而起，围观的学生越来越多，圆缺一时间只觉得头昏脑涨，竟然顾不得了反击，倒是宋青青一把搂过圆缺，对着顾心言不屑地一笑，"这位大妈，你真该去进军好莱坞市场，说不定明天能捧一个小金人回来呢。"

"你什么意思？！"顾心言拔高了声调吼回来。

"我没什么意思，就是听说你以前趁着他们冷战，主动爬上了圆缺男朋友的床，啧啧，你也真够下血本的。只是，能被你抢走的男人，你就该料到有朝一日会被别人挖墙脚。自己的男人看不住，还有脸来撒泼喊冤——"

顾于肆赶到的时候，看热闹的人群已经围了里三层外三层，他只好在外面怒吼一声，"顾心言，你给我住嘴！"

人群霎时间安静下来，有眼尖的认出那就是陪圆缺参加西岭登山的男人，"就是他吧？两个人看着挺般配的，没想到是那种关系。"

人群自动让出一条道儿来，顾于肆阔步走过来，看都没看顾心言一眼，想要上前揽住圆缺，被她一个侧身闪开。

顾心言不满，"哥——"

"道歉。"他视线不离圆缺半分，"顾心言，我让你给圆缺道歉！"

"让我给她道歉，死了这条心吧！"顾心言说完，哭着跑开了。

顾于肆望着那渐渐跑远的人影，有些痛心疾首——她还是这么不懂事，只凭冲动做事，伤人伤己！

"圆缺，对不起！"他踏上前来一步，圆缺后退一步，冷笑，"不必，我担不起。"说完拂袖而去。

一时间圆缺成了D大学生茶余饭后的谈资，她想忽略周围打量的目光，奈何人都有好奇心，越是掩饰越是想要扒开看个究竟。圆缺渐渐承受不住，好在此时周含书提到有个法国建筑设计院的实习岗位，问她有没有兴趣试试。

大四伊始，很多人都开始找工作，圆缺自然不想落在人后，又加上这段时间在学校被人指指点点，她果断答应。回学校办理申请提前实习的手续很顺利。

顾于肆知道圆缺要去陕西实习的事情，他本来并不赞同她到建筑工地上去，可是他觉得扣着她留在T市也是郁郁寡欢，只好放手，想着怎么才能挤出时间可以去陕西多看她几次。

圆缺这次走得很仓促，甚至可以说她是狼狈地逃走。坐在火车里的她一直看着站台上那个挺拔的身影离自己越来越远，直到顾于肆彻底消失在她的视野中，她的泪才噼里啪啦地往下掉。

她不是一个自卑的人，有的时候凭着一腔孤勇可以做出一些令她自己也想象不到的事情。可她也不是一个喜欢自欺欺人的傻瓜，无论她怎样努力，怎样顺其自然，尽最大努力把这份感情做到力所能及，但有一个事实根本无法忽视——顾于肆是个太过优秀的男人，就算他不介意她的私生女身份，他的家庭也不可能接受。

她是一个私生女，还和他在一起三年，别说他们之间横着家庭的阻力，其实才到顾心言这关，就已经是过不去的坎儿了。

顾心言的出现无疑是个糟糕的开始，用不了多久，他的父母以及他的更多亲人就一定会知道今天发生的事情；而最重要的是，她现在连顾于肆到底拿捏的什么心思都不知道。

想起不久前他为她挨的那一枪，那就是爱了吗？他又能爱多久呢？他从没说过，她也从不敢问。

她从小的生活环境非常简单，虽然是单亲家庭，但是妈妈用心培养她，甚至为了她不敢轻易再婚，一心希望她成为这个世界上最幸福的那个人。可是在她长到二十三岁的这一年，她的生活随着两个男人的介入变得越来越复杂，甚至复杂到了她根本想象不到也控制不了的地步。

圆缺忽然觉得空气里的氧气变得稀薄，周围似乎充斥着很多重物，压得她无法承受，索性大哭一场，发泄心中的压抑。

她正趴着掉泪，背上却传来温热的轻微拍打。圆缺抬头，苏杨已经站到了她面前。

"你怎么在这儿？"

"担心你一个人去那边不习惯，我来送你。"

圆缺生气了，一把甩开他的手，"苏杨，我这么狼狈地逃走，还不是拜你所赐，你不把顾心言招来，我能成为别人茶余饭后的谈资吗？你毁了我的初恋，现在还要毁了我好不容易想要试试的感情吗？"

苏杨的嘴唇在止不住地颤抖，手被她挥开，他也不生气，还是伸手过去轻轻地替她顺气，"无论你愿不愿意相信，现在的我真的只想要对你好，以后一直对你好。我们已经错过了三年，我不想再错过下半辈子。所以，圆缺，对不起。"

他一个大男人，说着说着眼角就湿润了。

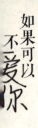

他能怎么办，眼睁睁看着自己放在心里七年的女孩和另外一个男人开始新的恋情，要他无动于衷吗？不，他不是圣人，他做不到！昨天得知顾心言去学校找她了，他伤害了圆缺，他除了自责，还有和她一样的心痛。

圆缺不哭了，但也不理会人。帮她在工作地点安顿好之后，苏杨跟了两天依旧得不到圆缺一句话，他是再也没脸待下去了，在第三天回了T市。

圆缺实习的事情，因为有周含书为之周旋，很快就办理了实习入职手续。她所负责的工作并不很重要，是做一个法国建筑师的翻译加助理，平时也就看看图纸、跑跑腿什么的，但圆缺勤快，建筑师老头儿很喜欢她，每每谈事总会带上她，圆缺也知道这是难得的机会，更加努力地学习。

时间一晃就来到了阳春三月，嫩草发芽，百花齐放，也迎来了圆缺二十三岁的生日。

她来这里不过两个月，认识的朋友并不多，自然也没人知道她的生日，但也因为这一点，她在这里呼吸到了自由的空气，性情也变得爽朗很多。所以这个生日，她打算买个小蛋糕，然后许一个愿望——许愿一切都会过去，再没有别的人来打扰，她和妈妈能过着简单而幸福的新生活。

忙完一天工作的圆缺，给范素心去了一个电话后，收拾东西准备去买蛋糕，还没出门就被人截住，一张熟悉的脸庞映入她的眼帘。

"你怎么又来了？"

"我等了你一天了，为什么不接我电话？"是苏杨，他已经恢复了记忆里那个清俊少年的模样。

苏杨印象里圆缺不是个爱记仇的人，和自己闹别扭或者和别人闹了不愉快，睡一觉后就会释怀。所以这两个月来，他对她的攻势张弛有度，既不让她厌烦，又不会很久不见影踪。

"你找我做什么？"

"来许生日愿望。"

圆缺一怔，想起两人刚在一起时，曾经定下一方过生日、愿望由另一方许的约定。

她苦涩一笑，"苏杨，你明知道我心软，所以这两个月来处处让我回忆以前，可是，回忆再多也只是回忆，成不了未来。"

"是吗？那让我试试看。我今天许愿：苏杨和尹圆缺要一辈子在一起，差一秒都不算。"说罢，苏杨猛然拉过她，低头就吻了上去，紧贴她的唇，低语，"一辈子就是过去、现在，还有未来！"

圆缺起初是反抗的，可敌不过苏杨的气力。他反复辗转在她的唇边，圆缺僵硬着身体，木头般不作回应，他恼怒地一口就咬了上去，圆缺吃痛惊呼，他乘机席卷她的唇舌，吻得细致而专注。

苏杨将她抵到墙上，身体贴了上去，闭着眼睛享受暌违三年的亲吻。渐渐地他不再满足于唇舌交缠，湿漉漉的吻慢慢挪到她的耳垂、锁骨，再向下就是——

"顾于肆也是这样吻我的。享受吗？"

他的身体遭雷击般凝住，旋即松开了她，"圆缺，你明知道我忍受不了你跟他在一起，为什么还要提他？"

圆缺扭头不语，苏杨执拗地扳过她的脸，要她正视自己，"你怎么惩罚我都行，别再提他了好不好？"

圆缺凝视着他的眼睛，在苏杨的眼睛里她看见自己的倒影，于是有些天真地问："想到他了，为什么不能提？"

"你想他？"苏杨差点没站稳，"你对他，真的动感情了？"

他的心愧疚得直发疼，可比这更痛楚的是，他开始害怕，害怕她已经不是他在十六岁那年认识的圆缺。七年时光，抛不下，要不得，没有比这更折磨人的了。

这个问题是他第二次问了，第一次她含糊过去，这一次却是苏杨不敢留下来听答案，万一，万一……他简直不敢想象她如果真说爱了，他会怎么样。

苏杨松开她，发疯了似的狂奔离去。

被苏杨这样一搅和，她再也没有先前的好兴致，收拾了东西就赶回租住的筒子楼。回到房间时天已经彻底黑了，她摸索着去寻墙壁上的按钮，却看到了不远处有红星闪亮。

屋里有人！

她还未找到开关，那人已经掐掉烟蒂，点亮了蜡烛，捧着蛋糕缓缓走近。

顾心言去学校闹的那档子事，自她来了陕西，两人都默契地不去提，而他几乎每周都会从T市赶赴陕西，有时候能陪她两天，更多时候是头天晚上到她这里，第二天又要马不停蹄地赶回T市。

这两月余，两人就这样心照不宣地相处着。

借着烛光，她才看清，面前的顾于肆头发有些凌乱，脸色很不好，看起来十分疲惫。

窗户大开，屋子里的温度有些低，弥漫着浓烈的烟味，还有蛋糕的奶香味。

"我等你好久了，许愿吧。"他一手托着蛋糕，另一手抚摸上她的脸颊，慢慢描摹，从眉毛到眼睛、鼻子，再然后是嘴巴，忽然之间手指僵硬地停在她的唇边，圆缺甚至能感觉到他的呼吸一下子变得不规则起来。

圆缺恍惚，再抬头，就见顾于肆在极力隐忍什么，指腹狠狠用力擦拭着她的唇，直到她喊疼，他才猛然惊醒。

她还没来得及揣测他眼里的情绪，就见顾于肆已经一把放下蛋糕，几个箭步冲到门口，拉开门就走了。

哐当一声，有了年份的防盗门一下子被大力关上，铁皮颤了几下终于归于无声。圆缺好半天才反应过来，对他的这通脾气感到莫名其妙，知道他情绪来得快去得也快，想着等他脾气过了就好。

她租住的是老旧的筒子楼，里面的条件并不好，本来还有台洗衣机，前两天也不知怎么的就闹罢工了，圆缺只好拾掇了昨天换下的衣服进洗手间准备搓洗。

洗手间并不大，接了太阳能的喷头倒是能冲澡，越过放洗漱用品的支架就是洗脸池，镜子中的她有些灰头土脸的，圆缺掬了一捧清水洗了洗脸，再照镜子干净了几分，蓦地她凑近了镜子，看清嘴角的咬痕。这苏杨属狗的吗，竟然咬得这么狠！圆缺愤愤地低叱了一句，随即想到顾于肆方才盯着她的嘴唇看，他一定是多想了。

这样一来，衣服是没心情洗下去了，潦草冲了澡就窝到床上了。闭上眼睛还是睡不着，圆缺思量着要不要给他打个电话解释一下，可手机摸出来后她就不知道该怎么解释，恼怒之下又将手机塞回枕头底下。

后半夜，外面下起了雷阵雨。圆缺起来跑到阳台上收衣服时，往楼下随意一瞥就透过重重雨幕看见了那辆熟悉的卡宴。她再忍不住，衣服也顾不得收，取了伞就奔下楼。

顾于肆从屋里冲出来后就后悔了，他可是熬了好几个通宵才将今天的时间空出来的，本想给她过个温馨快乐的生日，却没想到变成了闹别扭，可他又拉不下脸再回去，只好在楼下等着。他想，只要她下来找她，不，或者只是给他个电话，他立马就回去，再不计较她有没有和苏杨见面。

可这样一等就是一晚上，他站在楼道里喂饱了蚊子，最后只好躲到车里去。

这会儿雷雨大作，他正憋屈着，就听咚咚几声敲车窗的声音，玻璃上蜿蜒而下细细的水流，而他心心念念的那个人正低着头举着伞往他车里瞅。

他等了一晚上都没见她人，在他不抱任何希望的时候她又突然出现，他心里一喜，复又一阵委屈，明明有股冲动想立刻拉开门，却摇下车窗没好气地问："干吗？"

圆缺本来就心疼，见他这副闹别扭的样子，差点破功扑哧一声笑出来，好在她忍住了，伞下的她缩着肩膀，"我冷啊。你让我先上去。"

顾于肆刚才只顾着思索如何才能治治她这个怎么都暖不热的性子，这会儿听了她的话才注意到她只穿了睡衣，那布料一看就薄得很，再歪头看看脚，差点没一蹦三尺高，他狠狠拉下车门，脱下自己的外套给她裹上，"你傻啊，大晚上的不好好睡觉，穿这么少出来，不知道这天容易感冒啊。"

还吼她，还吼她，也不知道是谁闹得她大晚上睡不着觉的，圆缺瘪瘪嘴，委屈极了，"晚上没吃饭，饿得睡不着。"

顾于肆睨着她，她这是什么鬼理论，转念想到什么，"走，上去吃蛋糕。"

这个生日是没过成，不过被这样一搅和，两个都是死鸭子嘴硬的人，倒觉得离得更近了些。有些东西只可意会不可言传，比如如春草般萌生嫩芽的感情。

第二天圆缺下班回来时，顾于肆竟然还没走，这让她着实惊喜了一把，主动请缨下厨。厨房里已经没有食材，俩人又牵手逛了超市，当真是一副过日子的架势。

圆缺的主动也让顾于肆受宠若惊，晕乎乎地就开口提议："圆缺，跟我回T市吧，咱好好过日子，嗯？"

在厨房刷碗的圆缺一愣，随即开口："别蹬鼻子上脸啊。"

顾于肆摸摸鼻子，灰溜溜地没敢再提这个话。圆缺以为他是随便说说，哪儿料到隔了一星期他再过来时，拖着大大的行李箱，在她工地附近的小区买了房，两室一厅家具齐全拎包即住的那种。

顾于肆直接把钥匙塞给她，要一起住。她没答应，于是顾某人除了处理工作就是运动打游戏，就是不吃饭，两天就把自己折腾得不成人形。

圆缺气极了，但也没办法，下了班之后跑了趟超市，买了菜直接往他那儿赶。

到了那儿，顾于肆也不跟她说话，照旧忙自己的，等圆缺钻进厨房，他才探出头来观察战况。

一个多小时后，两菜一汤就端上了桌，圆缺摆好碗筷盛好饭，整个过程一句话不说，等做好这一切，收拾了自己的东西就往外走。

顾于肆坐不住了，几步追了上来，拉着她的胳膊，"我都饿成这样了，你就不能嘘寒问暖一下？"

"该。"她将拖鞋脱下准备换鞋，他拉着她胳膊的手紧了几分，圆缺这才松口，"饭菜做好了，看你表现。"

顾于肆回头看了眼那冒着热气的炒菜，还有摆好的两副碗筷，又狐疑地看了她一眼，这才松开她的胳膊，走回餐桌前规规矩矩坐好。

见他这么上道，圆缺笑了：小样，还收拾不了你！

见她也坐了下来，顾于肆这才端起碗来。圆缺本以为他苦肉计只是做做表面文

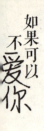

章，见他那狼吞虎咽的样子，才惊觉他这两天是动真格的没吃没喝。

看她没怎么动筷子，顾于肆夹了一筷子肉放到她碗里，又埋头猛吃起来。

见他这样子，圆缺心里好气又好笑，盛了汤递过去，"饿狼了，别吃太多，也别吃太快，喝点汤顺顺肠道。"

顾于肆夹菜的动作顿了一下，仍是将一块糖醋里脊送进嘴里，嚼了半天咽下去后才哼哼唧唧地开口："没事。"

圆缺洗碗的时候就在想，中国男人是不是都有种当大爷的心理，不然就冲着她做了一桌子菜的分儿上，饭后他也应该帮忙洗碗才对。她正在心里嘀咕他个没良心的，就听见哗啦一声响，像是桌椅倒地的声音，她顾不得手上的泡沫跑进书房一看，顾于肆捂着肚子，整个人歪着身子倚着书桌，椅子已经被他蹬倒在脚边。

医生检查后确诊，"知道自己的胃不好，就不能饮食不节、暴饮暴食。"

圆缺反应过来问："医生，你是说他这胃痛，是吃饱了撑的？不伤身体吧。"

医生看了眼气鼓鼓的某人，"休息休息就好。"

她才松一口气，就听到顾于肆憋闷的声音，"我这是被你气的。"说完还狠狠瞪了她一眼。

要不是她不肯住一起，他也不会想出这等傻主意，圆缺心里有愧，接下来几天的方方面面都伺候得周周到到，顾于肆又当了一回大爷。

两人的关系好得那叫一个"更上一层楼"，这天圆缺出门前还不忘嘱咐，"昨天周老头儿说要去勘测地形，中午大概赶不回来了，我做了菜留在冰箱里，你记得热一热再吃。"见顾于肆冲她直咧嘴，她吼回去，"傻笑个什么劲儿啊，我看你不是胃病，是脑抽。"

明明心里是关心他的，还摆出一副母夜叉的凶狠样子来，顾于肆心里又是一暖。等圆缺走远了，他踏着轻快的步伐出了门，在市里转了一圈还是没找到合心意的礼物，最后只好挂了一通电话给林尽染，下午从T市空运过来定做的那套首饰就到了顾于肆手里。

那出不吃不喝的苦肉计之后，顾于肆担心圆缺会河东狮吼，医生走后他索性仗着胃病扮柔弱，圆缺显然看透了他的戏码却不点破，只是自那天开始就不让他碰，美其名曰：你身子弱，还需要人照顾，哪儿能做那种体力活儿！

她都这样说了，他哪儿能不放她。不然连他都觉得自己每晚在她身上拱来拱去又得不到的样子委实有些禽兽。

他喜滋滋地策划着晚上将礼物送出去之后，怎么将圆缺拐到手。晚上他将首饰送她，哪儿料到圆缺来了一句："我不要。"

顾于肆的本意只是想送份礼物讨她开心，却不知这份贵重的礼物在圆缺看来，委实像是一场交易，他生病了她照顾，所以他送礼物表示感谢。

顾于肆见那表情就知道她想歪了，可东西已经拿出手哪儿有收回去的道理。他伸手将她的手攥在手里，将首饰盒塞到她手心上，指望着以她善解人意的性格，就算不喜欢这样贵重的礼物，看在他今天跑遍市内大小商场的分儿上也别拒绝，哪怕事后她一次也不戴，现在给他一个台阶下就行。

谁知他的手刚撤回来，她反手就将首饰盒放到桌上去，"这么贵重的东西，我不能收。"

顾于肆的火气噌噌地上来，"好，不要就不要。"说罢抄起首饰盒就从窗户扔了出去。

"你——"圆缺噎得一句话说不出来，看了他一眼转身下了楼。

顾于肆在把盒子扔出去的那瞬间就后悔了，圆缺的性子是典型的吃软不吃硬，他这样做不是自断后路吗？想到这儿他没敢当即下楼去，决定等她气消了再找她。

天黑的时候圆缺回来了，顾于肆偷偷看了她一眼，看样子她倒是消气了，捧着首饰盒像是什么也没发生一样，"今天跑了一天好累，晚上不做饭了，我们出去吃吧。"

顾于肆如蒙大赦，点头如捣蒜，这样一来，拐她跟他回T市的想法他是无论如何不敢再提了。

酒足饭饱之后，顾于肆开始想接下来的节目，向来女人都是倒贴上来的，从不用他费心思，是故他不知道正常恋爱的男女除了吃饭睡觉，还能通过什么途径增进感情。

就在他绞尽脑汁之际，圆缺提议："我们去看电影吧，我听项目部新来的那个女孩说，暮光4很好看。"

不巧的是正好赶上周末，人多票难买，好位置更是不等人，等他们驱车赶到电影院时，只有晚上十一点多的那场，位置还不好。

圆缺狠了狠心说："要不，不看了吧。"

见她眼巴巴地望着暮光4巨型横幅的样子，顾于肆捏捏她的脸蛋，"乖，去那边等着，看我给你变魔术。"

圆缺坐下后，看着他阔步离去，没一会儿就跟人聊上了，这期间那对老年夫妇貌似还向她这边望了几眼，一种不好的预感油然而生，这厮到底跟那对老年夫妇瞎扯什么呢。

肚子疼得很应景，圆缺撒开步子就冲进了洗手间。

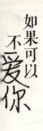

顾于肆那位美丽干练的女秘书找到圆缺的时候，她正在水池边洗手，"白小姐，好巧。"

白俏看着她，温和地笑着说："原来尹小姐在这里，难怪顾总会丢下工作不顾跑来看电影。"

"呵呵——"圆缺有些尴尬地别过头去干笑了几声，她是多么聪颖的一个人，一下子就听懂了白俏话里的意思，她这是在怪自己把顾于肆拖在这个小地方了吧。

这些天虽然能跟他朝夕相处，可谁又知道她心里的挣扎呢？

顾心言去学校闹的那件事对她的震撼是极大的，虽然他们都默契地不提那件事，可有好几次她都感觉到他要开口提议回T市，她故意表现得大大咧咧，傻乎乎地享受着两个人离开T市、离开过往那些枷锁、心无旁骛相处的时光，她不敢去想T市，因为一回到T市，势必会遭遇顾心言，她又会想起自己之前的身份，这一切都是她痛苦的根源。

白俏见她不说话，继续淡然而有礼地开口："尹小姐，想必你也知道，于肆身上背负着的不仅仅是他个人的喜怒哀乐，还有顾老爷子对他的期许，以及顾氏集团的发展和前途。之前他每个星期过来一趟倒也罢了，这两个星期他一直待在这里，好多重要的谈判没法参加，加之最近他对公司的事情过问得也不多，以至于好几个大CASE都丢掉了！他再这样下去，毁掉的不仅是顾氏集团，还有他自己。"

圆缺不悦地抬眼看着她，她有些恨他这个精明的女秘书，她是看准了她的担忧和顾虑，所以才这么肆无忌惮地找到她来指责的吧？

似乎是察觉到了圆缺眼神里的敌意，白俏依旧维持着不变的笑容，"那你忙，我还要帮于肆善后几个CASE，先告辞了！"

说完便转身优雅地离开，剪裁合体的黑色一步裙衬托得她的身材婀娜窈窕。

圆缺看着白俏风姿绰约的背影愣神，这个女人不仅聪明美丽、八面玲珑，而且言语之中透露出跟顾于肆之间的熟稔，很难不让她多想。

圆缺不想为这些未知的不稳定因素妨碍到他们的感情，可也不得不承认，白俏的一番话在她心里还是激起了一丝涟漪。

圆缺出了洗手间，肩膀就被人揽住了，扭头正好对上顾于肆略带担忧的神色，"闭上眼睛。"

她听话地闭上眼睛再睁开的时候，眼前赫然是两张电影票。

"九点的场，中间的座位哦。"他颇有邀功的意味。

"这么厉害啊。"圆缺上道地夸了两句，"顾大人，可否告诉小女子，这票你是怎么坑蒙拐骗来的。该不会是说我得了不治之症，临走前想看一场电影吧。"

"你这脑袋瓜子里都装的什么啊。"他敲了一记她的脑门，附在她耳边低低地笑道："我跟他们说啊，我今晚求婚，女朋友非要我买一张九点钟的电影票才肯答应。"

电影播放到艾拉得知怀孕、爱德华却眉头不展想要将孩子从她体内剔除的时候，圆缺小声嘀咕了一句："艾拉得多伤心啊。"

"傻丫头，艾拉只是还没领悟到这是爱德华对她最深沉的爱。"

圆缺顺口便问："爱是什么？"

顾于肆握住她的手，放在嘴边亲了亲，"真想听一个老男人的真心话？"

许是他眼波中的异样流彩蛊惑了圆缺，她点点头。

放映室里的光线微暗，即便这样她还是能感受到他灼灼的目光，只听他说："情啊爱的，看不见摸不着，挂在嘴边说再多也是空话，在我看来，十万句'我爱你'都敌不过两人能在一起来得重要。圆缺，我愿意拿我的所有换你愿意跟我在一起。你说好不好？"

圆缺脸红了，拐了他一下，"没正经的。"

"那好，我们来说个正经的：我不老，你也不准嫌弃我老。"

这个晚上虽然发生了意外的小插曲，好在顾于肆的情话十分管用，哄得圆缺心里暖烘烘的。回到家倒在床上的时候，顾于肆借机在她身边拱来拱去，圆缺没吭声，只是拦着他的那只手比以往少了些坚持，面颊也一点一点地红起来。

是男人这时候也明白了，顾于肆心里直乐，忍了这么多天终于把她哄好了，太不容易了。心想着第二天是周末可以让她睡个懒觉，下手就越发地没留情，哪知道第二天早上九点不到，她的手机就响个没完。

"周含书？你在陕西？"一听这话，圆缺睡意去了大半，"行，那你在项目部等我。"

身后一双大手将她捞了回去，"他来干什么？大清早的还让不让睡觉。"

"电话那边周老头吼的什么听不清楚，大概是吵起来了。"掰开他的咸猪手，圆缺起身穿衣服。

"他们吵他们的，你一个外人去做什么。"顾某人大大地不满。

"这工作是周含书给介绍的，不然就我这样的水平，那周老头儿哪儿能看得上。"圆缺已经拾掇好穿戴。

"咱不靠他，你说想要什么样的工作，我给你——"顾于肆的话还没说完，圆缺已经风风火火地拉开门出去了。他知道她肯定是听见了，但刻意回避讨论这个话题。

快中午时，圆缺打来了电话，问中午要不要一起吃个饭，一来谢谢周含书介绍工作，二来，以周含书和周老头儿爆发的那场杀伤性极大的争吵来看，眼下不适合放周含书跟周老头单独相处。

"有多大杀伤力？比得上原子弹吗？"顾于肆没好气地回答。

"我到的时候，他俩在周老头的办公室吵得地动山摇，据我目测，里面已经没有一样完整的东西了。"圆缺一本正经地解释，末了阴恻恻地奸笑着问，"喂，顾于肆，你是不是吃醋了？"

醋你妹！顾于肆挂掉电话，寻了一处合适的酒店，服务员大概是新来的，很没眼力见地说，"先生，我们的包厢都是设有最低消费的。这间包厢最低消费一千九百八，你们三个人吃饭的话，还是去大厅吧。"

正欲点菜的顾某人啪的一声将菜单合上，"你们这儿酸辣土豆丝多少钱一份？"

"二十。"

他将菜单撂到餐桌上，跷起二郎腿，"那好，来一百份酸辣土豆丝。"他正有气没处撒呢。

天哪，这位型男刚进来时看起来温和无害，怎么发起火来如此暴躁。那小服务员看他摆出一副地痞流氓的架势来，吧嗒吧嗒开始掉眼泪。

圆缺进来就见到这幕情景，"唱大戏呢？还说养我，光给吃土豆。"她连笑带嗔地点了几个菜，顺带回头给小姑娘一记安抚的眼神。

顾于肆一听菜名儿，不是醋熘某某，就是酸辣某某，"我不吃酸的。"

圆缺扑哧一声笑了，将菜换去几个，添上木瓜鲩鱼尾汤、砂仁黄芪猪肚、手撕包心菜、上汤菠菜。

这些天在圆缺的饮食调理下，他也大概知道哪些食物养胃，听着她点的菜，末了点主食又添了面条，顾于肆这才喜滋滋的，不管闹多少次别扭，最后还是会因为舍不得而和好如初，这种感觉真好。

"就这些？再点一些吧。"

服务员以为他还惦记着最低消费的事，慌忙开口："这位小姐点的几样都是我们这儿的招牌菜，你们先尝尝，若是合胃口，再点也不迟。"

圆缺合上菜单交给服务员，"不够再点。"

周含书从洗手间摸到包厢时，菜品已经上桌，周含书妙语连珠，顾于肆见多识广，一顿饭吃得倒也没冷场。

圆缺远离了T市后变得开朗很多，再加上有爱情滋润，话也多了起来，给周含书添了些茶水，问："周老头儿是你爹啊？"

周含书白了她一眼，"我不知道国内的女孩子这么八卦。"

圆缺习惯了他的毒舌，不死心地又问："你既然选择了药剂研究，又知道他想要你继承家业，干吗还跑过来往他枪口上撞，你这不是找抽吗？"

周含书夹菜的筷子一顿，慢条斯理地吃了一口菜，平静地回了句："过来看一个朋友的。正好被他撞上了。"

他一副不想多说的样子，圆缺识趣地没再追问，不由得想，那一定是很重要的朋友，不然他也不会顶风作案。倒是顾于肆深深看了周含书一眼，手指有一搭没一搭地敲着桌面，没说什么。

其后几天，周含书在圆缺的陪同下游玩了西安的几个景点，在引来众多国内外游客的大雁塔音乐喷泉游玩时，水幕表演异常精彩，深深攫住了游客们的目光，圆缺却发现周老头眼睛一眨不眨地盯着周含书，目光悠远而深沉，她知道那叫父爱，不动声色而宛如大山，突然羡慕起周含书来。

儿子借游玩逗留，父亲拉她一同作陪，明明都想靠近对方，偏偏谁都不愿意拉下脸来，真是一对别扭的父子。

周含书是在一个星期后接了T市的告急电话才匆匆离去的。他走之后，周老头大方地放了圆缺两天假休息。圆缺想想貌似是冷落顾于肆好几天了，于是挂了一通电话过去给他，"晚上还回来吃饭吗？有想吃的菜没，我给你做。"

挂掉电话顾于肆才后知后觉地反应过来，两人煲了半个多小时的电话粥，他最后竟忘了告诉她今晚有事不回去吃饭了，于是又回拨了过去。

只知道他最近挺忙的，他没说她也没多问，觉得就这样彼此保留一点空间和独立的相处，真的挺好，"那我给你炖绿豆汤，解酒的，等你回来喝。"

"乖，你先睡，别等我。回去我自个儿热了喝。好，保证一滴不剩全喝完。"

待他再次挂上电话，有人终于不满了。

"我说二哥，拜托你回头看看，这里还有两个正值壮年的男人呢，你这样在我们面前秀恩爱，让我们几个情何以堪啊？"秦守放下杯子，他千里迢迢赶过来，却被二哥晾着喝了三杯茶水。

林尽染赶忙撇清，"别，就你一个光棍汉子，我可是正儿八经已婚人士。"

秦守更不乐意了，"一个两个的怎么都给女人迷得丢了魂似的。"

林尽染透过百叶窗望了望站在外面和小姑娘打成一片的那个女人，"你不也一样。"

心思被看透，秦守被堵得哑口无言，作势喝水不再说话。

顾于肆从橱柜里取出一瓶红酒来，连瓶带杯子地推过去，"不爱喝就别喝，换这个。别为难自己。"

林尽染努努嘴示意他向外看，"他这是存心找不痛快，你别管他。"

秦守也看了眼外面的女人，可不是存心找不痛快嘛，可能怪得了谁，见了不痛快，不见又抓心挠肺的。他换了酒，灌了一大口，想了半天才抬头挺沉重地开口："二哥，你到底怎么个主意啊。"

顾于肆正想着街口那家蛋糕店今天会做什么款式的糕点，圆缺一向喜欢那家的蛋糕，冷不防被秦守这一句打了岔。

"我有什么问题吗？"不然这两位不会平白无故问这话。

他这话说得何其懵懂无辜，像是被大人训斥一番又不知道自己错在何处的孩子。林尽染终于开了腔，"来这儿之前，我和秦守千哄万哄把心言那丫头送回北京去，被你家老头子逮了个正着，没留神走了嘴，把你这事露出去了。"

"什么事？"

"就你跟那姑娘的事。"人都追到陕西来了，还装。

"哦，没事儿。"他知道林尽染和秦守挺把自己当哥们儿的，但绝没想到他们会为了他的感情问题大老远地飞过来。

秦守耐不住嚷了起来，"二哥，你别嘴上说没事没事的，上次李茂河那事，还有你跟她出双入对出席婚宴，想必早有人传话过去了。"

家里那老头子精明着呢，他做得这么明显，想必也知道劝不住，要发飙早发了，断等不到现在。这么想着，顾于肆岔开话题，"来了正好，昨儿个圆缺还惦记一家料理店呢，咱几个先去尝尝，好吃我好带她去。"

话说到这份儿上，秦守被噎得说不出话，正好白俏从外面推门进来，笑着问晚上准备去哪儿解决温饱问题，这才解了围。

秦守拂袖而去，林尽染陪着顾于肆在后面跟着，"老四语气有些冲，你别往心里去。"

顾于肆看了眼走在前头陪在白俏身边的秦守，心下一片了然，"我知道。"

"除去白俏的因素，老四他也是真关心你。你家里那边儿，可能真没你想的那么放得开。心言丫头不知道有没有说什么，反正那天老头的脸色可不怎么好看。"林尽染说完，见顾于肆闷头走路半天没吭声，不放心地问："T市那边真打算撒手不管了？尹圆缺知道你这打算吗？"

"这边还没安顿好，我没跟她说。"顾于肆不愿多说，"我心里有数。"

晚上秦守心里装着事，可着劲儿地灌他。知道秦守心里不痛快，顾于肆也不推辞，一杯接着一杯下肚。秦守是混惯的公子哥，那是一个海量，等到散场时两人拼酒拼得七荤八素，三个大男人唯有林尽染还有几分清醒，想要伸手去扶顾于肆，白俏却抢先一步扶住顾于肆摇晃的身子出了门。

林尽染一转头就见原本醉倒的秦守不知何时已经醒来，手里捏着烟，云雾里这个平时看似没心没肺的老四望着门口一派惆怅。

他们这个圈子里，除了顾心言那丫头仗着血缘关系整日跟他们后面混，白俏是唯一靠自己打进来的。有时候林尽染都不得不佩服白俏，当初面对他们的百般刁难，白俏凭着对顾于肆的满腔热忱和追逐，一坚持就是这么些年，坚持到将顾于肆的交际慢慢融成自己的朋友，诸如秦守。

男人和女人之间，没有喜欢和好感，没有无数夜里推心置腹的谈话，根本做不成朋友。这么多年过去了，即便白俏和顾于肆已经成了上下属的关系，她对秦守依旧只抱着做朋友不做情人的态度。

生命里，总有一份感情是可望而不可即的，可是除了勇敢面对，我们别无他法。

林尽染唏嘘不已，想起家中那个自结婚以来就平静如水的小女人，不由得感慨自己当初的选择是正确的，情字除了伤人，还能拿来干吗？

两人收拾妥当出来时，白俏正扶着顾于肆站在酒店门口等着泊车员将车从车库提出来，见到秦守时她一愣，随即想想他既然不用林尽染的搀扶自己能走出来，应该是还没醉，一颗心又放了回去。

他们是一块从T市过来的，自然住在同一家宾馆，商量之下都觉得将顾于肆先送回租住地方才是紧要。

车到楼下，林尽染停车熄火，秦守闭目不动，白俏忙前忙后将顾于肆从车里搀扶出来。

春末夏初夜晚还是有点凉，白俏换下了职业装却依旧一身裙装，寒气侵体不自觉地更加贴近顾于肆的身子。

短暂的休憩让顾于肆混沌的脑子有了一丝清明，极快地推开白俏，打了个酒嗝，"林子，林子——下来扶我上楼，喝多了，你小嫂子待会儿要是管教我，你得给我解释解释。"说完又开始晕晕乎乎的。

一番话不知道是说给谁听，反正白俏的脸色是唰的一下没了血色。

扶着他走到楼梯口时，从阴影里走出一人，林尽染一惊，"小嫂子——"也不知道她看到了多少。

圆缺点点头算是招呼，走过来接过手扶住他的身子，走了两步之后又转过身

问："炖了绿豆汤，上楼喝点儿吗？"

林尽染直摆手，"不了，车里还有两个呢，我得送他们回去。"开玩笑，他才不去当炮灰呢。

圆缺见林尽染清醒得很，不像喝多了的样子，也不多劝，扶着顾某人就上了楼。

宿醉过后头疼肯定是跑不了的，第二天等顾于肆醒来的时候，圆缺已经上班去了。走到客厅，外面的餐桌上也没有一贯准备好的早餐，昨晚的事隐约还有几分印象，他觉得委屈，不是已经推开白俏了嘛，这次指不定又要多少天不准他碰了。

他正苦恼着，咔嚓一声门开了，圆缺捏着钥匙进来了，手里还拎着菜，见他穿着睡衣一副苦大仇深还没睡醒的样子站在卧室门口，没说什么直接钻进厨房。

顾于肆洗漱完毕溜到厨房，她正切着鱼片，听见他的脚步声，头也没抬地说："锅里熬了小米粥，先吃点垫垫。"

顾于肆本想假意头疼让她盛出来喂，见她一副不愿意理人的模样，懦懦地不敢开这个口，乖乖地自己盛了粥。

本来是可以买现成的鱼片回来做酸菜鱼的，可今天超市做活动都被抢空了，圆缺只好买了活鱼，想着试试自己能不能削出薄片儿来，结果奋战了半天终于放弃，将刀一扔。

哐当一声，吓得正喝粥的顾于肆一惊。圆缺回头看他的时候，正巧遇上他偷偷瞟过来的眼神，"算了，今天喝姜丝鱼汤。"说罢又洗了生姜切了起来。

之后见她剁鱼的那股狠劲儿，顾于肆终于忍不住，决定坦白从宽，"圆宝，我和白俏……"

话刚起个头儿，圆缺很认真地说了句："那次翩翩婚前庆祝，苏杨也在场，你其实是知道的吧？"

顾于肆想了想，"是有这么一档子事。"

"年轻的时候，幻想着自己的白马王子不是丰神俊秀的小生，也得是温润如玉的翩翩美男——"见他笑，横了他一眼继续说，"你别笑，女孩子就爱做这种傻乎乎的美梦，哪个姑娘没爱过一两个浑蛋啊？同样的，男人大概也希望身边有个像薛宝钗那样贤良得体的大家闺秀陪在身边，添个茶研个墨什么的。可最后呢，能执手走下去的，却总是大大咧咧为她添衣的男人，骂骂咧咧为他添饭的女人，时间并不残忍，只是梦与真之间若只能二选其一，总是留下真的。"

顾于肆没想到她会说出这么一番话来，有点转不过弯，隐隐地觉得她接下来要说的话很重要。

圆缺也不管他，自顾自将话说完，"没有合不合适，只有喜不喜欢，不然贾宝玉为什么选择林黛玉那个病秧子？"

将锅里兑了点水，盖上锅盖焖煮，做好这一切后，圆缺抬头直视着他的眼睛，"我相信我是你的那个真。"

饭菜刚上桌，圆缺就被工地上一通电话喊走了，走之前得到他将鱼汤喝完，不然洗一个月碗的保证之后才收拾东西上班。只是顾某人喝第一口鱼汤时就喷了出来，挂了一通电话过去，"怎么这么咸？"

"不想喝，可以洗一个月的碗。"她没跟他废话。

"谋杀亲夫啊你！"

电话那边半晌没回应，就在他思索是不是她错将盐当糖放的时候，圆缺闷声闷气地来了一句："我就是心里不痛快。"

当天下午，林尽染和秦守发现茶水都被某人喝完了，就连白俏也担心地问他是不是生病了，顾于肆却仍是一脸笑意。可不是嘛，他喜欢她，这本就是病，而且没的治，如今知道她也得了这病，他哪儿有不乐的道理。

白俏提议说陕西有不少好景点，得好好玩玩才不枉来这一趟，几个人于是又住了下来。顾于肆也不推却，只是当着白俏的面打电话问圆缺想去哪里游玩，然后就开始安排，俨然一副东道主的架势。

林尽染觉得白俏这一出根本就是多余，他人都在这儿了，再追过来跟在屁股后面转也是白搭。那尹圆缺也不知道给二哥灌了什么迷魂汤，他这次是吃了秤砣铁了心，谁都拉不回去。登华山这一路上，顾于肆满心满眼都是尹圆缺，完全没把他们几个当回事。

林秦两人都不是闲人，挨到第六天的时候，真心没法陪白俏耗下去了，双双撤退。

日子就这样平静地又过去了一个月，转眼就入了夏，要不是这个工程收尾出了点问题，圆缺应该返校准备最后一学期的考试和毕业论文了。

其间顾于肆问过她毕业以后想去哪里，想做什么。

圆缺想，他肯定已经有了主意，果不其然，没等到她回答他就继续说："我觉得这里就不错，你觉得怎么样？"

圆缺淡淡地看了他几眼，没有回答。六月末的一天是顾于肆的生日，圆缺下了班之后做了一桌子菜，才开吃顾于肆的电话就响了起来，他接听时脸色有些为难，圆缺便猜出是白俏。

之前作为顾氏集团秘书的白俏倒是经常借着工作之名过来，只是这个月圆缺还没见过她，不知道这次出现又是要做什么。只听电话里白俏温婉地说："老头子过来了。"末了又说了一家酒店的名字。

顾于肆不耐烦，直接挂了电话。

饭桌前的圆缺放下手里的筷子，站起来往屋里走，他以为她生气了，哪料到几分钟后圆缺穿了外套走出来，她没有化妆，素面淡然，眉眼长得极好，配上嘴角淡淡的笑容，给人一种十分舒服的感觉，冲着他特甜美地一笑，"地方在哪儿？赶紧带路。"

她是笑得轻松，他的心里却直打鼓。圆缺看出了他的担心，"未来公公来了，怎么说我这准儿媳也该去拜见的。"

"今天是我生日，也是他生日，没想到他会过来。"顾于肆亲了亲她的额头，"我不会让你难堪的。"

事实上，场面并没有多难堪，当顾于肆牵着她的手进入包厢时，她一眼就认出了顾父，那是个威严却不显山露水的老人，鬓角有些发丝泛白，人却很有精神头儿，招呼她入座。

坐在顾父身边的顾心言，慢悠悠品着茶也不说话。

圆缺将蛋糕放下，顾于肆这才开口："爸，圆缺听说今天是你生日，特地订了蛋糕，一会儿许个愿吧。"

最简单的生日过法，最直接的心愿，有多少年他们父子俩没有一起吹过蜡烛许过愿望了？

顾父有一瞬间的动容，"尹小姐有心了。"

话音刚落，白俏推门进来，顾父让顾于肆和圆缺把位置换到顾心言旁边，白俏不好意思地对她笑了笑。

白俏坐下来还有些喘息，对着顾父解释："过来得急，什么都没准备。"

顾父摆摆手，"你人来了就好了，最重要的是一家子开开心心吃顿饭。"

顾心言也插话进来，"俏姐能来，这对爸爸来说比送什么都开心。"

顾父又问了些T市那边公司的情况，白俏说得详细，其间还不时说些好玩有趣的事，逗得众人笑声连连。

圆缺没有插话，也没插话的那个闲心，满座笑语不断，只有她，像是一个不应该出现的陌生人。

圆缺起身去洗手间，出来时却见顾心言在外面等着，"别以为我不知道你什么心思，劝你死了这条心，你配不上我哥。"

"那谁能配上，白俏吗？"

"是。"

"我没有阻碍她，有本事让她自己来争。"圆缺甩下这句话直接回了包厢，才坐下手就被桌底下的大掌捉住，他的手掌干燥而温热，圆缺一颗被泼了冰水的心才渐渐暖了过来。

"先吃块鱼肉，再喝汤。"恰巧桌上上来盘鱼头炖豆腐，顾于肆夹了一筷子鱼肉放到她碟里，"小心刺。"

这顿饭吃了将近三个小时，饭后顾父点名要顾于肆留下来。

顾父这样的人物，当然不会为了过个生日千里迢迢追到这里，猜到这一点的圆缺识趣地告辞。一个人的夜晚，有点不习惯，**睡睡醒醒**天就亮了。

测量的时候，也不知道是睡得不好还是心里念着他一晚上未归，脚下一踩空，人就跌了下去。

顾于肆赶到医院的时候，圆缺刚拍好片子，确定是轻微骨裂，医生正在跟她交代休养的注意事项。

在看见他的那个瞬间，她有些心酸，"疼。"

顾于肆比她还疼，柔着声哄她："怎么那么不小心？"

照理说她这么心细的人，简单的工程测量怎么会摔下来，除非心思不在工作上。顾于肆隐约猜到几分，"昨天小言出去是不是跟你说了什么？"

圆缺低着头不说话，他叹了口气，伸手将她揽进怀里，"喜欢这儿吗？以后我们就在这儿定居怎么样？"

这是老话重提了，圆缺这才意识到他不是说着玩玩的，"那T市的公司呢？"

"那又不是我的。"他说得云淡风轻，然后一本正经地问，"在这里，我什么都没有，只有你。你——"

他还没说完，她就伸出食指点住他的唇，"我跟你。"

腿上的伤隐隐泛着疼，他见她直皱眉，又听得病房里嘈杂无度，想了想还是坚持把她转到私人病房，还准备再请一个护工。圆缺觉得没必要，但他坚持，说是他最近要忙，不能时刻陪在她身边，没个人照顾他放心不下。

圆缺在后面盯着他比对护工服务的背影，心下叹气。其实她怎么不明白呢？刚才他说的那些话，只要稍微想一下就能发现，他这会儿同顾父摊牌，只怕是跟家里撕破了脸，否则，什么时候见过他一分钱掰成两半花的样子。

对于圆缺的意外受伤，顾于肆心里还是有些怀疑，表面来看，是她自己不小心踩空了造成的意外，可细心一点儿就会发现为什么偏偏没有防护措施，显然是有人动了手脚。

顾于肆沉着脸看着窗外的夜色，一夜无眠在圆缺身边守着，圆缺见他脸色看上

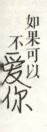

去疲惫不堪，催促他赶紧回去睡觉，"我等护工来了再走。"

天很快亮了，先来的不是护工，而是周含书拎着粥品敲门进来。顾于肆本是不待见他的，这会儿看他也觉得顺眼多了。顾于肆回去补了一觉，十点钟左右又过来医院看她一趟，见没什么可疑的地方又加上有周含书作陪，他才安心离去。

有了周含书作陪，圆缺做主辞退了护工，并不是当真缺那几个钱，而是想通过这样的方式告诉顾于肆，过日子免不了磕磕绊绊，她没那么矫情，能陪他一起扛。

顾于肆不高兴了，"你这是害怕我养不了你？"

"女人最大的骄傲不是过得有多富足，而是她的男人有多疼她。比如——"

"比如什么？"

圆缺指了指膳食杂志上的画面，"比如今晚想喝骨头汤，哎，就知道有没有男人疼哟。"

顾于肆一腔大男子主义很快被她绕指柔情融化掉，当真对着食谱研究起骨汤的做法。

在这样精心的照料下，出院这天圆缺已经好得差不多，勉强能扶着墙慢慢走路。周含书是在圆缺出院之后才回的T市。

圆缺出院回家休养，顾于肆这才真的放了心，将心思转移到新公司的业务上来，每天忙得起早贪黑。

圆缺自超市买蔬菜回来时，电话响了，她以为是顾于肆问她身体状况，可拿出来一看，是一串不熟悉的号码，她有一丝犹豫，但还是接了。

"喂，我是白俏。"

圆缺皱起眉头，她知道白俏同顾于肆的关系非常特别。

"是尹圆缺吗，我想和你见面谈一下。"

"我是。"圆缺应了一声，直截了当地拒绝她的要求，"但是，我觉得我们之间无论如何也不算是朋友，应该没什么好谈的吧，而且我也没时间。"

"你有！"白俏在电话里一语双关，"我以为尹小姐够聪明，已经发现什么，知道我找你谈什么呢。而且，我看到你是一个人，怎么会没有时间。你就不用躲了。"

圆缺下意识地扭头，果然看到不远处一张不算陌生的脸蛋。白俏风姿绰约地站在繁华的街头，拿着电话嘻笑地看着她。

白俏迈着轻快的步伐走过来，"我想和你谈一谈，如果你真的时间紧迫，我们可以边走边说，不会耽误你太久的。"

街角的寿司店里，两个女人面对面坐着。

圆缺眼神很宁静，"白小姐，你想谈什么？"

白俏今天看起来很温婉，语态柔和，眉眼温婉，说的话却是开门见山："我希望你离开于肆。"

圆缺低下头，轻声说："我们说好要在一起的。恐怕你今天要白跑一趟了。"

白俏大概没想到圆缺会如此淡然，但她还是微笑着开口："那只是你的理解。"

圆缺微微愕然，蹙了眉头，不解地望过去。

"你现在心里肯定乐开了花吧，觉得于肆放弃家人，放弃事业，跑到这么偏僻的地方守着你。"大概是寿司的味道不合口，白俏又点了一杯咖啡，慢条斯理地抿着，等到圆缺有些不耐烦时她才开口，"就算他现在是心甘情愿的，可是以后，他能坚持多久呢？一个月，一年？等他被生活磨平了激情，还会一如既往地对你吗？"

不可否认，她说的这些，圆缺的确担心过，但也仅限于担心，"白小姐，我猜你一定是顺风顺水惯了，所以你不明白一个道理：有些事，不是因为有希望才去坚持，而是坚持了才会有希望。"

即便心里已经掀起了惊涛骇浪，输人不输阵，圆缺还是竭力保持面上的镇定。

白俏是个聪明的女人，还是个善于打压对手的谈判高手，只听她说："但是你不了解他的家庭，并不是你想象的只是个做生意的，而是当官的，还是很高的那种。说一句真心话，且不说于肆出身什么样的家庭，就算是普通的小市民家，谁也不愿意自己的儿子娶个见不得光的私生女，我没有恶意，只是想善意地提醒你一下。虽然你比我年轻，比我美貌，可是仗着年轻貌美一直蹭在他身边，对一个女人而言，真的不是什么划算的买卖……"

"这和你无关。"白俏的话句句击打在圆缺的伤疤上，圆缺不等她说完，就直接打断她，"这是我和他两个人之间的事。白小姐，你刚才说你比我大一点，那你的年纪也不小了，还是操心你自己吧，我和他的事情让你这么惦记着，我还真是有点过意不去。"

容貌和年龄是女人最忌讳提到的两样，白俏自认不缺这两样，可跟圆缺比起来，她还是稍微逊色那么一点的，现如今被圆缺这样反击回来，脸色很是不好看。

圆缺却是不管她的脸色多难看，别人都炮轰上门了，自己难道要做缩头乌龟吗？更何况白俏这根本就是挑衅生事。

"一开始跟他在一起也不是我愿意的，而且，这三年来我除了用了他点钱，也没仗着他的宠溺就做出什么有悖道德的事。以前他是单身，即便跟我在一起的心思

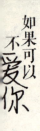

不纯，也没什么好让人置喙的。现在我们明白了彼此的心意，谈恋爱也是你情我愿顺理成章的事。"

圆缺顿了顿，喝口水才继续说："白小姐兜了这么大圈子，无非就是觉得我妨碍你追求他，但这跟我真的没多大关系，你可以直接去找他说，请不要试图用打击我来达到你的目的。"

对于圆缺的连环反击，白俏看起来并不生气，仍然稳稳地端着杯子，细细地小口抿，气定神闲地说："我是他的未婚妻。"

"我是第三者？"圆缺错愕，反应过来一口否定，"不可能。"

圆缺真是不懂了，明眼人都能看出来，就连她自己都能感受得到顾于肆对她的真心，她一直都是碍于自己的出身，也介怀他们开始的方式才将他推开，如今，好不容易柳暗花明，怎么又被人横插一杠子呢。

这种话只要找顾于肆稍微对质一下就知道真假，白俏没必要说谎。圆缺端着水杯的手不受控制地颤抖起来，"我不信。"

她不相信，不相信顾于肆有未婚妻，不相信他费尽心机将自己置于第三者的位置——说到底，她是不愿意相信他会骗她。

白俏看出了她的慌乱和竭力假装的镇定，"耳听为虚眼见为实，你可以去网上搜一搜，应该还有我们订婚的照片。"

她笃定的话语刺得圆缺心惊，直视着她，半晌说不出话来。

白俏接着说："于肆是不会离开我去娶你的。"她喊得极其亲热。

圆缺扭过头，看着窗外的车流人流，"那你还来找我做什么？"

白俏微微带了笑意，"就是想来告诉你什么是现实。"

白俏的手机恰到好处地响起，她拿起包跟圆缺告别离去前，反身冲着圆缺眨眨眼睛，"尹小姐，也许你觉得我今天做得有些过分，但大家都是成年人，谁没谈过几次恋爱、犯过几次错啊，于肆不会是你的归宿，你的前男友现在诚心想要挽回你，你应该珍惜，不然等你看到他和别的女人在一起时，再后悔就来不及了。"

圆缺脑子里一片茫然，她已经不记得自己是怎么回到家的，只觉得筋疲力尽。到网上找了他们的订婚典礼视频，一遍一遍重复播放，看到后来，终于哭了出来，撕心裂肺。

顾于肆还没回来，却给她发了条短信：晚饭吃了没？今晚有饭局，回去要晚点儿，先睡，别等我。

她回道：那么拼命做什么？

他的回复一般都很简短：赚老婆本。

这样的手机传情，倒像极了那些刚恋爱的小情侣。呆呆的短信愣是被他说得甜蜜蜜的，然后她就会盯着手机屏幕一会儿哭一会儿笑。

她不明白为什么，究竟为什么他要给她这样的难堪，用尽呵护只是给她安一个第三者的身份。

顾于肆回来时已过了十点钟，屋里没有开灯，她躺在床上一动不动。他走近了才看清她一脸的泪水，也顾不得其他，慌忙跪坐在床前，把她的脸捧在掌心，为她拭泪，急切地问："腿又疼了？"

圆缺睁开眼睛，水雾迷蒙地望着他，望着他的一片深情，却看不出答案。她摇了摇头，又点了点头，终究什么也没说，什么也没问。她安慰自己，他们只是订婚，并没有结婚，自己不需要退让什么，在爱的蛊惑下她选择了逃避。

她在等顾于肆的坦白，却始终没有等到，很多次她都有脱口就问出来的冲动，可一想到剖析得太透彻反而会失去，她就怯弱了。

苏杨得知她摔了腿忍不住过来探望时，她已经消瘦得不复往日神采，"你跟他都过的什么日子啊？不是我背后说风凉话，他扛不过家里的。丫头，跟我回去吧。咱们好好的，啊？"顾于肆跟家里闹翻的事，他不是没有听说，只是没想到牵连她这么深。

圆缺定了定神，抿了抿嘴唇，半晌才开口："你认识白俏吗？她和于肆怎么一回事？"她到底还是没忍住。

"你很在乎他？"

当问别人问题却得不到正面回答时，那就代表着真实的答案比假话更残忍。圆缺突然明白过来，低着头认真回答他的话："是。"

他一直纠结的问题，她终于给出了回答，可为什么苏杨觉得心里直抽搐，但又怨不得她，这段感情是他自己失守的，现在心疼还来不及。

苏杨想，如果自己再卑鄙一点，用顾于肆同白俏的那些过往去刻薄她，没准儿他还有挽回的机会，可到底是舍不得。

舍不得的何止他苏杨一人，顾于肆将圆缺的烦闷看在眼里，只能急在心里，问她又不说，以为她是担心她妈妈下一季度护理费的问题，这是他唯一能想到的困扰她的事情，于是愈加卖力谈单。

很多次半夜醒来，还见他在灯光下为业务谈判做准备，手托着脸颊，困倦得头一点一点的，好几回险些撞到桌子，实在支撑不下去了，就去用冷水洗把脸。

不是不心疼的。

以前他是星光闪耀的艳少，走到哪里都有光环笼罩，现在他要四处奔波，要为

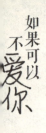

了赚钱低三下四地求人，收起骄傲拉拢人际关系。

吵起来是在几天后，圆缺寻了个借口开了头，顾于肆以为她是发小脾气，让让她就过去了，哪儿料到她发了一通脾气后直接开门走人。

她去了天台，夜凉如水，深夜的天台是不能久待的，风越来越急，凌晨温度骤降，撑到下半夜她再也撑不下去，这才下楼。

进了门，顾于肆阴沉着脸坐在客厅沙发上，"晓得回来了？"

他不是没去找她，相反，他拖着疲累的身躯在附近到处转悠，能打听的都打听了，他当然不会想到圆缺那么戏剧地躲在天台上。

双手背在身后，指甲掐入手心，圆缺告诉自己：学着放弃只是因为我太爱你。于是，蹦出嗓子眼儿的只有一句话："我回来拿东西！"希望白俏真的比她还要爱他。

顾于肆霍地起身，"闹了一夜还没闹够吗？你不知道陕西这边的治安差？那么晚了还跑出去？"

不怪他发火，找遍大街小巷找不到她时，不由自主地会想到她是不是出事了。疲惫、担忧扰得他焦躁不安，到头来得到的是她的一句"回来拿东西"。

圆缺不理会他，只冷冷看了他一眼就回卧室收拾东西，顾于肆跟了进去，关门反手将门落了锁，砰的一下合上箱子，再一脚将箱子踢到一边去，抓住她的胳膊将她拽到床上，冷冷扔下俩字，"睡觉。"

她还扭着身子想要挣脱，顾于肆从后面抱住她，脸贴在她的颈窝，"别闹了，我真的累。"

一句话就止住了她的动作，安分地窝在他怀里，心里坏心思地想，就让她再拖几天吧，多看他几天，多拥有几天。

这一天他刚谈成了一个单，高兴地抱着她在屋里转了好几个圈儿。晚上圆缺同他一起出席签约仪式后的饭局，席上供应商假意敬他酒，要他一口干掉，而自己却握着杯子一口不喝，别人欺他，他故作不知，反而为了称别人的心意，一口饮尽，脸上挂着虚假讨好的笑直到醉得不省人事。

圆缺费了很大的劲儿，才勉强把烂醉如泥的他扶回家。刚进门，他便推开她，冲进洗手间趴在马桶边缘呕吐起来。

他狼狈的样子让她心揪得疼，她又恨自己拖累他，不然骄傲如他，何曾卑微地讨好别人，让人瞧不起过。半夜里，他迷迷糊糊地醒来，翻身便紧紧地抱住她，呓语般地在她耳边呢喃："圆宝，别担心，你妈下个季度的护理费我已经筹好了。"

圆缺越想就越心疼他，鼻子微微发酸，同时也意识到，这事，是再也拖不下去了。

她侧过身子，背对着他啜泣起来。

其后几天圆缺总是没事挑毛病发脾气，几次争吵下来让顾于肆从最初的怀疑到最后认定她开始嫌弃这样的生活，难免口不择言，俩人的关系终于触到了底线。

"你活得那么嚣张一人，现在不觉得憋屈吗？要是你给不了我想要的生活，咱们——"最不情愿说的话，到底是说不出口。

顾于肆已经变了脸色，"咱们怎么样？有本事你就说出来！"

她被这一问逼上了绝路，抬眼看他，好半天才找回自己的声音，"本来就是你强迫的我，是不是我这样好欺负的女人，让你特有当爷的感觉啊？伤了人还想人爱你，你这想法简直就是变态！我们不适合在一起。"

顾于肆被她说得一愣，随即心下发凉，整个心脏像是被人一把摁在凉水里，哪里还说得出话。

当圆缺再次从那场地动山摇的分手噩梦中醒来的时候，是在同一个系同一个专业两个班在一起上的公共选修大课上，她窝在偌大的阶梯教室角落里，用课本挡着脸，睡得昏天暗地。昨天师姐又介绍了一单设计稿给她，连同手里已经接下的，她不得不又熬了一个通宵。

抬眼看了外面的天空，一片晴空，现在才五月，她已经觉得这天热得不行，她有些焦急地拿出手机看了看时间，她每个中午十二点都有兼职，在学校外面美食街的一家餐馆帮忙。

眼看她约好的兼职时间就要来不及了，可那个该死的古板老师还在讲台上絮絮叨叨的，她有种想将手机砸到讲台上那老古板脑门上的冲动。

在焦急的等待中煎熬了半天，终于等到老古板一声下课令下，她抓着包就匆匆从教室后门奔了出去，在教室外面找到自己的自行车，又推着车子急急往外赶，却被人喊住。

班长从人堆里挤出来，"你跑什么啊，喊你好几声了。"

圆缺又看了眼时间，问："什么事？"

"下午三点，礼堂集合。"那边已经有人催促吃饭，班长言简意赅地交代。

"今天不是星期二吗？"圆缺拧眉，D大每个星期二下午都不排课的，所以她已经和隔壁宿舍的同学约好下午去发传单。

"不是上课，是上次建筑设计比赛的颁奖，经过评比你得了最佳创意设计。"

"哦。"跟发传单赚银子比起来，圆缺显然对这个颁奖兴致缺缺。

班长显然也看出来，担心她下午不到场，"我听说你最近接了好几种兼职，下午的事你可一定不能因为兼职耽误了，我听系主任说本来这次比赛只是学院范围内

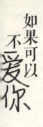

的，后来有老师去拉了赞助，好的设计会被留稿，应该会有一笔奖金的。"班长说完眨巴眨巴眼睛，那意思好像在说——这可是个赚钱的好机会，你懂的！

圆缺顶着火辣辣的太阳，骑着自行车赶回学校时还没到三点，中午去迟了，她索性就延长了工作时间，只希望那家餐馆的老板不要扣她今天的工资。

她前几天去看过范素心，夏季多梅雨，妈妈身上的风湿痛又严重了，她得赶紧攒钱，给她买药。

其实这三年跟着顾于肆，医疗费她没担心过，除此之外，他也从不亏待她，偶尔会送送首饰什么的，她起先不要，他就冷着脸可劲儿折腾她，后来她学乖了，他送她就收着，这样一来，她也算攒下了一点钱。

可如今她已经脱离了顾于肆，以后这每月的护理费用她还得精打细算着。所以这个兼职耽误不得，也因为此她最近才那么拼命，连着接了好几个设计稿熬通宵。

回到宿舍简单洗漱一番，买了包泡面边吃边构思着设计稿，挨到两点半，收拾好东西赶去礼堂的时候，里面已经人山人海。

她站在礼堂门口直皱眉，这么多人获奖吗？那奖金分一分，还能剩多少啊！还不如去发传单实在点呢，可现在后悔也来不及了，只好踏着步子进去，却没想到被人拦在门外。

"这位同学，有学生证吗？"

圆缺这才注意到今天竟然有学生会的人执勤，维护会场秩序，好大的阵仗！

她来得急忘了带学生证，刚想说点客气话转圜一下，胳膊就被人攥住，班长一脸怒容地瞪着她，"你可算来了，下一个奖项就要轮到你了，不是告诉你不要耽误了时间吗？"数落完圆缺，班长又跟两个学生会干事打招呼，熟人好办事，很快圆缺就被班长带进场。

挤了半天才挤到建筑系的位置，"今天怎么这么多人？"

"你应该问，怎么这么多女同学。"班长不屑地冷哼一声，下巴抬了抬，示意圆缺向前排看，"赞助单位来了个极品，都是奔着他来的。"

是不是极品，圆缺没看见，也不甚关心，低着头寻了个座位坐下，给隔壁宿舍的发了短信，说是今天有事不能去发传单了，信息才发一半，台上已经宣布下一轮的奖项。

"接下来颁发的是最佳创意设计奖，获奖的是建筑系的尹圆缺同学。请尹圆缺同学上台。"台上的幻灯片播放着圆缺的设计，圆缺是在男主持人低沉嗓音的介绍下上台的，站定之后，就听见女主持人急不可耐地宣布，"尹同学真是才女啊，这次的设计被赞助单位一眼看中。那么现在就有请留稿单位的顾总上台为尹圆缺同学颁奖。"

圆缺并没有听清女主持人说什么，她正将眼神转向主席台的一边，心里还在想，不知道这家赞助单位大不大方。结果，台下最前排的人群中，一个熟悉的身影，伴着雷鸣般的掌声和闪亮的闪光灯，出现在她的视线里。

顾于肆今天并没有穿得很正式，脱下一身西装的他不复商场上一贯的冷峻，相反，天蓝色休闲裤配白色衬衫，袖口解开挽上去一尺宽的边，看起来既不失年轻俊朗，又自成一股成熟稳重的男人气派。

难怪这么多女同学挤破了头也要钻进来，果真是极品来了，可她心里只想着：老天怎么不来一道雷，劈了这妖孽。

她忘了外面天气正晴朗，万里无云，哪儿来的雷，所以几秒钟之后，妖孽就站在了她的身旁，还靠得很近。

圆缺有些恍惚，定定地看着他，台下传来一阵阵议论声，所有的声音忽然变得那么遥远，好像来自另一个世界。

距离那天在天鹅湾的争吵，好像已经过去一个月了吧。这段时间，听说他过得不错，甚至可以说是过得极其滋润。不是圆缺想去关注他，只是电视广播、娱乐杂志、财经专版等等已经好多期都是他的新闻，倒不是顾氏经营出了问题，而是低调了几年的艳少一反常态频繁见报，不是和哪个明星传了绯闻，就是和谁家名媛共赴烛光晚餐。

他一直没有找过圆缺，仿佛圆缺也只不过是那些环肥燕瘦中最不起眼的一个。

而此时他就站在她身旁，修长的手指伸到她面前来，笑得礼貌而疏离。

圆缺原本在见到他时，紧张得如同一根拉紧的琴弦，可在他风平浪静的脸上看不出任何波澜起伏的情绪来，也就渐渐放松了下来。

不想跟他有所接触，可他已经伸出手，她也不能没礼貌，只好伸出手。他的掌心很热，烫得圆缺极快地缩回手。

他从礼仪小姐手中接过证书和奖金，然后递到她手中，"尹同学，恭喜你，达成所愿。"

他明明说着场面话，圆缺却有些恍然地痛楚，她抬起头看着他，依旧没什么表情，然后丢下一句"谢谢"，就落荒而逃了。

有些人是天生的衣服架子，她们不需费尽心机地挑选衣服来装扮自己，她们自身独特的气质赋予了普通的衣服不一样的韵味。圆缺就是这样的女孩子。神色匆匆走下主席台的她，身材高挑，清丽脱俗，简单的T恤仔裤帆布鞋，穿在她身上却有一种别样迷人的气质。

　　从礼堂出来后，她一个人坐在人来人往的校园里的休息椅上，却如同置身一座荒凉的孤岛上，四周的一切瞬间黯淡，唯有他方才爽朗的笑还恍惚在脑海，那样的万众瞩目，如同帝王，不禁让她有种被掌控的感觉。

　　她苦涩一笑，这就是他高明的地方，不动一兵一卒，不言一句是非对错，只一个眼神望过来，就能让她毫无招架能力，因为他已经在她的生命里，打上了独属于他的烙印。

　　她正不知道如何排解这样无端的恼怒，就听见不远处传来一对年轻人的声音，男的在后面追着，说前几天家里有事所以没能陪她去医院。

　　女的一张泪脸，哭得好不凄惨，可最后还是决绝地提出分手。男生拉着女孩的手，一句一句地诱哄，女孩冷笑一声甩开，脊背挺得直直的，"大家都是成年人，在一起时也是你情我愿，我没指望拿这个孩子要挟你什么，只是你敢做不敢认的态度真伤人心，我还希望以后过得幸福呢，所以，我不会再跟你这样的男人在一起了。"说完女孩扬长而去。

　　圆缺离他们不远，能听见他们的对话，又恰好有一棵树挡着不被发现。她透过树叶的缝隙看了眼那个公子哥模样的男学生，他大概没料想到被那女孩子甩了，一时间接受不了，呆愣在原地。

　　圆缺想想女孩的话，一瞬间觉得醍醐灌顶——我还希望以后过得幸福呢！所以即便现在痛着，也要忍着斩断，然后开始新的未来。

　　天下间的幸福惊人地相似，不幸却千折百回，想想自己的境况，也没糟糕到透顶，只要努力，应该也会过得很幸福。就连母亲住院的护理费用她都觉得，只要她努力就不是问题。

　　这样想着，她突然就释怀了许多，冷不防想起来还有个设计稿没有完成，慌忙从休息椅上站起来，火速向宿舍冲去。

　　她离开不久，停在树荫下的一辆车上传来了几声咳嗽，小陈终于按捺不住，"顾总，小姐已经回宿舍了，我先送你去医院吧。"

　　顾于肆还盯着她离开的那个方向，良久才收回视线，身体向后一仰，颇有些疲累地靠在真皮椅背上，"回吧。"

　　熬了几个通宵之后，终于将手里接的活儿全部交工，圆缺终于放松下来，好好地睡了一觉，待到睡醒都不知是清晨还是傍晚，意识还未完全清醒。她摆了个大字的姿势，准备继续幽会周公，枕边的手机就是这时候振动起来的。

　　是医院打过来的，她还未来得及开口，却已经听到一句让她心神俱灭的话语。

　　手中的手机登时落在了地板砖上，弹开老远的距离，她怔愣地看着手机，眼泪淌得止都止不住,边哭边下床穿衣服,翻箱倒柜地找东西。其实她的东西并不多,从柜子里面翻出那张存折的时候,宋青青正好打水回来,刚进门就看见圆缺盯着存折上的数额抹眼泪,"圆缺,你这是怎么了?"

圆缺回头,暗淡光线下宋青青关切的眼神让她哽咽得说不出话。宋青青上前拍拍她的背,"慢慢说,别急,别哭啊……"

被这样的大姐姐抱着,圆缺更加心酸,哇的一声就哭了出来,"青青,我妈——医院打电话来说我妈……我妈……"

宋青青是这个宿舍唯一一个知道圆缺是私生女、母亲又罹病在床的人,所以她一向心疼圆缺,"圆缺,坚强点儿,这两年阿姨都挺过来了,这次肯定也没事的,或许是这两天雨下得太大太急,阿姨身子风湿疼得厉害了点,我们去医院,医生肯定有办法的,没准儿吃点药阿姨就好起来了——"

"可是,我没多少钱了,怎么办啊?"圆缺连站的力气都没有了,顺着宋青青的身子无力地滑下去,手里捏着红色的存折,指节泛白,蹲在地上,呜呜地哭。

"我爸刚给我打了生活费,你先拿去用。"宋青青将银行卡递过来给圆缺,虽然是杯水车薪,却是她能为圆缺做的最大努力了。

最后心急如焚的圆缺还是奢侈了一把,选择打车去医院,出租车上舒缓的音乐并不能浇灭她心头的烦躁,到了医院门口付了钱就飞奔进医院。

进了专护病房,范素心已经挂上了水。"梅姐,我妈怎么样了?"她甚至不敢扭头去看床上躺着的人,只想着有个人告诉她,妈妈没事了,只是虚惊一场,那该多好啊!

梅姐见圆缺走进来,远远地就迎了上去,看她明显红肿的眼睛,出声安慰:"别急。只是休克了。"

圆缺像是走了一夜黑路的人,终于见到丁点儿曙光,"只是休克?有什么影响,我妈会怎么样?要怎么治疗?"

梅姐看了眼眼前的姑娘,到口的话还是修改了措辞,"要先检查,查出病因,才好对症下药——"

圆缺一颗心都放到范素心身上,没有注意到梅姐的支支吾吾。接下来的几天,圆缺向学校请了假,二十四小时留在医院陪着范素心做检查。

范素心的情况时好时坏,醒过来的时间越来越少,休克的次数越来越多,到了第三天,已经出现呼吸困难、高烧不退的症状,而医院做了各项病因排查,最后的检查结果也出来了。

"严重的肺部感染!"当梅姐将这个消息告诉她的时候,圆缺几乎站不稳。

"妈妈——"她轻轻呢喃一声，只觉得眼前一片天旋地转，身子重重地倒在冰凉的地面上，心狠狠地揪痛，瞬间失去了意识。

潜意识里，圆缺是想逃避的，可还是有股力量逼迫着她很快醒来。已经入夜，病房里只剩下输液管里液体的滴答声。

梅姐走进来，将医疗卡放到她身边，"刚才你晕过去，你妈妈又出现了呼吸困难，我就擅自做主拿卡去办理了相关手续，现在已经插管了，今天晚上不会有太大问题。"

"谢谢。"圆缺说得诚恳，别的客气话也说不出来了，"梅姐，这两天你帮着检查又照顾的，也累了，今晚我留在这里，你回去休息吧。"

梅姐看着她这个样子，也无能为力，长长叹了一口气走了出去。

病房里冷冷清清的，圆缺坐在范素心的床边看了好久。夜晚静谧得可怕。

午夜的闷雷惊醒了陪在范素心病床前的圆缺，她惨白着一张小脸，看着外面豆大的雨粒砸在玻璃上，噼里啪啦地响。她想，天上要真能下红票子该多好啊，妈妈明天的医药费就有着落了。

外面的天还黑沉沉的，圆缺却再也睡不着，一种绝望的情绪肆无忌惮地席卷而来。

转眼又过去了三天，尽管圆缺悉心地照料，但范素心的病情并没有好转多少，勉强维持现状。这些年跟着顾于肆攒的钱，在医院里如流水般倾了去。

二十三岁这一年，圆缺再一次体会到了钱的重要。若是顾于肆在身边，又岂能让她陷入这样的绝境？

第二天一早，她给范素心挂了号，用仅剩的钱拿了药。忙到八九点钟，她的肚子饿了，经过医院外面小吃部，那些平时食不下咽的饭菜竟然闻起来有些许香味，她在小吃部门口站了一会儿，原想吃了饭再去找顾于肆，脚还没抬起来，前面有几个人扛着花圈从她面前经过，一阵冷森森的冷风刮过，她眼里凝了酸楚的泪花，转身往医院门口走去——这种时候了，还吃什么饭？

她去了市中心最繁华的地段，在那里，顾氏大楼耸入云端。

圆缺没有预约，前台不让她上去，只好在大厅等，等到日上竿头依旧没有等到他，倒是等到了另外一个人。

林尽染阔步走出来时，对斜刺里冒出来拦路的女人很是不满，皱着眉打量着，待看清了，才有些不确定地开口："你是小嫂子？"

圆缺顾不得平日里计较的那些，狠狠地点了点头。

"你来找二哥吗？白俏那丫头病了，这几天他陪着，已经好几天没来公司了，怎么你不知道吗？"

圆缺身子一僵，脸色瞬间煞白。

林尽染说到这儿，却赶紧转移了话题，问圆缺要不要去一起吃个午饭。圆缺摇摇头，离开的时候，她准备留口信给他，刚说了开头，她心里一阵恼恨：难怪这一个月音信全无，原来当真是准备放手了。

她像是知道自己在气什么，又像不知道——圆缺最终什么也没说，口信也不愿意留给他了。

白天有梅姐护理，圆缺一下子接了好多兼职工作，晚上十点多结束了服务员的兼职，心急如焚地赶回医院，护士又来催问什么时候能交齐医药费，说是再不交齐就赶紧带着病人搬出去，他们医院床位紧张着呢。

圆缺像是恨死了自己不中用，脚在地板上跺了几跺。梅姐冷静些，拍拍她的肩安抚，塞给她几张纸币，低声说道："这是我存的一点儿钱，你先拿着去用。"

梅姐家的情况圆缺是知道的，两个孩子上大学，丈夫是老实巴交的出租车司机，还有四个老人靠着他俩养老，根本无力救济她。

圆缺将钱推了回去，"梅姐，你是好人，可我不能拖累你。"

三年前医院裁员，梅姐正在名单上，那一天要不是圆缺扬手一指让她护理范素心，哪儿有现在的她。梅姐神情有些伤痛，"你现在就算去筹钱，医院也经不起等，你妈也经不起等，这钱我知道不多，至少能撑几天。"

圆缺看了眼床上的范素心，收了钱，哭着说："梅姐，我会记着你的好的。"

梅姐走后，圆缺抹抹泪花站了起来，动作轻柔地帮范素心翻了身，然后又冒着雨出去打了热水回来，细致地给范素心清洁。

擦着擦着，豆大的泪珠就滚落了下来。

或许是插了管子的缘故，范素心看起来有点难受的样子。

想一想这些年，因为爱着尹怀明，所以范素心心甘情愿忍了这么多年，连带着她这个女儿也没有过过一天好日子，可是，圆缺一点儿都不恨妈妈。

"妈，你在医院待了这么久，肯定无聊吧，圆圆陪你聊天，你醒来好不好？"圆缺轻轻地笑，眼泪却止不住。

天色晚了，血染的夕阳散尽，沉寂又阴森的医院，圆缺看着范素心沉睡的面容，歪倒在病床跟前，似睡非睡地闭着眼，长长的睫毛上还挂着潮湿的泪珠。

在这样山穷水尽的关口，她决定出去找一份工作，她可以求老板录用她，哪怕再苦再累的活儿她也干，然后可以向他预支一笔钱。

她计划好，心情放松了些，第二天一早就赶到学校准备办理休学手续。她起得

太早，学校还没有办公，只好又折回宿舍先收拾衣服，路过水房时被人喊住，回头正看见一个女孩子顶着黑眼圈儿走近她。

女孩叫宋悦，住在这栋楼里的没几个人不认识她。

感觉到圆缺视线的落点，宋悦揉了揉眼睛，"熬夜赶的。是不是很难看？"

"多休息就会好起来的。"圆缺不懂，宋悦喊住她，难道就为了问她熊猫眼好不好看？"你找我有什么事？"

"我听说你最近接了好多兼职？很缺钱？"宋悦将她拉到楼梯拐角，然后从好看的包包里掏出杯奶茶来，管子扎进杯里吸了一大口才继续说，"要不要跟我？我保证一次赚的就能比你好几个星期赚的还要多。"

见圆缺皱眉，宋悦无所谓地笑笑，"你别想歪了，不是去做那种事。"

圆缺还不信，宋悦才正色，"是建筑设计枪手工作室。接到单子，分你抽成，只是不能署你的名，你要真缺钱，晚上我就带你去看看，愿意你就留下来，不愿意你当场走人。"

圆缺纠结了一天，晚上的时候到底去找了宋悦。

宋悦明显刚睡醒的样子，见是圆缺，摆摆手示意她进宿舍坐，没一会儿宋悦就洗漱完毕，领着圆缺出了门。

可出了门的宋悦，也仅仅是带着她去学校外的小吃街，圆缺有些急，可看着宋悦大快朵颐，她也不好直接问。

倒是宋悦吃饱了，才正眼看她，"别急。"

别急！这话这两天她已经对自己说了无数遍了，可躺在床上的是她的血亲，哪儿能不急。

"你急也没用，现在时间还早，那边还没开始。"宋悦抽出纸巾擦嘴，"尹圆缺，你怎么会缺钱呢？"

宋悦这话其实若说是问她，还不如说是一句陈述句，只是圆缺没心思剖析那么深，"我妈病了。"

宋悦没再问，"我知道你拿过不少奖，难免心高气傲，第一次过去，要是看不惯也别吱声，交给我处理就行。"

很快圆缺就明白宋悦那句不要吱声的意思了。工作室并不大，放眼过去男男女女坐在电脑前绘制着，旁边摆放着热水瓶、泡面、面包等各种速食品一堆。

"悦悦姐来了啊——"有熟人上前同宋悦打招呼，目光却肆无忌惮地打量着宋悦旁边的圆缺，"哟，悦悦姐，不是说这次就给我们几个嘛，怎么又加人进来。"

宋悦嗯了一声，算是回应，目光转向四处，待看到那边忙着核对图纸的人影，眸子发亮，揽着圆缺准备过去。那人却不依，几步拦到她们前面，"悦悦姐，你这么做就不厚道了不是，好不容易接个单子，怎么尽想着外人？"

宋悦收回目光，婉转笑语道："虎子，别说悦悦姐偏心，这次修改，嘉禾要是再不满意，这单就要飞了。"

常言道，事业是男人的第二张脸，宋悦这样说无异于当面吐了他一脸口水，虎子自然不乐意，张口开骂："宋悦，别以为现在有人给你撑腰，你就跟爷横——"

"怎么着，想动手？"宋悦也厉声起来，气氛剑拔弩张起来，工作室瞬间变得掉根针都能听见，原本键盘敲得噼里啪啦响的男男女女都停下手中的活儿，转头看戏。

"那不是D大的那个尹圆缺吗？上次联赛还见过，拿那么多奖怎么还来这儿卖稿子？"有人认出了圆缺。

眼见宋悦跟虎子叫板对垒，又加上还有个吸人眼球的圆缺，场面瞬间变得微妙起来。

宋悦见时机成熟，抬起下巴说："是，我这个小姐妹今天第一次来，不懂规矩，你虎子大二就组队带枪手接单，难道今天就连一个小姑娘都容不下吗？虎子你自己设计的东西别人看不上，怨得了谁？"

虎子的脸色已经不能用难看来形容了，简直是要吃人，圆缺这一来一回也明白宋悦挑衅虎子是在给自己造势，保她能接到设计的单。她心里感激宋悦，可脸上还是火辣辣的，这就像在古代青楼，老鸨会用尽一切花招和噱头，努力地将花魁第一夜拍卖得更值钱。

这场闹剧愈演愈烈，按捺不住的虎子最后竟然威胁带他的枪手走人。

"你走啊，这单你不干，有的是人抢着要。"宋悦嘴上不服输，可心里却是没底，那么大的一个单子，短时间内要她上哪儿找一支成绩出色的枪手队伍来。

好在工作室的负责人赶到了，那是一个看起来很有教养的公子，他一出现就镇住了场面，虎子再不敢挑衅，愤愤不平地回去干活，离去前恨恨地剜了一眼宋悦和圆缺，宋悦不甘示弱地瞪回去。

那男人原本紧绷着脸，但不悦情绪被宋悦这娇俏的动作一下子打得烟消云散，"你啊，就会惹事，不是说这两天都不过来？弄得我也没兴致过来，刚才要不是助理给我打电话，我看你今晚怎么收场，虎子那人是你能招惹的？"

男人说着就要捏上她的鼻子，被宋悦轻巧地躲开，"李孟，我还没想理你呢，少在我面前得瑟。"

"不准备理我，那你跑来这儿做什么？"李孟伸手就将宋悦箍进怀里，"口是

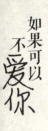

心非的小东西，还说不是来找我的。"

宋悦挣不开，扬了扬下巴，李孟这才将注意力转移到圆缺身上，"你朋友？"

没等到宋悦回答，三人就听见一记低沉的嗓音："图纸好了吗？"

"就快好了。"宋悦对来人殷勤地介绍，"徐先生，这是我朋友尹圆缺。"

圆缺显然有些一愣，她没想到业界鼎鼎大名的徐克敏设计师竟然也用枪手代笔。可徐克敏看样子并不以为意，"哦，尹圆缺啊，我知道，就是那个拿了联赛冠军的吧？"

相互有所耳闻，一拍即合，圆缺的设计风格徐克敏是见过的，对她的功底也放心，当下就钦点了圆缺协助测绘。

有徐克敏的这句话，圆缺成功加入了嘉禾工程的设计。嘉禾的case向来难缠，修改一次不满意之后再没人愿意跟进，圆缺接手的时候遇到了无数的障碍，事情多得足以填充她所有的时间，忘记感情的伤痛，一心扑在赚钱上。

努力自然有回报，这次合作很顺利，结果也令人满意，嘉禾最终满意了修改后的设计案。

抽成分配时却起了争议，可圆缺的确付出很多，那些人即便有心闹事也无从下手，直到徐克敏完全不避嫌地在工作室全体枪手面前直夸她的作品有灵性，圆缺这才意识到自己犯了众怒，以前背着她说的那些闲言闲语全被搬到了台面上。

都说女孩子不要太坚强，否则会没有人疼，可是谁又知道，不自立不自强不坚强，谁能在她需要肩膀的时候给她温暖？很多时候，她不是真的要坚强，而是被迫在坚持。

她闭着眼睛平息方才听到闲言闲语的闷气，直到胳膊肘被人拐了拐才睁开眼睛，是宋悦离开一会儿后又折了回来，将一个土黄色的信封递到她面前，"一万块，这次的抽成，你点点。"

圆缺接过信封打开，并没有点钱，而是抽出其中一小沓递给宋悦，"谢谢你。我也不知道按照规矩该给你多少提成。"她不会天真到以为宋悦是无条件带自己上路。

"你很聪明。"宋悦接过钱塞到包包里，又说，"上帝会眷顾聪明的女孩子的，刚才我去帮你拿钱的时候，徐先生说，如果你愿意，以后就跟他后面做，每单给你不低于一万。"

圆缺不知道这样的枪手生涯熬到什么时候才是个头，但她现在还没有能力反抗，想想就这样也好，既能赚钱，也能跟徐克敏学点实际的，于是安下心来作图。回去时已经快到凌晨两点钟，这个时间点回学校是不可能了，宋悦跟着李孟走了，圆缺漫步在街上走了一小截路，拦了一辆出租车直奔医院。

范素心还在昏睡着，圆缺打了热水给范素心清洁了一遍，又自己洗洗脸，看着外面雾气朦胧，圆缺的意识却异常清醒。

这一夜耗在医院的不止她一人，医院的另一边长廊上，林尽染再度将情绪失控的秦守制住，"老四，你做什么？"

秦守梗着脖子吼回去："我去把姓尹的那女人揪过来！你看看，她把咱哥都折磨成什么样了。三哥，你怎么看得下去！"反正他一个大男人是看不下去他那人不人鬼不鬼的样子了。

林尽染不说是因为他太气，气到怕自己背着二哥弄死那女人。记得顾于肆从陕西回来还是他去接的机，回来就进了医院，林尽染有些着急，"那边公司不是成立了，怎么一下子又回来了？"

顾于肆本来正倚在病床上看文件，身穿条纹病号服的他这段日子清瘦了不少，一张面孔越发地轮廓鲜明了起来，听林尽染这样问，他的表情僵了僵，拿着文件的手指急促地握起，他抬眼看着兄弟淡淡开口："如果一个女人死都不愿意跟你在一起，你会怎么做？"

林尽染当时就愣在那里，好一会儿都没反应过来他刚刚说的什么，因为他觉得不可置信。或许是他错愕的表情又刺激到了心里本就敏感着的顾于肆，他本来平静的声音蓦地拔高："对，就是你想的那样，她尹圆缺宁愿死都要甩了我。"

他还记得那天的情形，圆缺在说了两个人不合适之后，就冲进了洗洗间，他以为她是需要安静，可没一会儿她又出来了，手里捏着他的刮胡刀片，按在手腕的动脉上，"你拼命喝酒赚了一单，能给我妈妈交齐这季度的护理费，那下次呢？你要是没谈成，我妈是不是就没有活路了？你是天之骄子，根本不知道生活有多难，现在凭着一腔激情就要跟我在一起一辈子，一点儿都不靠谱。等到以后相看两生厌，是会多苦难。咱们趁早掰了吧。"

他听得都傻了。

他不明白她怎么突然变得这么不可理喻，这不是他喜欢的那个人。可看着她侧脸坚持的样子，他也终于明白自己到底有多可笑，人就是再犯贱也有个底线。一直以来，在尹圆缺面前，他的词典里是没有"底线"这两个字的，现在才知道，不是没有，只是之前没有碰到而已。

他甚至可以接受她不那么喜欢自己，但彻底的鄙视，实在是超过了他那低得不能再低的底线。

林尽染见他这样，沉默了半晌，"我早说过，一旦爱了被伤，就是万劫不

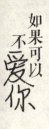

复。"因为终于彻底伤透了心，所以才会选择放手，他也理解为什么顾于肆会飞回T市跟那个女人断了。

想到这儿，又看看加护病房里始终走不出来的人，林尽染手腕一使劲，拽着秦守远离病房门口，"你在这儿待着，别给我惹事，我进去跟他谈谈。"

病房里，林尽染作为局外人，侃侃而谈："也许以你跟她之间这么破碎不堪岌岌可危的关系，真的不适合过普通老百姓的日子。"

没反应。

"作为一个旁观者，我算看透了你们之间的问题，误会重重，而她生性固执又自卑，你们之间又没什么感情基础，硬要在一起，也只会双方更加痛苦，到最后弄个两败俱伤。"

依旧没回应。

"也许分开，你们两人恢复到普通朋友的关系，冷静下来之后各自去思考一下这段感情，才会发现这段感情对自己到底是不是真的重要。当然对你来说肯定是重要的，但是对她来说，确实太需要时间了。"

顾于肆依旧看着文件，除了工作拒绝谈论任何私人话题。

林尽染见他油盐不进的样子，不得已使了杀手锏，"那好，我直说三件事。第一，她来找过你。"

顾于肆翻文件的手顿住，见他终于有了一丝反应，林尽染再开口："第二件，被我拦住了，而且还告诉她，你跟白俏在一起。"

顾某人抬头，一双眼睛恨不能将林尽染剐了大洞。

"瞪我也没用。第三件事，她妈妈病了，正巧，你也病了。我看就你这样，也照顾不了她了，还是让别人守护去吧。"林尽染也不看他的脸已经涨成猪肝色，说完就走人。

林尽染走后，满页的文件资料他再也看不下去，像是泄了气的皮球一样，重重倒在病床上。

林尽染和秦守守在病房外，十分钟后终于听到从病房传出来的一声怒吼："拿药来，我要吃。"终于肯配合治疗了，门外的两人终于放下了心。

而医院这边终于睡了一晚踏实觉的圆缺，是被医生检查的声音惊醒的，那医生她认识，是院里有名的医师，整个检查过程中甚至没有问圆缺半句话，只在结束的时候交代护士悉心照料。

圆缺有些蒙，转念一想，没准儿是因为她交齐了费用，医院不都是这样"见钱办事"的吗？就没将这件事放在心上。解了燃眉之急，圆缺撤回了休学申请，这几天她忙得焦头烂额，一方面要准备期末考，一方面要照顾范素心。

因着前些天耽误了课程，她白天都扎在图书馆看书复习，晚上依旧通宵做设计，挣了钱分点提成给她，剩下的也足够维持范素心的疗养费。

银河集团办公室里，苏杨松了松领带，随手将设计稿扔在一旁，"几个设计师都推辞不愿意接？"

"顾氏企划部一下子招安了不少人。"宋西玉思索了一番提议，"要不，联系下徐克敏，他的设计还算入流。并且暂时还没接到顾氏对他聘请的消息。"

"不是说他惯用枪手吗？"苏杨也只是听说。

"那不重要，只要他能拿出漂亮的设计方案来，不然政务区这个开发案一拖再拖，闹大了只怕不好收拾。"

商场无情，他抢了顾氏的单子，顾氏断了他设计的门路，都较着劲儿不肯让对方好过。

"联系徐克敏，晚上吃饭。"苏杨揉揉眉心，又交代，"枪手的事，摆在台面上跟他谈好，日后若是出了版权问题，系他个人责任，不能影响公司声誉。"

圆缺还是不敢放松下来，白天投简历，晚上早早来了工作室。

她正埋头图纸的时候徐克敏的电话响了，他接起来，"我和他们是自愿合作关系。若是出事不会累及公司。什么，要亲自过来看看？"他转头看了看工作室，皱了皱眉头，最后还是开口，"好吧。"

徐克敏挂了电话后对着圆缺说："圆缺，一会儿有人来，你跟我后面听听他们的要求。这是他们案场的资料，你先看，看完我想知道你的想法。"在徐克敏眼里，一个好的设计创意远比交给他一沓没用的图纸来得强，所以整个工作室他最看重的设计枪手就是圆缺了。

大概又是难缠的客户，她正想着，虎子过来提醒她之前提交的设计稿中有一个关键数据出了错。

"你放我桌上吧，我看完这个资料就改。"

"我那儿等着用，你先查一下吧，花不了多少时间。"虎子没好气地将图纸扔在她面前。

等到圆缺用一个多小时将图纸筛查一遍，也没找到错处，敢情是虎子耍她玩呢，将图纸还回去时她强按着火气还是没忍住，"谁说这图纸有错的。"

"轮得着你说话吗？"虎子本来听徐克敏要带她接新单就一肚子火气，从鼻子里冷哼一声，"还真把自己当根葱了。银河那种单子，我们这些正式的都没机会跟，你居然上了，还不是仗着有几分姿色。"

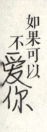

圆缺是最见不得别人拿这个说事的，一句话把她压下去的火腾地一下就燎上来了，"你说谁呢？"

"谁蹦起来我说谁！"

圆缺气得全身发抖，只觉着太阳穴上的青筋都一根根暴突起来，"你故意找碴儿，还有理了？"

"我没理——"虎子拖腔拖调地怪笑，"我们一没抱大腿的资本，二没胆肥儿地妄想银河那种大单，自然闲得到处找碴儿了。"说完，根本不把她发青的脸色当回事儿，拽过圆缺手中的图纸就回到了座位上。

周围几个同事本就幸灾乐祸，哪有人帮她说话。

这时，徐克敏从他的隔间匆匆走了出来，"苏总，宋经理没说您要亲自过来啊。里面请。"

"没事，徐先生在测绘，等一会儿也无妨。"

熟悉的腔调，惊得圆缺回头看去，那斜靠在办公格子间的人不正是苏杨。圆缺一双眼睛满是惊愕和不满，随即立刻触电似的缩回视线。

苏杨到来时正巧看见刚才那一幕，他未动，只是站在远处，依旧清得像水一样，在这种龙蛇混杂的地方，她怎么混得下去？

"苏总，里面请。"那边李孟也出来了，带着宋悦上前寒暄着。圆缺站在他们不远处，低头看资料，却觉得一阵芒刺在背，回过头正好对上苏杨怒火焚烧的眸子，直勾勾盯着自己。

那眼神中夹杂着震惊、失望、不屑，圆缺刚刚放松下来的神经一下子又紧绷起来，略微轻松的表情也跟着僵住。

苏杨本就是扎在人堆里尤其显眼的那种人，已经有人在注意了，圆缺咬着唇转身就想走，被苏杨几步过来攥住手腕，"你怎么在这儿？"

徐克敏看看她，再看看苏杨，显然已经怀疑他们的关系。

李孟在宋悦不断的眼神示意下，试着开口转圜场面，"苏总——"

"李总，这是我和她的私事。"苏杨一双眸子依旧紧紧盯着圆缺不放，千言万语，对着她低垂的头，却怎么也说不出口，就这么看着她，眼里充满悲伤。

苏杨攥着圆缺的手腕往人少的地方走，李孟何等精明，见此场景，识相地将办公室的门打开，带门离去留给他们单独的谈话空间。

人就是喜欢犯贱，这是老生常谈了，得到的时候想不起来抓住，于是失去了。越是得不到才越是想要，可有些东西失去了就再也回不来，比如感情，所以，现在的苏杨只剩下怒火攻心。

等到只剩下他们两个人，苏杨就直截了当地低声呵斥："谁让你来这种地方的？那个徐克敏枪名在外，被人知道你跟他后面，你的名气就算毁了。"

圆缺抬头，正好瞧见他紧皱的眉头，如今他摆出关心的架势来算什么呢，演技大比拼吗？"你不用说教，我本来就打算离开的。"

苏杨已经从最初的暴怒中冷静过来，问："你是不是遇到什么事了？"不然以她的骄傲，怎么会甘愿当个枪手。

他此时的心情，是偏向她，不论时光如何变迁，她始终是他心中放不下的那一朵白玫瑰。

说穿了，爱情不是你爱我、我爱你嘴上说说的事，而是一种实质上的妥协，而尹圆缺对于他苏杨来说，也许这种底线是无限，只是他还没发现。

"我能有什么事？"圆缺口气淡淡的，好似真的过得很顺畅，她推了推他，"你要是没事，我先出去忙了。"

苏杨不肯让步，两人僵持。

咚咚咚——伴着敲门声，宋悦探头进来，"苏总，不好意思，打扰一下，圆缺，设计评审表是不是在你这儿？"

圆缺感谢宋悦的救场，稍稍定了定心神，她绕过他出门去，却被苏杨又一次攥住了手腕。

"我话还没有说完！"苏杨冷语道，手上更是劲道加重，把她拉了回来。

圆缺只好先对站在门口的宋悦交代："你先过去，我马上就来。"

"到我公司吧，那边正好缺设计师。"他觉得自己的态度已经低到尘埃里去了。

哪儿料到圆缺用那种"你有病吧"的眼神看了他一眼，铆足了劲儿想要甩开他的手，没成功，只好咬牙决定说实话："苏杨，你这是在可怜我？三年前我不靠你苏杨，三年后我不靠顾于肆，从今以后想靠我自己去生活。所以麻烦高高在上的苏总放开我，毕竟像我这样的小老百姓，还是要为生活奔波的。你要是看不惯，就赶紧闪人。"

他恨得咬牙切齿，可最后，他眉宇间现出凄惶的无可奈何的神色，渐渐地，他松开了手。

圆缺出了办公室后宋悦就迎了上来，苏杨看着她拿了评审表笑着进了另一间办公室，心里的苦涩一点点倾倒出来。犹记得第一次见她的时候，她有些拘谨地站在讲台上做自我介绍，紧张到嗓子打结，最后是他拿着班级名册上去，她随手指了一个名字，然后是他向全班同学介绍说："尹圆缺。很别致的名字。"

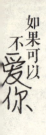

对于他的夸赞，她报以倾城微笑，只不过那时候她是一副纯真的表情，并不是多美丽的人，只是单纯的微笑让见了的人一时屏息，让苏杨为了她那样一个微笑而决意沦陷。

几年不见，她的笑容还是那般好看，好看到周围的任何颜色都失了光彩，只不过这一次不是为他绽放而已。他说不上来心里是什么样的滋味，他的伤疤麻木了三年，在看到她微笑的瞬间，忽然疼痛达到极致。

圆缺离开工作室时已经是晚上九点钟，下了楼就见苏杨斜靠在车上等着她，这大概就是守株待兔了，圆缺看着他运筹帷幄一切尽在掌控之中的样子，霍然生出一种陌生的抵触来。

苏杨正在给宋西玉打电话，交代她将单子交给徐克敏，条件是他不准将圆缺当枪手这事捅出去。圆缺之于徐克敏并没有什么利益纠葛，自然满口答应。

挂了电话之后，扭头正对上圆缺看他，那是一副警惕加小心的表情。

他将手机搁在一旁，伸长了脖子，一张俊脸在圆缺眼前放大，轻轻一笑，"你这表情看着，怎么觉得有点像防狼一样防我？"

圆缺对人性的欲念有着近乎天赋的洞察力，她觉得自己看穿了苏杨的帮助是别有企图，可他这样子直接说出来，又好像这一切是她多想。

一路上两人都没说话，圆缺心里像装了一只猫，抓心挠肝，百般煎熬。

她的怀疑很快得到验证，第二天宋悦就电话通知她，工作室暂时不接单子了，圆缺自然明白话里的意思：她也不用再去工作室了。

经过虎子那番刁难再加上苏杨那么一出，这份兼职她本也不想做下去，反正之前的几个大单的抽成完全足够她支付范素心的医药费一段时间了。

真正让她头疼的是苏杨希望她去银河集团工作的事，这是圆缺最不愿意的，好在苏杨没有穷追猛打，她也就顺应形势来个敌不动我不动。

回到医院探视范素心，正巧在病房外听到那个有名的医师正对着窗户、背对着门打电话，"范素心女士的病情已经基本控制……尹小姐的情况也很好，最近没有再守夜——"

此时转身是躲得过的，只是为何要躲？她巴不得去看看电话那端的人，到底用什么样的心态来帮她，很想知道他到底会用何种语气面对她，况且躲得过初一躲不过十五，她再清楚不过。

圆缺推开病房的门，医师听到动静回头，看见是她有些诧异，"这边病人家属过来了，我待会儿再给你说。"

圆缺笑着截断医师的话茬儿："别挂断啊，我想跟他说说话。"

医师为难地皱眉，显然对自己搞砸了雇主的嘱托懊恼不已。

圆缺看着医师这个样子，好脾气地笑笑，她也不急，等着医师将电话递过来，果不其然，电话那端的人交代了一句，手机就到了圆缺手里。

"谢谢！"她说。

谢谢他的再次出现，让医院解除了刁难，免了烦琐的各项检查，还配备了知名医师诊治，就连护士都格外殷勤地照料起她们孤儿寡母。

"怎么就知道是我？"

"托顾老板的福，这么些年，再没别的人惦记我了。"

顾于肆也不恼，忽略她语气中淡淡的嘲讽，"既然要谢谢，那陪我一晚——"

他还没说完，话就被圆缺截断，这次她可气得不轻，"这就是你的目的？你把我当什么了？先不说咱俩一拍两散了，就是没结束，现在我妈妈躺在病床上也不许你轻贱我。"

顾于肆怔了一怔，笑道："想哪儿去了，我人在北京呢，能对你做什么？只是来这边好累，你陪我说说话就行了！"

原来是自己想得太多了，但圆缺对他还是很不信任，仿佛他就是只会说谎的狼，"真的？"

"真的！这几年，我骗过你什么？"其实是真的骗她了，他哪儿在北京啊，明明就跟她在同一家医院，不同病房罢了。

这人真会花言巧语，骗过她什么？圆缺想了想，还真挺多的，撇了撇唇，干脆不答话。

圆缺掀开窗帘望出去，外面墨青色的天空，医院入夜便是一片阴森的寂静，就连月亮都显得有些微微的黄色，外面的广玉兰枝繁叶茂，被月光镀了层银灰，地上是阴沉沉的影子。

而顾于肆那边，落下了窗帘关上了灯，病房里像被人泼了墨，黑黢黢的，许是这样的黑总让人灵魂脆弱，他打破沉寂已久的沉默，问："很晚了，你几点睡？"

"不，不想睡！"

"圆宝，我们不闹了，好不好？"他在电话里的声音有些沙哑，不似平时的冷毅，带着点小心翼翼问她。

圆缺此时才意识到，保持了三年不伦不类关系的两个人，竟然在一拍两散之后煲电话粥推心置腹，实在是不可理喻，但他既然都这样说了，不把握岂不是浪费，忙问道："我奇怪的是，你要一份感情很容易啊，一把钱撒出去，千千万万个女人都会爱你！"

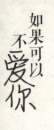

顾于肆敛住笑，正经地说道："你忘了我说过，我虽然是个唯利是图的生意人，但也知道钱买不到绝对的爱和幸福。"

夜仿佛宁静下来，连电话里呲呲作响的磁场声都偃息了，圆缺怔怔地看着窗外。他的一番话让圆缺幡然醒悟，这个男人快奔三了，有着自己的小忧愁，只是在一起的这三年她都忽略了而已。

心一阵阵不规则地抽痛，若他都得不到，她又凭什么能得到？

听不到她的回应，顾于肆才明白他必须要将话题点明了问开："你是想我放你离开，去和苏杨复合吗？"

想起那晚上圆缺说的话，她居然说，相看两生厌，是挺苦难的！

琢磨起这句话，顾于肆又是一阵莫名的害怕涌了上来。

半晌后，圆缺才开口："顾于肆——"她终于不再喊一句别扭死人的顾老板，直接唤了他的名字，"跟了你之后的好长一段时间，我都在想，如果我不是尹怀明的女儿该多好。"

连名带姓的称呼听着有些生硬，对于这样的转变，顾于肆心里隐约明白了什么，他直觉圆缺要跟他讲故事，但这个故事最好不要听，因为她这样用温和的语调同他说话的次数并不多，这一次很可能是她发泄了怒火平静之后拒绝他的理由，可他还是问了，相比较得到她，他更想了解她。

"后来呢？"

"后来我想，如果没有尹怀明，又哪儿会有我，我又哪儿会是范素心的女儿？上天没有给我一个好父亲，却给了我一个坚强的母亲，是她忍受多少冷眼把我带大，带我走出小镇，接触到更广阔的世界，一直以来，都是她一个人在拼。"圆缺拉上窗帘，转回身替范素心掩了掩被角。

话筒里传来窸窸窣窣的声音，圆缺的声音停了下来，这样谈心的机会顾于肆并不想放过，循循善诱，"一个女人相比较带个孩子过活，更难的应该是周围人的眼神和社会舆论的压力。所谓唾沫星子淹死人，不是没有道理的。"圆缺她母亲什么身份，他还是有所了解的。

圆缺望着范素心沉睡中的脸，那张脸已经布满皱纹，"小时候上学不老实跟人打架，那些孩子打输了就骂我，说我是树丫上掉下来的，我哭着回家问妈妈，为什么别人有爸爸我却没有——"

圆缺说着说着就哽咽了，泪花漫过双眼模糊了视线，面前的景象恍惚回到那个时候，范素心局促得不知道如何跟女儿解释。

"你爸爸——我是说尹怀明，他为什么离开你妈妈？"

"离开？他根本就没有跟我妈妈在一起过，所以并不觉得这样是抛妻弃女。"圆缺像是听了什么顶级的笑话，擦着泪花笑弯了眼睛。

"我妈那时候十八九吧，跟水一样的年纪，跟同乡的姐妹一起进城里找工作，没什么文化，听说卖酒挣钱就入了这行。那时候尹怀明标榜自己是好男人，对自己的未婚妻忠贞不贰。他因为公司业务关系经常要应酬，就认识了我妈妈。"

顾于肆只知道范素心并不是正妻，却没细查过档案，"那就是逢场作戏。"

"不——"圆缺极快地否定了他的说辞。

"逢场作戏起码也算得上成年人你情我愿的游戏，我妈当时只是觉得这人不会像其他客人那般毛手毛脚，碰到难缠的客人，如果他在场还会为我妈周旋。所以有时候尹怀明醉了酒，我妈也会帮忙盖个毯子什么的。我妈怎么也没想到这个男人最后竟然对她用了强，事后还大言不惭地质问为什么要勾引他，害他犯错。"

听到这里，顾于肆如同被悔恨的箭矢穿心而过，当初他对她也是用了强啊，只随便想想她三年中的任何一天，就足够令他心胆俱碎了。

"那之后尹怀明同未婚妻高调举行了婚礼，而我妈却意外怀孕，因为先天性身体虚弱，医生告诉她如果拿掉孩子，以后可能就无法受孕，她咬咬牙决定留下我。还记得读初中，晚上醒来的时候，常常见到妈妈偷偷在抹泪，再后来我升了高中，她攒够了钱把我送到最好的高中去，说女孩子一定要独立自强，不能被人看扁了。多学点知识将来考个好大学，就不会那么容易任人捏扁搓圆，就不会像她一样没文化地去卖酒。"

"顾于肆，你知道吗？我妈现在每天就只能躺在床上，要么盯着窗外那棵广玉兰，要么就是天花板，她活得生不如死，辛苦地活着还不是放心不下我。尽管她怀疑我，可她还是想陪我一天是一天，有一次我让你去买避孕药，你肯定不知道我在害怕什么。"

她咬唇，哭得小声，说得有些断断续续。

"刚才不是说起先我是恨尹怀明的吗？你问我后来，后来我就不恨了，与其说是他种下了苦因，更准确来说，我才是让我妈一辈子抬不起头来的苦果。她这辈子最恨小三、情妇这些字眼儿，因为这总让她联想到自己，所以，我妈怎么接受得了我跟你这样的关系。"

"圆宝，对不起，对不起——"顾于肆只能紧紧地握着手机，此刻他真恨不得能回到三年前，他会无条件地帮她，她要什么便给她什么，就算是她和苏杨最后会走到一起，他也不愿她那么痛苦地陪他三年时间。

"我们分开的这些天，我妈肺部感染差点儿没挺过来，医院还各种拖延，我第一个想到的人就是你，那天我去了顾氏找你，只是没想到你跟白小姐在一起。"

"圆缺，我不是因为她避而不见的——"顾于肆打断她，语气有些急。

"这个你不用解释。那次生日，我能看出你爸爸很中意白小姐。血浓于水，我不能让你因为我真的跟家里撕破脸，也见不得你低声下气拉业务。我们的差距实在太大，在一起真的不适合。所以结束这份感情，不该是你说对不起，而是我应该谢谢你，这三年来要不是有你在，我和我妈也没安稳日子过。"

顾于肆没再说话。

"我没想过要跟苏杨复合，就算曾经爱得再深，一旦分开，除了眼睁睁地看着那份感情在记忆里越来越淡，便什么也做不了！横在我和他之间的东西太多了！你、我、他、顾心言，每个人的立场不同想法不一，不论是谁只要稍稍一用力，这就是个解不开的死结。"

黑沉沉的病房里，圆缺抬起泪光斑斑的脸，说得有些语无伦次，"辅导员说能联系实习单位了，我现在就是想好好地活着，找个好单位，努力赚钱，租个房子，把我妈从医院接出来，然后过正常人的日子。你懂吗？"

顾于肆刚消化掉她那句没想过复合，心情刚轻松了一些，霎时又跌落谷底，他凄然道："我懂，我懂，别说了，我不勉强你了，我只要你幸福，你说怎么样就怎么样——"

圆缺嗯了一声，她知道今天该到此为止了，于是说道："那我挂了，晚安！"

电话挂断后，顾于肆晃动鼠标，手提电脑屏幕亮了起来，他细细看着屏幕背景的女孩子，一张笑脸纯净，双眸玉质一样通透，这是许久以前拍的老照片了，那时候她和顾心言还很交好，这张照片是他在顾心言电脑里面发现的，就拷贝了过来设置成了壁纸，一用就是三年。

是否每段感情都不能如人所愿地花好月圆，就像红酒，势必要经过漫长而苦涩的酿造，才能成就一份回味无穷的极致拥有。

他的手指怜惜地在屏幕上摩挲，心仿佛一寸一寸地碎裂了。他明白，往后的日子，他还会爱她，比以前更爱。感情的污点就留给时间去漂白，然后他才能再理直气壮地爱她。

屏幕上的亮光渐渐隐没，房间恢复一片黑暗，顾于肆叹了一口气。

晚安？！谈何容易！

苏杨以害她丢了兼职工作为名要请她吃饭，这理由经不起推敲，圆缺拒绝了一次，但苏杨坚持，第二次圆缺答应了。

自从圆缺回到T市挣枪手的钱，苏杨就估计出几分她和顾于肆闹分手的可能，以他的性格是要问出个确定答案才痛快的，但圆缺对他并不热络亲近，显然没有再续前缘的打算。

苏杨只好对顾于肆只字不提，准备采用怀柔政策，先一步一步地卸下她的防备。晚饭后苏杨送她回学校，见她一路踢着石子一副心事重重的样子，就问："想什么呢，这么专心？"

圆缺回过神来，摇了摇头，看也不看苏杨，嗫嚅着说："没有。"到了宿舍跟前她才又开口，"我进去了，你回吧。"

苏杨嗯了一声，"我看着你进去，才能安心。"顿了一下，他又说："圆缺，我等得起你。"

圆缺转身，慢慢挪着步子往前走，余光里，苏杨仍然站在那儿，只这么一眼就让她想起大一时他每每站在宿舍楼外等她的样子。压下去的思绪再度向她袭来。圆缺步子渐大，速度渐渐加快，最后几乎是一路跑着进宿舍的。

时间匆匆滑过，这段时间圆缺尽量避开和苏杨的接触，来电话不接，远远看见他在楼下等着，她就躲到更远的地方去。日子就这样周而复始地循环，除去每天小心翼翼地避开苏杨外，圆缺过得很充实，白天就是投简历、工作，晚上修改论文，赶接的设计稿。

在校务橱窗看见留校助教招聘的时候，圆缺眼睛一亮，这些天找工作她遇到了各种刁难，也见了不少社会陋习，甚至有招聘经理直接跟她说：如果没有男朋友的话，他可以考虑录用她，意思不言而喻。当然，也不全是这种情况，其他的要不就

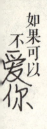

是工作环境不好，要不就是工资不高，找了近半个月，她都没找到一个各方面都在她接受范围的工作。

留校助教的话，最起码人际关系要比社会简单得多，学生也单纯。圆缺仔细一想，觉得不应该错过这个机会，但心里又没有什么底气。学校那些辅导员最低要求都是本科学历，但来应聘的往往都是研究生，竞争很激烈，而她只是个二流本科，而且还是个刚毕业的，她真的没有底。

她抱着设计稿跑去问负责招聘的主任，"以我的学历，参加应聘的话，会不会被人笑话？"她底气不足，怯生生地看着教授，声音像蚊子一样细微。

主任从她手里抽过设计稿仔细看了一遍，笑着说："你是上次得最佳创意设计奖的那个小姑娘吧？这个设计得也很好。我们这次招助教，学校是打算培养一批有思想、有活力的年轻人，学历固然重要，其他方面也纳入考核标准。所以，小姑娘，相信自己，不试试又怎么会知道结果呢？"

当一个人对生活充满信心和进取之心的时候，会得到许多生命返还的美好，那些人生途中的风风雨雨，仔细想来，不过是天晴之前的风景，虽然恶劣阴霾，但终将过去，正如她现在，满怀着希望，试着努力去争取一份留校助教。

对于这次应聘，圆缺心中涌出的是一种难以言说的希望和躁动，像是雨后的第一道彩虹，满心都是美好的未来。回到宿舍后，她就开始考虑应聘的问题，着手准备资料。

顾于肆是面试当天才知道圆缺参加了D大留校助教应聘的，那天他被老头子扣押在北京，知道这件事后他躺在床上再也睡不着，他想象着圆缺上台教课的样子，晨阳洒在她身上，安静宁和，她可以跟学生打闹，下了课可以去买点菜做一顿可口的饭菜，怎么想都是幸福的日子，然后她说，我要谢谢一个人，他的名字叫顾于肆——

这样想着，他再也躺不住，当晚就乘着直升机直飞T市。到了T市，天刚蒙蒙亮，他打了一个电话给林尽染。

林家混迹官场，林尽染又是T市新上任的副市长，所谓官场新贵，再加上这个圈子总共就那么大，他和T市教育局那几个领导自然熟识。

林尽染对他的来意十分奇怪，"约他们吃饭当然没问题，只是目的呢，二哥，你要做什么？"

"我有个朋友想进教育系统。"

"谁这么大面子？"

"圆缺。"

林尽染顿了顿，"你家老头子不是要你断了这份关系吗？据我所知，上次从陕西回来你们也闹僵了，她都摆明不愿意跟你了，二哥你这不是——"

林尽染的话没说完，就被顾于肆打断了，"我自然有我的分寸，你只要帮我把他们约出来就行了。你要是有时间，也过来一趟，毕竟，你跟他们比较熟。"

他都这样说了，林尽染还能不答应吗，自然办得妥妥的。

饭局安排得很快，就在当天晚上，地点是T市的五星级酒店——宴嬉台。

顾于肆吩咐秘书亲自订的位置，最好的包厢，一行人刚落座，就有侍应递上茶水，顾于肆进来时，林尽染正式地介绍了一下他，各自寒暄几句坐下。菜是顾于肆点的，早早就打听清楚了几个人的喜好。

顾于肆斟酌了一番，下了菜单，文化人眼尖，顿时对这顿饭的用意心里就有了底。

菜肴很快上齐，顾于肆一手酒瓶一手酒杯，挨个儿敬完才进入正题，"其实是这样的，我有个朋友参加了昨天教育局举办的T市各大高校联合留校助教面试，但是她刚毕业，又比不了那些研究生有强硬的学历背景，现在呢就茶饭不思地等结果，我怕结果让她伤心，就私下来问问几位领导，想知道这批面试名单里面，面试官对她的印象怎么样？"

"顾总，你那朋友的名字是？"

顾于肆报出了圆缺的名字。

"这个女孩子我倒是有印象……"其中一个人开了口，他说着看了看林尽染，又看了看顾于肆，"她吧，很有活力，试教的时候表现得也很不错，只是还没拿到毕业证，年纪又小，在学校做起事来估计除了能和学生打到一块儿去以外，其他工作能力的优势并不突出——"

顾于肆笑了，"我这个朋友虽然还没拿到毕业证，但之前倒是在几家大公司做过兼职，大家都知道的，女孩子学建筑设计的本来就不多，更何况她还精通法语。其实我觉得对工作能力这东西的看法，因人而异。比如有些人觉得她太小做事不懂得转圜，有些人则会根据她的特长加以引导，直到她能独当一面。"

余下几个人你看看我，我看看你，一时间也难以答复的样子。

顾于肆将话题略微转了一下，"我听闻D大有意在大学城选址建新校区，只是教育局这两年拨给D大的财政限额有些紧张，正好顾氏最近想做点儿推动文化教育的事，倒可以捐赠承建教学楼——"

话说到这分儿上，其余的也就不需要多说了。顾于肆举起杯子敬酒，其他人也很快端起杯子，"顾总真是客气了。"

这顿饭除了喝多了以外，事情谈得相当愉快。结束时，顾于肆又让秘书沈凡亚给每个人送上了礼物，其中不乏进口红酒等高档礼品。

那几个人推辞几下就全都收下了，送走了这些人，顾于肆已经有些歪歪倒倒，他今晚是真的喝多了，林尽染搀扶着他，"都胃穿孔了还敢这么喝，早晚喝死你，为一个尹圆缺，你真是连命都不要了——"

林尽染果真一语成谶，这顿酒差点就要了顾于肆的命，当晚他就胃出血住进了医院。

圆缺是在一个星期之后的下午收到录取通知的，电话里的女声提醒她下周一带着证件到校务处办理手续，暑期要进行一场助教培训。挂掉电话之后，圆缺还盯着手机屏幕直发呆，然后就是止不住地发笑。

宋青青从招聘会回来时，就见到她一副傻笑的模样，走过来摸摸她的头，"没发烧啊。"

"青青，我收到录取通知了……"

"什么？"宋青青思索了好半天才反应过来，一下抱住她，显然知道了这个消息后她比圆缺还要激动，"知不知道这次联合留校助教，几千个人争十几个名额，都快赶上考公务员了。圆缺你神气了……"

"青青，你掐我一下，看是不是真的？"圆缺眉眼都是止不住的开心，还有不敢置信。

这么好的事情当然值得庆祝，晚上两个人就跑到学校外的美食街大快朵颐，这学期以来她们都被找工作压得喘不过气来，今天算是痛痛快快了一把。

圆缺眉眼之间全是喜色，脸色也因为笑容而显得光彩熠熠，路边停着的那辆卡宴里，顾于肆看着她那个模样，只觉得那些花出去的钱，真是值得。

他突然想听一听她的声音，电话就拨了过去。他看着站在马路边的她，在看到来电号码时一瞬间掠过的惊喜，随后是不安和不知所措。

挂掉他电话的那一瞬间，圆缺觉得简直是要她的命。

到底是爱了啊！不然挂个电话，何至于这么痛。

日子过得很快，宋青青在其后半个月内也找到一份工作，是距离T市一百公里外的G市，纵然舍不得待了四年的T市，可那份工作的确诱人，宋青青到底决定过去。

"青青，你到那边，可要好好照顾自己——"圆缺有千言万语，可是又一句话也说不出来。

送走宋青青之后，圆缺一个人在街上转悠。四年来她突然觉得这个城市这么陌生，之前纠缠的那些人和事，突然就不见了踪影，是是非非尘埃落定之后，她的世界归于一片平静。

世人在繁华中，分不清迷情与归途，道不完爱恨与情仇，电话响起来时，她还在多愁善感的情绪里起起伏伏。

苏杨明显感觉到了她的不对劲儿，问她怎么了。

"现在的生活是我前几年想也不敢想的，有工作机会，有独立挣钱的能力，能养活自己和妈妈，可为什么突然间我觉得身边空了这么多呢……好多人都不见了……"她东一句西一句地扯，想到什么说什么。

苏杨比她走过的路要多，自然懂她的意思，"这是新生活的开始，你只是还没有适应。"

她真的只是芸芸众生中极不显眼的那一个，这样的茫然让她很不安，好像要被整个世界遗忘一样，"我怕。明明我现在拥有的都是很实在的东西，可就是觉得，前面的路，不知道要怎么走了。"

苏杨那边顿了顿，"圆缺，你还有我。"

身边一辆车经过，尖锐的喇叭声让圆缺从混沌的情绪中抽身而出，她看着眼前的人来人往、高楼大厦，对着电话说："我挂了。"

这个时代我们太多人没有勇气安于平淡，不敢承认自己的生活平凡，我们穿和别人不一样的衣服，看和别人不一样的书，喜欢做和别人不一样的事情，我们努力让自己的人生和别人不一样，每当我们谈起未来时，描绘出的是一个比一个精彩的蓝图，每一个人的未来看起来都那么高潮迭起。

回学校提交个人档案时意外遇见系里的主任，想着开学后就要在学校任职了，就上前去打招呼，却没想到同主任正说话的人是周老头儿。

"丫头，好久不见啊。"

"老爷子看样子心情很好啊。"圆缺也笑，"你们认识？"

"我同你们李主任是大学同学。你去给我家那臭小子补习国语，还是你们李主任推荐的呢。"

她没想到这中间还有这样的渊源，陡然想起第一次见周含书时他是说过推荐的事，"我都不知道该怎么谢你了，主任。"

"哎——"李主任摆摆手，"我是看你学的专业跟老周家儿子般配得很，应该有共同话题聊，你呢，自己也争气，又懂法语，不用谢我。"

周老头随即感慨，"我家那臭小子要有圆缺专业水准的一半，我这把老骨头就能安享晚年了。"

几天之后跟周含书吃饭的时候，圆缺将这话带给他，以为他又要哭诉跟周老头意见不一的战况呢，谁料到他灌了一口酒，"我放弃药剂了。"

见她嘴巴张得能塞下个鸡蛋，"老头子身体不好，都进医院了，公司的事只能我挑起来。这边的事一结束，大概就要回法国公司总部了。"

圆缺想，这是个离别的季节，她跟顾于肆掰了，跟苏杨断干净了，宋青青走了，如今周含书也要走了，留在这儿的只有她一个人了。

"不说我了，你呢，怎么样了？"见她面上一派萧瑟，周含书小心翼翼地开口，"圆缺，说真的，你有没有后悔跟顾于肆分开？"

她紧紧咬住唇，脸上的表情不停地变换着，好一会儿之后，她最终别过头去吐出一个字："有——"

他们坐在大厅离门不远的地方，圆缺转头答话的当儿正好看见一男一女推门进来，那两人也正好看见她，三人都微微一怔，最后还是圆缺先低下了头。周含书背对着门不知道她是看见了顾于肆，见她脸色不好有些紧张，"怎么了，脸色这么不好？"

"大概是吃辣了，我去下洗手间。"说罢，她匆匆逃离。

进了包厢的顾于肆有些烦躁地点了一根烟，这些日子他听了林尽染的话，想给她时间去认清这段感情的重要性，所以没有去找过她。

这世上总有一个人，她一句话都没说就能让你往死里难受。

偏偏白俏还在一旁煽风点火，"那个男孩子是谁啊，我看他俩挺亲密的样子，没听说尹小姐有哥哥或弟弟啊。"

顾于肆本就因为胃不舒服而皱起的浓眉又加深了几分，自从之前他住院跟白俏遇上就一直被纠缠不休——也算不上纠缠不休，就是三天两头就会给他打电话，隔三差五约他吃个饭，他有时候都懒得接，她也不气馁，一如既往地打电话。

白俏的心意他不是不知道，可他没想过放弃圆缺。至于白俏，慢慢地她就会明白他心里根本挪不出空儿来接纳她了。

顾于肆一直沉默着，沉默得让白俏的心都跟着扑通扑通跳了起来。

半晌，他平静没有任何波澜的声音才响起，"说完了？"

"呃……是……"他的平静让白俏一时有些不知所措，就只好愣愣地应了一声，他不应该是勃然大怒的吗？因为她看得出来，他人虽然从陕西回来了，心还在尹圆缺身上。

"那点菜。"说罢，他将菜单推过去。

白俏虽然没弄明白他到底介不介意外面那个男孩子，但她心里明白这种事点到为止就行，没必要说得太开，否则他一怒之下来个鱼死网破，对她没好处。

接过菜单，他点完之后大方一笑，"我去下洗手间。"

将门带上的瞬间就听见里面哗啦一声响动。

什么是爱情，骗呗；什么是温柔，贱呗；什么是痴情，傻呗；什么是不在意，装呗。

心里不知道是种什么滋味，周含书那小屁孩对她的心思他比谁都清楚，什么给她时间想清楚，统统见鬼去吧。

起身走到门口时他一脚踢向旁边一个柜子，柜子上摆着的餐具应声落地，他这才解气似的开门寻了出去，可哪里还有她的人影，服务员正勤快地收拾着他们那桌的残羹剩饭。

其实哪儿是什么残羹剩饭，他随便扫了一眼，几个盘子里的菜都没怎么动。

"这桌客人呢？"他不死心地问服务员。

"先生，他们已经结账离开了。"

圆缺坐在周含书的车上看了看时间，"送我回学校吧。"透过玻璃，看着车外不断倒退的风景树和行人，忽然觉得心里有些小小的伤感。

想想她已经不是第一次被白俏堵在洗手间门口了。这次白俏倒是开门见山地问："听说你快上班了，D大留校助教，对不对？机会真是很难得。"

"有话直说。"她没心情陪白俏耗。

"把主意动到学校来的，有几个不是有背景有实力的，你真当是自己有多优秀，才打败那些竞争者的吗？"

圆缺抿着唇沉默着，白俏见引不起她的兴趣只好自己说了出来："是于肆！"白俏喊得极其亲热，"于肆见不得你跟了他这么多年，最终还落得满大街找工作的境地，就走了关系帮你。给你一份铁饭碗，就当是为你跟了他这些年的买单。"

到了学校门口，周含书停好车送她到宿舍门口，"对了，听说D大食堂的夜宵很丰富，我在国外都没尝过，都有些什么？"

不就是麻辣串、牛肉面还有各种面点小吃，也没什么好尝的，可转念一想，或许以后都吃不到了，"走，我带你去吃。"

留校助教真如白俏所说是个铁饭碗，可圆缺还是想争一口气，推辞了留校助教的职位，换了手机号码，每天起早贪黑投递简历，最终靠自己的努力，在一家工作室找到一份设计助理的工作，工资不高，上班地方还远，但是能学到很多东西，还有很大的晋升空间。

周五这一天，圆缺可谓是忙翻了天，上午跟着设计师去了现场测量；下午工地出了小事故，她全程跟着帮忙和学习；晚上又被拉去谈业务，席上虽然没吃亏，却

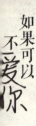

是被灌了不少酒。

拖着晕沉沉的身子回宿舍的路上，她还在想，明天可不能睡晚了，得去找房子，宿舍快不给住了。

还没走近，远远就看见了那辆卡宴，还有靠在黑色车身上的人，以及他脚下一地的烟蒂。

顾于肆眼尖，早早就看到她了，想躲也躲不了，圆缺只好硬着头皮走过去。

她的脸上起初没有表情，慢慢地，露出一点淡淡的笑，低声说："你来了？"

她看起来比上次分别时憔悴，容颜消减，眼泡浮肿，嘴角冒出一颗又一颗水泡。该是遇到了什么麻烦，才会忧心至此。

顾于肆蹙着眉，"你推辞留校助教，就把自己弄成个样子？"满身酒气！

而此时圆缺眼中的他仍然英俊夺目，五官犹如刀削般深刻醒目，脸上的神情仍然是高傲不屑的，却隐隐带着一丝陌生的世故。她的心慢慢地绞起来，说不出的空虚，说不出的煎熬。

时过境迁，物是人非，大约是这世上最伤人的两个词。

圆缺想，他大约是过得很好，父亲的官越做越大，地位越来越高，他的生意也越来越好做，他的世界三千繁华，舞榭歌台，那些疯狂的、缠绵的、悲伤的、痛苦的往事，那些爱那些恨，已被他抛到了脑后。

也不是没想过再见面会是什么样的情形，她亦想象过无数次的或激烈或冷漠或感动或感慨的情景。然而，这些设想一应全无，他们像两个最熟悉的陌生人，彼此客气而又带着一丝亲近歉意地对视着，挡也挡不住那淡淡的疏离。

"有人问我跟你分开有没有后悔过。说不后悔那是骗人的，我是真的喜欢你。"她看着他，目光描绘着他的轮廓，"可我不会跟你在一起。"

在那一瞬间，圆缺觉得自己的灵魂忽然像被抽离，站在一旁静静地、温和地看着自己和他四目相对，有些东西渐渐地，渐渐地，远去，慢慢随着时间淡成了一个印子，不再重要。

他抿着唇，极力隐忍着什么，到最后却只轻轻叹了一口气。再过了许久，他终于开口，声音比之过去显得低沉。他说："你这不是杀人嘛。"

圆缺牵动了一下嘴角，原是想笑，只是难度太大，最终还是化作了一抹习惯的嘲弄，"有些事不是我想怎么样就怎么样的。和苏杨在一起的时候，因为太年轻，不把门当户对当回事；可你不一样，我们想在一起，要么我在你家人面前永远抬不起头，要么你跟家里撕破脸，哪一样我都不乐见。"

圆缺凝神看他，高大英俊的他依然出色非凡如旧。然而在她心中，他已与她隔了层东西，而且距离越来越远。她心中某些顽固坚持的东西忽然扑簌簌地塌陷崩落，她和他，早已不知不觉地走上了殊途，从此也不会同归。

"你走吧，以后别再见了。"

圆缺刚说完，顾于肆一个踉跄往后退了好几步，不可置信地看着她，然后上了车一踩油门，疾驰离开。

等顾于肆一走，圆缺蹲在地上呜呜地哭了起来，哭完了她抬起头来，心中默念：我最亲爱的你，要一直这样骄傲地活下去。

"你走吧，以后别再见了。"

轻盈飘忽的一句话来回在顾于肆的脑海里回荡，车身微微地颠簸了一下，似乎是滑过了减速带。他如梦初醒，胸腔里微微地震动，有一种疼痛迟缓而尖细，从他的皮肉里，血管里，从每一个看不见的缝隙里，无声无息地潜入。

天色愈见灰蒙，从学校出来时道路两旁的绿化带都被抛在身后很远了，那个淡漠而消瘦的影子也从他的眼底消失很久了，可她那句话留给他的痛，才丝丝入骨地显露出来。

眼睛干涩得难受，他举手去拭，才发现自己竟然落泪了。

凉凉的湿意沾得他脸上手上都是，他越是用力去拭，它们就流得越是厉害，他这样一个经历过红尘万千的男人，竟然会落泪……

他觉得又好笑又悲痛，思绪跟着视线一起模糊，一手握着方向盘，另一手控制不住地按着胸膛，手指禁不住发抖。方向盘下面的表盘上，指针已经攀到了一百八十，而且还在往上升。

最终，凄厉的鸣笛声中，他在郊区公路上以超过限速两倍以上的速度冲破了隔离带，撞上了一辆迎面而来的国产车。

十几分钟后，沈凡亚神色匆忙地赶到事发现场，顾于肆已经奄奄一息，染血的脸上犹有泪痕。

沈凡亚封锁消息，火速送人进医院救治。

刺鼻的消毒水味，医院里永远是这种气味。

顾于肆躺在病床上，回想起出事至今的一幕幕，他倒觉得还不如一撒手去了算了，真正一了百了，总好过活着的累。

顾老爷子专门从北京赶了过来，此时已经沉默地盯着他良久，这时终于泄了气般连连摇头，转过身看着白俏，"俏俏，你来评评理，这世上哪个当父母的不是为了自己的孩子好，偏偏我这儿子就把我当仇人似的，我到底是哪里对不起他了？"

顾老头子越说越气愤，顾于肆厌倦地扭过头，依然闭着眼。

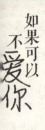

白俏在一边打鼓，"于肆，爸知道你出事，半夜从北京飞过来的，你就收收脾气，好不好？"

"够了，别在我面前演戏。"顾于肆厌倦地说，"你们不背后戳我脊梁骨，我能撞上去？"

顾老头子一听，原来不是为了他母亲，而是为了另外一个女人，觉得不过是小事一桩，倒笑了，"我当是什么你跟我置气呢，原来就为了那些上不得台面的东西！我做错了吗？有俏俏在，不是也挺好的。"

口口声声为了他好的父亲，却把他心中的至爱形容成"上不得台面的东西"，顾于肆此时怒不可遏，倏地睁开了眼睛，目光中充斥着怒火直逼老人，"白俏，你先出去。"

顾老爷子手里拐杖一顿，"俏俏是你老婆，有什么话要避开她的？"

顾于肆原本想给白俏留点颜面，又想想她都能跑去诋毁圆缺，他还顾念什么旧情呢？讥诮着出声："老婆？没领证那也算？"

说完，病房死一般地沉寂。

最终还是白俏惨白着脸色，"你就这么不待见我？那以前为什么还追求我，想跟我在一起？"

"只是他说要找个门当户对的联姻，好助他仕途再上一个台阶。"顾于肆慢慢地道出原委。

白俏恨恨地看了顾父一眼。"为什么是我？"她心里还有一丝希望，他是喜欢自己的。

顾于肆看了她一眼，沉默着，神情中慢慢夹了一丝歉意和难过，"可于我而言，如果非得要结婚才能算完成这个使命，那么任何女人就都可以。你举止大方，尤其是跟他的关系也很好，再加上你们白家的势力，也是个不错的选择。"他那时候真的什么都无所谓。一段他不会投入半分感情的婚姻，他还能对对方有多高的要求呢？

"既然我符合你的要求，为什么订婚的时候，你最后还是逃了？"她不甘心啊。

"因为，我遇见了圆缺。"

他的唇形很好看，薄薄的，紧紧抿着的时候冷得吓人。白俏却不知道这样的一张嘴巴，竟然在说漂亮情话的时候一点都不含糊，只可惜，最美的情话不是说给她的。

圆缺出事是在几天后。自从尹家丑闻被爆出之后，尹氏集团股价大跌，尹怀明又因为心情郁卒，一病不起，公司运营便出现了问题，不少人想趁机收购吞并。尹怀明得知消息后拖着残破不堪的身子硬是扛起了业界的挑战。

这是个弱肉强食的年代，商场更是无情至极，那些人未达目的无所不用其极，想不动一兵一卒就吞并尹氏装修，爆料尹氏各种负面新闻，动摇军心。

尹氏股价又是大跌，可还没到那些人心中理想的底线，于是继续深挖，爆出了尹怀明当年卖女求荣的行径来，尹怀明公众形象大为受损，股价濒临崩盘，尹氏岌岌可危。

因为金主是顾于肆的关系，圆缺这次被炒得异常火热。

这几天她不敢出门，只好跟工作室请假说身体不舒服。到后来则是工作室的业务经理给她电话，说她的工作由别人接替了，要她好好养病。这可不就是变相的炒鱿鱼嘛。

好不容易努力来的工作又成了泡影，相比较而言，这还算她最轻微的"损伤"。

这两天异常热闹，国内有关她的新闻铺天盖地，有人指责媒体的胡乱捏造，竞争对手借此大做文章，挟怨大肆抨击圆缺的为人，以及价值观、道德观。

而平民对于此类的新闻向来反感，管它是是非非，骂了再说，圆缺的名声算是臭了。当然，也有人出来为圆缺说话——人家一个是单身钻石王老五，一个是清纯学生，难道就不能谈个小恋爱？

又过了几天，商界中一位自称是知情人的站出来爆料，说明顾于肆早在几年前就已经订婚，而且对象还是白氏集团的千金。爆料声称，顾于肆若不是瞎了呆了聋了智障了，都不会选一个倒贴上床的私生女。

于是，这条八卦新闻因白俏的背景开始为人所津津乐道，大到商报、财经报，小到娱乐周刊，都开始八卦这三人的纠葛，圆缺无疑是最不被看好的那个，也是承受唾沫星子最多的那个。

因为顾老头子下令封锁消息的缘故，顾于肆得到消息时，已经是一个星期之后了。

上次车祸他断了两根肋骨，至今还躺在病床上不能动弹，沈凡亚偷偷将消息传递给他时，顾于肆不顾肋骨带，几乎是瞬间弹坐起来的。

他暗暗地磨了磨牙，思及自己都舍不得动的人竟然被别人曝光，便怒不可遏。

男人最不能忍受的就是自己的尊严被挑衅，尤其是一个成功的男人，尤其是被伤害的那个人正好是他爱着又得不到的人。

他都宁愿忍痛放弃她，也不想让她为难，不舍让她痛苦，甚至年过三十还痴傻

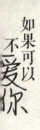

地选择等待她，如此，谁又有那个权力敢去伤害她？

顾于肆说话时咬牙切齿，恼火中含了几分自责，思索片刻后又道："给我找最好的侦探，两天之内，要把那些不会管教自己的送进牢里！"

沈凡亚一愣，她终于知道什么叫睚眦必报！

沈凡亚记下他的交代后便离开了。顾于肆在她走后，脸上浮现出一抹温柔的笑——这一次他不会再放开了，他要她，拥万千宠爱地活着！

顾老头子赶到医院阻止的时候已经来不及了，顾于肆撤了肋骨带下了床，那一身行头，分明是要出去。

"逆子，你又想出什么幺蛾子了？"老头气得不轻。

顾于肆卷了卷袖口，问旁边的人："都安排好了吗？"

旁边一干礼仪，喏嚅着，"都准备妥当了。"大气都不敢喘。

顾于肆整理好自己的仪容之后，走到顾老头子面前，肋骨处泛着疼，他的面色并不好看，"你要是想白发人送黑发人，就再试着阻止看看。"

圆缺一晚上几乎没睡，第二天也还得赶到尹氏解决烂摊子。尹怀明已经不堪重负病倒在疗养院，现在尹家除了她之外再没个人能出来担当这件事，她不能因为那些八卦新闻就病病歪歪的。

吃午饭的时候她竟然接到了周含书打来的电话，"圆缺，我看了今天的新闻，你跟顾于肆……"

圆缺愣了愣，随即打开电视，电视媒体上直播的正是顾氏的辟谣公告，看来这次不仅尹氏元气大伤，就连顾氏也累及公司名誉了，"感谢各位媒体朋友对我们顾董的关心，但感情问题是个人隐私，恕我无可奉告。"

记者还是不肯放过，咄咄逼人，"刚才进来时见到有婚庆公司的工作人员来往于顾氏大楼，搬运行聘礼品，难道顾总好事将近了吗？"

顾氏公关部经理一愣，已经安排记者从专用电梯上来了，没想到这个记者如此观察入微，反应过来之后，大方地对着镜头开口："对于这件事，我们公关部暂时还没接到通知，不过顾总这几天心情倒是不错。"

她终于知道周含书想问什么了，不过他还是很有风度地没有问出来而是转了话题："那你今后有什么打算？"

"也没有什么打算，工作室那边是不会再要我了，恐怕要重新找工作。"

电话里周含书的声音有些犹豫，"圆缺，我后天回法国，我听说总部那边想招几个设计师，你有没有兴趣来试试？"

"我才刚毕业，你们那么大的一家公司能要我吗？"

她听了虽是惊喜，但也没忘了公司到底是他老头的，并不是周含书说要人她就能进得去。

"我刚接手，难免不服众，手底下要是没一个跟我站一边的设计师，在那边会很难。我们是朋友，你又精通法语，到那之后不存在交流障碍，至于你说的没有实践经验，知道吗？陕西那个项目的设计方案，老头子最后署的是你的名字，而且在法国季度设计评选上，获得了最佳创意奖。"

获奖了？圆缺有些不敢相信，刚去陕西的那段时间她一心扑到工作上，周老头一开始只让她跑跑腿，后来或许是见她有天赋且勤快，慢慢地开始让她接触主体设计。

电视上还在播放着顾氏公关经理答记者的媒体见面会，圆缺深深吸了一口气，"好，不过等我处理好尹氏的善后问题。"

那句话说得很对，在没有什么可失去之时，就是你开始得到之时。不论周含书是否真的如他所说是利用她在公司站稳脚，还是基于朋友间的道义，圆缺依旧很感谢他这时候能帮她一把，给她一条活路走。

做了决定之后，圆缺松了一口气，原来不论舍不舍得，决定放下了，就真的和她没什么关系了。

回到疗养院，经过两天一夜的长谈，她终于说服尹怀明同意申请公司破产，范素心也同意一块儿移居法国。办好这些事，她才虚脱地躺下来。

真正动身是在三天后。周含书请了护工抬着范素心，圆缺扶着一夜之间老迈病倒的尹怀明到机场时，被层层记者围住，机场大厅供旅客解闷的电视上正直播着顾氏总裁的婚礼画面。

"尹小姐，顾总新婚在即，您这是要黯然离场吗？"

圆缺这次是下了将心劈成两半的决心离开，记者对她围追堵截疯狂逼问，圆缺始终架着墨镜抿着唇不发一言，不肯对这场婚礼发表任何一个字，心里默念：试着远离你，因为我知道我不能再拥有你。

登机前，她转头看了一眼电视屏幕，画面上他正低头整理着胸前礼花，她看不清他的表情，依稀从侧面看出他应该是快乐欢喜的。

原来过得很快乐，只她一人未发觉，如能忘掉渴望，岁月长，衣裳薄，再见，曾最不舍的你。

尾声
世界以痛吻我，我要回报以歌

一个人如果不逼自己一把，你根本不知道自己有多优秀。当圆缺第三次拿到法国青年建筑师与景观设计师奖时，她已经没有最初得奖的那种欣喜，几年的时光岁月已在她身上沉淀出一种自信干练的气质来。

可这样的优雅干练在范素心一波又一波的相亲炮轰中，她只能选择丢弃，仓皇逃离。

周含书赶到酒吧时，她已经消灭掉了一瓶，他伸手便夺了她的酒杯，"开心的时候喝酒不是这样的。"

"我又不会喝醉，担心个什么劲儿啊？"

"你是千杯不倒，我担心的不是你，是见不得这么好的酒被你这样糟蹋了。"周含书看着这个跟着自己一路走来的女子，面颊红润却依旧清醒。

还记得四年前两人刚进公司总部，公司里那些仗着资历老的家伙总是百般刁难，不得已之下拿业务时他只能带着她去凑数，每每她醉倒在他怀里，他总是想，用这样高负荷的方式逼着她走出来，到底对不对？

对不对他是不知道，但是却自知给她逼出个麻烦来，"怎么，又有人给你介绍啦，这次是什么样的？"

"年轻有什么了不起？谁没年轻过啊，你老过吗？"她伏在案上，托着腮问，"你说，我才二十七岁，怎么在我妈眼里就成了大龄剩女了呢，是不是女人一旦有点成绩，就会被冠上女强人的称号？"

"那我岂不是大龄剩男了？"周含书瞥了她一眼，"既然这么在意，为什么不找个人结束单身，好好过？"

"这还不简单，没遇到顺眼的呗。"

周含书看她有些醉意，试探着问："要不这样，这个年过了，如果还是没人要你，不如咱俩凑合过算了。你看，我家老头子那么喜欢你，阿姨叔叔也知道我，这样知根知底的关系，不用太浪费了不是。"

圆缺推了他一把，打趣道："小毛孩。"说完，她打了个酒嗝，吧嗒吧嗒了几下嘴巴，睡了过去。

半夜被渴醒，圆缺灌了一大杯水下去，就再也睡不着了，想起周含书问的那句，为什么不找个人好好过。这么些年也不是没交过朋友，每一次都告诉自己，这一次认真点，可总是坚持不下来，心里的那个人影总是挥之不去。

她也知道该止步，该放手了，但是她"知道"不代表她"能够"。

有一种感觉总是在梦醒时分，才承认是相思。有一种目光总是在分手时，才看见是眷恋。有一种心情总是在离别后，才明白是失落。

人越长大，就越习惯压抑内心的真实感受，不再放声大哭大笑，什么都只是淡淡地点到为止，好像越来越没什么事情可以伤心到落泪，再也找不出释放伤感的出口。如果有时间有机会自由地哭总是好的，如果可以狠狠流出眼泪，就说明心里没有干涸，现在的她明明感觉到痛，却再也无法畅快地流泪。

唉，又是个不眠夜！

第二天圆缺起得有些晚，自从与他彻底分开之后，她便开始经常性整夜整夜地失眠，这让她几乎每天都在凌晨时分才能睡去，所以早上也不免就起得晚了些。

松松垮垮裹着睡衣，她抬手揉着额头正打算去浴室洗漱，就听见有人按门铃。

来的人竟然是白俏。

她比之前丰腴了一些，整个人容光焕发。圆缺心里既惊讶又失落，但还是礼貌地将她让进了屋，从冰箱取出奶品来递给白俏，"家里没存货了，喝奶行吗？"

白俏接过圆缺递过来的杯子，才喝了一口就冲进洗手间吐得七荤八素。

白俏吐完出来，见圆缺一脸紧张，有些不好意思，"弄脏了你家地方，不好意思。"

"你没事吧？"圆缺跟在后面瞎紧张，虽然那场感情里败给了白俏，但她不是那种恶毒妇，可没有在那杯奶里动手脚。

"怀孕不都这样嘛，我都不敢吃东西。"话是这么说，圆缺瞧她分明是一脸幸福，至于吗？都怀孕了，还来打压她。

看出了圆缺的异样神情，白俏解释道："这孩子不是他的。"

他是谁，不言而喻。

"看来，后来的事情你并不知道。"白俏很平静地说，"我们没有在一起。"

"你们不是结婚了吗？那现在又跑来跟我说你们没有在一起算怎么一回

事？！"像是消化不了白俏话里的意思，这句话圆缺是吼出来的。她还记得离开那天机场电视屏幕上直播顾氏总裁婚礼的画面，蛰伏在心里的不甘和不舍一下子就喷发了出来。

她本想着，两个人只要有一个人是真心的，这日子都不会太难过，谁料到现在白俏竟然怀了别人的孩子。

她恨得牙痒啊：当初玩命似的跟她抢，之后又不要，这人是不是有病？

对于她的怒气，白俏自动忽略，"有温水吗？我想喝一点润润喉咙。"

"等一下，我用电水壶烧一点儿。"唉，孕妇最大，圆缺逃也似的躲进厨房。

白俏跟了进去，见圆缺连这最简单的烧水也手忙脚乱，哂笑道："我想我爱的一直是我自己，而不是他，这个想法一直绕在我的心中，我不敢跟别人说，怕别人觉得我是自私鬼。

"因为我太爱我自己，不舍得自己难过，不舍得自己哭泣，我喜欢他，就想用爱的名义待在他的身边，为的是这份爱能够得到回报，而这个回报才是我最想要的。可那些温暖的笑容，关切的话语，掏心窝子的眼神，他根本就不愿意给我。"

水终于烧开，圆缺倒了一杯递给白俏，没好气地说："那是因为你根本就不懂他的好。"

懂得他的好，才会发自心底地喜欢他，才不至于精疲力竭，才不会歇斯底里质问彼此付出了多少，才不会像她一样夜夜失眠。

心事这东西，你捂着嘴，它就会从眼睛里跑出来。白俏见她如此，咯咯直笑，"你果然还爱他。"

圆缺无端生出些许怒气来，她爱他又能怎样，到底敌不过时间的鸿沟。

白俏从包里掏出一样东西来，"你看完这个再说吧。"

送白俏下楼，一个男人立刻迎了上来。

这人圆缺是认识的，没记错的话叫秦守，那年她和顾于肆在陕西，这个男人去玩过一趟。

外面阳光满眼，圆缺看着秦守搂着白俏的腰肢，轻声问："累不累？"

白俏倚着他，"有点儿饿。"

"回家我给你做好吃的。"

真是幸福的一对啊！

手里捏着白俏留下的碟片，来巴黎四年，圆缺第一次请了假，窝在家中看碟片。

画面上，顾于肆捏着红本本在尹氏大楼前跪得结结实实，"圆缺，你从来都是我合法的妻子。我没有钻戒，没有鲜花，只有几年前几块钱办的结婚证，你愿意吗？愿意吗？"

低沉的嗓音仿佛是穿透了时空传递过来，遥遥地，惊动她规律的心跳，竟是她再熟悉不过的霸道。

画面里的人群一下子沸腾了！

"尹圆缺，答应吧——"

"尹圆缺，出来吧——"

呐喊声一声高过一声，而那个时候，她在机场，正要离开。画面上那个男人，一个人傻傻跪着，自始至终都没等到她。

上帝是给她开了怎样一个玩笑啊！

这一刻，她像是管不住自己的眼泪，抑或是管不住自己的心，捂着自己的嘴巴，号啕大哭。

冷静下来的圆缺陡然生出这样一种念想：尹圆缺，你敢不敢回去挽回他？你敢不敢？

T市国际机场。

圆缺在洗手间里补了很长时间的妆，饶是如此，当她最后一个取出托运行李，站在机场大厅没有看到任何一张熟悉面孔的时候，她仍然命令自己做足了五次深呼吸。

银装素裹中的机场，已经完全不复记忆中的模样，眼前每一个陌生的场景，无不提醒着她这四年光阴的真实存在。

她已经做了太多无谓的挣扎，太多荒唐的事情，太多盲目的决定，而错过了太多本来的幸福，现在开始，她要把自己做过的都忘记，再用心把错过的都弥补回来。她要更精彩地活，精彩得让人注视和羡慕，而不只是关注别人的幸福。

所以，昨晚看完碟片她就决定回来找他，可四年后再次回到这片故土，圆缺到底还是有三分情怯的，万一，万一他已经变了心意……

她突然不敢再想下去，匆匆买了一张三十分钟后去西安的机票。

到了西安，坐在出租车上，司机师傅一听她是外地口音，便介绍起这里的美食和好玩的地方，"要不要去大雁塔音乐喷泉看一看啊，好多外国人都专程过来玩的。"

圆缺抬起手腕看了看时间和日期，"我记得现在这个时间点是没有表演的，而且，今天是星期二，例行检修。"

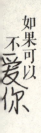

"小姐是本地人？听口音不像啊。"

想起来他曾说过在这里定居，差一点儿他们的孩子就是这里的本地人了，真的只差一点儿。

她去了当初的工程项目，如今已经建成为大型购物娱乐中心。前面不远的地方就是他们曾住过的那间公寓。本以为四年过去她早忘记了是哪栋哪户，没想到还是找到了。

站在门前，摸着防盗门上贴着的门联，该是过春节的时候贴上去的。看来这里已经住了别人。

她心血来潮地想进去看一看，哪怕一眼，看看这个他们浓情时候的家。

她还没来得及敲门，门就开了，她吓了一跳，赶紧抬头，"我——"话刚出口，整个人就愣住了，无措得连话也说不清楚。她乱得很，紧张得手足无措的，下一秒就被紧紧拥进了怀里。

对面的住户走出来一对老年夫妇，看着门口走道上拥抱的两个年轻人，显然很是不理解。

他们的目光惊得圆缺回了神，推开他，不好意思地让出了路。目送两位老人下楼之后，她还是没有转回视线。

顾于肆急了，秦守和白俏回来跟他说她会回来的时候，他高兴得一蹦三尺高，可这几天他都在机场猫着，也没逮着人。

秦守信誓旦旦地保证道："她绝对回国了，我和俏俏是看着她上的飞机。"

一瞬间他脑海里掠过无数个可能，最后买了机票飞了过来，他知道，她一定来了这里。他也才到，回来收拾了屋子，正准备去机场，没想到开门她就在眼前，天荒地老之前真的还有等到她的这一天，真是不枉他千山万水跋涉而来。

"这儿，你一直留着？"圆缺不可置信地看着他。

"不是留着，是一直住着。这儿是我们的家。不然你要我去哪儿？"他的声音轻柔得似暖风拂过耳郭。

原来一心一意，是世界上最温柔的力量。她一下子就哭了，"于肆，我真怕回来迟了。"

"傻瓜，谈恋爱就应该经历一下异地恋，体会一下欣喜忧愁无从分享，欢笑落泪不能拥抱，隔着千山万水直到几乎疯狂。这样才能学会拒绝诱惑，学会处理一个人的时间。"他温柔地吻着她的发丝，"也只有这样，才会感恩上帝给我们重新在一起的机会，因为这么久的分离不仅是考验了我的耐心，更是考验了你对我的认真。等这四年，我觉得值。"

她抬头，一弯眉目满是泪，顾于肆却觉得她笑得活色生香，因为她说："我琢磨着，咱们证也领了，家里是不是该添一口子了，你看你都三十三、我都二十七了。"

　　相爱的人不论经历什么，最终都能走到一起，感谢误会，感谢分歧，感谢争吵，感谢偏执，感谢宽容，感谢谅解，感谢你还在这里等我。

　　若干年后，顾意小朋友在日记中这样写道："他喜欢我素颜不化妆，他喜欢我长发扎马尾，他每天中午问我午饭吃了什么晚饭想吃什么，他会皱着眉头说又买衣服了啊，接着夸赞真漂亮，他教育我别乱花钱，然后递上银行卡，他在电话里听见我哭泣时，会沉默，然后说回来吧我养你，他是世界上最爱我的男人——已经娶了我妈妈了。"